Lisa Gray

TO
DIE
FOR

Thriller

Aus dem Englischen von
Simone Schroth

HarperCollins Paperback

Die Originalausgabe erschien 2023 unter dem Titel
To Die For bei Thomas & Mercer, Seattle.

1. Auflage 2024
© 2023 Lisa Gray
Deutsche Erstausgabe
© 2024 für die deutschsprachige Ausgabe
HarperCollins in der
Verlagsgruppe HarperCollins Deutschland GmbH, Hamburg
Gesetzt aus der Adobe Garamond
von GGP Media GmbH, Pößneck
Druck und Bindung von CPI books GmbH, Leck
Printed in Germany
ISBN 978-3-365-00814-0
www.harpercollins.de

Jegliche nicht autorisierte Verwendung dieser Publikation
zum Training generativer Technologien der
künstlichen Intelligenz (KI) ist ausdrücklich verboten.
Die Rechte der Autorin und des Verlags bleiben davon unberührt.

PROLOG

MALIBU BEACH DRIVE

Das Haus war zum Sterben schön.
 Ganz nach individuellen Wünschen gebaut und direkt am Strand. Und zwar nicht an irgendeinem Strand, sondern einem der exklusivsten der ganzen Welt. Auf Betonpfählen errichtet, dicker als Baumstämme, prangte es mit seinen fünf Schlaf- und fünfeinhalb Badezimmern über dem goldenen Sand und den Wellen wie eine funkelnde Trophäe unter der brennenden Sonne Malibus.
 Die deckenhohen Schiebetüren ermöglichten einen nahezu unmerklichen Übergang von drinnen nach draußen und rahmten den Ausblick auf den Pazifischen Ozean und einen herrlich blauen Himmel ein, sodass er wirkte wie ein Landschaftsbild von Lori Mills. Ortsansässige Künstler – ein gutes Stichwort: An den strahlend weißen Wänden hingen ein Dutzend Originale wie kleine Farbexplosionen.
 Abgerundet hatte man alles mit Porzellan, Walnussholz und Marmor. Die Möbel waren wunderschön arrangiert und ganz offensichtlich unglaublich teuer. Die protzige Küche barg hochmoderne Geräte, die noch nie benutzt worden waren und wahrscheinlich auch nie benutzt werden würden. Wer auch immer in diesem Haus lebte – er war reich genug, um nicht selbst kochen zu müssen, sondern auswärts zu essen oder sich Mahlzeiten kommen zu lassen. Es gab einen temperaturregulierten Weinkeller und eine Garage mit Platz für drei Ferraris. Zudem nicht nur einen, sondern zwei begehbare Schränke, von denen sich sogar Carrie Bradshaw hätte beeindrucken lassen.
 Kurz gesagt: Das Haus am Malibu Beach Drive war ein Meisterwerk mit Meerespanorama.

Zutritt zur Veranstaltung heute wurde nur auf Einladung gewährt, man konnte nicht einfach so über das Grundstück und durch das Gebäude spazieren. Sie richtete sich also an die Crème de la Crème der südkalifornischen Maklerindustrie und Leute mit ausreichend Geld auf der Bank, um Schecks im Wert von fünfzig Millionen Dollar ausstellen zu können. Keine Nachbarn oder »Nur mal schauen«-Leute, keine spontan interessierten neugierigen Touristen.

Selbst die Spitzenagenturen von Malibu, immer noch sauer darüber, das Projekt an eine relativ kleine Firma in Hollywood verloren zu haben, waren persönlich vertreten, denn sie wollten mit eigenen Augen sehen, was ihnen durch die Lappen gegangen war.

Und auch sie mussten zugeben: Das Haus war zum Sterben schön.

Der Vintage-Dom-Pérignon floss in Strömen, und die Besucher labten sich diskret an von Nobu gelieferten Kanapees mit Meeresfrüchten.

Irgendwann im Laufe des Termins hatte es eine ungeplante Showeinlage gegeben: erhobene Stimmen, einen geschleuderten Drink, einen Abgang in Begleitung von Sicherheitsleuten. Inzwischen war die Ordnung wiederhergestellt und nur das leise Summen höflicher Unterhaltungen zu hören.

Dann erwähnte jemand den Pool.

»Ein Haus wie das hier hat doch sicher einen Pool, oder?«, erkundigte sich eine der Anwesenden, während ihr gerade von der Bedienung das Champagnerglas aufgefüllt wurde.

»Was will man denn mit einem Pool, wenn man das Meer direkt vor der Tür hat?«, gab eine andere zurück und deutete in Richtung der in der Nachmittagssonne glitzernden Wellen.

»Ich bin sicher, da wurde auch ein Pool erwähnt«, beharrte die Erste. Sie schnappte sich jemanden von der Maklerfirma. »Sie gehören dazu, oder? Sind Sie so lieb und zeigen uns den Pool?«

»Selbstverständlich, gern«, lautete die Antwort. »Er liegt an einer Seite des Gebäudes. Die Kacheln sind handgearbeitet und ziemlich beeindruckend. Bitte folgen Sie mir.«

Louboutin- und Manolo-Blahnik-Absätze klapperten über den gefliesten Boden, als die drei Frauen durch die offenen Schiebetüren hinaustraten und um die Ecke zur Terrasse mit dem Pool bogen.

Der Wind fuhr ihnen durchs Haar. Einen Augenblick lang wurden sie von der Sonne geblendet. Die Brise trug einen schwachen Geruch nach Salz und Algen heran. Die drei Frauen gingen auf den Pool zu.

Als Erstes bemerkten sie das Blut.

Dann eine Person, die mit dem Gesicht nach unten regungslos im Wasser trieb.

Und da setzte das Schreien ein.

Kapitel 1

ANDI
DAVOR

Ich laufe nicht davon. Ich entwickle mich. Ein riesiger Unterschied.
Andi Hart sagte sich das zum hundertsten Mal, während sie beide Straßenseiten in einer belebten Zone des Santa Monica Boulevards zwischen La Cienega und Crescent Heights nach einem Parkplatz absuchte. Es war fast Mittag, das Licht so gleißend, dass man eine Sonnenbrille brauchte, und es war warm genug für kurze Ärmel. Die frühen Lunchgänger füllten bereits die nahe gelegenen Cafés, deren Kundschaft weitgehend aus Hipstern und Müttern mit Kinderwagen bestand.

Endlich fand Andi einen Platz, stellte den Wagen ab und ging zu einem Gebäude am Ende des Blocks mit einem »Zu vermieten«-Schild in der staubigen Schaufensterscheibe. Das Ladenlokal wirkte grau, langweilig und uninspirierend – und kleiner als auf dem Foto auf der Webseite.

Andi drückte die Tür auf und trat in die schwere Hitze des Raumes. Entweder hatte hier die alte Klimaanlage den Geist aufgegeben, oder es hatte sich niemand die Mühe gemacht, sie für den Besichtigungstermin einzuschalten. Der Raum in dem Gebäude an der Ecke des Blocks war lang und schmal wie ein Schuhkarton. Mit gerade so über neunzig Quadratmetern klein genug für eine halbe Hausnummer. Damals zu Hause, zu Anfang ihrer Maklerinnenkarriere, hatte Andi ständig Objekte mit diesem Schnitt an den Mann oder an die Frau gebracht.

Heute würde sie sich selbst ein Objekt sichern. So weit zumindest der Plan.

Der Makler war Anfang vierzig und hatte beim Gelen seiner kurz geschnittenen schwarzen Locken etwas zu tief in den Tiegel gegriffen. Den Kragen seines weißen Hemdes trug er offen, sein Anzug war dunkelgrau, und er duftete wie die Parfümerieabteilung im Macy's.

»Nick Flores«, stellte er sich vor und streckte ihr die Hand hin. »Schön, Sie kennenzulernen.«

»Andi Hart.«

Sein Händedruck war außerordentlich schlaff, so wie das manche Männer bei Frauen machten. Flores musterte Andi aus zusammengekniffenen Augen. »Moment mal, ich glaube, wir kennen uns schon. Sie sind selbst Maklerin, oder?«

Shit.

»Stimmt.«

»Ich war ganz bestimmt schon auf einem Ihrer Open-House-Events. Für wen arbeiten Sie noch mal?«

»Saint Realty.«

»Auf dem Sunset Boulevard?«

Andi nickte. »Genau.«

»Cooler Laden. Gute Lage.«

»Stimmt auch.«

Flores hatte recht. Es *war* ein cooler Laden. Andi hätte niemals einen Gedanken ans Weggehen verschwendet, wäre sie nicht gezwungen gewesen zu handeln. Flores klatschte in die Hände – Zeit fürs Geschäftliche. »Und heute möchten Sie sich also einen Eindruck von diesem interessanten Objekt verschaffen. Wollen Sie bei Saint weg? Sich selbstständig machen? Das hier ist für ein aufstrebendes kleines Business perfekt geeignet.«

»Ich suche nicht für mich.« Die Lüge kam ihr ganz problemlos über die Lippen. »Sondern für einen Klienten.«

»Fantastisch. Wird der sich gleich zu uns gesellen? Sollen wir mit der Tour noch warten?«

Andi sah sich um, nahm den leeren Raum zur Gänze in sich auf. Das mit der Tour würde wohl nicht besonders lange dauern.

»Nein, ich bin allein gekommen. Die Besichtigung bleibt mir überlassen.«

»Okay, kein Problem. Dieser Kunde … Wofür will der die Räumlichkeiten nutzen?«

Eine Frau in abgeschnittenen Jeans und einem weißen Tanktop ging draußen auf der Straße vorbei, mit einem hechelnden Mops an einer rosa Leine.

»Für einen Hundesalon«, erklärte Andi. »Sicher mit viel Promi-Kundschaft.«

»Großartig!«

In Andis Gesäßtasche vibrierte ihr Handy. Sie zog es hervor und schaute aufs Display. Diana.

Shit.

David und Diana Saint führten das Maklerbüro, bei dem sie seit drei Jahren arbeitete. David war der Eigentümer, und seine Frau Diana kümmerte sich um den administrativen Teil. Sie wussten nicht, dass sich Andi selbstständig machen und damit einen Konkurrenzbetrieb eröffnen wollte. Sie wussten nicht einmal, dass Andi inzwischen ihre eigene Maklerlizenz besaß.

In den letzten sechs Monaten hatte sich viel verändert.

Andi überließ der Mailbox den Anruf. Sie hasste Geheimnisse, vor allem Geheimnisse Diana gegenüber, denn die war nicht nur ihre Chefin, sondern auch ihre Freundin. So empfand es Andi zumindest. Sie fühlte sich wie ein Ehebrecher, den man mit heruntergelassener Hose erwischt hatte, als wüsste Diana genau, was Andi da gerade trieb.

Flores führte Andi herum. Wie erwartet dauerte das nicht lange, und es gab auch nicht viel zu sehen. Schmutzig weiße Wände bettelten geradezu um einen neuen Anstrich. Der hässliche dunkelblaue Teppich war ganz fadenscheinig, weil er über die Jahre Tausende von Schuhsohlen buchstäblich über sich hatte ergehen lassen müssen. Obwohl die Fenster an der Vorderseite des Gebäudes bis zum Boden reichten, wirkte die Einrichtung düster und zudem ziemlich abgewohnt. Für bis zu vier Schreibtische gab es genügend

Platz. Andi hatte vor, über die Jahre ein Team aufzubauen. Vielleicht ließ sich auch noch eine Ecke für Meetings reinquetschen, wenn sie geschickt plante.

Das Ganze war deutlich kleiner als die Büroräume, die sie sich auf dem Sunset Boulevard angesehen hatte. Anders als die Räumlichkeiten, in denen sich die Leute von Keller Williams, Rodeo Realty und der Lux Group niederließen – Betontürme mit viel Glas, glänzenden Aufzügen und Marmorböden, mit Möbeln aus Eichenholz und einem Blick auf den Sunset Strip, der einen neidisch werden ließ. Sie hatte in 8560 Sunset Besichtigungstermine gehabt – im ehemaligen Playboy-Gebäude –, außerdem im 9000- und im 9200-Block. Nichts davon konnte sie sich leisten, alles war ganz eindeutig außerhalb ihrer Reichweite. Andi wollte auf den Sunset Strip, doch ihr Kontostand legte sein Veto ein.

Deshalb war sie hier gelandet, in Santa Monica. Immer noch eine gute Adresse in einer lebendigen Gegend. Viel Laufkundschaft. Und schicke Restaurants und Boutiquen sowie Coffeeshops direkt vor der Tür. Vor ihrem inneren Auge sah sie sich bereits beim schnellen Lunch bei Hugo's und mit Gelson's-Tüten vom täglichen Einkauf auf dem Heimweg von der Arbeit.

Hier könnte sie es schaffen, über die Runden zu kommen. Aber die Fassade des Gebäudes wirkte nach außen einfach nicht attraktiv, gleich nebenan war ein Imbiss, und preislich bewegte sich das Ganze am oberen Ende ihres Budgets. Der Raum würde ganz und gar neu ausgestattet werden müssen, von den ganzen Lufterfrischern, die sie wegen des Gestanks nach fettigen Pommes frites und verbranntem Fleisch, der von nebenan herüberzog, würde aufstellen müssen, mal ganz zu schweigen. Die Kosten für Wasser und Strom, die Gebäudewartung und weitere anfallende Posten nicht zu vergessen.

Wieder spürte sie, wie das Handy an ihrem Hintern vibrierte. Andi ignorierte es.

Sie entwickelte sich.

Von Weglaufen konnte definitiv keine Rede sein.

Weggelaufen war sie weiß Gott schon zu oft. Sie würde in keinen anderen Staat ziehen. Nicht mal in eine andere Stadt. Falls sie sich tatsächlich für dieses Objekt entschied, würde sie sich nur wenige Straßen südlich von Saint Realty niederlassen.
Falls.
»Pro Jahr würde mich die Miete dreihundertzehn Dollar pro Quadratmeter kosten, richtig?«, erkundigte sich Andi mit gerunzelter Stirn.
»Richtig.« Flores lächelte. Seine Zähne waren blendend weiß und mit Abstand das Strahlendste in diesem bedrückenden Raum.
»Ziemlich happig.«
Das Lächeln verschwand. »Ach was.«
»Anders gesagt, ziemlich überzogen.«
Flores lachte nervös. »Jetzt kommen Sie, das ist ein super Deal. Und das wissen Sie auch ganz genau.«
»Nicht, wenn man sich in der Gegend umschaut. Das habe ich schon überprüft. Ich bekomme hier deutlich attraktivere Räumlichkeiten für nur wenig mehr, ein paar Schritte den Block runter.«
Jetzt war Flores mit dem Stirnrunzeln dran. »Diese Daten sind ein halbes Jahr alt. Der Markt verändert sich doch ständig.«
»Ich zahle zweihundertsechzig Dollar. Ein fairer Preis, denke ich.«
»Sie? Ich dachte, Sie vertreten einen Klienten?« *Verdammt.*
»Ich wollte sagen, das wäre mein Klient zu zahlen bereit.«
»Sorry. Verhandeln ist nicht drin.«
»Verhandlungsspielraum gibt es immer. Ich bin selbst Maklerin, erinnern Sie sich? Darum geht's bei uns, um Verhandlungsspielraum.«
»Diesmal nicht. Tut mir leid.«
»Im Ernst?« Andi war genervt. »Das Objekt steht doch schon seit zwei Monaten leer. Ganz offensichtlich ist auch niemand bereit, dreihundertzehn Dollar zu bezahlen.«
»Es haben noch zwei weitere Parteien Interesse angemeldet.«

Andi starrte Flores an. »Ach, tatsächlich?«

Flores stieg unter der Sonnenbräune die Röte ins Gesicht. »Kein Discount. Tut mir leid.«

Andi seufzte. Ihr Handy vibrierte wieder. Kürzer diesmal, eine SMS. Sie nahm das Gerät aus der Gesäßtasche. Eine Nachricht von Diana. Kurz und direkt.

> Ruf mich zurück, so schnell es geht. Es ist dringend.

»Shit«, verkündete Andi. »Ich muss los.«

»Sprechen Sie mit Ihrem Klienten«, rief ihr Flores nach, als sie auf die Tür zuging. »Ich melde mich dann heute Nachmittag bei Ihnen.«

»Ohne Verhandlungsspielraum können Sie sich die Mühe sparen. Zweihundertsechzig Dollar!«

Draußen rief Andi Diana zurück. Die nahm das Gespräch sofort an.

»Andi, endlich!«

Das Maklerbüro Saint Realty war vor fünfundzwanzig Jahren aus London nach Los Angeles gezogen, aber ihre beiden Chefs klangen immer noch wie Schauspieler in einem Film von Richard Curtis.

»Sorry, ich hatte gerade ... zu tun. Worum geht's?«

»Ich weiß, du hast dir heute freigenommen, aber ich brauche dich im Büro.«

»Wie, jetzt?«

»Ja, Andi. Jetzt. Es ist dringend.«

»Alles okay bei euch?«

»Alles okay. Aber wir müssen da etwas besprechen.«

Diana klang nicht nach »Alles okay«, sondern angespannt, und ihre Stimmlage war höher als sonst. Andi meinte David im Hintergrund zu hören. Plötzlich hatte sie einen Kloß im Hals.

»Und das kann nicht bis morgen warten?«

»Nein, Andi.«

Diana sollte nicht mitbekommen, dass sich Andi nur wenige Straßen entfernt aufhielt, auf der Jagd nach Räumlichkeiten für ihre eigene Firma.

»Okay. Ich bin zu Hause. Gib mir fünfzehn Minuten. Höchstens zwanzig.«

»Großartig. Dann also bis in zehn Minuten.«

Diana beendete das Gespräch.

Andi spürte, dass sie schwitzige Hände hatte. Ihre Finger hinterließen feuchte Abdrücke auf dem Display ihres Handys. Das Herz schlug ihr bis zum Hals.

Sie weiß es.

Diana musste herausgefunden haben, dass Andi plante, von Saint Realty wegzugehen und sich selbstständig zu machen.

Andis Herzschlag beschleunigte sich.

Aber kannte Diana auch den Grund?

Kapitel 2

ANDI

DAVOR

Zwölf Minuten später betrat Andi Saint Realty durch die vordere Tür. In ihrem Bauch blubberte es geradezu vor Nervosität, und tausend Fragen schwirrten ihr durch den Kopf.

Hatte man sie vorhin gesehen, als sie einen der Büroblöcke ganz in der Nähe betrat?

Hatte irgendein Rivale in einem dieser Büros sie verpfiffen?

Hatte Nick Flores gegenüber einem ihrer Kollegen ihren Termin von heute Morgen erwähnt?

Wie die Location in Santa Monica hatte das Maklerbüro von Saint Realty eine Fensterfront zur Straße hin, doch damit hörten die Ähnlichkeiten auch schon auf. Von draußen wirkte die Location täuschend klein. Drinnen fand man sich in einem großen Raum im Industriestil wieder, mit unverputzten Backsteinwänden, Schreibtischen aus Holz und Chrom, plüschigen Samtsofas in Edelsteinfarben, einer Beleuchtung im modernen Design. Das Ganze strahlte Andis Gefühl nach einen eindeutigen New-York-Vibe aus, auch mitten auf dem Sunset Strip.

Sie ging davon aus, dass Diana sie sofort beiseitenehmen und nach oben ins Zwischengeschoss führen würde, in Davids Büro. Das wurde kaum genutzt, nur für Meetings mit wichtigen potenziellen Klienten oder eine diskrete Unterredung mit einem Makler, der nicht die erforderliche Leistung brachte. David und Diana zogen es vor, bei den anderen im Großraumbüro zu arbeiten.

Andi fragte sich, ob David bei diesem so dringenden Gespräch mit Diana anwesend sein würde. Ihr Magen krampfte sich zusammen. Das wäre schlecht. Sehr schlecht.

Am Ende bot sich Andi ein gänzlich unerwartetes Bild: Ihre beiden Chefs hatten sich zusammen mit den vier Kollegen um den Konferenztisch im hinteren Teil des Raumes versammelt.

Hunter Brooks stach mit der Fingerspitze auf sein Handy ein, einen Ausdruck höchster Konzentration im Gesicht. Der hellhaarige, sonnengebräunte und auf klassische Weise attraktive Mann war am längsten von ihnen allen in der Maklerbranche tätig – inzwischen Anfang dreißig, hatte er vor über einem Jahrzehnt voller Ambitionen hier zu arbeiten begonnen. Er war auf verbissene Weise ehrgeizig und bis zu Andis Eintritt der erfolgreichste Makler der Firma gewesen.

Myles Goldman – typischer Sohn reicher Eltern, einst Absolvent der Beverly Hills High School, mittlerweile ein aufstrebender Mann in den Zwanzigern – trommelte ungeduldig auf der Tischplatte herum. Er trug ein maßgeschneidertes Sakko und ein schickes Hemd, außerdem eine riesige, mit winzigen Diamanten besetzte Platin-Rolex am Handgelenk. Andi konnte nicht unter den Tisch sehen, doch sie vermutete, dass der Kollege sehr enge Jeans und Designerhalbschuhe anhatte, keine Socken. Das entsprach seinem ganz persönlichen Look.

Krystal Taylor warf sich das lange blonde Haar über die Schulter und beobachtete Andi aus zusammengekniffenen Augen. Ganz ohne Zweifel störte sie sich am Freizeit-Outfit ihrer Kollegin, die in T-Shirt, Jeans und Turnschuhen erschienen war. In flachen Schuhen hätte sich Krystal nicht mal tot erwischen lassen, und in Turnschuhen schon gar nicht. Ihr Markenzeichen waren Pumps mit roten Sohlen und so schwindelerregend hohen Absätzen, dass sie selbst einer akrobatischen Tänzerin alles abverlangt hätten.

Verona King starrte in die Ferne und wirkte völlig in Gedanken versunken. Sie war Ende vierzig, glücklich verheiratet und Mutter zweier Kinder. Andi kannte sonst niemanden, der so hart für seine Familie arbeitete.

Nun hatte Diana Andi entdeckt und kam mit schnellen Schritten auf den Türrahmen zu, in dem diese noch stand. Dabei lächelte sie, und Andi sah ihre Augen leuchten. Diana wirkte eher freudig erregt als angespannt. Darum also hatte sie am Telefon so seltsam geklungen. Vor Erleichterung atmete Andi einmal tief durch.

»Danke, dass du so schnell gekommen bist«, begrüßte sie Diana, nahm Andi beim Arm und lenkte sie in Richtung der anderen. »David hat Neuigkeiten, große Neuigkeiten, und die sollst du zusammen mit allen hören.«

Andi ließ sich auf einen freien Stuhl sinken, und Myles' Gemurmel klang verdächtig nach »Na endlich«.

»Danke, dass du es einrichten konntest«, wandte sich David an sie. »Sicher hast du an deinem freien Tag Besseres zu tun. Ich weiß das wirklich sehr zu schätzen.«

»Ich habe nur zu Hause ein paar Dinge erledigt. Kein Thema.« Andi mied Davids Blick. Wieder hatte sie das heftige Gefühl, gerade auf frischer Tat ertappt worden zu sein.

»Komisch, und dabei dachte ich, ich hätte dein Auto auf dem Santa Monica Boulevard stehen sehen, ungefähr vor zwanzig Minuten.« Das war Krystal. »Auf dem Rückweg von meinem Termin am Melrose Place.«

Andi spürte, dass Dianas Blick auf ihr ruhte. »Kann nicht sein. Ich war zu Hause. Wie gesagt.«

»Ich bin mir sicher, es war dein Wagen. Du fährst doch immer noch diesen alten blauen Beemer, oder?« Krystal klang, als spreche sie gerade über Columbos schrottreifen Peugeot. Myles schnaufte. Andi hatte sich nach einem grandiosen ersten Jahr in Los Angeles von ihren Ersparnissen ein gebrauchtes 2018er-BMW-Coupé gegönnt.

»Das muss eine Verwechslung sein«, presste Andi durch zusammengebissene Zähne.

Krystal wollte gerade etwas erwidern, ganz offensichtlich weiter auf ihrer Behauptung beharren, doch dazu erhielt sie nicht die Chance.

»Also gut, Leute«, setzte David an. »Legen wir los. Wenn das in Ordnung für dich ist, Hunter?«

»Hä?« Hunter, der immer noch hektisch auf sein Handy eingetippt hatte, schaute auf. »Oh, na klar. Sorry.« Er legte das Gerät mit dem Display nach unten auf den Tisch.

David hielt einige offiziell wirkende Dokumente hoch. »Das hier ist ein Exklusivauftrag. Sieht genauso aus wie all die anderen Exklusivaufträge, die euch hier bisher begegnet sind, oder?«

Über seine Hornbrille hinweg schaute David einen nach dem anderen an.

Allgemeines Nicken. Diana lächelte wissend, wie jemand, der die Pointe eines Witzes bereits kennt. Verona und Myles wirkten fasziniert, Krystal gelangweilt, Hunter immer noch abgelenkt.

»Falsch!«, rief David triumphierend. »Das hier ist nämlich der Exklusivauftrag für ein Strandhaus in Malibu, und dieses Haus ist fünfzig Millionen Dollar wert.«

Jetzt hatte er die Aufmerksamkeit aller Anwesenden.

»Fünfzig Millionen Dollar?« Krystals blassblaue Augen weiteten sich.

»Im Ernst?« Verona, die in den letzten Tagen müde und erschöpft gewirkt hatte, war plötzlich voll da.

»Warte mal – bedeutet das, das ist *unser* Exklusivauftrag?«, wollte Myles wissen.

David grinste. »Der Deal mit dem Developer wurde heute Morgen unterzeichnet. Ich brauche euch wohl nicht zu sagen, dass das hier der größte Exklusivauftrag aller Zeiten für uns ist. Wenn wir dieses Haus verkaufen können, sind wir richtig dick im Geschäft. Dann brechen hier andere Zeiten an. Natürlich werde ich in diesem Fall als Verkaufsagent auftreten. Aber am besten würde es mir gefallen, wenn mir einer von euch einen Käufer bringt.«

Krystal nickte energisch. »Am besten mit Double-Ending.« Wäre sie eine Comicfigur gewesen, hätte sie gerade riesige Dollarzeichen in den Augen gehabt.

Bei solchen Deals bedeutete Double-Ending, dass dieselbe Maklerfirma sowohl Verkäufer als auch Käufer vertrat. Wenn einer von Davids fünf Leuten einen Klienten lieferte, der zu einem Gebot für das Malibu-Haus bereit war, durfte Saint Realty davon ausgehen, mit diesem Exklusivauftrag richtig Kohle zu machen.

»Korrekt«, gab David zurück. »Allerdings, nur um das klarzustellen: Das Objekt kommt auf alle Fälle auf den Markt, sobald man es hergerichtet und fotografiert hat, und am kommenden Freitag wird es außerdem eine Besichtigungsoption für die Broker geben, ein Open-House-Event. Für Top-Broker und Käufer, ganz exklusiv. Diana kümmert sich um alles.«

»Und das Ganze läuft zu unserer üblichen Rate, was die Courtage betrifft?«, erkundigte sich Hunter, der sein Handy inzwischen völlig vergessen hatte.

»Genau.«

Schnell rechneten alle im Kopf nach. Fünf Prozent des Verkaufspreises, fifty-fifty zwischen dem Makler des Verkäufers und dem des Käufers geteilt, außerdem würde das betreffende Maklerbüro zwanzig Prozent der Gebühr erhalten, die dem Makler des Käufers zustand.

»Aber das bedeutet ja …«

Myles brachte den Satz nicht zu Ende, weil David ihn unterbrach: »Eine Million Dollar für denjenigen, der einen Käufer für dieses Haus findet.«

»Krass«, kam jetzt von Verona. »Das klingt ja alles super. Aber ich muss das trotzdem fragen: Wenn sich das Objekt in Malibu befindet, warum hat der Developer sich dann keinen Broker vor Ort gesucht, der die Zahlen und die Gegend kennt? Warum kommt er damit zu uns?«

Gut mitgedacht, fand Andi.

David schien die Frage zu irritieren. Er fuhr sich mit einer Hand durch das schlaffe Haar und stieß einen ungeduldigen Seufzer aus. »Weißt du, was meine alte Mutter immer gesagt hat? ›Einem geschenkten Gaul schaut man nicht ins Maul.‹ Wenn sich einem eine solche Gelegenheit bietet, muss man mit beiden Händen zugreifen. Keine Fragen stellen. So einfach ist das. Euch bleibt weniger als eine Woche, bevor das Objekt offiziell auf den Markt kommt. Macht das Beste aus dieser Zeit. Sprecht mit euren Klienten – jetzt.« Er wandte sich an Andi. »Kannst du sofort anfangen? Diana trägt dann einen neuen freien Tag für dich ein. Meiner Ansicht nach ist dieses Haus perfekt für einen unserer Klienten an der Ostküste.«

»Klar.« Andi zögerte keine Sekunde. »Ich plane einfach um.«

»Äh, hallo?«, meldete sich jetzt Krystal zu Wort. »Dir ist doch wohl bewusst, dass du noch vier weitere Leute hier hast, die auch wunderbar in der Lage sind, einen Käufer zu finden. Das hast du auf dem Schirm, oder?«

»Durchaus, aber Andi ist seit über einem Jahr die beste Maklerin in dieser Firma.«

»Weil sie immer die besten Aufträge bekommt«, murmelte Hunter.

»Jetzt hört mal zu, Leute. Jeder von euch könnte einen Klienten haben, der ein Gebot abgeben will. Und darum fahren wir auch gleich morgen früh alle zusammen nach Malibu und schauen uns das Objekt an«, kündigte David an.

Ein aufgeregtes Summen breitete sich im Raum aus.

Eine Million Dollar.

Das würde reichen, um mir eine eigene Firma aufzubauen, dachte Andi. Und zwar in einer ordentlichen Lage. Eine Assistentin wäre auch drin. Solche Summen veränderten das Leben. David hatte recht – sie war tatsächlich Saint Realtys beste Maklerin, und das hatte nichts mit Bevorzugung zu tun. Nein, Andi war einfach verdammt gut in ihrem Beruf.

Eine Million Dollar.

Als sie sich am Tisch umsah, erkannte sie ihre eigene Aufregung und Entschlossenheit in den Gesichtern von Krystal, Myles, Verona und Hunter wieder.

Die vier waren wie sie Maklerinnen und Makler. Ihre Kolleginnen und Kollegen. Ihre Rivalinnen und Rivalen.

In ihren Gesichtern nahm sie aber auch Verzweiflung wahr. Als hätten sie alle ganz persönliche Motive, aus denen sie das Geld benötigten. Aus irgendeinem Grund setzte Andi dieser Gedanke zu, und trotz der Hitze im Raum lief ihr ein Schauer über den Rücken.

Kapitel 3

ARIBO
DANACH

Der Anruf kam zwischen Hauptgang und Dessert.

Detective Jimmy Aribo nahm gerade mit seiner Frau in einem der besten Restaurants von Calabasas einen Lunch zu sich. Es gehörte zu Denises Lieblingslokalen, doch ihr letzter Besuch lag schon Monate zurück. Aribo ging viel zu selten mit ihr aus. Sie saßen an einem kleinen Tisch für zwei draußen auf der Terrasse. Der gepflasterte Innenhof mit seinen Bäumen, der Sonnenschein, die leise Musik – man hatte den Eindruck, in einer Trattoria in der Toskana zu sitzen und nicht nah an zu Hause.

Sie saßen bei einem späten Lunch – oder einem frühen Abendessen, je nach Sichtweise –, weil sie für heute Abend Eintrittskarten zu einem Howard-Jones-Konzert im Ace Hotel besaßen. Aribo hatte Tisch und Veranstaltung als Überraschung für ihren zwanzigsten Hochzeitstag gebucht. Und für sie beide den teuersten Wein auf der Karte bestellt. Was seine Chancen auf Sex heute Abend betraf, war er ziemlich optimistisch.

Aribo und Denise waren schon fast so lange verheiratet, wie er seinen Beruf ausübte. Dreiundzwanzig Jahre im Los Angeles County Sheriff's Department. Wenn er in den Ruhestand ging, würde er eine anständige Altersversorgung und vielleicht eine goldene Uhr bekommen. Denise jedenfalls hatte einen Orden verdient, so viel stand fest. Für den Augenblick würde sie sich jedoch mit einer Portion guter Gnocchi und Musik aus den Achtzigern zufriedengeben müssen.

»Da vibriert was«, sagte Denise.

»Bitte?«
»Dein Handy. Es vibriert.«
»Tatsächlich?« Aribo klopfte sich die Hosentaschen ab.
»Im Sakko.«
Aribo fand das Handy in seinem Jackett, das er lässig über die Stuhllehne geworfen hatte.
»Es ist Tim.«
»Dann gehst du wohl besser mal ran.« Denise klang resigniert.
Aribo zögerte. »Ich habe mir extra freigenommen. Darum habe ich das Ding doch auf lautlos gestellt.«
»Geh einfach ran.«
Tim Lombardi war Aribos Partner am Los Angeles County Sheriff's Department und hatte strikte Anweisung erhalten, heute nicht anzurufen. Was ihn aber anscheinend nicht davon abhielt, es jetzt zu tun. Sie arbeiteten seit mehr als einem Jahrzehnt zusammen, und manchmal fühlte sich ihre Beziehung wie eine Ehe an, allerdings mit weniger Vorteilen.
»Tim. Du weißt genau, dass ich heute keinen Dienst habe. Hoffentlich hast du einen guten Grund.«
»Ich weiß, ich weiß. Euer Hochzeitstag. Zwanzig Jahre, stimmt's? Bitte sag Hallo zu Denise. Es ist nur so, dass hier was anliegt. Ganz eindeutig kein natürlicher Tod. Tut mir leid, Aribo, aber wir brauchen dich hier.«
»Warum hat mich der Captain nicht angerufen?«
»Weil Garcia ein Feigling ist. Er hat Angst vor Denise. Ich habe das kurze Streichholz gezogen.«
Aribo musste wider Willen lachen. »So schlimm ist sie gar nicht. Eigentlich ist sie ein liebes kleines Schmusekätzchen.«
Denise zog eine Augenbraue hoch und goss sich mehr Wein ins Glas. Ihm nicht.
»Klar«, meinte Lombardi.
»Okay, was liegt an?«
»Eine Leiche im Pool in einem Haus am Malibu Beach Drive.«
Malibu Beach Drive, das bedeutete sehr reiche Leute, also Me-

dieninteresse und damit ganz genaue Beobachtung von höherer Stelle.

»Shit. Was ist denn da so verdächtig?«

»Blut. Mögliches Kopftrauma. Die Möbel am Pool stehen irgendwie falsch. Und unsere Leiche war auch nicht unbedingt zum Schwimmen angezogen.«

»Welchen Eindruck hast du? Ist da irgendeine häusliche Auseinandersetzung aus dem Ruder gelaufen?«

»Nein. Das passt nicht. Da lief gerade ein Open-House-Event, als der Anruf bei uns reinkam.«

»Was?«

»So eine Art Maklerparty.«

»Ja, ich weiß, was ein Open-House-Event ist. Aber willst du damit sagen, wir haben auf einer gut besuchten Party eine Leiche im Pool?«

»Genau das.«

Ein Kellner erschien, auf dem Tablett zwei Schokoladensoufflés mit Vanilleeis. In den Soufflés steckten Wunderkerzen, und auf den Tellerrand hatte man jeweils mit einer exquisiten Schokoladensoße in eleganten Schnörkeln »Alles Gute zum Hochzeitstag« geschrieben. Gutes Timing hatten sie hier drauf, das musste man ihnen lassen.

»Ich kann in einer halben Stunde bei euch sein«, sagte Aribo.

Mit versteinertem Gesichtsausdruck zog Denise einen der Teller zu sich heran. Die Wunderkerzen erloschen. Sie nahm mit der Gabel ein wenig Soufflé auf und steckte es sich in den Mund. Heute Nacht würde er keinen Sex bekommen. Nicht unter den gegebenen Umständen.

»Folgendes, Aribo«, fuhr Lombardi fort. »Wir haben hier fünfzig Zeugen. Aber niemand hat irgendwas gesehen, und niemand hat irgendwas gehört.«

Kapitel 4

HUNTER
DAVOR

Lässig lenkte Hunter Brooks seinen eleganten schwarzen Rolls-Royce Ghost in die Auffahrt seines Hauses im Spanish-Colonial-Revival-Stil in Brentwood und stellte den Motor ab. Er fühlte sich gleichzeitig aufgekratzt und angepisst.

Aufgekratzt durch die Vorstellung, die coole Summe von einer Million Dollar könnte demnächst auf seinem Konto landen, und beim Gedanken an den Unterschied, den das in seinem Leben machen würde. Gerade jetzt.

Angepisst, weil David, sein langjähriger Boss und früherer Mentor, ganz offensichtlich die Ansicht vertrat, Hunter sei dem Job nicht gewachsen. David hatte allen in diesem ganzen verdammten Büro nur zu deutlich zu verstehen gegeben, dass seiner Überzeugung nach Andi Hart die größten Chancen hatte, einen Käufer für das Objekt in Malibu an Land zu ziehen.

Hunter mochte Andi nicht – und nicht nur, weil sie mehr Objekte verkaufte als er selbst.

Dieses ganze betont entspannte »Ich komme aus New York«-Getue ging ihm so richtig auf die Nerven. Es war, als glaube sie, sich nicht wie alle anderen anstrengen zu müssen. Mal ehrlich, was sollte das mit den abgewetzten Stiefeln, der abgetragenen Lederjacke und dem zerzausten Haar? Andi zog sich nicht so an wie die anderen Frauen, die Hunter kannte. Aber viele Leute schienen ihren Stil geradezu zu lieben, vor allem die jungen Kreativen von Hollywood, die aufstrebenden Schauspieler und Musiker und Künstler. Sie alle wollten, dass sie für sie arbeitete. Wenn man diese

Leute zu Andis bestehender Klientel an der Ostküste hinzurechnete, so musste Hunter zähneknirschend einräumen, besaß Andis Klientenliste ein außergewöhnliches Potenzial.

Natürlich hatte Hunter seine Hausaufgaben gemacht, als Andi Hart ins Team von Saint Realty gekommen war. Einer seiner alten Kumpel mischte in der Maklerszene in Brooklyn mit und hatte sich diskret für ihn umgehört. Aber da gab es keine schmutzige Wäsche zu waschen, nichts, was da ungewöhnlich oder interessant gewesen wäre – abgesehen von der Tatsache, dass Andi Manhattan wohl ziemlich überstürzt verlassen hatte. Ihren Job und ihr Apartment aufgegeben und ihren Freund verlassen, alles innerhalb einer Woche. Dann war sie mit Sack und Pack hierher nach La-La-Land gezogen.

Hunter entdeckte sein Handy in der Autotür und merkte, dass es immer noch ausgeschaltet war. Nach Davids großer Ankündigung hatte er von seinem Schreibtisch aus einige Anrufe tätigen wollen, ohne Ablenkungen, ohne dass ständig unerwünschte SMS auf seinem Handy erschienen. Er schaltete das Gerät ein, während er aus dem Wagen stieg und sich auf die Haustür zubewegte. Es erwachte zum Leben und piepte ein paarmal, um kundzutun, dass etliche neue Nachrichten eingegangen waren. Hunter blieb stehen, um sie zu lesen.

> **Charlie Vance:** Ich lasse mich nicht für dumm verkaufen, Hunter. Ich brauche mehr Geld.
>
> **Charlie Vance:** Hunter?? Melde dich lieber, sonst ...
>
> **Melissa:** Hey, Süßer, wie läuft dein Tag? Ich mache heute Abend Brathähnchen, wenn das okay ist?
> Love you xx
>
> **Betsy Bowers:** Ein Klient interessiert sich für dein Objekt auf der Homepage. Können wir ganz schnell eine Besichtigung arrangieren?

Melissa: Habe versucht, dich anzurufen. Warum ist dein Handy abgestellt? Ich habe das Huhn. Essen um sieben, ja? Xx

Charlie Vance: IGNORIERE MICH NICHT. Du weißt, was dann passiert.

Hunter schrieb eine rasche SMS an Betsy Bowers, in der er einen Besichtigungstermin für den kommenden Nachmittag anbot.

Erst als er die Tür öffnete, fiel ihm auf, dass in keinem der Fenster Licht brannte. Dabei war es fast neunzehn Uhr. Hunter runzelte die Stirn.

Er betrat das Haus. Ab dem frühen Abend hatte Melissa normalerweise in jedem Zimmer eine Lampe an. Heute lag das gesamte untere Stockwerk im Dunkeln. Es duftete auch nicht nach Huhn oder irgendwelchem anderen Essen. Kein Klappern mit Töpfen oder Geschirr in der Küche. Kein lauter Fernseher im Wohnzimmer. Nichts von den Geräuschen und Gerüchen, die ihn üblicherweise bei der Rückkehr von der Arbeit willkommen hießen.

»Melissa?«, rief er. »Bist du da, Sweetheart?«

Keine Antwort.

Ihr Auto stand in der Einfahrt. Hunter hatte seinen Wagen genau neben ihrem geparkt. Er ging ins Wohnzimmer und fand es leer vor. Weiter in die Küche. Der schicke Vintage-Ofen und der Herd waren nicht eingeschaltet. Die große Kücheninsel, auf der Melissa ihre Mahlzeiten zubereitete, war blitzsauber. Dann bemerkte er das Handy seiner Frau in einer Ecke, ihre Handtasche direkt daneben. Hunter berührte das Display und entdeckte mehrere ungelesene und unbeantwortete SMS von einigen ihrer Freundinnen.

Das passte überhaupt nicht zu Melissa. Ein mulmiges Gefühl ließ sich in Hunters Eingeweiden nieder. Hier stimmte etwas nicht. Ganz und gar nicht.

»*Melissa!*«

Die Kehle wurde ihm eng.

Stille.

Und dann ... war da etwas. Ein Aufschrei oder ein Wimmern. Es kam von oben.

Hunter nahm zwei Stufen auf einmal. Unter der Tür zum großen Badezimmer kam Licht hervor. Jetzt hörte er, dass drinnen jemand weinte. Er drückte vorsichtig die Klinke herunter. Die Tür war nicht verschlossen.

Melissa saß zusammengesunken auf dem Boden, ihr Haar hing ihr ins Gesicht. An den Händen und auf den bloßen Beinen Blut. Überall Glasscherben. Wanne und Fußbodenkacheln ebenfalls mit Blut verschmiert.

»Oh Gott, Melissa.« Hunter fiel neben ihr auf die Knie. Etwas Feuchtes drang durch seine schicken Hosen. Er spürte den eigenen Herzschlag in den Ohren. »Was zum Teufel ist passiert? Bist du in Ordnung?«

»Oh, Hunter«, rief sie weinend, schlang ihm die Arme fest um den Hals und vergrub das Gesicht an seiner Schulter. Sie atmete schwer, schluchzte und hatte gleichzeitig Schluckauf.

Hunter versuchte, die in ihm aufsteigenden Gefühle von Angst und Panik zu unterdrücken. »Hat man dir etwas angetan? War jemand im Haus? Was haben sie mit dir gemacht?«

Melissa lehnte sich zurück und schaute ihn verständnislos an. Auf ihrem Gesicht waren Rotz, Tränen und Mascara verschmiert. Ihre Augen waren geschwollen wie dicke rote Kissen. Sie schüttelte den Kopf. »Es war niemand im Haus.«

Plötzlich nahm Hunter einen penetranten Geruch wahr, der ihm hinten in der Kehle brannte und in den Augen stach. Jetzt begriff er, dass die Glasscherben zu einigen seiner teuren Duftwasserflaschen gehörten, die normalerweise oben auf dem Badezimmerschrank standen.

»Erzähl mir, was passiert ist, Mel.«

»Die Klinik hat angerufen.« Melissa begann wieder zu weinen. »Es hat nicht geklappt. Ich bin nicht schwanger.«

Hunter spürte, wie in seinem Bauch ein schwerer Anker auf Grund ging.

»Ach, Baby.« Er zog sie an sich und streichelte ihr das lange, dunkle Haar. »Es tut mir so leid.«

Eine Weile ließ er sie leise weinen, und seine Angst und Panik wichen Verzweiflung und Schuldgefühlen.

»Ich war mir wirklich sicher, diesmal hätte es geklappt«, meinte sie. »Es hat sich einfach anders angefühlt als vorher. Ich war so fest davon überzeugt. Dann hat Dr. Kesslers Sekretärin mit den Ergebnissen angerufen, und ich bin so wütend geworden. Da habe ich ein paar Flaschen kaputt gemacht. Als ich die Scherben aufheben wollte, habe ich mich geschnitten. Es ist so verdammt unfair!«

»Ich weiß, ich weiß«, versuchte Hunter sie zu beruhigen.

Er untersuchte die Schnitte an Melissas Händen und Beinen und stellte erleichtert fest, dass sie nur oberflächlich waren. Dann holte er einen Erste-Hilfe-Kasten aus dem Badezimmerschrank, desinfizierte die Wunden und klebte ein paar Pflaster darauf.

»Ich glaube, du wirst es überstehen.« Er lächelte. »Von meinem Duftwasser kann man das allerdings nicht behaupten.«

Melissa erwiderte sein Lächeln, dann wurde sie wieder ernst. »Wir versuchen es aber weiter, oder? Noch eine künstliche Befruchtung. Noch mehr Tests. Was immer nötig ist. Wir können es uns leisten, oder? Du hast doch gerade erst letzten Monat dieses Haus in der Doheny Road verkauft. Also können wir die Courtage benutzen.«

Hunter zögerte. »Lass uns später darüber reden, ja?«

»Du gibst doch nicht auf?« Melissa packte ihn am Hemd, klammerte sich fest. »Sag, dass du immer noch Vater werden möchtest. Dass du unser Baby nicht aufgibst. Dass du *mich* nicht aufgibst.«

»Natürlich nicht.« Er seufzte. »Ich möchte einfach nur, dass du glücklich bist, Mel. Das ist für mich das Allerwichtigste. Wir machen noch einen Termin mit Dr. Kessler und hören uns an, was sie vorschlägt. Okay?«

Seine Frau nickte. »Okay.«

»Warum legst du dich nicht ein bisschen hin? Dann räume ich auf und koche uns was. Ich wecke dich, wenn alles fertig ist. Klingt das gut?«

»Wunderbar.« Melissa küsste ihn sanft. »Womit habe ich dich nur verdient?«

Nachdem im Bad alles erledigt war, ging Hunter nach unten. Im Kühlschrank fand er das Huhn, steckte es in den Ofen und machte einen Salat. Dann öffnete er für sich eine Flasche Châteauneuf du Pape. Melissa verzichtete schon seit längerer Zeit auf Alkohol, um ihre Chancen auf eine Schwangerschaft zu erhöhen. Das erste Glas trank er rasch aus und goss sich sofort ein weiteres ein.

Er fuhr zusammen, als sein Handy einen schrillen Ton von sich gab. Auf dem Display erschien der Name Charlie Vance.

Hunter drückte den Anruf weg. Sofort klingelte sein Handy wieder, und er ließ erneut die Mailbox rangehen. Gerade wollte er das Gerät ausstellen, da traf eine SMS ein.

> Ich stehe draußen. Meine Anrufe kannst du ignorieren, an die Tür wirst du ja wohl gehen.

Hunter stürzte ins Wohnzimmer und spähte durchs Fenster. Inzwischen war es stockdunkel. Ein Auto stand unter einer Straßenlaterne, die Scheinwerfer eingeschaltet. Sie blinkten zweimal hintereinander kurz auf.

Fuck.

Hunter wählte Charlie Vance' Nummer.

»Was zum Teufel soll das?«, zischte er.

»Du lässt mir keine andere Wahl, Hunter.«

»Na und? Ist es deswegen in Ordnung, einfach vor meiner Tür aufzutauchen? Bist du verrückt geworden, verdammt noch mal? So war das nicht abgemacht.«

»Es war auch nicht abgemacht, dass du mich einfach ignorierst. Soll ich jetzt also aus dem Auto steigen, oder was? Ich bin nicht allein, falls du das geglaubt hast.«

In der Küche gab der Wecker einen lauten Summton von sich. Hunter schaute zur Decke und fragte sich, ob Melissa wohl wach war. Er fluchte leise. »Okay. Was willst du?«

»Reden will ich. Ein persönliches Gespräch. Wir müssen an unserem finanziellen Abkommen ein paar Veränderungen vornehmen.«

»Wann?«

»Morgen.«

»Morgen geht es nur am späten Nachmittag. Ich habe Termine, die ich nicht verschieben kann. Eine wichtige Besichtigung.«

»Gut. Das Geld wirst du brauchen. Sechzehn Uhr. Üblicher Treffpunkt. Und komm nicht zu spät.«

Kapitel 5

KRYSTAL
DAVOR

Auf der anderen Seite der Interstate 405, im Vorland der Santa Monica Mountains, lag Krystal Taylors Haus ebenfalls im Dunkeln. In ihrer Brust zog sich etwas zusammen, und sie umfasste das Lenkrad ihres lippenstiftroten Porsche 911 mit festem Griff.

Anders als Hunter Brooks war sie jedoch nicht alarmiert – nicht einmal überrascht, als sie ihr Haus in der Siedlung Trousdale Estates mit dunklen Fenstern und einer leeren Auffahrt empfing. In letzter Zeit kam es sehr häufig vor, dass sie bei ihrer Ankunft niemanden zu Hause antraf.

Stinksauer machte es sie trotzdem.

Krystal konnte sich nicht daran erinnern, wann sie und ihr Ehemann zuletzt zusammen zu Abend gegessen hatten. War das einen Monat her? Länger? Eigentlich egal. Fest stand, sie verbrachten immer weniger Zeit miteinander. Zugegeben, sie hatte einen hektischen Arbeitsalltag, aber Micah war in letzter Zeit wirklich sehr viel unterwegs.

Im Haus stellte Krystal die Alarmanlage ab und glitt aus ihren Louboutins. Ließ sie einfach an der Haustür liegen. Micah hasste Unordnung – na und? Er war ja nicht da, um sich zu beschweren. Barfuß tappte sie durchs Haus, schaltete in allen Räumen das Licht ein. Krystal rief nicht einmal, um festzustellen, ob vielleicht doch jemand zu Hause wäre. Nicht nötig.

Der Zettel lag auf dem Küchentisch. Ein Stück Papier von einem Notizblock abgerissen und doppelt gefaltet. Micahs so vertraute Schnörkelschrift mit blauem Kugelschreiber auf billigem gelbem Linienpapier.

Arbeitsessen mit Al. Möglicherweise neuer Gig.
Warte nicht auf mich.

Kein »Hi, Honey« als Begrüßung, kein Kuss am Ende. Es ging nur darum, die allerwichtigsten Informationen mitzuteilen. Sonst nichts. Genau wie bei den ganzen anderen kurzen Nachrichten, die er für sie hinterließ, wenn er wegen eines sogenannten Arbeitstreffens erst nach Mitternacht nach Hause kam.

Arbeitstreffen.

Krystal lachte bitter auf, und in der stillen Küche hallte ihr Lachen laut wider.

Micah Taylor hatte nicht mal eine Arbeit. Nicht wirklich jedenfalls, nicht mehr.

Er war Football-Profi, ein ehemaliger NFL-Wide Receiver, der seine gesamte Karriere bei den Los Angeles Rams verbracht hatte. Am Tag nach der Rams-Niederlage im Super Bowl LIII war er ausgestiegen.

Heutzutage ging es bei seiner »Arbeit« um Auftritte auf Spendenveranstaltungen für Prominente (gegen Bezahlung, versteht sich), ums Bänderdurchschneiden bei der Eröffnung einer neuen Pizzakette, um einen Auftritt bei *Dancing with the Stars* (obwohl er zwei linke Füße hatte) oder was auch immer sein langjähriger Agent Al Toledo an Land zog, damit auch nach dem Football Geld in die Kasse kam.

Krystal knüllte den Zettel zusammen und warf ihn in den Müll. Manche Frauen fanden handschriftliche Nachrichten von ihren Ehemännern romantisch oder niedlich. Krystal gehörte nicht zu ihnen.

Sie suchte in ihrer Louis-Vuitton-Tasche nach ihrem Smartphone und rief ihren Mann an, obwohl sie ziemlich sicher war, dass sein Handy ausgeschaltet sein würde. Dass sie mit ihrer Vermutung recht hatte, verschaffte ihr eine Art grimmiger Genugtuung. Der Anruf wurde direkt an die Mailbox weitergeleitet. Krystal legte auf, ohne eine Nachricht zu hinterlassen.

Dass er so häufig nicht zu erreichen war, begründete Micah damit, er könne während wichtiger Meetings keine unnötigen Unterbrechungen gebrauchen – unnötige Unterbrechungen wie alberne Anrufe und SMS von seiner Frau oder seinen Kumpels. Das, so Micah, wirke unprofessionell.

»Und was, wenn irgendwann ein Unfall passiert und ich dich nicht erreichen kann?«, hatte sie ihn einmal gefragt.

Micah hatte nur mit den Schultern gezuckt. »Ich passe immer ziemlich gut auf. Warum sollte ich einen Unfall haben?«

»Ich meine, wenn *ich* einen Unfall habe?«

Erneutes Schulterzucken. »Dann könntest du doch eine Freundin anrufen oder irgendwen von der Arbeit, oder die 911, wenn es wirklich schlimm ist.«

Krystal brauchte nicht lange, um darauf zu kommen, dass der eigentliche Grund für Micahs konsequentes Handyabstellen seine Sorge war, sie würde ihm mit einer dieser Tracking-Apps hinterherspionieren. Dieser Gedanke gefiel Micah nicht, könnte sie doch herausfinden, dass er nicht war, wo er zu sein behauptete. Oder besser gesagt, *mit wem* er dort zu sein behauptete.

Micah hielt sich für außergewöhnlich clever, aber Krystal hatte ihn ganz bestimmt nicht wegen seines Superhirns geheiratet. Fairerweise musste sie einräumen, dass sie selbst ihn auch nicht gerade durch ihre eigenen akademischen Leistungen beeindruckt hatte, aber klüger als er war sie allemal. Und klüger, als die meisten Leute sie einschätzten.

Vor einiger Zeit hatte sie für hundertfünfzig Dollar auf Amazon einen GPS-Tracker gekauft. Einen kleinen schwarzen Apparat mit einem Magneten daran, der in ihre Hand passte und sich leicht unauffällig platzieren ließ. Offiziell sollte er wohl bei Fahrzeugdiebstahl oder -verlust helfen, hatte Krystal überlegt, aber bei verlogenen Ehemännern funktionierte er genauso gut.

Das Ding ließ sich auf jeder beliebigen ebenen Metallfläche anbringen, aber sie hatte sich gegen die Unterseite von Micahs Wagen entschieden. Erstens wollte sie auf keinen Fall auf dem Bauch liegend etwas unter seinen tiefergelegten Aston Martin schieben. Zweitens wäre diese Taktik zu offensichtlich gewesen, denn Micah hatte zweifellos dieselben Filme gesehen wie sie. Stattdessen hatte sie den Tracker im Kofferraum versteckt, in der Ecke hinter den teuren Golfschlägern, die Micah nur einmal im Leben benutzt hatte.

Jetzt rief Krystal die dazugehörige App auf und schaute sich die Karte genauer an. Die Daten wurden direkt übertragen, und der unbewegliche rote Punkt verriet ihr, dass ihr Mann den Motor ausgeschaltet hatte und sein Wagen in der Nähe des Grandmaster Recorders stand, einem Restaurant mit Bar im Westen Hollywoods.

»Ach«, sagte Krystal laut.

Mit dieser Art Information hatte sie nicht gerechnet. Vielleicht sagte Micah ja einmal im Leben die Wahrheit. Vielleicht aß er tatsächlich mit seinem Agenten Al Toledo und einem Klienten zu Abend. Um das herauszufinden, gab es nur eine Möglichkeit. Krystal nahm ihre Handtasche, ging durch den Flur und schlüpfte wieder in ihre Louboutins.

Während sie über den Loma Vista Drive glitt, den zu beiden Seiten riesige Bäume, Luxusvillen und Baustellen für weitere Objekte im Wert von mehreren Millionen Dollar säumten, rasten Krystals Gedanken genauso schnell wie ihr Porsche.

Mit wem ist Micah zusammen? Was treibt er gerade?

Krystal hatte das scheußliche Gefühl, die Antwort auf diese Fragen bereits zu kennen. Sie fuhr auf der Doheny Road weiter östlich, bevor sie auf den Sunset Boulevard einbog, wo die Neonlichter aufpoppten, geradezu zischten, und riesige Reklamewände einen zu verführen versuchten. Sie fuhr weiter, vorbei am Pendry Hotel mit seinem eleganten Glasmodernismus und am Chateau Marmont, das in all seiner vergangenen Glorie hoch oben auf dem Hügel thronte. Dann an den minimalistischen, klaren Linien des trendigen Moment Hotel.

All diese Orte stellten Stationen auf einer Landkarte der Untreue dar. In Cahuenga schließlich fand Krystal etwa fünfzig Meter vom Restaurant entfernt einen Parkplatz hinter einem großen Geländewagen, sodass sie den Eingang im Auge behalten konnte, ohne dass ihr eigenes Auto mit seinem leuchtenden Rot zu sehr aufgefallen wäre.

Ursprünglich war das Grandmaster Recorders ein Stummfilmtheater gewesen, bis man es Anfang der Siebziger in ein Tonstudio umgewandelt hatte, in dem Stevie Wonder, David Bowie, Bonnie Raitt und viele andere Stars Songs aufnahmen. Inzwischen konnte man dort etwas essen und trinken – aber keine Musik mehr machen. Trotzdem zog es immer noch Prominente an. Das Restaurant gehörte zu Micahs Lieblingsorten.

Krystal saß im Wagen, wartete und schaute und dachte an all die anderen Male, als sie ihrem Mann hinterherspioniert hatte.

Die erste Aktion mit dem Tracker hatte sie zum Sunset Tower Hotel geführt. Sie war direkt nach drinnen marschiert und hatte Lobby, Bar, Restaurant und andere öffentliche Bereiche abgesucht. Von Micah keine Spur. Dann war sie zu ihrem Wagen zurückgekehrt und hatte sich jedes einzelne Fahrzeug notiert, das das Gelände etwa zur selben Zeit verließ wie sein Aston Martin. Später hatte sie dasselbe am Pendry Hotel erledigt und am Chateau Marmont und am Moment Hotel, bis sich ein Muster abzeichnete: Es kam jedes Mal ein silberner Mercedes-Sportwagen mit heruntergelassenem Verdeck, am Steuer eine Rothaarige, immer mit einer riesigen Sonnenbrille, die ihr Gesicht teilweise verdeckte. Krystal hätte nicht sagen können, wie alt die Frau war oder wie attraktiv. In zweierlei Hinsicht hegte sie allerdings keinerlei Zweifel: Die Bitch hatte Geld, und sie ging mit Krystals Ehemann ins Bett.

Etwas mehr als eine Stunde später verließ Micah das Grandmaster Recorders. Übersehen konnte man ihn kaum: 1,85 Meter groß, über 85 Kilo schwer, die Haut so dunkel wie der Nachthimmel, Sneakers so weiß wie der Mond, und in einem grellen Sportjackett, das mehr kostete als das Monatsgehalt der meisten Leute. Mit seinen vierundvierzig Jahren immer noch so fit, kompakt und attraktiv wie auf dem Höhepunkt seiner Football-Karriere.

Seine Begleitung war definitiv nicht Al Toledo.

Schlank und zierlich, etwa dreißig Zentimeter kleiner als Micah, und eine Mähne aus dickem rotem Haar, die auf ihren schmalen Schultern lag. Keine Sonnenbrille diesmal. Etwa Ende dreißig. Krystal hämmerte fluchend auf ihr Lenkrad ein. Die Frau da war nicht einmal jünger oder hübscher als sie selbst – die ultimative Beleidigung.

Micah überreichte dem Parkplatzwächter ein Ticket und wartete auf seinen Wagen, während Krystals Welt um sie herum wie ein Kartenhaus zusammenbrach. Inzwischen zeigte er seine Untreue also öffentlich, verdammt noch mal. Entweder war Micah sogar noch dümmer, als sie gedacht hatte, oder es war ihm längst gleichgültig, wenn man ihn mit einer Frau sah, bei der es sich ganz eindeutig nicht um seine Ehefrau handelte.

Micah zieht das wirklich durch, dachte Krystal. Ihre Brust hob und senkte sich hektisch, und sie war kurz davor, sich über die Ledersitze ihres Wagens zu übergeben. Er würde sie wirklich verlassen. Schlimmer noch, er würde sie mittellos zurücklassen.

Es gab einen Ehevertrag. Al – das Gehirn in der Partnerschaft Toledo/Taylor – hatte dafür gesorgt. Damals hatte Krystal damit kein besonders gutes Gefühl gehabt, unterschrieben hatte sie dennoch, weil Micah immer sehr großzügig mit seinem Geld gewesen war. Am Anfang ihrer Beziehung hatte er sie mit teuren Geschenken nur so überschüttet und ihr dann eine hohe monatliche Zuwendung und ihre eigene Platin-Amex-Karte versprochen, wenn sie erst einmal verheiratet wären.

Krystal hatte sich eingeredet, sie würde sich niemals wegen einer Scheidung sorgen müssen.

Dann hatte sie die Affäre entdeckt, die alles veränderte.

Ein eigenes Scheckkonto besaß sie schon – für das »Taschengeld«, das sie mit ihrer »kleinen Tätigkeit« verdiente, wie Micah das nannte. Seit vier Monaten gab sie ihre durch Courtagen eingenommenen Honorare nun schon nicht mehr für Schuhe und Handtaschen aus. Stattdessen legte sie sie zurück, außerdem alles, was von ihrer monatlichen Zuwendung übrig blieb. Eines Tages, so hatte sie sich überlegt, würde sie dieses Geld vielleicht brauchen.

Jetzt spitzte sich die Lage tatsächlich zu, viel schneller als befürchtet, und Krystal verfügte noch längst nicht über ausreichend hohe Ersparnisse. Aber den Lebensstandard, an den sie sich gewöhnt hatte, aufzugeben, dazu war sie auf keinen Fall bereit. Nie wieder würde sie die bettelarme Kasey Franks aus Grapevine in Texas sein.

Armut kam für Krystal Taylor nicht mehr infrage.

Während sie zusah, wie ihr Ehemann der Rothaarigen die Beifahrertür aufhielt, schweiften ihre Gedanken zu David Saints Ankündigung ab, zu dem Fünfzig-Millionen-Dollar-Haus am Strand von Malibu und zu der Tatsache, dass es da eine Courtage zu holen gab.

Eine Million Dollar.

Ein guter Anfang.

Krystal Taylor würde sich das Geld schnappen, und niemand würde ihr dabei in die Quere kommen.

Kapitel 6

ANDI
DAVOR

Andi wachte vorm Weckerklingeln auf und schaute vom Bett aus zu, wie sich der Himmel draußen vor dem Fenster langsam aus einem tiefen Blauviolett in ein Orangegold verwandelte.

Über das Handy rief sie ihre E-Mails auf und stellte fest, dass im Hinblick auf das Malibu-Projekt ein paar »Grundsätzlich interessiert, bitte um Updates«-Reaktionen von einigen ihrer Klienten an der Ostküste eingegangen waren. Andi hatte getan, worum David sie gebeten hatte, also bereits die Fühler ausgestreckt, aber nach der Besichtigung heute Morgen wäre sie natürlich viel besser in der Lage, konkrete Informationen anzubieten.

Und dann waren da noch zwei Nachrichten von Nick Flores, auf die sie antworten musste.

Bei der ersten handelte es sich um eine E-Mail von gestern Nachmittag, kurz vor siebzehn Uhr. Darin wurde Andi darüber informiert, dass sich Flores' Klient bereit zeigte, den Preis für die Räumlichkeiten am Santa Monica Boulevard auf dreihundert Dollar pro Quadratmeter zu senken. Ungefähr zwei Stunden später hatte Flores der Mail eine Sprachnachricht folgen lassen. Er klang verärgert und gestresst, und im Hintergrund waren streitende kleine Kinder zu hören.

»Schön, Sie haben gewonnen«, sagte er. »Zweihundertachtzig Dollar. Unser bester Preis, und der endgültige. Geben Sie mir Bescheid, ob Sie unter diesen Umständen noch interessiert sind.«

Andi lächelte. So viel zum Thema »Nicht verhandelbar«.

Zweihundertachtzig Dollar waren weder Flores' bester noch sein endgültiger Preis. Sie hatte gute Chancen, ihn noch weiter nach unten zu drücken, etwa auf zweihundertsechzig Dollar. Außerdem machte es ihr Spaß, ihn ein wenig schmoren zu lassen. Auf jeden Fall würde alles anders werden, falls sie einen Käufer für das Strandhaus in Malibu fände.

Die Aussicht auf den Tag erfüllte Andi mit Aufregung. Was würde er wohl für ihre Karriere bedeuten?

Sie strampelte die Bettdecke weg, duschte und nahm auf dem Balkon ein Frühstück aus Speck, Eiern und schwarzem Kaffee zu sich. Immergrüne Büsche und vereinzelte knallpinke Bougainvilla-Blüten machten den Ort zu ihrem eigenen kleinen Paradies, nur fünfzehn Minuten vom bunten Treiben auf dem Sunset Strip entfernt.

Andi bewohnte das Obergeschoss eines bescheidenen Einfamilienhauses, die Holzverkleidung hatte die Farbe von rohem Keksteig. Das Gebäude war irgendwann in den Vierziger- oder Fünfzigerjahren erbaut und vor noch nicht langer Zeit zu zwei winzigen Apartments umgestaltet worden. Ihren privaten Eingang erreichte man über einen engen Treppenaufgang direkt von der Straße aus. Hier, ganz in der Nähe des Laurel Canyon Boulevard, war man weniger als einen Steinwurf von Jim Morrisons früherem Haus entfernt, das ihn seinerzeit zu dem Song *Love Street* inspiriert hatte. Nachdem Andi eine Weile lang die Sonne genossen hatte, ging sie wieder nach drinnen und stellte das schmutzige Geschirr in die Spüle. Es wurde Zeit, sich anzuziehen.

Sie öffnete den Schrank und holte ein niedliches Kleid von Marc Jacobs heraus, das sie vor einigen Jahren bei Century 21 im Ausverkauf entdeckt hatte. Es gehörte noch immer zu ihren Lieblingsstücken, denn wenn sie es trug, fühlte sie sich gut. Doch plötzlich hielt sie inne.

David hatte gesagt, der Developer werde sie im Malibu-Objekt herumführen. War das Kleid dafür formell genug? Oder würde sie den Eindruck erwecken, der Anlass sei ihr nicht wichtig genug, sich ein bisschen mehr Mühe zu geben? Vor allem im Vergleich zu den anderen?

Verona traf beim Zusammenstellen ihres Business-Chic-Looks immer den Nagel auf den Kopf. Ihre bunten, figurbetonten Kleider passten perfekt zu ihrer dunklen Haut, und ihre mittelhohen Absätze erweckten stets den Eindruck »sexy, aber seriös«. Krystals Stil war ähnlich, nur mit kürzeren Kleidern, höheren Absätzen und einer zusätzlichen Null auf dem Preisschild.

Andis eigene Herangehensweise in Sachen Mode gestaltete sich generell etwas entspannter, doch normalerweise traf sie auch keinen Developer, und schon gar nicht einen, der bereits ein Fünfzig-Millionen-Dollar-Projekt in seinem Portfolio vorweisen konnte. Was er wohl sonst noch in petto hatte und auf den Markt bringen wollte? Wenn Andi es mit ihren Plänen für eine eigene Firma ernst meinte, würde sie die richtigen Leute beeindrucken müssen.

Wer hübsche Häuser verkaufen möchte, muss selbst hübsch aussehen, meine Süße.

In diesem Augenblick konnte Andi die Stimme ihrer Mutter so deutlich hören, als würde sie direkt neben ihr im Zimmer stehen. Auch Patti Hart war Maklerin gewesen, was der Grund dafür war, dass Andi sich ebenfalls für diese Karriere entschieden hatte.

Sie blinzelte, um die unerwartet aufsteigenden Tränen zurückzudrängen, und glitt in ein Paar Sandalen, trug ein wenig Mascara und Lipgloss auf, überprüfte ihr Spiegelbild und entschied, dass es so gehen musste. Andi griff zu ihrem Handy und holte entsetzt Luft, als sie sah, wie spät es schon war.

Shit.

Wenn sie sich jetzt nicht sehr beeilte, würde sie zu spät kommen. Sie schnappte sich ihre Handtasche und die Autoschlüssel und betete, dass der Verkehr heute weniger dramatisch war als der übliche »Stoßstange an Stoßstange«-Albtraum. Auf der Treppe zur Straße stieß sie fast mit ihrem Nachbarn von unten zusammen. Jeremy Rundle war hochgewachsen und dünn, mit einem unscheinbaren Gesicht und zurückweichendem Haaransatz, obwohl er noch nicht einmal dreißig Lenze zählte. Er arbeitete von zu Hause aus »irgendwas mit Computern«, was alles vom YouTube-Gamer bis zum professionellen Hacker bedeuten konnte.

»Oh. Sorry, Jeremy. Hab dich gar nicht gesehen.«

Sein Gesicht lief rosa an, er grunzte und hielt eine kleine Packung Vollmilch hoch. »Ich war gerade Milch holen.«

»Das sehe ich.«

»Zum Frühstück esse ich immer Cheerios. Aber ich hatte keine Milch mehr. Cheerios ohne Milch, das geht nicht, oder?«

Er starrte sie so intensiv an, als wollte er sie herausfordern, seine Hypothese zu widerlegen.

»Äh, nein, wahrscheinlich nicht«, erwiderte Andi. »Guten Appetit, Jeremy. Ich muss los.«

Der Typ war zweifellos ein bisschen seltsam, aber einer seiner Vorteile bestand darin, dass er kein Auto, sondern ein Fahrrad besaß, welches er immer am Geländer ihres Treppenaufgangs festkettete. Deswegen gab es auch niemals irgendwelchen Zwist wegen der Frage, wer sein Auto auf der Fläche aus festgetretener Erde vor dem Gebäude abstellen durfte, die gerade so als Auffahrt durchging.

Bis nach Malibu war man etwa eine Stunde unterwegs, und Andi entschied sich für die malerischere Route über den Pacific Coast Highway statt für den Freeway 101. Sie freute sich darauf, die Fenster herunterzulassen und den Wind im Gesicht zu spüren, den Ozean zu riechen.

Schon wenig später stellte Andi fest, dass mit ihrem Wagen irgendetwas nicht stimmte. Die Lenkung war überaus schwergängig, das Auto zog zur Seite, und das lederne Lenkrad mit den Griffmulden vibrierte in ihren Händen. Der Wagen beschleunigte auch nur mit Mühe. Getankt hatte Andi erst gestern Abend, am Benzin konnte es also nicht liegen. Dann bemerkte sie ein lautes Klappern, es klang, als gebe das Fahrzeug Maschinengewehrfürze von sich. Der Supermarktparkplatz lag genau vor ihr, also bog sie dort ein und stellte den Motor ab. Dann stieg sie aus in die trockene Hitze, hockte sich hin und erkannte das Problem sofort. Einer der Reifen war platt.

»Fuck.«

Im Kofferraum hatte sie ein Reserverad, aber mit Reifenwechseln kannte sich Andi nicht aus. Sie holte ihre Kundenkarte aus dem Handschuhfach und rief den Pannendienst. Mindestens eine halbe Stunde müsse sie warten, teilte man ihr mit.

»Fuck.«

So weit der »bedeutsame Tag für ihre Karriere«.

Andi wählte Dianas Nummer.

»Andi … Hi … Was …?« Es folgte ein Windstoß, dann ein Knacken in der Leitung – mehr war nicht zu hören. Diana war bestimmt schon unterwegs und fuhr mit heruntergelassenen Fenstern.

»Diana?«, schrie Andi, während sie auf dem Parkplatz auf und ab tigerte, einen Finger ins freie Ohr gestopft. »Ich kann dich nicht hören!«

Plötzlich war es still, dann erklang wieder Dianas Stimme, deutlicher diesmal.

»Besser so?«

»Viel besser.«

»David und ich sitzen im Auto. Ich habe dich auf laut gestellt. Was ist los?«

»Es gibt da ein Problem. Ich habe einen Platten. Ich bin immer noch in L.A.«

»Verdammt noch mal, Andi«, mischte sich David ein, bevor Diana reagieren konnte. »Der Termin ist in weniger als einer Stunde. Wie lange dauert das mit dem Reifenwechsel?«

»Ensthaft? Du glaubst wirklich, dass ich persönlich zum Wagenheber greife? Der Pannendienst ist in einer halben Stunde hier, vielleicht dauert es auch länger.«

»Verdammte Scheiße.« Dann knackte es wieder in der Leitung, doch Andi hatte Davids Fluch laut und deutlich gehört.

Jetzt sprach wieder Diana. »Wir sind schon auf dem Highway, Andi. Wir können unmöglich umdrehen und dich mitnehmen. Ich vermute, bei den anderen sieht es genauso aus.«

»Und wenn du versuchst, ein Uber zu bekommen?«, schlug David vor.

»Wahrscheinlich warte ich am besten auf den Pannendienst. Ohne Auto bin ich doch aufgeschmissen.«

»Ich glaub es nicht!«, schnappte David.

Er klang ziemlich angefressen, fast übertrieben angefressen. Angefressen war Andi selbst. Sie hatte den Developer beeindrucken wollen, und jetzt würde sie stattdessen wie eine unzuverlässige Tussi rüberkommen – doch gegen einen platten Reifen war sie machtlos. Blödes Pech, aber wohl kaum das Ende der Welt. Sie würde trotzdem nach Malibu fahren und sich das Objekt anschauen. Nur eben nicht heute.

»Ich schicke dir die Informationen zum Objekt per Mail, damit du sie dir ansehen kannst. Wir besprechen dann alles später im Büro.« Wieder Diana.

Dann war die Verbindung tot.

Seufzend machte sich Andi auf den Weg in den Laden, um sich ein wenig Proviant zu besorgen. Wahrscheinlich musste sie eine ganze Weile warten.

Vierzig Minuten, zwei Dosen Dr Pepper und eine Familienpackung Chips später tauchte ein Wagen der Pannenhilfe neben Andis Beemer auf. Ein Typ in einem dunkelblauen Overall und mit einer Sonnenbrille mit Seitenschutz sprang heraus. Die Leuchtstreifen auf seiner Uniform blitzten in der Sonne. Auf seiner rechten Brust prangte in weißer Stickerei der Name Mike.

Während sich Mike an die Arbeit machte, ging Andi ihre E-Mails durch. Eine weitere Nachricht von Nick Flores, der unbedingt wissen wollte, was sie von seinem »besten und endgültigen« Angebot hielt. So langsam geriet der Kerl unter Stress. Andi beantwortete einige Anfragen zu anderen Objekten. Die von Diana angekündigten detaillierten Informationen zum Strandhaus in Malibu trafen ein, und Andi speicherte sie ab, um sie später am Schreibtisch lesen zu können.

»Den Platten hatte ich gar nicht bemerkt«, erklärte sie Mike, als der fertig war. »Ich bin einfach froh, dass es nicht auf dem Freeway passiert ist. Das hätte ganz schön gefährlich werden können.«

Mike spähte über seine Sonnenbrille hinweg. »Das war nicht nur ein einfacher Plattfuß.«

»Nicht? Was ist denn passiert? Bin ich über einen Nagel gefahren oder so?«

»Schraubenzieher.«

»Was?«

»Das Loch war an der Seite, nicht auf der Reifenaufstandsfläche, die die Straße berührt. Ein sorgfältig gestochenes Loch.« Schulterzuckend wischte er sich die schmutzigen Hände am Overall ab. »Könnte auch von einem Messer stammen, aber ich tippe auf einen Schraubenzieher.«

»Schraubenzieher? Ich versteh das nicht. Was wollen Sie damit sagen?«

»Dass es kein Unfall war. Wenn Sie mich fragen, hat sich da jemand absichtlich an Ihrem Wagen zu schaffen gemacht.«

Kapitel 7

VERONA
DAVOR

Verona King klappte die Sonnenblende hoch, trat aufs Gas und versuchte sich auf die Fahrt nach Malibu zu konzentrieren.

Und nicht ans Sterben zu denken.

Ihre eigene Sterblichkeit hatte sie in den vergangenen paar Tagen sehr beschäftigt, ihre Gedanken führten in ihrem Gehirn Krieg wie in einer Szene aus einer schlechten Seifenoper.

Alles wird gut. Es gibt keinen Grund, sich Sorgen zu machen!

Wie soll denn bitte alles gut sein, bei deiner Familiengeschichte?

Der städtische Abschnitt des Freeway 101 verwandelte sich in eine Strecke durch die sanft geschwungenen Hügel von Calabasas.

Sicher nur ein blinder Alarm, das ist bei so was meistens der Fall.

Schon, aber was war mit Tante Mimi?

Verona steuerte den Wagen über die sich durch die Santa Monica Mountains windenden Straßen, nahm dabei ihre malerische Umgebung aber nur undeutlich wahr.

Bleib optimistisch! Geh einfach davon aus, dass es gute Neuigkeiten geben wird.

Und was, wenn es dann die allerschlimmsten Neuigkeiten sind?

Sie fuhr weiter, an einem Schild vorbei, das ihr »Malibu – 21 Meilen pittoresker Schönheit« in Aussicht stellte, und erhaschte einige Blicke auf den blauen Himmel, während die riesigen Palmen im leichten Wind erzitterten. Dann erreichte sie auch schon den Pacific Coast Highway und damit ein Ozeanpanorama in seiner geballten glitzernden Schönheit.

Richard ahnte, dass etwas nicht stimmte. Natürlich ahnte er

etwas. Sie war abgelenkt gewesen, und sie hatte nicht geschlafen. Sie hatte sich darauf verlegt, früh am Morgen spazieren zu gehen und gegen Mitternacht durch die Gegend zu fahren. Wie immer, wenn sie gestresst war. Ihr Ehemann vermutete bestimmt irgendwas Belastendes auf der Arbeit. Wenn es doch nur so einfach wäre. Richard würde keinen Druck auf sie ausüben, sondern darauf warten, dass sie den Anfang machte, wenn sie bereit dafür war.

Wahrscheinlich sollte sie es ihm sagen. Aber andererseits, warum sollte sie ihm ihre Sorgen aufbürden? Besser, sie wartete ab, bis es überhaupt etwas zu erzählen gab.

Die Wagen von Krystal, Hunter und Myles standen vor dem Haus auf der Straße. Davids und Dianas Maserati parkte in der staubigen Haltebucht auf der anderen Seite der zweispurigen Straße, überragt von den Felsen der Steilküste. Verona stellte sich dahinter und überprüfte ihr Make-up in dem kleinen Spiegel der Sonnenblende. Sie wirkte müde, und sie war es auch. Wenn sie überhaupt zwei Stunden Schlaf abbekommen hatte, wäre das schon hoch gerechnet. Trotzdem, jetzt war es Zeit, ihr bestes Pokerface aufzusetzen.

David hatte bei Vertragsabschluss einen Schlüsselbund erhalten, und so fand sie die anderen schon drinnen im geräumigen, klimatisierten Wohnbereich vor. Von Andi oder dem Developer keine Spur. Alle standen herum, hielten Small Talk, bis Marty Stein fünfzehn Minuten später schließlich auftauchte, schwitzend und abgehetzt und sich tausendfach entschuldigend. Er war klein und gedrungen, mit einem Schmerbauch unter einem billigen dunkelblauen T-Shirt und Falten auf der Vorderseite seiner Cargo-Shorts von der Autofahrt.

Krystal schaute entsetzt. Zugegeben, Marty Stein sah aus wie jemand, der nicht einmal fünfzig Dollar besaß, geschweige denn wie einer, der über derartige Finanzen verfügte, ein Traumhaus im Wert von fünfzig Millionen Dollar zu bauen. Andererseits gab es ziemlich viele Millionäre, sogar Milliardäre, die sich wie ganz gewöhnliche Männer in Jeans und T-Shirt zeigten.

David übernahm die Vorstellungsrunde, bei der Steins Blick die ganze Zeit an Krystal haften blieb. Es scheint aber kein sexuelles Interesse zu sein, dachte Verona. Er wirkt eher, als wäre er fasziniert von ihr.

»Sie müssen Andi sein«, sagte er und drückte Krystal dabei enthusiastisch die Hand. Zweifellos hätte diese die Stirn gerunzelt, wenn das Botox es zugelassen hätte, doch so beließ Krystal es bei einem kurzen »Oh«, um ihrem Missfallen über die Verwechslung Ausdruck zu verleihen.

»Nein, ich heiße Krystal Taylor«, erklärte sie anschließend mit einer Stimme, die mehr Kälte ausstrahlte als die Klimaanlage.

Verona fiel auf, dass Hunter die Zähne zusammenbiss, als der Developer Andis Namen erwähnte. Myles hingegen verdrehte die Augen. Hunter war nicht gerade Andis größter Fan und bemühte sich auch nicht, diesen Umstand zu verbergen. Ganz eindeutig fühlte er sich durch ihren Erfolg bedroht. Und Myles, nun ja, der mochte eigentlich überhaupt niemanden. Verona selbst gab sich lieber freundlich und höflich. Sie hatte mehr als einmal zusammen mit Andi – und natürlich auch mit den anderen – ein gelistetes Objekt betreut und hielt es nicht für nötig, ihre Rivalitäten so sichtbar vor sich herzutragen, wie Männer das handhabten.

Das bedeutete allerdings nicht, dass sie nicht ehrgeizig gewesen wäre. Das war sie durchaus. Und tough. Als Frau hatte sie sich den Arsch aufreißen müssen, um dorthin zu kommen, wo sie jetzt war, um genauso ernst genommen zu werden wie ihre männlichen Kollegen. Und als Schwarze Frau erst recht. Sie hatte die Klapse auf den Hintern ertragen müssen, die Einladungen zu Essen und Drinks, die direkten Aufforderungen zum Sex. Mehr als einmal hatte man ihr bei einem Besichtigungs- oder Verhandlungstermin wegen ihrer Hautfarbe grob die Tür vor der Nase zugeschlagen. Und sie hatte das nie zu sehr an sich herangelassen. Wenn überhaupt, hatte es sie nur noch zielstrebiger gemacht.

Ja, Verona King war tough, das stimmte. Aber war sie auch tough genug für das, was möglicherweise vor ihr lag?

Stein sprach jetzt wieder. »Also fehlt uns noch eine Person?« Er lächelte erwartungsvoll.

»Genau genommen nicht«, gab David zurück. »Andi wird es heute Morgen leider nicht schaffen.«

David wirkte äußerst gestresst.

Verona erschrak. »Alles in Ordnung?«

»Ein Problem mit ihrem Wagen.«

»Sie ist nicht verletzt, oder?«

»Alles gut.« Davids Lippen wirkten dünn und farblos. »Sie ist nur … Nicht dort, wo sie gerade sein sollte.«

»Wie ausgesprochen schade«, gab Stein zurück, und Verona bemerkte, dass er und David einen Blick tauschten. Hatte David dem Developer gegenüber Andi derart lautstark gepriesen? Warum sonst sollte ihre Abwesenheit ein so großes Problem darstellen?

»Dann fangen wir wohl besser an, denke ich«, fuhr Stein fort, nun allerdings deutlich weniger begeistert.

Interessant.

Das Haus war großartig, daran gab es nicht den geringsten Zweifel. Alle nickten zustimmend, als Stein ihnen die exakt nach den Wünschen des Eigentümers eingerichtete Küche mit ihrer Ausstattung aus Edelstahl zeigte, dann die Dachterrasse samt Feuerschale und Whirlpool, außerdem das größte Schlafzimmer mit Bad inklusive Regendusche und einer großen, mit Walnussholz verkleideten Wanne. »Der Gaming- und der Medienraum und das separate Büro machen das Objekt zum perfekten Ort für Arbeit und Freizeit«, führte der Developer aus und erntete damit weiteres zustimmendes Nicken.

Verona konnte sich nicht vorstellen, reich genug zu sein, um in einem solchen Haus zu leben. Und wenn sie ehrlich war, würde sie das auch gar nicht wollen. Trotz der gelungenen Kombination aus Möbeln, Kunstwerken und geschmackvoller Ausstattung würde sie es immer noch eher als Haus wahrnehmen, nicht als Heim, glaubte sie. Was aber nicht bedeutete, dass sie nicht alles daransetzen würde, einen Käufer für das Objekt zu finden.

Ihr bevorzugtes Territorium war das Valley, wo sich die meisten von ihr verkauften Objekte im Bereich zwischen einer und fünf Millionen Dollar bewegten. Außerdem lebte sie selbst dort in einer ruhigen, von Bäumen gesäumten Straße in Encino, und ihr Haus war ein Zuhause.

Verona ging nicht davon aus, dass man das Haus am Malibu Beach Drive tatsächlich zum geforderten Preis würde verkaufen können, doch ein Millionenbetrag in den hohen Vierzigern erschien ihr realistisch. Die Courtage wäre dann immer noch unglaublich hoch. Geld für ihre Jungs, damit sie sich nicht so durchs Leben würden kämpfen müssen wie sie selbst. Sie schluckte, weil sie plötzlich einen Kloß im Hals spürte. Um Veronas Söhne würde sich jemand kümmern, egal, ob sie noch zur Stelle wäre oder nicht. Dafür würde sie verdammt noch mal sorgen.

Die Tour endete auf der Pool-Terrasse, die sich seitlich am Hauptgeschoss befand und von der aus man den Pazifik und ein Stück goldenen Strand sehen konnte. Es ging schlicht ums Geld. Mit diesem Ausblick konnte man Reichtum demonstrieren. Deshalb waren die Leute bereit, so viel zu zahlen.

»Stellen Sie sich doch nur mal vor, von hier aus den Sonnenuntergang zu genießen«, schwärmte Stein. »Das Queen's Necklace, die sich aus all den Lichtern ergebende Formation, zieht sich an der ganzen Küstenlinie entlang, wenn man hier abends sitzt. Ich habe das schon gesehen, und ich kann Ihnen sagen, es ist ziemlich spektakulär.«

Er fand genau die richtigen Worte, doch Verona wurde das Gefühl nicht los, dass der Developer nicht mit dem Herzen dabei war, einfach eine Routine abspulte.

Nach der Tour blieb Verona noch eine Weile in ihrem Mercedes-SUV sitzen. Sie sah, wie David und Diana zusammen mit Stein das Haus verließen. Diana ging zum Maserati, während sich die beiden Männer weiter unterhielten. Stein hatte die Hände in die Hüften gestemmt und wirkte nicht besonders glücklich. David fuhr sich nervös mit den Fingern durchs Haar und nickte permanent.

Nachdem alle gefahren waren, tauchten die düsteren Gedanken in Veronas Kopf wieder auf wie unwillkommene und hartnäckige Besucher. Verona schob sie weg, versuchte sich auf den anstehenden Job zu konzentrieren und eine mentale Liste von Klienten mit genug Geld für ein Gebot zusammenzustellen. Aber ihr fiel nur ein einziger ein: ein Superreicher mit einer Firma im Silicon Valley, der eine Wohnung in Südkalifornien suchte. Dort wollte er Freunde und Geschäftskontakte empfangen und sich bei seinen häufigen Besuchen in Los Angeles entspannen.

Sie sprach mit seiner Sekretärin und freute sich, als sie erfuhr, dass er gerade in der Stadt war und sich am kommenden Tag mit ihr zum Lunch treffen konnte. Das erschien ihr als gutes Omen. Als Nächstes reservierte Verona einen Tisch in einem seiner Lieblingsrestaurants.

Schließlich erledigte sie den Anruf, den sie schon seit Tagen vor sich herschob. Dabei schlug ihr das Herz so sehr bis zum Hals, dass sie kaum hören konnte, wie das Telefon klingelte.

»Medizinisches Zentrum. Wie kann ich Ihnen helfen?«

Verona war neunundvierzig. Sie hatte die letzten paar Jahre damit verbracht, sich wegen ihres herannahenden fünfzigsten Geburtstages zu sorgen. Wegen des großen runden Geburtstages. Der einherging mit Falten, Hitzewallungen und Inkontinenz beim Lachen. Jetzt hätte sie bei dem Gedanken, wie albern und eitel das gewesen war, lachen können, aber sie hatte viel zu viel Angst.

So unglaublich große Angst, vielleicht gar nicht erst fünfzig zu werden.

»Hier spricht Verona King«, erklärte sie. »Ich möchte einen Termin bei Dr. Fazli vereinbaren. So bald wie möglich, es ist sehr dringend.«

Kapitel 8

ANDI
DAVOR

Andi war fast nie allein im Büro. Obwohl man in ihrem Job viel Zeit damit verbrachte, Klienten durch Luxushäuser zu führen und sie aufs Kaufen einzustimmen, bedeutete eine Personalstärke von sieben, dass eigentlich immer jemand da war. Immer gab es Lärm und Aktivitäten und Unterhaltungen. Finger bewegten sich über Tastaturen, Telefone klingelten, Eingangssignale für E-Mails waren zu hören, Deals wurden geschlossen oder aufgegeben, und man teilte den neuesten Klatsch.

Nun gab es nichts als das gleichmäßige Rauschen des Verkehrs draußen auf dem Sunset Strip. Hin und wieder gluckerte die Kaffeemaschine. Die Stille hätte eine willkommene Abwechslung darstellen sollen, eine Gelegenheit, ohne Unterbrechungen etwas Arbeit nachzuholen, doch Andi fühlte sich eher einsam, und das löste kein gutes Gefühl in ihr aus.

Irgendwie wirkte die Atmosphäre seltsam und unheimlich auf sie.

Dass sich jemand an ihrem Wagen zu schaffen gemacht hatte, trug auch nicht gerade zu ihrer Entspannung bei. Der Typ vom Pannendienst hatte sie zu beschwichtigen versucht: Gelangweilte Kids wahrscheinlich, die nichts Besseres zu tun hatten, so was sehe er täglich. Andi versuchte sich einzureden, dass Mike recht hatte. Kinder waren manchmal krass drauf. Allerdings war ihre Gegend einfach keine, in der sich Jugendliche Schraubenzieher schnappten und den Leuten nur so aus Spaß die Reifen zerstachen. Außerdem lag ihre Straße ein wenig abseits, stellte also auch kein offensichtliches Ziel für Kriminelle dar, die spontan eine sich bietende Gelegenheit nutzten.

Aber wenn es keine Kids gewesen waren, wer dann?

Wieder rumpelte und gluckerte die Kaffeemaschine, und Andi fuhr zusammen. Ein Schauer lief ihr über den Rücken. Wie sagte man noch?

Da geht jemand über mein Grab.

Sie wandte ihre Aufmerksamkeit wieder dem Laptop zu und versuchte sich auf den Bildschirm zu konzentrieren. Andi hatte ein Angebot bekommen: für ein Gebäude aus den Fünfzigerjahren in den Hollywood Hills, und zwar zum vollen geforderten Preis von knapp unter zwei Millionen. Ein recht anständiger Verdienst, der sie mit freudiger Aufregung hätte durchfluten sollen. Stattdessen spürte sie nur ihre Nerven. Sie wurde das Gefühl nicht los, dass man sie beobachtete, kam sich vor wie die tropischen Fische in ihrem Aquarium, die sie als Kind gehalten hatte. Die waren ihr immer wieder weggestorben.

Andi schüttelte den Kopf. Sie war einfach albern. Der zerstochene Reifen setzte ihr eben zu.

Wahrscheinlich bloß Kids.

Andi nahm ihren Kaffeebecher mit Logo in die Hand. David bestand darauf, dass alle mit »Saint Realty« gebrandete Tassen benutzten – in seinem Büro erlaubte er keine »Beste Mutter der Welt« und keine »L.A. Dodgers«. Sie ging zur Kaffeemaschine. Ein ordentlicher Schuss Koffein würde sie wahrscheinlich noch nervöser machen, aber darauf kam es auch schon nicht mehr an. Die anderen waren hoffentlich bald aus Malibu zurück.

Während sie eine Karamell-Latte-Kapsel in die Maschine steckte, sah Andi aus dem Augenwinkel durchs Fenster einen goldenen Wagen, den sie nicht kannte, auf der Straße stehen. Es war ein Oldtimer, groß und breit, mit langer Motorhaube und ebensolchem Kofferraum und einem nicht zu öffnenden Dach. Die Seitenfenster getönt. Nicht schwarz, eher in einem Sepiaton, der zur Farbe des Lacks passte, aber trotzdem zu dunkel, als dass man etwas im Inneren hätte erkennen können. Andi vermochte nicht festzustellen, ob jemand in dem Fahrzeug saß oder nicht.

Vielleicht war der Fahrer kurz ausgestiegen, um sich ein Sandwich oder einen Smoothie zu besorgen. Vielleicht saß ja auch jemand am Steuer. Wieder beschlich sie das seltsame Gefühl, beobachtet zu werden. Es war, als könne sie das Gewicht eines Blickes geradezu körperlich auf sich spüren. Der Flaum auf ihren Oberarmen richtete sich auf. Andi starrte konzentriert auf das Auto. Plötzlich quoll schmutziger Qualm aus dem Auspuff, und dann war der Wagen verschwunden.

Stirnrunzelnd und in die Tasse pustend, ging Andi mit dem Karamell-Latte zurück zu ihrem Schreibtisch, wo sie die E-Mail mit den Details zu dem Objekt in Malibu öffnete, die ihr Diana geschickt hatte. Es nagte immer noch sehr an ihr, dass sie die Besichtigungstour von heute Morgen verpasst und dadurch einen unzuverlässigen Eindruck erweckt hatte. Vielleicht dachte der Developer ja sogar, sie hätte verschlafen oder den Termin vergessen, und der platte Reifen sei nur eine Ausrede.

Und selbst wenn einer ihrer Klienten zu einem Gebot bereit wäre, könnte ihr die Courtage noch entgehen, wenn jemand anders aus ihrer Firma ebenfalls einen Käufer fand und der Developer beschloss, statt mit ihr mit jemand anderem zu arbeiten. Vielleicht hatte er ja schon entschieden, dass sie zu unprofessionell war, um mit ihr einen Deal abzuschließen.

Zu Dianas Informationsmaterial gehörten einige Außen- und Innenaufnahmen. Sobald man das Haus mit Möbeln und ein paar dekorativen Gegenständen ausgestattet hatte, also nach dem sogenannten Home-Staging, würden weitere Fotos folgen. Die stellte man dann zu einer Präsentationsmappe zusammen und schickte sie potenziellen Käufern.

Auch in ihrem jetzigen Zustand waren Haus und Umgebung schon umwerfend. Andi öffnete den E-Mail-Anhang und sah die Eckdaten durch, die sie kennen musste, um ihre Besichtigungstermine absolvieren zu können: die Anzahl der Schlaf- und Badezimmer, die Abmessungen, die Finishings usw. Sie überflog die Seite und landete beim Namen der zuständigen Firma.

Petronia Property Group.

Andi starrte darauf, und dabei hämmerte ihr das Herz in der Brust.

Petronia, das war ein Vogel, genauer gesagt eine Art Sperling. Wahrscheinlich hießen auch ein paar bedauernswerte Babys so. Und bestimmt hatten sich auch eine Menge Firmeninhaber davon inspirieren lassen. Sicher gab es auf der ganzen Welt Tausende von Firmen mit diesem Tier im Namen.

Reiner Zufall.

Dann fiel Andi das goldene Auto gerade eben vor dem Büro wieder ein. Nicht derselbe Wagen wie damals. Andere Farbe, anderer Stil. Aber ähnlich. Immer diese dicken alten Schlitten aus den Fünfziger- und Sechzigerjahren.

Gerade wollte sie die Petronia Property Group googeln, als David und Diana den Raum betraten. David ging sofort in sein Büro im Zwischengeschoss, ohne Andi auch nur eines Blickes zu würdigen. Diana sah ihm gedankenverloren nach und wandte sich dann Andi zu.

»Alles in Ordnung mit dem Wagen?« erkundigte sie sich.

»Alles geregelt«, gab Andi zurück und entschied sich in diesem Moment, Mikes Theorie über die Sabotage mit dem Schraubenzieher für sich zu behalten. »Tut mir leid, dass ich die Tour verpasst habe. Morgen oder übermorgen fahre ich raus und schaue mir alles an.«

»Mach dir keine Sorgen.« Diana lächelte. »So was kommt vor.«

»David wirkt aber ziemlich sauer.«

»Der beruhigt sich schon wieder. Hast du die Unterlagen bekommen, die ich dir geschickt habe?«

Andi nickte. »Die schaue ich mir gerade an.«

»Gut, gut. Ich bin oben, falls du mich brauchst.«

Diana folgte David ins Zwischengeschoss. Dann öffnete sich die Tür wieder, kurz wurden die Straßengeräusche lauter, und Verona trat ein.

»Hallo, Andi. Hat das mit deiner Autoreparatur geklappt?«

»Ja, nur ein platter Reifen. Wie war die Tour?«

»Oh, sehr interessant. Wirklich ein schönes Haus. Alle Geräte vom Feinsten, Schiebetüren von oben bis unten, luxuriöse Finishs, eine Terrasse mit Pool und so weiter. Alles, was man bei einem Haus in dieser Preislage erwarten würde.« Sie schaute nach oben, wo man durch die Glaswände des Büros sehen konnte, dass David und Diana in ein Gespräch vertieft waren, und senkte die Stimme. »Nur ein wenig seelenlos für meinen Geschmack, wenn du weißt, was ich meine?«

»Ich weiß ganz genau, was du meinst.«

»Trotzdem würde es mir sehr gut gefallen, jeden Morgen mit einem solchen Blick auf den Ozean wach zu werden«, fuhr Verona fort, während sie einen Salat auspackte, den sie sich auf dem Rückweg besorgt hatte. »Die Aussicht ist zum Sterben schön. Ich habe keinen Zweifel daran, dass es sich verkaufen wird. Vielleicht nicht für den aktuell geforderten Preis, aber verkaufen wird es sich bestimmt. Irgendjemand wird an diesem Haus verdammt viel Geld verdienen. Und zwar zum größten Teil David.«

»Stimmt. Habt ihr den Developer getroffen? Wie war der?«

Bevor Verona antworten konnte, betrat Krystal das Büro, in der einen Hand eine kaugummirosa Birkin-Handtasche, in der anderen einen riesigen Kaffeebecher. Weit und breit kein Essen. Andi hatte diese Frau noch nie essen sehen.

»Hey, Ladys«, begrüßte Krystal sie. »Was läuft?«

»Andi wollte gerade mehr über das Haus am Malibu Beach Drive wissen«, gab Verona zurück.

»Ja, David war nicht gerade glücklich, dass du den Termin verpasst hast«, meinte Krystal. »Worüber sprecht ihr genau?«

»Was ist mit dem Developer?«, erinnerte Andi Verona an ihre Frage und ignorierte Krystal.

Unter den Achseln spürte sie Schweiß, und sie merkte, dass sie die Hände zu Fäusten geballt hatte.

»Irgendein Typ namens Marty Stein.« Verona zuckte die Schultern. »Den kannte ich vorher nicht. Ich wusste gar nichts über ihn. Aber ich habe ja auch nicht so oft mit Fünfzig-Millionen-Dollar-Häusern in Malibu zu tun.«

Marty Stein.

Andi war ziemlich sicher, dass sie auch noch nie von ihm gehört hatte.

»Ich bin überrascht, dass *Stein* mit Fünfzig-Millionen-Dollar-Häusern in Malibu zu tun hat.« Krystal rümpfte die Nase, als hätte irgendjemand billiges Parfum versprüht. »Der Mann sah aus wie ein Obdachloser.«

»Stimmt doch gar nicht!«, sagte Verona missbilligend.

»Ganz ehrlich, ich dachte, das wäre irgendein Handlungsreisender oder der Hausmeister oder so.«

»Okay, er hat nicht gerade Tommy Hilfiger getragen, was soll's? Sei doch nicht so ein Snob, Krystal.«

»Und klein und dick war er.« Krystal schüttelte traurig den Kopf, als hätte sie das Erscheinungsbild dieses Mannes persönlich beleidigt.

Andi war erleichtert. Marty Stein kannte sie mit ziemlicher Sicherheit nicht.

Sie dachte an den goldenen Wagen und an die Petronia Property Group.

Zufälle. Nichts weiter.

Kapitel 9

ARIBO
DANACH

Aribo fuhr auf den Freeway 101 und nahm dann die Ausfahrt für die Las Virgenes Road.

Die Tankstellen und Fast-Food-Läden wichen luxuriösen Wohngebieten, und irgendwann kam eine Weile lang nichts weiter als vertrocknetes Gras und von der Sonne ausgedörrte Hügel. In der Ferne ragten die Santa Monica Mountains auf.

Er geriet hinter zwei langsame Fahrradfahrer, die stur mitten auf der Straße fuhren, und hupte hartnäckig, bis sie ihm Platz machten. Aribo trat wieder aufs Gas. Wolken wie Wattebäusche trieben über einen kornblumenblauen Himmel, während er die Malibu Canyon Road erreichte. Dann war es nur noch ein kurzes Stück über den Pacific Coast Highway, bis er um kurz vor sechzehn Uhr in den Malibu Beach Drive einbog.

Die Hausnummer wusste er nicht, das war aber auch nicht nötig, um das betroffene Haus zu finden. Gelbes Absperrband blockierte die Straße zu beiden Seiten. Überall standen ausgewiesene und nicht ausgewiesene Polizeiwagen, außerdem Fahrzeuge der Spurensicherung und der zuständigen Gerichtsmediziner vom Los Angeles County. Weiter unten an der Straße wurde gerade ein Übertragungswagen installiert.

Ein Streifenbeamter mit Klemmbrett notierte sich Aribos Namen und hob das Absperrband, damit er darunter hindurchschlüpfen konnte. Er betrat das Haus und fand sich sofort in einem großen klimatisierten Wohnbereich wieder, in dem sich etwa ein Dutzend Leute aufhielten – sowohl Polizeibeamte als auch Zeugen, die immer noch befragt wurden. Dann ging er weiter, durch die offenen Terrassentüren, und stand wieder in der glühenden Hitze.

Die Poolterrasse war mit weiterem Absperrband vom Rest getrennt worden. SpuSi-Leute arbeiteten am Tatort, während die Deputy-Gerichtsmedizinerin darauf wartete, dass sie fertig wurden und sie selbst Zugang zu der Leiche bekam.

»Chic hast du dich gemacht«, begrüßte ihn Lombardi, und dabei zuckten seine Mundwinkel. »Allerdings weiß ich nicht, ob du in diesem Aufzug auf eurem geplanten Achtziger-Konzert hättest aufkreuzen können. Tragen die Leute da nicht megaaufgetürmte Haare und Eyeliner und Lippenstift?«

»Das waren die New Romantics.«

Die beiden Männer hätten sich äußerlich nicht deutlicher voneinander unterscheiden können. Die dünnen Gliedmaßen des über einen Meter achtzig großen Lombardi schienen irgendwie immer im Weg zu sein. Seine blasse Haut zeigte bereits erste Anzeichen eines Sonnenbrands. Aribo war Schwarz, ein wenig kleiner und wirkte durch die regelmäßigen Work-outs athletisch. An diesem Tag trug er ein kurzärmliges Hawaiishirt in Dunkelblau und Pink, dazu locker sitzende beigefarbene Hosen und Deckschuhe.

»Ich war doch fürs Restaurant angezogen«, sagte er, während er sich Gummihandschuhe und Fußschutz überstreifte. »Es hätte ein besonderer Tag werden sollen, weißt du nicht mehr?«

»Ja, tut mir leid.« Lombardi grinste. »Dann gibt's für dich heute Abend keinen Sex, was?«

»Was meinst du wohl?«

Einer der Kriminaltechniker hatte bereits erste Fotos und ein Video von der Szene gemacht. Lombardi konnte schon einige Notizen in seinem Block vorweisen. Aribo hatte nicht mal einen dabei, schließlich hatte er nicht vorgehabt, eine Kritik über das Restaurant oder das Konzert zu schreiben. Er ließ den Blick über die Poolterrasse schweifen. Am unteren Ende standen zwei bequeme Liegestühle links und rechts von einem niedrigen Tisch. In diesem Millionen-Dollar-Haus, in dem alles so perfekt positioniert schien, fiel ganz besonders auf, dass die Liegestühle nicht symmetrisch zueinander ausgerichtet waren.

Auf der einen Seite des Pools befand sich ein nierenförmiger Blutfleck, auf der anderen die Leiche. An der Ecke waren Blutstropfen zu sehen. Und noch mehr in der Nähe des größeren Flecks. Das Blut erzählte eine Geschichte, doch Aribo war sich noch nicht sicher, wie diese Geschichte lautete. Er überlegte, wie der Täter das Gelände hatte betreten und wieder verlassen können, und bemerkte ein großes Holztor am anderen Ende der Terrasse.

»Was haben wir bisher?«, wollte er wissen.

»Eine der Anwesenden hat über den Polizeinotruf gemeldet, dass da jemand mit dem Gesicht nach unten im Pool trieb«, berichtete Lombardi. »Wir haben direkt Hilfe angefordert, obwohl die Anruferin davon ausging, dass die Person im Pool bereits tot war. Währenddessen ist ein anderer Gast reingesprungen, hat die Person rausgezogen und Wiederbelebungsversuche gemacht. Darum liegt die Leiche nicht auf der Seite mit dem Blut. Die Responder sind direkt nach dem medizinischen Team eingetroffen, und die haben nicht lange gebraucht, um zu bestätigen, dass die Person aus dem Pool mausetot war. Mensch, ist das heute heiß.«

Auch Aribo spürte den Schweiß auf der Stirn und im Rücken.

»Stimmt, und ich sollte gerade irgendwo im Schatten ein eiskaltes Corona genießen. Und sonst?«

»Hast du diesen Dwayne-Johnson-Verschnitt da drinnen gesehen? Das ist sozusagen der Türsteher.«

»Bei solchen Maklerveranstaltungen gibt es Sicherheitsleute?«

»Bei so exklusiven wie der hier schon. Da stehen ein paar Milliardäre auf der Gästeliste, außerdem diese eine Schauspielerin aus dem neuen Spielberg-Film. Die gute Nachricht ist, dass alle Gäste einen QR-Code bekommen haben, den sie beim Eintreffen scannen lassen mussten. Du weißt schon, so verhindert man, dass Leute einfach nur schauen wollen oder sich irgendwelche armen Schlucker reinschmuggeln. Das bedeutet, wir haben eine Liste von allen, die durch die Vordertür reingekommen sind. Die meisten gegen zwölf.«

»Und die schlechte Nachricht?«

»Unser starker Freund hat die Leute beim Gehen nicht gescannt. Achtundvierzig Leute sind nachgewiesenermaßen reingekommen, aber wir haben hier nur vierundvierzig Zeugen vorgefunden. Das bedeutet, ein paar von ihnen hatten die Party bereits verlassen, als das Geschrei am Pool losging. Wir versuchen sie weiterhin zu finden und festzustellen, wann genau sie gegangen sind. Außerdem müssen wir immer noch unsere Leiche identifizieren, denn die gehört wahrscheinlich zu den fehlenden vier.«

Aribo schwieg einen Augenblick.

»Was denkst du?«, fragte sein Partner.

»Achtundvierzig? Findest du das keine seltsame Zahl? Nicht fünfundvierzig oder fünfzig. Sondern achtundvierzig. Das fühlt sich irgendwie ... unvollständig an.«

»Ich überprüfe das. Vielleicht gab es ja ein paar, die nicht gekommen sind, dann wollen wir die Gründe wissen.«

Aribo ging zu dem Blutfleck und hockte sich daneben, um ihn eingehend zu betrachten. Das Blut war in den Beton gezogen und eingetrocknet. Er berührte den Fleck mit einem behandschuhten Finger, und das Latexmaterial blieb sauber. Neben dem Blut glitzerten kleine Glassplitter.

Er stand auf und ging zu den Liegestühlen. »Was, glaubst du, ist mit denen passiert? Die stehen so komisch da.«

»Ich glaube, reiche Leute nennen die *Chaises*.«

»Okay, was ist also mit den *Chaises* passiert? Gab es einen Kampf?«

»Sieht ganz danach aus.«

Aribo bemerkte zwei Wasserringe auf der Tischplatte, wie man sie auf Bartresen sah, wenn Drinks nicht auf Bierdeckeln abgestellt wurden. Er bückte sich und schaute sich rund um die – wie hatte Lombardi sie noch genannt? – *Chaises* um. Hinter einem der Beine lag ein Flaschenkorken. Er rückte näher heran, um den Aufdruck lesen zu können.

»Cristal.«

Aribo winkte dem Kriminaltechniker mit der Kamera und wies ihn an, einige Fotos von dem Korken zu machen, bevor man ihn zur weiteren Untersuchung eintüten würde.

»Beim Reinkommen habe ich auf der Kücheninsel eine ganze Menge Champagnerflaschen bemerkt«, sagte er. »Ist das alles Cristal?« Lombardi trat an das gelbe Absperrband und bat einen Beamten, zu überprüfen, welche Marke man den Gästen serviert hatte. Innerhalb einer Minute war der Mann zurück.

»Es gab nur Vintage-Dom-Pérignon auf dieser Party«, sagte er. »Cristal nicht.«

»Das bedeutet, wir hatten hier zwei Leute, die etwas anderes getrunken haben als das, was man den Gästen kredenzt hat, aber wir haben weder Flaschen noch Gläser. Nur einen großen Blutfleck und eine Leiche«, fasste Aribo zusammen.

Er wandte seine Aufmerksamkeit wieder dem Holztor am anderen Ende des Pools zu, was seinem Partner nicht entging.

»Von dort aus kommt man direkt runter an den Strand«, erklärte Lombardi. »Den haben wir teilweise abgesperrt, und da unten wird schon gesucht. Wahrscheinlich der naheliegendste Fluchtweg. Oder unser Täter hat jemandem den Schädel eingeschlagen und ist dann einfach in einen Raum voller Gäste zurückmarschiert.«

»Ist das Tor abgeschlossen?«, erkundigte sich Aribo.

»An der Außenseite gibt es ein Tastenfeld für den Code. Man braucht eine vierstellige Nummer, um vom Strand aus hoch zum Pool zu kommen. Auf der Innenseite gibt es kein solches Tastenfeld. Das bedeutet, jeder X-Beliebige kann von hier aus das Tor öffnen. Wenn es zufällt, verriegelt es sich automatisch.«

»Der Mörder hätte also vom Strand aus hier hochkommen und dann auf dieselbe Weise wieder verschwinden können. Wir müssen die Türklinken und das Tastenfeld auf Fingerabdrücke untersuchen lassen, und wir brauchen die Namen von allen, die diesen Code kennen.«

»Schon erledigt«, erwiderte sein Partner. »Der Developer, das

Personal der Makleragentur und die Handwerker, sie alle hatten Zugang zu Schlüsseln und zum Code.«

»Gibt's auf dem Gelände oder außerhalb Überwachungskameras?«

Lombardi schüttelte den Kopf. »Eine Alarmanlage ja, aber keine Kameras. Ich denke, es war vorgesehen, dass der Käufer sich dann darum kümmert.«

»Habt ihr schon eine Nachbarschaftsbefragung gemacht? In einer Gegend wie dieser hier haben doch sicher die meisten Leute Kameras an der Tür.«

»Noch nicht. Wir haben versucht, die Zeugen zusammenzuhalten und dann einzeln zu befragen. Aber ich habe es dir ja schon am Telefon gesagt, niemand hat irgendwas gesehen, und gehört auch nicht. Die meisten waren nicht mal draußen auf der Terrasse. Niemand ist zum Pool gegangen, bis die Leiche entdeckt wurde. Wir versuchen es dann als Nächstes bei den Nachbarn.«

»Wer hat die Leiche denn gefunden?«, wollte Aribo wissen.

»Drei Frauen.« Lombardi schaute auf seinen Notizblock. »Marcia Stringer und Betsy Bowers von der Bowers Group und Andi Hart von Saint Realty. Saint Realty ist die Makleragentur, die dieses Haus verkaufen soll. Da wünsche ich denen nach heute Mittag viel Freude.«

»Und der Held, der in den Pool gesprungen ist?«

»Noch ein Makler. Nick Flores heißt er. Er hat unseren Leuten schon ein paar Fragen beantwortet, aber wir haben ihn hierbehalten. Er wartet drinnen auf uns.«

Aribo nickte. »Gut. Und wer hat die Meldung gemacht?«

»Angerufen hat uns Andi Hart.«

»Ist sie noch hier?«

Lombardi schüttelte den Kopf. »Sie war schon weg, als ich hier angekommen bin. Sie hat beim Deputy eine Aussage gemacht und ist dann gegangen.«

»Was hat sie ihm denn gesagt?«

»Dass sie nur jemanden im Pool gesehen hat. Nichts Verdächtiges vorher, auch niemanden, der in der Nähe des Pools herumgehangen hätte. Sie hat sich ein Stück entfernt, um uns anzurufen, während Flores seine *Baywatch*-Nummer abgezogen hat. Sie behauptet, sie hätte die Leiche nicht einmal gesehen, nachdem man sie aus dem Wasser geholt hat.«

»Wir brauchen sie so bald wie möglich bei uns auf der Wache«, erklärte Aribo. »Ich will mit ihr sprechen – und die Aufzeichnung vom Anruf will ich auch hören. Sie arbeitet für das Maklerbüro, hast du gesagt? Das bedeutet, sie hatte den Code für das Tor zum Strand und war eine der Ersten am Tatort.«

Lombardi nickte. Beide dachten dasselbe. Sie hatten es häufig genug in anderen Fällen erlebt.

Dass sich der, der das Verbrechen meldete, am Ende als Mörder herausstellte.

Kapitel 10

HUNTER
DAVOR

Hunter parkte in einer Straße nördlich des Echo Park Lake. Es war ein herrlicher Tag. Familien, Leute mit Hunden, Skateboarder und Jogger, sie alle holten das Beste aus der Spätnachmittagssonne heraus.

Der See war vor über hundertfünfzig Jahren als Trinkwasserreservoir angelegt worden, und vor nicht allzu langer Zeit hatten sich Obdachlose an seinen Ufern niedergelassen, bis man die Zelte und deren Bewohner ziemlich grob entfernt hatte. Eine Oase mitten in der Stadt, die westlich an Silver Lake und östlich an Chinatown angrenzte. Es gab Beete mit Lotusblumen, Wildgänse und Schwäne und ein prächtiges Blätterdach.

Hunter zog sein Jackett aus, hängte es sich über einen Finger und warf es sich über die Schulter. Während er durch den Park schlenderte, dachte er an den Termin in Homedale vor ein paar Stunden. Der war gut gelaufen. Besser als gut. Die Maklerin des Käufers, Betsy Bowers, hatte versucht, cool zu wirken, ihre Klientin allerdings weniger. Die hätte genauso gut Herzchen als Augen haben können, wie dieses kleine Emoji, das ihm Melissa immer schickte. Die Frau wollte das Haus unbedingt. Hatte sich Hals über Kopf verliebt. Hunter ging fest davon aus, dass er innerhalb der nächsten vierundzwanzig Stunden ein Angebot im Mailfach haben würde. Bowers war sehr tough und gab vermutlich irgendein blödsinnig niedriges Gebot ab, doch er würde sie in die Höhe treiben, ganz sicher. Der Deal ließe sich abschließen, davon war er überzeugt.

Deals abschließen, das konnte Hunter Brooks. Das hatte er drauf.

Er ging an einigen Picknickbänken vorbei und rechnete im Kopf alles durch. Als Courtage müsste für ihn irgendwas zwischen fünfzig- und sechzigtausend rausspringen. Eine ordentliche Summe, die die bedrohlichen SMS hoffentlich für eine Weile verstummen lassen würde. Natürlich würde er Melissa nichts von dem Verkauf erzählen.

Als hätte jemand seine Gedanken gelesen, kündigte das Ping seines Handys eine SMS an.

> Charlie Vance: Du bist spät dran.

Es war 16:10 Uhr. Hunter fluchte so leise, dass ihn die anderen Leute auf dem Fußweg nicht hörten.

Er hatte keine Verabredung mit Charlie Vance, und das hatte einen ganz einfachen Grund: Charlie Vance war tot.

Der Mann war ein sehr guter Klient gewesen, bis vor zwei Jahren die ganzen saftigen Lendenstücke und die Flaschen Rotwein, die ihm so mundeten, ihren Tribut gefordert hatten. Hunter hatte der Ehefrau Blumen geschickt, um sein Mitgefühl wegen des Ablebens ihres Gatten auszudrücken. Traurig war er tatsächlich, denn dass er einen so guten Klienten und so gute Aufträge verlor, war sehr bedauerlich. Letztlich war es aber auch nicht zu ändern gewesen, und so hatte er die Kontaktdaten des Mannes vom Handy gelöscht und ihn vergessen.

Dann war plötzlich die Bombe eingeschlagen, die peinliche Anrufe und SMS zu allen Tages- und Nachtzeiten mit sich brachte. Anrufe und SMS, auf die er einfach reagieren musste. Natürlich war Melissa misstrauisch geworden. Melissa kannte den Namen Charlie Vance aus ihren »Wie war dein Tag?«-Unterhaltungen beim Abendessen, hatte jedoch wahrscheinlich nicht genau genug hingehört, um sich zu merken, dass der gute alte Charlie mittlerweile ins große Steakhouse in den Wolken umgezogen war.

Also hatte Vance eine Auferstehung erlebt, zumindest unter Hunters Handykontakten. Als fordernder, aber sehr wichtiger Klient, der sich nicht an Hunters Arbeitszeiten hielt, so verkaufte er es Melissa. Zum Glück hatte Melissa das nie hinterfragt.

Hunter erreichte jetzt einen kleinen Spielplatz, wo Kinder wild durch die Gegend rannten, laut schrien und kicherten und auf Rutschen und Klettergerüsten herumtobten. Eine dunkelhaarige Frau saß auf einer Bank und schaute ihnen zu, neben sich einen Kinderwagen. Die anderen Frauen unterhielten sich in Zweier- oder Dreiergruppen und passten mit Adleraugen auf ihre Kleinen auf. Abgesehen von dem Baby war die Dunkelhaarige allein. Hunter setzte sich neben sie.

»Tut mir leid, dass ich zu spät komme«, sagte er. »Arbeit.«

Carmen Vega richtete den Blick ihrer großen braunen Augen auf ihn, und er spürte, dass ihm die Luft wegblieb, wie das immer passierte, wenn sie ihn ansah. Selbst jetzt, in Leggins, Sneakers und einem vollgespuckten T-Shirt, sah sie unglaublich gut aus.

»Jetzt bist du ja da«, gab sie zurück. »Wahrscheinlich sollte ich dir dankbar sein, dass du überhaupt erschienen bist.«

Er lächelte gequält. »Die Wahl hast du mir nicht wirklich gelassen. Was zum Teufel hast du dir dabei gedacht, einfach so bei mir zu Hause aufzukreuzen?«

Sein Ton war jetzt sanfter, der Ärger von gestern Abend verschwunden.

»Du hast mir auch keine Wahl gelassen«, gab sie zurück. »Du weißt doch, es bringt nichts, meine Anrufe zu ignorieren. Und dein Handy einfach so abstellen, das geht gar nicht. Wirklich nicht, Hunter. Was, wenn was passiert wäre? Wie hätte ich dich denn erreichen sollen?«

»Du hast recht. Ich bin ein Arschloch, und es wird nicht wieder vorkommen.« Er rutschte auf der Holzbank hin und her. »Schau, was das Geld betrifft …«

»Über das Geld sprechen wir gleich«, unterbrach ihn Carmen Vega. »Willst du nicht erst mal Scout begrüßen?«

»Oh. Sicher doch.«

Hunter beugte sich über den Kinderwagen und schob den Vorhang zurück, der das Baby vor der warmen Nachmittagssonne schützte. Der kleine Junge unterbrach das Spiel mit seinen Zehen gerade lange genug, um misstrauisch zu ihm hochzustarren. Hunter streckte einen Finger aus und streichelte dem Kleinen die seidenweiche Wange.

»Hey, Scout«, sagte er sanft.

»Du weißt, dass du ihn gern mal halten darfst, oder?«, meinte Carmen.

Hunter wandte sich ihr zu. »Wirklich?«

Er griff in den Wagen und nahm das Baby hoch, dessen Gesicht sofort ein wütendes Tiefrot annahm. Der kleine Junge brüllte aus Leibeskräften, und dicke Tränen rannen ihm über die Wangen. Seine pummeligen Beine traten wild in die Luft, während er sich in Hunters Armen wand. Die anderen Mütter starrten in ihre Richtung. »Alles in Ordnung mit ihm?«, wandte sich Hunter Carmen zu, Panik in der Stimme.

Sie lachte. »Natürlich. Er ist nur keine Fremden gewohnt.«

»Das habe ich wohl verdient, denke ich.«

Hunter zog Scout an sich, atmete seinen Babyduft ein. Er streichelte ihm das Haar, versuchte ihn sanft zu beruhigen, doch der kleine Junge zappelte und jammerte weiter. Irgendwann – wie erstaunlich das war! – beruhigte er sich aber doch und wirkte fast zufrieden.

Nach einer Weile nahm Carmen Hunter das Baby ab und legte es zurück in den Kinderwagen. »Lass uns ein Stück gehen«, schlug sie vor.

Sie gingen an der Statue der Lady of the Lake vorbei, an den Springbrunnenfontänen vor der markanten Silhouette der Innenstadt. Auf dem Wasser trieben ein paar Leute in Schwanenpaddelbooten.

»Ich will wieder arbeiten«, verkündete Carmen.

»Wirklich?« Hunter konnte seine Überraschung nicht verbergen. »Aber Scout ist doch erst sieben Monate alt.«

»Ja, und ich verbringe unglaublich gern Zeit mit ihm, aber ich kann nicht ewig zu Hause bleiben. Dann verliere ich Jobs und meine ganzen Klienten. Ich arbeite schon hier und da ein bisschen, mache immer wieder einzelne Aufträge.«

»Ach? Seit wann denn?«

»Seit fünf, sechs Wochen.«

»Das hast du mir gar nicht erzählt.«

»Wir haben uns ja auch nicht gesehen. Pass auf, ich muss wieder Vollzeit arbeiten. So bald wie möglich. Meine Mutter war großartig, sie hat sich immer um Scout gekümmert, wenn ich sie darum gebeten habe, aber ich kann nicht von ihr erwarten, dass sie fünf Tage die Woche die Babysitterin macht. Das wäre einfach nicht fair ihr gegenüber, ganz egal, wie vernarrt sie in den Jungen ist.«

»Was willst du mir damit sagen?«

Carmen blieb stehen und schaute ihm ins Gesicht. »Dass ich eine richtige Kinderbetreuung brauche – und die ist teuer. Die kann ich mir nicht leisten. Ich brauche mehr Geld, Hunter. Viel mehr.«

Hunter atmete hörbar aus. »Ich bezahle dir schon viel. Mehr, als ich müsste.«

»Ich weiß, aber es reicht nicht.« Carmen schaute auf Scout hinunter, der inzwischen eingeschlafen war. »Der Kleine ist nicht einfach ein Problem, das mit der Zeit verschwinden wird, weißt du. Es geht erst richtig los. Irgendwann kommen Geburtstage und Weihnachten und Schulgebühren, und Geld fürs College. Ein Kind ist eine lebenslange Verpflichtung. Und ich will das Beste für meinen Sohn. Für unseren Sohn.«

Hunter Brooks liebte seine Ehefrau. Er liebte sie von ganzem Herzen. Mehr als alles andere auf der Welt.

Als er und Melissa heirateten, war alles fantastisch. Sie waren Seelenverwandte und beste Freunde, und außerdem Geliebte. Babys hatten immer zu ihrem Lebensplan gehört, also hatte Melissa ein Jahr nach der Hochzeit mit dem Verhüten aufgehört und damit jede Hemmung abgelegt. Überall hatten sie Sex gehabt: auf dem Autorücksitz, im Mondschein am Strand, sogar in der Toilette eines Restaurants, zwischen Vorspeise und Hauptgericht.

Als dann ihr zweiter Hochzeitstag heranrückte, wurde Melissa allmählich bewusst, dass sie jetzt schon seit fast einem Jahr ein Baby zu bekommen versuchten und nichts passiert war. Es klappte einfach nicht bei ihnen.

Dann hielten die Präparate und die Apps Einzug in ihr Leben, mit denen sie ihren Menstruationszyklus erfasste und ihre fruchtbarsten Tage ermittelte. Als das nicht funktionierte, folgten die Krankenhaustermine, dann die Tests und dann die teuren Kinderwunschbehandlungen.

Hunters Testergebnis war in Ordnung gewesen, seine Spermienzahl im Normbereich. Als das Problem entpuppten sich letztlich Melissas Eileiter. Trotzdem hatte er sich wie ein Versager gefühlt. Hunter Brooks wusste, wie man Deals abschloss. Aber egal, wie oft sie es versuchten, wie sehr sie sich wünschten, Melissa das Baby zu schenken, nach dem sie sich so sehr sehnte: Das hier war ein Deal, den Hunter einfach nicht abschließen konnte.

Ihr Sexleben verlief längst nach Plan. Sie gingen nur miteinander ins Bett, wenn laut der Apps die richtige Zeit dafür war. Und dann befolgten sie einfach eine Routine, es war reine Zweckmäßigkeit. Es gab keine Spontaneität mehr, keine Freude, keine Erregung. Nicht einmal mehr echte Intimität. Nur das unvermeidliche, qualvolle Warten, um herauszufinden, ob es diesmal nicht doch geklappt hatte.

Als Carmen Vega in Hunters Leben getreten war, hatte es sich angefühlt wie einer dieser Erdstöße, die hin und wieder die Stadt erbeben ließen. Sie war ganz ohne Zweifel schön, aber es war nicht nur ihre äußere Erscheinung, die ihn umgehauen hatte. Sondern auch ihre Art zu reden, wie sie sich gab, wie sie ihn anschaute. Alles an ihr machte ihn heiß. Er fühlte sich wie ein Teenager, der zum ersten Mal verliebt war.

Carmen war Raumausstatterin und von Saint Realty angestellt worden, um eines der Objekte zu versorgen, die Hunter betreute.

Als sie sich zum ersten Mal trafen, um die Pläne für das Home-Staging durchzugehen, war die Luft wie elektrisiert gewesen; ganz offensichtlich stimmte zwischen ihnen die sexuelle Chemie. Beim zweiten Meeting, als ihm Carmen das Haus und ihre Arbeit zeigen sollte, hatten sie es knapp bis zum Bett im ersten Schlafzimmer geschafft. Danach folgten noch ein paar weitere Treffen, bevor sich Hunters Gewissen zu laut meldete und er die Affäre beendete. Er war verrückt nach Carmen, aber er liebte Melissa. Dann geriet sein Leben völlig aus den Fugen, als ihm seine ehemalige Geliebte eine kurze SMS schickte: *Ich bin schwanger.*

Sie waren vorsichtig gewesen, hatten verhütet – nur beim allerersten Mal nicht. Carmen erwartete nicht, dass Hunter seine Frau verließ, jedoch sehr wohl, dass er sich finanziell einbrachte.

Er war völlig am Boden zerstört und kämpfte mit Schuldgefühlen, Angst und Schrecken. Aber es gab auch einen Teil in ihm, der Stolz empfand.

Hunter Brooks konnte also doch Deals abschließen.

Vor sieben Monaten war Scout Brooks Vega zur Welt gekommen, am besten und zugleich schrecklichsten Tag in Hunters Leben.

»Wie viel kostet denn die Kinderbetreuung?«, wollte er jetzt von Carmen wissen.

Sie nannte ihm einen Betrag.

»Im Ernst? Oh Mann.« Hunter rieb sich die Schläfen, spürte, wie eine Ader dort klopfte. Er hatte vorgehabt, ihr ein paar Tausend aus dem Homedale-Verkauf zukommen zu lassen, aber die Summe, die sie jetzt forderte, war wahnwitzig. »Ganz ehrlich, ich weiß nicht, warum du nicht einfach nur ein paar Stunden pro Woche arbeiten kannst, bis Scout in die Vorschule kommt.«

Carmen starrte ihn an, und ihr Blick brannte förmlich. »Wenn deine Frau ein Kind hätte, würdest du das Geld einfach bezahlen, oder? Ich wette, du würdest sie nicht daran hindern, wieder arbeiten zu gehen, wenn sie das wollte.«

Er antwortete nicht.

»Das habe ich mir gedacht.« Carmen deutete sein Schweigen falsch. »Kümmere dich einfach um das Geld, okay? Sonst muss ich vielleicht das nächste Mal bei euch klingeln und Scout Melissa vorstellen.«

Hunter starrte Carmen mit offenem Mund an. Die Drohung hatte immer zwischen ihnen gestanden, doch bisher hatte sie sie nie laut ausgesprochen. Die Worte hingen zwischen ihnen wie morgendlicher Smog.

»Das würdest du nicht tun.«

»Da wäre ich mir an deiner Stelle nicht so sicher.«

»Okay, okay. Aber ich brauche Zeit, um das Geld zusammenzubekommen.«

»Wie lange?«

»Ich erwarte ein Gebot für ein Haus im Brentwood. Melissa weiß nichts davon. Gib mir eine Woche oder so, okay?«

»Courtage?«

Hunter zögerte. »Dreißigtausend.«

Carmen nickte. »Das ist doch schon mal ein Anfang. Zwei Wochen.«

Als Hunter ging, erinnerte er sich an Carmens Worte.

Sie hatte recht. Die finanziellen Forderungen würden nie aufhören. Scout war eine lebenslange Verpflichtung – und ein lebenslanges Geheimnis. Eines, das Melissa nie, niemals erfahren durfte.

Um keinen Preis.

Die Oberfläche des Sees glitzerte, und Hunter dachte an den Malibu Beach Drive, an eine Million Dollar und daran, wie sehr er das Geld brauchte.

Kapitel 11

KRYSTAL

DAVOR

»Hey, was gibt's zum Abendessen?«, erkundigte sich Micah, und während er Krystals Wange mit einem Kuss streifte, ließ er seine große Hand leicht auf ihrer Schulter ruhen.

Zum ersten Mal seit mehreren Wochen waren sie zusammen zu Hause, ohne dass es Pläne für den Abend gegeben hätte. Sie versuchte, unter seiner Berührung gelassen zu bleiben. Wenn Micah glaubte, ein leidenschaftsloser Schmatzer würde sie milde stimmen und dazu bringen, eine Mahlzeit für ihn zuzubereiten, konnte er das vergessen – vor allem nach seinen Aktivitäten vom vergangenen Abend.

»Dein Essen musst du dir selbst organisieren«, erklärte sie. »Ich habe keinen Hunger.«

»Also kochst du nicht?«

Krystal deutete auf den Laptop, der aufgeklappt vor ihr auf der Kücheninsel stand. »Sieht es irgendwie danach aus? Ich arbeite hier.«

»Ich dachte nur, es wäre schön, wenn wir zusammen zu Abend essen könnten. Ich habe das Gefühl, dich in letzter Zeit kaum zu sehen. Ich vermisse dich, Baby.«

Und wessen Schuld ist das?

Krystal schenkte ihm ein zuckersüßes Lächeln – süß genug, um mehrere Zähne spontan verfaulen zu lassen. »Tut mir leid, nicht heute Abend. Ich habe wirklich sehr viel zu tun. Aber wenn du dir selbst etwas machen möchtest, nur zu. Ich kann mich auch ins Arbeitszimmer setzen.«

Krystal wusste nicht genau, wofür Micah sein Arbeitszimmer benutzte, oder warum er überhaupt eines brauchte. Eines wusste sie aber genau: Er mochte es nicht, wenn sie sich darin aufhielt.

»Nein, schon in Ordnung. Bleib nur hier. Ich bestelle mir eine Pizza.«

»Mach das, Liebling. Für mich nichts, danke.«

Sie schaute ihm nach, wie er mit dem Smartphone in der Hand davonging. Als Nächstes dröhnte Lärm aus seinem Zimmer. Schüsse und schlechte Musik. Also eines dieser grässlichen Videospiele, aber wenigstens würde ihn das eine Weile lang beschäftigen. Krystal wühlte in ihrer Handtasche und fand die Visitenkarte, die sie am Vorabend dort verstaut hatte.

Nachdem Micah das Grandmaster Recorders mit der Rothaarigen verlassen hatte, war Krystal auf dem schnellsten Weg nach Hause gefahren. Durch den Tracker wusste sie, dass er sich inzwischen in Studio City aufhielt. Google Street View bestätigte ihr, dass es sich um eine Wohngegend handelte, eine ziemlich schicke obendrein. Wahrscheinlich lebte die Rothaarige dort.

Eine mehrere Monate alte Erinnerung war in Krystals Gedächtnis aufgetaucht, während sie auf ihrem Handydisplay auf das Haus der Frau starrte. Damals war sie ohne anzuklopfen in Micahs Arbeitszimmer gegangen, wo er gerade ein offiziell wirkendes Dokument las. Als er mitbekam, dass sie im Türrahmen stand, hatte er reagiert wie ein kleines Kind, das mit der Hand in der Keksdose erwischt wird, und rasch das Dokument in eine Schreibtischschublade gestopft.

Den Vorfall hatte Krystal völlig vergessen – bis gestern Abend. Während sie den Porsche durch die dunklen Straßen gesteuert hatte, hatte sie sich gefragt, ob sie an jenem Tag wohl Scheidungspapiere gesehen hatte, ohne es zu ahnen. Papiere, die ihr Micah vorlegen würde, wenn ihm der richtige Zeitpunkt gekommen schien.

Während ihr Ehemann sich also im Studio-City-Viertel mit seiner Geliebten befasst hatte, hatte sich Krystal mit seinem Arbeitszimmer befasst. Zuerst hatte sie versucht, die Schreibtischschublade mit einer Haarnadel zu öffnen. Danach war sie mit einem Messer zu Werke gegangen, dann wieder mit der Haarnadel. Sie hatte schon aufgeben wollen, als sie den Schlüssel entdeckte: Er war mit Klebeband unter dem Schreibtisch befestigt.

Typisch Micah.

Doch das Dokument lag nicht mehr in der Schublade. Wahrscheinlich hatte Micah es Al Toledo gegeben, damit dieser es sicher aufbewahrte.

Vielleicht war Micah ja doch gar nicht so dumm.

Was sie allerdings in der Schublade fand, waren einige Visitenkarten von den diversen Events, an denen Micah teilnahm und versuchte, einen guten Eindruck zu machen und Leute mit Geld davon zu überzeugen, ihn dafür zu bezahlen, ihre Produkte zu promoten oder als Gast in einer ihrer Fernsehshows aufzutreten. Krystal war die Visitenkarten durchgegangen und hatte eine entdeckt, die sie nachdenklich gestimmt hatte.

Jetzt hielt sie die Karte in der Hand. Sie gehörte der Gründerin eines japanischen Technologiekonzerns, die Micah sehr üppig dafür bezahlt hatte, damit er nach dem Auftritt beim Super Bowl für ein Jahr als Botschafter für sie arbeitete. Krystal hatte diese Gründerin einmal getroffen, auf einer glamourösen Party, bei der die neue Kopfhörerkollektion vorgestellt wurde, die Micah als Model präsentieren sollte – eine Furcht einflößende Frau namens Ryoko Yamada. Ryoko Yamada war so reich, dass Mark Zuckerberg neben ihr wie ein armer Schlucker wirkte. Sie lebte in Tokio, verbrachte jedoch viel Zeit in den Vereinigten Staaten, und Krystal fragte sich, ob sie wohl für das Fünfzig-Millionen-Dollar-Haus am Malibu Beach Drive infrage käme.

Für jemanden wie Ryoko Yamada waren solche Summen ein Klacks.

Krystal öffnete ihr Mail-Programm und schrieb ihr eine Nachricht, in der sie sich als Micah Taylors Ehefrau vorstellte und das kurze Treffen beim Kopfhörer-Launch in Hollywood beschrieb.

Sie arbeite nun auf dem Markt für luxuriöse Maklerobjekte in Los Angeles, so erklärte sie, und habe einen Tipp zu einem äußerst attraktiven Objekt erhalten, das Ryoko Yamada möglicherweise interessieren würde. Krystal fügte die Informationen über das Haus als Attachments an und klickte auf »Senden«.

Dann wandte sie ihre Aufmerksamkeit wieder Marty Stein zu.

Bei ihrer Begegnung am Morgen war Krystal fast so enttäuscht gewesen wie damals, als sie herausfand, dass Chanel den New York Red Lipstick aus dem Sortiment nehmen würde.

Dieses Gefühl beruhte aber ganz offensichtlich nicht auf Gegenseitigkeit. Stein hatte sich nur zu eindeutig von ihr angezogen gefühlt, schließlich war er nicht in der Lage gewesen, den Blick seiner widerlichen kleinen Augen auch nur einen Moment von ihr abzuwenden. Gleichzeitig hatte er ein seltsames Desinteresse demonstriert, was die Tour – sowie alle anderen Agenten – betraf, sobald er erfahren hatte, dass Andi Hart nicht anwesend sein würde.

Er hatte keinen Ehering getragen, und durch ein paar unauffällige Fragen hatte sie herausfinden können, dass es da keine Mrs. Stein gab, also niemanden, der sie daran gehindert hätte, einander besser kennenzulernen. Nicht dass eine Ehefrau ein Hindernis dargestellt hätte. Ein Hobbit wie Marty Stein würde Krystal Taylor wohl kaum von der Bettkante stoßen.

Die Frage lautete vielmehr, ob Krystal »dazu« bereit wäre, um sich einen Vorteil zu verschaffen, sich bessere Chancen in Bezug auf das Objekt am Malibu Beach Drive zu sichern, damit man sie bevorzugte, falls mehrere Gebote eingingen.

Als sie damals mit dem Bus aus Texas in Los Angeles angekommen war, als Möchtegernschauspielerin namens Kasey Franks, hatte sie nur zu rasch die berüchtigten Casting-Sofas von Hollywood kennengelernt. Was ihre Schauspielkarriere anbelangte, hatte sie nicht viel mehr vorzuweisen als eine Reklame für Tierfutter und eine kleine Rolle in einem Pilotfilm für eine grässliche Dramakomödie, die Gott sei Dank niemals gedreht worden war. Dann hatte sie akzeptiert, dass sie nicht die neue Jennifer Aniston werden würde, und sich stattdessen einer Karriere als Model zugewandt.

Aber es war schon richtig: Krystal hatte damals einiges getan, worauf sie nicht stolz war. Außerdem stimmte, dass sie nötigenfalls alles jederzeit wieder mit Marty Stein tun würde. Sie war nur noch nicht ganz überzeugt davon, dass es sich bei Marty Stein tatsächlich um den reichen und mächtigen Developer handelte, für den ihn alle hielten. Wenn Krystal eines schon von Weitem riechen konnte, dann Geld. Und bei Stein hatte sie nichts erschnüffelt als einen Hauch billiges Kölnischwasser und ein bisschen Mundgeruch.

Krystal rief die E-Mail auf, die Diana allen Maklern im Büro geschickt hatte, und sah sich die Details zum Objekt am Malibu Beach Drive noch einmal ganz genau an. Ihr fiel auf, dass es einer Firma namens Petronia Property Group gehörte.

Genau in diesem Augenblick klingelte es, und der Videospiellärm verstummte. Von der Haustür waren gedämpfte Stimmen zu hören, und zwar deutlich länger, als das Überreichen einer großen Pizza mit gefülltem Rand in Anspruch nehmen sollte. Krystal verdrehte die Augen. Der Typ vom Lieferdienst war wahrscheinlich ein Fan der Rams, hin und weg, als er entdeckte, dass der Micah Taylor mit der Pizzabestellung *der* Micah Taylor war, und jetzt diskutierten sie ganz ohne Zweifel die Höhepunkte seiner Karriere und posierten zusammen für Selfies. Endlich schloss sich die Tür, die Schüsse und die schlechte Musik setzten wieder ein, und Krystal wandte ihre Aufmerksamkeit wieder dem Bildschirm zu. Jetzt musste sie so viel wie möglich über die Petronia Property Group herausfinden.

Und sie entdeckte genug, um festzustellen, dass Marty Stein kaum mehr war als ein Tourführer mit gewissen Ambitionen. Ein unwichtiger Partner in der Firma.

Krystal lächelte. Ihr Gefühl hatte sie nicht getrogen.

Wichtig war hier jemand ganz anderes. Jemand, der heute Morgen nicht im Haus in Malibu gewesen und dessen Name, soweit sie das sagen konnte, den anderen Maklerinnen und Maklern bei

Saint Realty nicht bekannt war. Krystal betrachtete das Foto auf dem Bildschirm und las sich die Information noch einmal durch. Dieser Mann war das genaue Gegenteil von Marty Stein. Er sah gut aus *und* hatte Geld.

Krystals Lächeln wurde noch strahlender.

Der Mann war genau ihr Typ.

Kapitel 12

ARIBO
DANACH

Während die Gerichtsmedizinerin die erste Inaugenscheinnahme der Leiche am Tatort vornahm, gingen Aribo und Lombardi ins Haus, um mit Nick Flores zu sprechen. Eine Gelegenheit, der Hitze zu entkommen und sich der wohltuenden Kühle einer Klimaanlage zu überlassen, die so gut funktionierte, dass man sich in einem Metzgereikühlraum vergleichsweise wie in einer Sauna gefühlt hätte.

Nick Flores saß auf einem großen elfenbeinfarbenen Sofa neben einem jüngeren Beamten, den man beauftragt hatte, ihn nicht aus den Augen zu lassen, bis die erfahrenen Ermittler mit ihm gesprochen hätten.

Flores trug dunkelblaue Jeans und ein maßgeschneidertes weißes Hemd. Seine Schuhe trockneten neben ihm am Boden. Sein Haar und seine Kleidung waren noch feucht, und um ihn herum auf der Polsterung zeichnete sich ein blauer, nasser Fleck ab. Über den Fleck würde sich jemand mächtig aufregen, vermutlich jedoch weniger als über den gesunkenen Verkaufspreis, den der Leichenfund verursachen würde.

Andererseits war Malibu gar nicht so weit von Hollywood entfernt, weswegen sich vielleicht irgendein schräger Kerl das Haus zum geforderten Preis schnappen und es dann als Set für einen Film über den Mord verwenden würde.

Sofern es sich hier überhaupt um einen Mord handelte.

Aribo war sich noch immer nicht sicher, mit was für einem Fall sie es wirklich zu tun hatten. Er wusste nur, dass hier etwas nicht stimmte. Hoffentlich würde ihm die Gerichtsmedizinerin einige Fragen beantworten können.

Irgendjemand hatte ein Handtuch für Nick Flores organisiert, und das trug er um die Schultern wie ein Boxer. Er zitterte. Wahrscheinlich die Kombination aus Klimaanlage, Schock und der Tatsache, unvorbereitet in einen kalten Swimmingpool gesprungen zu sein.

Die beiden Detectives zogen sich Stühle vom Esstisch heran und setzen sich Nick Flores gegenüber. Sie stellten sich vor, und der dritte Beamte ging weg, als er merkte, was los war. Zuerst boten sie Flores einen Drink an. Allerdings schien es um sie herum nur teuren Champagner zu geben. Oder Leitungswasser. Flores schüttelte den Kopf.

Aribo übernahm die Führung, Lombardi das Mitschreiben.

»Warum erzählen Sie uns nicht einfach Schritt für Schritt, was vorgefallen ist, Mr. Flores?«, schlug Aribo vor. »Mit Ihren eigenen Worten.«

Nick Flores nickte. »Ich habe mich da drüben bei den Schiebetüren mit Marcia und Betsy unterhalten, und dann hat eine der beiden – wer, weiß ich nicht mehr – gefragt, ob das Haus auch einen Pool hat. Sie hat sich bei einer Maklerin von der zuständigen Firma erkundigt, und die hat angeboten, ihnen den Pool zu zeigen.«

»Und das war Andi Hart?«, fragte Aribo nach.

»Richtig. Andi. Die drei sind raus auf die Terrasse und haben sich auf den Pool zubewegt.«

»Und Sie selbst wollten den Pool nicht sehen?«

»Nein. Der Champagner hatte bei mir so richtig durchgeschlagen, und ich habe darauf gewartet, dass die untere Toilette frei wurde, weil ich mal musste. Die Badezimmer im Obergeschoss durften wir nicht benutzen.«

»Gut. Und was ist dann passiert?«

Flores drehte den Ehering an seinem Finger. »Dann habe ich lautes Geschrei gehört, also bin ich nach draußen gerannt und habe gesehen, dass da jemand im Pool trieb. Mit dem Gesicht nach unten und völlig angezogen, deswegen war meine erste Reaktion, ich muss die Person da rausholen. Und das habe ich gemacht. Ich bin reingesprungen und habe sie rausgeholt.«

»Und dann haben Sie Wiederbelebungsversuche unternommen?«

»Ja, aber nur mit den Händen. Sie wissen schon, auf den Brustkorb gedrückt.«

»Keine Mund-zu-Mund-Beatmung?«

Flores schüttelte den Kopf. Er schluckte schwer, und sein Adamsapfel bewegte sich auf und ab wie ein Wackeldackel auf einer Hutablage. »Da waren noch so Reste weißen Schaums am Mund. Und es war zu spät, das konnte ich schon erkennen, als ich den Brustkorb bearbeitet habe. Viel, viel zu spät.«

Nick Flores' Augen füllten sich mit Tränen, und er wandte das Gesicht ab.

»Sie haben getan, was Sie konnten, Mr. Flores«, kommentierte Lombardi.

»Lassen Sie uns das Ganze noch ein wenig detaillierter besprechen«, forderte Aribo den Mann auf. »Als Sie zum Pool kamen, was haben die beiden Frauen da gemacht?«

Flores überlegte. »Marcia und Betsy haben geschrien wie verrückt und sich aneinander festgeklammert. Ich weiß noch, dass ich sie aus dem Weg schubsen musste, um zum Pool zu kommen. Dafür werde ich von Betsy noch richtig Ärger kriegen.«

»Und Andi Hart? Was hat die gemacht?«

Flores runzelte die Stirn. »Da bin ich mir nicht ganz sicher. Es ging alles so schnell. Alles ist irgendwie verschwommen.«

»Das verstehe ich«, gab Aribo zurück. »Lassen Sie sich Zeit. Hat sie versucht, der Person im Pool zu helfen? Hat sie Ihnen im Weg gestanden, wie Marcia und Betsy? Hat sie auch geschrien?«

Erneut verzog Flores das Gesicht zu einer Grimasse, als denke er angestrengt nach. Er schloss die Augen, als versuche er, die Ereignisse am Pool noch einmal vor seinem inneren Auge ablaufen zu lassen. Dann öffnete er die Augen wieder und sagte: »Ich glaube, sie hat sich aus dem Poolbereich wegbewegt, zum Balkon hin. Geschrien hat sie nicht.«

»Sie wirkte also nicht besonders in Panik oder aufgewühlt?«

»Vielleicht war sie einfach wie betäubt. Ich kann es wirklich nicht sagen. Ich habe nicht besonders auf sie geachtet.«

»Kannten Sie die verstorbene Person?«

»Nein, ich glaube nicht.«

»Es handelt sich also nicht um einen Partygast?«

Flores zuckte die Schultern. »Möglich ist das schon, denke ich. Es war ziemlich viel los, da waren eine ganze Menge Leute. Ich habe nicht mit allen gesprochen. Ich kannte nicht alle Gäste.«

»Ist Ihnen während der Party irgendetwas Besonderes aufgefallen? Irgendjemand, der sich seltsam verhalten hat? Irgendwelche Streitigkeiten, Spannungen? Irgendwas?«, wollte Aribo wissen.

»Sicher, Spannungen gab es schon. Sogar einen richtigen handfesten Streit.«

Die Ermittler tauschten Blicke.

»Erzählen Sie uns von dem Streit«, forderte Aribo Flores auf.

»Da drüben bei dem großen Gemälde mit dem Meerespanorama hatten zwei Frauen und ein Mann eine heftige Auseinandersetzung«, berichtete Flores. »Den Kerl hatte ich irgendwo schon mal gesehen, aber die Frauen habe ich nicht erkannt. Eine hat der anderen ihren Drink ins Gesicht geschüttet. Dann hat sie den Mann angegriffen. Ich habe da drüben gestanden, zu weit weg, als dass ich hätte hören können, was da gesagt wurde. Wenig später sind alle drei gegangen. Wenn ich mich richtig erinnere, hat der Mann an der Tür dafür gesorgt. Und dann sind Marcia und Betsy zu mir gekommen, um sich mit mir zu unterhalten. Sie waren ziemlich aufgeregt wegen dem ganzen Drama.«

»Sie haben weitere Spannungen erwähnt?«

Nick Flores schien sich unbehaglich zu fühlen. Er drehte wieder an seinem Ehering. »Ja, und ich denke, das war teilweise meine Schuld, denn ich habe vielleicht etwas gesagt, was ich nicht hätte sagen sollen. Ich bin mit meinen Quadratlatschen mitten ins Fettnäpfchen getreten und habe dadurch Stress zwischen Andi und ihrem Chef verursacht.«

Aribo und Lombardi tauschten erneut Blicke.

»Was haben Sie denn gesagt?«, wollte Aribo wissen.

»Dass sie nach Räumlichkeiten für eine eigene Firma sucht. Mir war nicht klar, dass das ihr Boss ist. Und ich denke, er wusste nichts davon. Sie sind ins Kinozimmer gegangen, um darüber zu sprechen, und als Andi wieder herauskam, wirkte sie aufgewühlt.«

»Und ihr Chef?«

»Den habe ich danach nicht mehr gesehen, glaube ich. Vielleicht ist er gegangen.«

»Okay, vielen Dank«, sagte Lombardi. »Wir haben jetzt so weit alles, was wir brauchen, aber Sie werden zu uns auf die Wache in Lost Hills kommen müssen, um eine formale Aussage zu machen.« Er reichte Nick Flores seine Karte. »Bitte rufen Sie am Empfang an, um eine Zeit zu vereinbaren, die Ihnen gut passt. Und wenn Ihnen irgendetwas einfällt, was vielleicht nützlich für uns sein könnte, rufen Sie bitte mich an.«

Flores nickte und drehte die Karte in beiden Händen hin und her. Dann schaute er die Ermittler an. »Da ist noch etwas.«

»Was denn?«, fragte Lombardi.

»Einige Leute schienen nach jemandem zu suchen. Ich glaube, der Typ hätte auf der Veranstaltung anwesend sein sollen und war nicht erschienen. Andis Boss meinte, er würde nicht an sein Handy gehen.«

»Können Sie sich an den Namen erinnern?«, wollte Aribo wissen.

»Nur an den Vornamen. Myles. Alle haben nach Myles gesucht.«

Kapitel 13

MYLES
DAVOR

»Steak und Cocktails mitten in der Woche?«, fragte Jack. »Was ist denn der Anlass?«

Myles Goldman lächelte mysteriös. »Wir haben etwas zu feiern.«

Sie saßen im Dan Tana's, einem italienischen Restaurant in einem gelben Bungalow am Santa Monica Boulevard. Die gedämpfte Beleuchtung, die karierten Tischdecken und die von der Decke herabhängenden Chiantiflaschen erinnerten Myles an diese alten italienischen Filme, die sich sein Vater so gern ansah. Das Restaurant war ein bisschen altmodisch für Myles' Geschmack, aber er kam schon mit seinen Leuten hierher, solange er denken konnte. Zudem ließen sich auch die A-Promis von Hollywood gern hier blicken, also war der Laden erst recht gut genug für ihn. In dieser Stadt kam es darauf an, den richtigen Eindruck zu machen. Außerdem war das Parmigiana-Hähnchen im Dan Tana's unglaublich lecker.

»Ach?« Jack hob eine Augenbraue. »Was gibt's denn zu feiern?«

»Nur dass ich mir eine Million Courtage geschnappt habe.«

Jack verschluckte sich fast an seinem Martini. »Wirklich? Wann denn?«

Myles hob beide Hände. »Also gut, einen Käufer habe ich noch nicht. Aber ich werde einen finden.«

Während sie aßen, berichtete Myles Jack von dem Auftrag mit dem Fünfzig-Millionen-Dollar-Objekt am Malibu Beach Drive, den sich Saint Realty gesichert hatte, von der Tour durchs Haus an diesem Morgen, vom Strand, vom Ausblick.

Und von der Konkurrenz.

»Also, wie lautet dein Plan?«, erkundigte sich Jack, als Myles fertig war.

»Mein Plan?«

»Für den Hausverkauf. Wie wirst du sicherstellen, dass du derjenige bist, der das Geld bekommt?«

»Du meinst, über meine exzellenten Kontakte, meine erstklassigen Verkäuferfähigkeiten und meinen unbezahlbaren Charme hinaus?«, fragte Myles zurück.

Jack grinste. »Genau. Über all das hinaus.«

Myles beugte sich über den Tisch, legte seinem Freund eine Hand auf die Schulter und schaute ihm tief in die Augen. »Ich will dieses Geld, Jack. Und du weißt, ich bekomme immer, was ich will.«

»Das weiß ich ganz genau«, erwiderte Jack mit einem Augenzwinkern. »Wenn ich mich geweigert hätte, mit dir auszugehen, hätte ich wohl eine einstweilige Verfügung gegen dich erwirken müssen.« Er warf seine Serviette auf den Tisch und glitt aus der mit tiefrotem Leder überzogenen Sitznische. »Warum denkst du dir keine unfehlbare Strategie aus, während ich mal kurz verschwinde?«

Myles wusste, dass Jack nur Witze machte, doch die Bemerkung seines Freundes stimmte ihn trotzdem nachdenklich.

David Saint war ganz offensichtlich der Überzeugung, dass Andi die besten Chancen hatte, einen Käufer an Land zu ziehen, aber diese Überzeugung teilte Myles nicht. Davids Urteilsvermögen wurde von der Tatsache getrübt, dass er ganz offensichtlich auf Andi stand, genauso wie damals auf Andis Vorgängerin, Shea Snyder.

Es stimmte, Andi war die erfolgreichste Maklerin der Firma, aber er fand nicht, dass sie für das Haus am Malibu Beach Drive über die geeignete Klientenliste verfügte. Sie vertrat hauptsächlich aufstrebende Starlets, die ihren ersten großen Gehaltsscheck für eine trendy Wohnung in den Hollywood Hills ausgeben wollten. Nicht die Art Menschen, die bereit oder in der Lage gewesen wären, ein Angebot zu machen, das auch nur annähernd fünfzig Millionen Dollar erreichte.

Bei Verona sah es genauso aus. Die Frau verfügte über jahrelange Erfahrung, das musste man ihr lassen, aber sie buk kleine Brötchen. Sie konzentrierte sich fast ganz aufs Valley und meist auf Objekte mit einem Kaufpreis von unter fünf Millionen Dollar. Krystal war ehrgeizig und wollte unbedingt das Image der Footballer-Ehefrau loswerden, war jedoch hauptsächlich auf die alten Sportkontakte ihres Mannes angewiesen, wenn es ums Business ging. Natürlich hatte sie ein paar gute Verkäufe hingelegt, aber es lief aufs Gleiche hinaus: Myles ging nicht davon aus, dass viele ehemalige Football-Profis bereit wären, fünfzig Millionen Dollar in ein Haus zu investieren.

Damit blieb Hunter Brooks übrig. *Der ist mein einziger echter Rivale in diesem Szenario*, überlegte sich Myles, *jedenfalls im Kreis der Makler von Saint Realty*. Brooks war auf Brentwood spezialisiert, aber in letzter Zeit hatte er versucht, es ins Platindreieck von Beverly Hills, Bel Air und Holmby Hills zu schaffen – und damit war er ganz eindeutig in das Revier eingedrungen, das Myles als sein eigenes betrachtete. Myles war in Beverly Hills 90210 aufgewachsen und hatte nie irgendwelche Skrupel gehabt, die Kontakte seines Vaters zu den Reichen und Mächtigen zu nutzen, wenn es darum ging, Maklergeschäfte in diesem exklusiven Dreieck abzuwickeln.

Im vergangenen halben Jahr hatte Brooks drei lukrative Wohnungen in den Beverly Hills Flats betreut, sehr zu Myles' Missfallen. Sein eigener Fehler, denn er war abgelenkt gewesen, hatte den Ball aus den Augen verloren und Brooks in seinem Feld spielen lassen.

Ja, auf Hunter Brooks würde er ein Auge haben müssen.

Und deswegen hatte Myles am frühen Nachmittag beschlossen, ihn zu beobachten.

Er hatte mitbekommen, wie Brooks David und Diana darüber informierte, er habe nach dem Termin in Malibu eine weitere Tour mit Klienten in Brentwood und komme aus diesem Grund erst später wieder ins Büro. Daher war Myles überrascht – und ebenso fasziniert – gewesen, als er feststellte, dass der so auffällige schwarze Rolls-Royce der Marke Ghost auf der anderen Seite der Stadt in der Nähe des Eingangs zum Echo Park Lake abgestellt worden war. Myles hätte den Wagen nicht einmal für Hunters gehalten, hätte er ihn nicht an den besonderen Nummernschildern identifizieren können.

Brooks hatte nichts von einem weiteren Termin in der Innenstadt erwähnt, deswegen hegte Myles den Verdacht, sein Kollege treffe sich vielleicht mit noch einem Klienten. Mit einem ganz geheimen, von dem niemand sonst in seiner Firma erfahren sollte. Mit einem potenziellen Käufer für das Haus in Malibu.

Myles hatte seinen eigenen Wagen in einer nahe gelegenen Seitenstraße abgestellt und das Parkgelände betreten. Dort war er auf dem Fußweg entlang des Sees herumgeschlendert, bis er Hunter entdeckte.

Der befand sich in Begleitung einer dunkelhaarigen, leger gekleideten Frau. Myles war zunächst enttäuscht gewesen, weil er vermutete, die Brünette sei Brooks' Ehefrau, die Myles flüchtig kannte und die, so erinnerte er sich, schlank und dunkelhaarig war.

Neben der Frau stand ein Kinderwagen, was Myles verwirrte, denn er war sich ziemlich sicher, dass Brooks keine Kinder hatte. Dieser gehörte definitiv zu der Sorte Mann, die mit eigenen Leistungen angab, und er hätte seine Kollegen bestimmt gezwungen, sich Fotos von seinem Nachwuchs anzusehen, hätte er denn Kinder gehabt. Auf Veronas Schreibtisch im Büro standen gerahmte Bilder ihrer beiden Söhne (an deren Namen sich Myles nicht erinnerte), auf Brooks' nicht.

Dann hatte sich die Dunkelhaarige einen Augenblick lang zu ihm hingedreht, und da hatte Myles begriffen, dass es sich gar nicht um Brooks' Ehefrau handelte. Irgendetwas an der Frau kam Myles allerdings bekannt vor, aber er kam nicht drauf, woher er sie hätte kennen sollen. Dann schaute er zu, wie Brooks in den Kinderwagen griff, das Baby herausholte und im Arm hielt.

In diesem Augenblick war Myles überzeugt gewesen, dass es sich bei der Frau um eine Klientin handelte, dass Brooks ein Theater um das Baby veranstaltete, ebenso wie es Politiker so gern taten, um Wählerstimmen zu gewinnen. Der Mann war wirklich zu allem bereit, wenn sich damit nur ein Deal klarmachen ließ. Myles hatte sein Handy hochgehalten und angefangen zu filmen, auch wenn er nicht genau wusste, was er da eigentlich gerade festhielt.

Jetzt zog Myles das Gerät hervor und löschte als Erstes die Instagram-Nachrichten, die Werbung für Online-Poker und die Hinweise auf anstehende Software-Updates. Dann spielte er das neueste Video ab. Stirnrunzelnd schaute er sich den Film noch einmal an. In der Art und Weise, wie Brooks das Baby hielt, lag eine gewisse Zärtlichkeit. Dem Baby hingegen gefiel es ganz eindeutig nicht, Hunter Brooks so nahe zu sein, woraus Myles dem Kind keinen Vorwurf machen konnte.

Jack kam von der Toilette zurück, und Myles steckte das Handy wieder in die Tasche. Sie aßen ihren Nachtisch, tranken noch einen Cocktail und unterhielten sich eine Weile. Dann bat Myles um die Rechnung. Ein älterer Kellner brachte das Kartenlesegerät, zog die Karte darüber, runzelte die Stirn und wiederholte den Vorgang. Als er Myles anschaute, hatte sich neben seinen Falten ein Ausdruck großer Verlegenheit in sein Gesicht gegraben.

»Es tut mir sehr leid, Mr. Goldman, aber das Gerät akzeptiert Ihre Karte nicht.«

Myles spürte, wie das Parmigiana-Hähnchen in seinen Eingeweiden protestierte.

»Oh … Ich habe sicher auch Bargeld dabei.« Noch einmal öffnete Myles seine Brieftasche und hoffte, weder Jack noch der Kellner würde merken, dass ihm die Hände zitterten. Das Fach für die Banknoten war leer. Er schluckte schwer.

Bevor er irgendetwas sagen konnte, reichte Jack dem Kellner seine eigene Karte. »Keine Sorge, Liebling. Ich regle das.«

Myles nickte nur.

»Wow, ich bin überrascht und auch ein wenig beeindruckt von diesem neuen, so milden Myles Goldman«, kommentierte Jack den Vorgang, als sich der Kellner mit der bezahlten Rechnung und einem großzügigen Trinkgeld entfernt hatte.

»Was meinst du damit?«

»Ich dachte, du würdest sauer werden und darauf bestehen, dass der Kellner es noch einmal mit dem Lesegerät probiert, oder ihm mit der Kündigung drohen, wenn er es nicht schafft, das Ding in Gang zu bekommen.«

Myles versuchte ein Lachen von sich zu geben, aber es klang eher wie ein Krächzen. »Mein Vater wäre wohl wenig begeistert, wenn ich in seinem Lieblingsrestaurant eine Szene mache. Und außerdem ist mir eingefallen, dass man mir eine neue Karte zugeschickt hat. Ich habe nur vergessen, sie in die Brieftasche zu tun. Die hier ist abgelaufen. Ich gebe dir das Geld fürs Essen natürlich zurück.«

Jack winkte ab. »Hey, es macht mir nichts aus, auch mal was zu bezahlen. Ich bin nicht wegen deines Geldes und wegen der Besuche in Familienrestaurants mit dir zusammen, weißt du?«

»Ja. Du bist mit mir zusammen, weil mein Hintern in engen Jeans großartig aussieht.«

Jack grinste. »Erwischt. Obwohl du natürlich für immer alle Restaurantbesuche bezahlen wirst, sobald du dir diese Million Dollar gesichert hast.«

Sie gingen nach draußen und warteten darauf, dass Myles' Wagen vorgefahren wurde.

»Zu mir oder zu dir?«, fragte Jack.

Myles zögerte. Für den Rest des Abends hatte er andere Pläne, und in diesen Plänen kam Jack nicht vor. Er konnte schon spüren, wie ihn die Rastlosigkeit überfiel, die Anspannung in den Muskeln, wie sein Puls sich beschleunigte.

Jack entging dieses Zögern nicht. »Ich brauche ja nicht über Nacht zu bleiben«, fügte er rasch hinzu. »Wir müssen schließlich morgen beide zur Arbeit. Ich dachte nur ...«

Reiß dich zusammen, Goldman, ermahnte sich Myles. *Willst du wirklich lieber am Laptop sitzen als mit deinem supersexy Freund zusammen zu sein?*

Myles beugte sich vor und küsste Jack fest auf die Lippen. »Natürlich will ich, dass du bei mir übernachtest. Ich muss nur morgen früh los und vor dem Büro noch ins Fitnessstudio, aber ich schleiche mich dann ganz leise raus, damit du nicht aufwachst.«

Als Myles Jack Dunne vor einem Jahr kennengelernt hatte, hatte er sich sofort und sehr heftig in ihn verliebt. Jack war sechs Jahre älter als er und hatte von Anfang an deutlich gemacht, dass er an einer Beziehung interessiert war. Myles war es nicht um irgendetwas Festes gegangen, er hätte sich gern noch weiter umgeschaut, sich Optionen offengehalten. Durch Jack veränderte sich das alles. Jetzt, da sich ihr erster Jahrestag näherte, wusste Myles: Was sie beide verband, war das einzig Wahre. Er hatte innerhalb der ersten Woche nach ihrem Kennenlernen sämtliche Dating-Apps von seinem Smartphone gelöscht und das auch nie bereut. Und er war auch kein einziges Mal in Versuchung gewesen, die Apps erneut zu installieren und sich weiter umzuschauen.

Jetzt kam das ungute Gefühl in seinem Bauch zurück. Wenn Myles es nur geschafft hätte, die anderen Apps auch zu deinstallieren. Wenn es nur keine Geheimnisse gäbe, die diese ansonsten perfekte Beziehung hätten gefährden können.

Der Lamborghini glitt förmlich durch die Kurven und Kehren des Sunset Plaza Drive, meisterte mühelos den Anstieg hinauf in die Bird Streets, die so hießen, weil die Straßen Vogelnamen trugen.

Myles hatte sich vor drei Jahren zu seinem fünfundzwanzigsten Geburtstag eine moderne Wohnung mit drei Schlaf- und drei Badezimmern aus der Mitte des vergangenen Jahrhunderts im Blue Jay Way – Blauhäherweg – zugelegt, finanziert mit Geld aus dem Treuhandfonds. Sein Vater war wegen der Verbindung zu dem gleichnamigen Beatles-Song von George Harrison beeindruckt von dieser Wahl gewesen. Was sich allerdings rasch verflüchtigte, als sich herausstellte, dass Myles George Harrison gar nicht kannte.

Myles parkte seinen gelben Lamborghini Huracán in der Garage, ging ins Haus und sah den Poststapel, den er vorher im Flur abgelegt hatte.

Er stopfte die Briefe rasch in eine Schublade, bevor Jack sie entdecken konnte.

Kapitel 14

ANDI
DAVOR

Andi hatte sich etwas bei ihrem Lieblingsitaliener geholt und auf dem Rückweg von der Arbeit auch eine Flasche Wein besorgt. Normalerweise gönnte sie sich so etwas erst am Wochenende, aber der Tag war unerwartet stressig und überhaupt ganz grässlich gewesen.

Außerdem gab es da ja niemanden, der sie wegen ihrer Lebensweise hätte kritisieren können.

Von Jeremys Fahrrad war nichts zu sehen, als sie vor dem Haus hielt, und in seiner Wohnung brannte auch kein Licht. Eine leichte Brise fuhr sanft durch die nahe gelegenen Büsche und die Blätter an den Bäumen. Keine Menschenseele weit und breit. Irgendwo in den Hügeln heulte ein Kojote. Die Nachtluft fühlte sich auf Andis bloßen Armen warm an.

Sie betrat ihre Wohnung und stellte Essen und Wein auf der Plate. Der Pinot Grigio war immer noch kalt, weil er im Laden im Kühlschrank gestanden hatte. Andi goss sich ein großes Glas ein und holte sich einen Teller für die Pennette arrabiata aus dem Schrank.

Während sie aß, schaute sie sich eine alte Folge *Magnum* an. So allein vor dem Fernseher zu essen war blöd. Während Tom Selleck gegenüber irgendeiner Frau seine Augenbrauen spielen ließ, schweiften Andis Gedanken ab, und sie überlegte, ob sie nicht wieder mit dem Daten anfangen sollte. Nachdem sie nach Los Angeles gezogen war, hatte sie ein paar Dates gehabt, aber damals noch zu sehr an Justin gehangen, um irgendeinem dieser Männer eine echte Chance zu geben.

Stattdessen hatte sie sich in die Arbeit gestürzt, was sich auch auszahlte, denn sie hatte Geld verdient und Kontakte geknüpft, allerdings litt ihre Freizeit. Sie hatte hier keine wirklichen Freunde, und ihr Sexleben war genauso öde wie eine Geisterstadt in der Wüste. Hin und wieder wurde Andi von einem Klienten zum Abendessen eingeladen, doch sie war der Ansicht, es sei am besten, Geschäftliches und Privates strikt voneinander zu trennen. Aus diesem Grund hatte ihr der Vorfall vor sechs Monaten auch so sehr zugesetzt.

Andi wusch Teller und Gabel ab und goss sich noch ein Glas ein. Dann öffnete sie die Dating-App, die sie seit mindestens einem Jahr nicht mehr benutzt hatte. Nach zehn Minuten des Wischens nach links gab sie die Sache auf. Da draußen gab es definitiv keine Thomas Magnums, die scharf auf eine Beziehung fürs Leben gewesen wären.

Dann ließ sie den Finger über dem Instagram-Icon schweben, murmelte »Ach, scheiß drauf« – meistens die Vorstufe zu einer schlechten Entscheidung – und tippte es an. Sie gab Justins Namen in das kleine Suchfeld ein, obwohl ihr Verstand ihr dringend riet, das besser bleiben zu lassen. Nostalgie und Alkohol, eine Mischung, die ihr heute Abend besonders zu schaffen machte.

Das aktuellste Foto zeigte Andis Ex mit einer Rothaarigen namens Jenny. Justin und Jenny. Das war geradezu widerwärtig niedlich. Weil sie die beiden in den sozialen Medien verfolgt hatte, wusste sie, dass sie nun seit über einem Jahr ein Paar waren. Justin wirkte glücklich, und Andi war klar, dass es nur anständig gewesen wäre, sich für ihn zu freuen, hatte sie ihn doch wie Dreck behandelt. Justin und sie waren schon fast so weit gewesen, zusammenzuziehen, sich ein kleines Apartment im East Village zu teilen, als sich plötzlich, innerhalb einer Sekunde, alles geändert hatte.

Andi war die Straße hinuntergegangen und hatte zufällig in einem Diner jemanden erspäht, den sie wiedererkannte. Die Person saß dort und aß ein Sandwich. *Er.* Er saß einfach ganz dreist da und aß ein Sandwich, ein verdammtes Sandwich, nur einige Häuserblocks entfernt von ihrem Arbeitsplatz. Andi hatte versucht, sich einzureden, dass er sich bestimmt nur ein oder zwei Tage in der Stadt aufhielt, für ein Geschäft oder so. Doch ein paar Telefonate später wusste sie, dass er Büroräume in der City angemietet hatte. Er plante mitnichten, woandershin zu gehen.

Wenn die Vergangenheit in die Gegenwart eindrang, hatte sie die schlechte Angewohnheit, damit die Zukunft zu zerstören.

Statt mit Justin zusammenzuziehen, hatte Andi die Beziehung beendet. Eine Erklärung oder irgendwelche Begründungen hatte sie ihm nicht geliefert. Sie verließ ihn einfach, genauso wie ihre Stelle und ihr Apartment und New York. Alles, was sie am meisten auf der ganzen Welt liebte. Einfach so.

Andi hatte sich für Los Angeles entschieden, weil das buchstäblich auf der anderen Seite der USA lag, so weit weg, wie es nur ging.

Sie schloss Instagram und das Lächelfoto von Justin und Jenny und las ihre E-Mails. Nick Flores' Nachricht befand sich immer noch im Posteingang, geantwortet hatte sie bisher nicht. Außerdem gab es da eine noch ungelesene E-Mail einer gewissen Gretchen Davis, die vor etwa einer Stunde eingetroffen war.

> Sehr geehrte Ms. Hart,
>
> hoffentlich geht es Ihnen gut. Ich schreibe Ihnen im Auftrag von Walker Young, der sein Objektportfolio an der Westküste erweitern möchte. Mr. Young bat mich, einen Termin für ein Telefonat mit Ihnen zu vereinbaren, um eine eventuelle Zusammenarbeit zu besprechen. Bitte lassen Sie mich so rasch wie möglich wissen, wann es Ihnen passen würde.
>
> Mit freundlichen Grüßen
>
> Gretchen Davis
>
> (Persönliche Assistentin von Walker Young, CEO)
>
> Young Global Management

Andi gab den Namen bei Google ein und pfiff durch die Zähne. Es handelte sich um eine New Yorker Investmentfirma, mit Hauptquartier in einem Stockwerk des Solow Building in der West Fifty-Seventh Street. Außerdem nannte Walker Young ein Vermögen von mehr als drei Milliarden Dollar sein Eigen. *Milliarden.* Andi schickte Gretchen Davis sofort eine E-Mail mit Terminvorschlägen für ein Telefonat oder ein Zoom-Meeting mit Walker Young.

Vielleicht war der heutige Tag ja doch kein völliger Flop.

Mit dem Weinglas in der Hand ging Andi ins Bad, ließ Wasser in die Wanne und gab einen Badezusatz für extra viel Schaum dazu. Dann zog sie sich aus und glitt langsam in das heiße Wasser hinein. Durch den Alkohol, den Schaum und die Wärme hindurch spürte Andi, wie sich ihre Muskeln allmählich entspannten. Ihr wurden die Lider schwer, und sie sagte sich, es könne nicht schaden, einen Moment lang die Augen zu schließen.

* * *

Sie öffnete die Haustür und betrat das Haus. Ließ die Tasche fallen.

Im selben Moment wusste sie, dass hier etwas nicht stimmte.

Die Scherben einer Vase lagen im Flur, die Blumen waren überall verstreut, und auf dem Boden befand sich eine Wasserlache. Außerdem hatte jemand eine Lampe vom Flurtisch gestoßen.

Im Wohnzimmer war es warm und stickig, und abgesehen vom Surren des Deckenventilators, dessen Rotoren vergeblich versuchten, Bewegung in die stehende Luft zu bringen, war da eine Stille, die sie als alarmierend empfand. Die Art der Stille, die einer Explosion der Gewalt folgte. Das wusste sie nur allzu gut. Die Holzjalousien waren teilweise geschlossen, sodass niemand einfach nach drinnen schauen und verfolgen konnte, was hinter dem weißen Jägerzaun, dem sorgfältig gepflegten Rasen und der fröhlich gelben Tür geschah.

Sie ging zurück in den Flur, an der zerbrochenen Vase vorbei, an dem verschütteten Wasser und den Blumen, der Lampe. Weiter in die Küche. Ihre Schultern waren angespannt, der eigene Herzschlag klang ihr laut in den Ohren. Sie fürchtete sich vor dem, was sie vielleicht entdecken würde. Hatte Angst davor, selbst entdeckt zu werden. Aber sie sagte sich, was immer hier vorgefallen war, es war nun vorbei. Sie war allein.

Eine leere Wodkaflasche stand auf dem Küchentisch. Ein Stuhl war umgestoßen worden.

Dann bemerkte sie, dass die Hintertür nur angelehnt war.

Sie wollte nicht sehen, was sich dahinter befand. Es konnte nichts Gutes sein.

Die Brise ließ die Tür gegen den Holzrahmen schlagen. Immer und immer wieder.

* * *

Andi erwachte mit einem Ruck, sodass Wasser über den Wannenrand schwappte. Sie brauchte einige Sekunden, bis sie wieder wusste, wo sie war. Das Badewasser war kalt geworden und ihre Haut schon ganz verschrumpelt. Vom Flur kam ein lautes Klopfen. Das gehörte nicht in ihren Traum. Da war jemand an ihrer Wohnungstür.

Sie stieg aus der Wanne und zog sich ihren flauschigen Morgenmantel an. Ihr Handy hatte sie nicht mit ins Bad genommen, deswegen hatte sie keine Ahnung, wie spät es war oder wie lange sie gedöst hatte. Wahrscheinlich aber war es schon ziemlich spät. Andi erwartete keinen Besuch. Langsam betrat sie den Flur, knipste das Licht an, doch statt zur Wohnungstür zu gehen, wandte sie sich um und ging in die Küche.

Ihr Smartphone lag auf der Kücheninsel. Sie berührte das Display. Fast 22:30 Uhr. Ihr Blick wanderte zu dem hölzernen Messerblock. Andi sagte sich, sie würde überreagieren. Und als Nächstes, dass es immer noch besser war, überzureagieren, als ermordet zu werden. Sie nahm sich das größte Messer und ging zurück in den Flur.

Das Klopfen hatte inzwischen aufgehört. Ein Zettel lag auf der Fußmatte, den jemand unter der Tür hindurchgeschoben haben musste. Andi legte die Sicherheitskette vor, umfasste den Messergriff fester und öffnete die Tür einen Spalt. Oben an der Treppe war niemand. Sie hakte die Kette auf und trat nach draußen. Kein Mensch zu sehen.

Andi ging wieder nach drinnen, schloss die Tür sorgfältig hinter sich und hob den Zettel auf. Vorne drauf stand ihr Name, falsch geschrieben.

Andy.

Nicht einmal Andie, wie Andie MacDowell. Andy, wie Andrew.

In großen, spitzen und zugleich krummen Buchstaben, wie in der Handschrift eines Serienkillers. Sie musste lachen. Als ob Serienkiller eine besondere Handschrift hätten. Dann dachte sie an den zerstochenen Reifen, und das Lachen blieb ihr in der Kehle stecken. Sie faltete das Papier auseinander, rechnete halb damit, ausgeschnittene Lettern aus einer Zeitschrift vor sich zu sehen, wie im Film, doch es ging einfach in derselben seltsamen Handschrift weiter.

Andy, ich habe bei dir geklopft, aber du hast nicht reagiert.
Es gibt da etwas, was du dir ansehen solltest.
Jeremy

Der Fernseher war noch an, jetzt lief ein alter Film, den sie nicht kannte. Überall in der Wohnung waren die Lichter an, und ihr Auto stand direkt draußen vor der Tür.

Du hast nicht reagiert.

Einen Augenblick lang spürte sie Gewissensbisse, weil der Typ sicher wusste, dass sie zu Hause war, und jetzt glaubte, sie hätte ihm einfach nicht aufgemacht. Andererseits war es ziemlich spät für einen Besuch bei der Nachbarin, vor allem bei einer, mit der man nicht gerade befreundet war.

Es gibt da etwas, was du dir ansehen solltest.

Andi konnte sich nicht vorstellen, dass Jeremy Rundle irgendetwas vorweisen konnte, an dem sie auch nur im Entferntesten interessiert gewesen wäre – trotzdem war sie auf eine Art auch fasziniert, schließlich war er noch nie hoch an ihre Tür gekommen. Aber nicht fasziniert genug, um sich anzuziehen und zu so später Stunde runter zu seiner Wohnung zu gehen. Was immer es war, es würde bis morgen warten müssen. Sie war völlig fertig. Sie würde jetzt schlafen gehen.

Andi steckte das Küchenmesser wieder in den Block und schaltete Fernseher und Lichter aus. Als sie ins Bett kletterte, dachte sie an den Traum in der Wanne. Den hatte sie seit ihrem Umzug nach Los Angeles nicht mehr gehabt.

Hoffentlich würde sie schnell einschlafen, in Ruhe gelassen von den Geistern der Vergangenheit.

Kapitel 15

HUNTER
DAVOR

Hunter und Melissa saßen beim Frühstück, als er sie fragte, ob sie ihm »einen kleinen Gefallen« tun könne.

»Natürlich«, gab sie geistesabwesend zurück, während sie ihr Rührei auf dem Teller herumschob. »Soll ich was aus der Reinigung abholen?«

Melissa war immer noch sehr niedergeschlagen, weil die letzte Runde der Kinderwunschbehandlung wieder nicht erfolgreich gewesen war und sie jetzt zwei Wochen auf einen neuen Termin bei Dr. Kessler würden warten müssen, um ihre Optionen für ein weiteres Vorgehen zu besprechen. Sie sah müde aus, und Hunter hatte den Eindruck, dass sie weiter abgenommen hatte.

»Nein, um die Reinigung geht es nicht«, erwiderte er. »Aber wenn du später sowieso dort vorbeikommst, kannst du meine Sachen gerne mitnehmen. Danke dir.«

Dann erklärte er Melissa, was sie tun sollte, und sie starrte ihn an, eine Gabel mit Rührei auf halbem Wege zwischen Teller und Mund.

»Warte mal«, sagte sie und ließ die Gabel auf den Teller fallen. »Nur dass ich das richtig verstehe. Du willst, dass ich jemanden anrufe, bei dir im Büro, und dabei soll ich tun, als wäre ich jemand anders?«

»Richtig.«

»Warum in aller Welt?«

»Um mir zu helfen. Um *uns* zu helfen. Vertraue mir einfach, okay?« Genau das war die Sache bei Melissa: Sie vertraute ihm immer. Er fühlte sich nicht immer gut deswegen, aber manchmal machte es das Leben deutlich einfacher.

Melissa seufzte schwer, als fehle ihr einfach die Energie zum Widersprechen. Hunter wusste, sie hatte in der vorherigen Nacht nicht viel geschlafen; er hatte mitbekommen, wie sie sich neben ihm im Bett herumwälzte.

»Okay«, sagte sie nun. »Was genau soll ich denn da machen?«

Sie gingen sein Skript einige Male durch, und Hunter bat sie, den Anruf gegen zehn Uhr morgens zu erledigen. Er würde dann an seinem Schreibtisch sitzen und von dort aus ganz ausgezeichnet mitbekommen können, wie das Ganze lief und ob sein Plan funktionierte.

Was die meisten Dinge im Leben betraf, den Verkauf von Maklerobjekten eingeschlossen, schätzte Hunter seine eigenen Fähigkeiten überaus selbstbewusst ein. Deals abschließen, das hatte er drauf. Er war der beste Makler bei Saint Realty, und es interessierte ihn einen Scheißdreck, ob Davids dummes Ranking-System irgendetwas anderes behauptete. Alle wussten, dass David scharf auf Andi war und sie deswegen die Aufträge für die besten Objekte bekam. Bei Shea Snyder war das genauso abgelaufen – und wie das geendet hatte, wusste man ja.

Hunter hatte sich bereits Brentwood gesichert, und was Beverly Hills betraf, machte er gute Fortschritte, seit sich Myles mehr für Online-Casinos interessierte als für die Klientenakquise.

Das Haus am Malibu Beach Drive war der Sechser im Lotto. Und Hunter hatte keine Skrupel, unsaubere Mittel anzuwenden und damit den Wettbewerb zu entschärfen, wenn er nur bekam, was er wollte.

Gestern, nach dem Treffen mit Carmen Vega im Park, hatte er bis spätabends im Büro gesessen und sich, als David und Diana gehen wollten, bereit erklärt, abzuschließen. Diana behielt gern genau im Blick, was die Makler so trieben, weshalb Hunter die Gelegenheit nutzte und einen raschen Blick in den Kalender auf ihrem Schreibtisch warf. Dabei hatte er einen Eintrag für den folgenden Tag entdeckt.

Verona King hatte um zwölf Uhr einen Lunchtermin in einem der besten Restaurants von L.A., und da ging es um das Haus am Malibu Beach Drive. Wen sie dort bespaßen wollte, stand nicht dabei, aber Hunter konnte sich das ziemlich gut vorstellen. Verona besaß nur einen einzigen Klienten, der über annähernd genug Vermögen verfügt hätte, um das Strandhaus zu kaufen. Ein Arschloch namens Don Garland aus dem Silicon Valley – der eigentlich Hunter als Klient zustehen würde und ganz oben auf *seiner* Liste potenzieller Käufer hätte stehen sollen.

* * *

Pünktlich um zehn am nächsten Morgen hörte Hunter, wie das Telefon auf Veronas Schreibtisch klingelte, und sein Herz machte einen kleinen Sprung. Er lehnte sich in seinem Stuhl zurück, um besser hören zu können, was sie zu sagen hatte. Würde sie auf die Finte reinfallen? Selbst wenn ihr auffiel, dass irgendetwas nicht stimmte, würde sie nicht herausfinden können, dass er dahintersteckte. Jedenfalls nicht so bald. Bis sie dann durchschaute, dass man sie hereingelegt hatte, wäre es hoffentlich zu spät.

Verona begrüßte die Anruferin und sagte nach einer kurzen Pause: »Ach, das ist aber wirklich schade.«

Die Enttäuschung in ihrer Stimme war nicht zu überhören. Dafür gab es darin nicht den kleinsten Hauch eines Verdachts. Melissa bekam das Ganze offensichtlich super hin. Dann sprach Verona weiter, klang jetzt viel munterer.

»Um vierzehn Uhr? Ja. Gut. Nein, überhaupt kein Problem. Wirklich gar kein Problem. Vielen Dank für Ihren Anruf.«

Hunter musste grinsen. Er konnte einfach nicht anders.

»Was grinst du so?« Krystal schaute ihn aus zusammengekniffenen Augen an.

»Ich musste gerade an etwas Lustiges denken, was ich beim Kaffeeholen heute Morgen zum Barista gesagt habe. Manchmal bin ich wirklich ziemlich witzig.«

»Depp«, murmelte sie.

Um Viertel vor zwölf stand Hunter von seinem Schreibtisch auf, teilte Diana mit, er habe einen ganz kurzfristig angesetzten Besichtigungstermin in Homedale, und machte sich auf den kurzen Weg am Santa Monica Boulevard entlang in die Century City.

Das Restaurant war ein schicker Laden nach dem Prinzip »Direkt vom Bauernhof auf Ihren Teller« in einem eleganten, modernen Gebäude ganz in der Nähe der Avenue of the Stars. Bei seiner Ankunft entdeckte Hunter Don Garland, der in einer der mit Plüsch ausgestatteten Sitznischen hockte und eine Menükarte durchging.

Die Oberkellnerin erkundigte sich, ob er reserviert habe, und Hunter deutete in Garlands Richtung. »Ich bin mit jemandem verabredet«, erklärte er. »Da drüben sitzt er schon.« Er durchmaß schnellen Schrittes den Raum, bevor die Frau noch etwas sagen konnte.

Der Mann am Tisch schaute ihn verständnislos an. »Kennen wir uns?«

Garland war ein riesiger Kerl mit fleischigen Gesichtszügen, einer lila Nase, die seinen Alkoholkonsum verriet, und grauen Augenbrauen, die nicht recht zu seinem verdächtig schwarzen Haar passen wollten.

»Ich bin Makler bei Saint Realty«, verkündete Hunter.

Langsam zeichnete sich in Garlands Gesicht ein Wiedererkennen ab. »Ach, ich erinnere mich. Harrison, stimmt's?«

»Hunter. Hunter Brooks.«

»Gut. Nun, ich bin hier mit einer Ihrer Kolleginnen zum Lunch verabredet, also ...«

Garland ließ den unvollständigen Satz in der Luft hängen, ein eindeutiges Signal an Hunter, sich davonzumachen.

»Leider wird Verona nicht hier sein können. Ihr ist etwas dazwischengekommen.«

»Was soll das heißen, sie kann nicht hier sein?«, fuhr Garland auf und knallte die Menükarte auf den Tisch. In anderen Sitznischen schauten Leute von ihrem Entensalat und dem Alaska-Heilbutt auf und starrten sie an.

»Darf ich?« Hunter wies auf den leeren Platz gegenüber Garland.
»Nein, dürfen Sie nicht.«
»Okay.«
Hunter blieb stehen und fühlte sich dabei, als wären die Augen aller im Restaurant Anwesenden auf ihn gerichtet.

»Ich verlange eine Erklärung«, bellte Garland. »Warum zum Teufel hat mein Büro mich nicht angerufen und mir Bescheid gegeben, dass das Meeting nicht stattfindet?«

»Das hat sich erst in allerletzter Minute ergeben, Sir. Ein wichtiger Klient von Verona ist nur für einen Tag in der Stadt und hat darauf bestanden, sie zu treffen.«

»Wichtiger als ich? Ist es das, was Sie mir sagen wollen?«

Hunter zuckte die Schultern und lächelte entschuldigend. »Da habe ich angeboten, Sie an Veronas Stelle zu treffen. Schließlich sollen Sie nicht umsonst hergekommen sein.«

»Ach, tatsächlich?« Garland musterte ihn skeptisch, als glaube er ihm kein Wort. »Wissen Sie, ich habe Sie noch nie gemocht, Harrison. Sie sind zu arrogant. Die Frau war mir viel lieber.« Vor wenigen Jahren war Garland auf Saint Realty zugekommen, weil er sich ein Objekt in Los Angeles zulegen wollte. David hatte damals entschieden, Hunter und Verona wären am besten geeignet, Garland zu betreuen, weil dieser auf die sechzig zuging und deutlich gemacht hatte, dass er es nicht schätzte, wenn sich jemand zu Junges oder zu Unerfahrenes um seine Interessen kümmerte. Tatsächlich war Hunter nicht sehr viel älter als Andi oder Krystal, verfügte jedoch über weit mehr Erfahrung auf dem Immobilienmarkt von Los Angeles.

Verona und er hatten den Mann getrennt voneinander getroffen, und er hatte sich für eine Zusammenarbeit mit Verona entschieden. Soweit Hunter wusste, hatte sie immer noch keinen Deal für ihn abgeschlossen. Sie hatte ihm einige Häuser gezeigt, und in mindestens einem Fall war er einem anderen Interessenten unterlegen, der ihn überboten hatte. Garland war vielleicht clever, wenn es darum ging, in vielversprechende Start-ups zu investieren, aber bei der Wahl des richtigen Maklers war er nicht besonders schlau gewesen.

Hunter räusperte sich. »Das ist gut möglich, Mr. Garland. Aber jetzt bin ich hier und Verona nicht.«

Ein Kellner erschien, um ihre Getränkebestellung aufzunehmen, und Garland bat um ein Glas Pinot noir. Dann schaute der Kellner erwartungsvoll zu Hunter. Er fragte sich wahrscheinlich, warum der noch vor dem Tisch stand, und Hunter wiederum schaute erwartungsvoll zu Garland.

»Wissen Sie, worüber Ms. King heute mit mir sprechen wollte?«, erkundigte sich Garland.

»Das weiß ich tatsächlich«, erwiderte Hunter. »Über ein sehr interessantes Objekt, das noch nicht einmal offiziell auf dem Markt ist.« Er hielt ein in Leder gebundenes Portfolio mit seinen Initialen in goldenen Lettern darauf in die Höhe. »Ich habe alle Informationen hier.«

Garland dachte darüber nach, während Hunter und der Kellner abwartend dastanden.

Schließlich nickte Garland. »Setzen Sie sich.«

Hunter gehorchte.

»Einen Drink, Sir?«, erkundigte sich der Kellner.

»Auch so einen Wein, bitte.«

»Ich gehe davon aus, dass Sie das hier bezahlen?«, fragte Garland. Als hätte der Kerl keine Hunderte Millionen auf dem Konto.

»Selbstverständlich.«

»Dann nehmen wir eine Flasche Pinot noir«, wies Garland den Kellner an, bevor er ihn wegscheuchte. Er wandte seine Aufmerksamkeit wieder Hunter zu. »Gut, Mann, legen Sie los. Ich habe nicht den ganzen verdammten Tag Zeit.«

Von Garlands glänzendem Gesicht ließ sich nichts ablesen, während ihm Hunter die Details über das Haus am Malibu Beach Drive unterbreitete, ihm die Fotos zeigte und über die Einzelheiten der luxuriösen Ausstattung sprach. Garland bestellte jungen Grünkohl als Vorspeise und Barschfilet als Hauptgericht, jeweils die teuerste Option auf der Karte. Den Wein trank er rasch. Der Mann erinnerte Hunter an Charlie Vance, was seine Vorliebe für Alkohol und gutes Essen betraf. Und dessen Geschichte hatte nicht gerade gut geendet.

Als Hunter mit seinem Bericht fertig war, meinte Garland: »Ich hatte Ms. King beauftragt, für mich eine Immobilie in Los Angeles zu finden. Malibu ist nicht Los Angeles. Verraten Sie mir, warum ich den Stress auf mich nehmen sollte, nach einem Tag voller Meetings in der City noch eine Stunde lang im Auto zu sitzen?«

»Die Fahrt ist wunderschön. Herrliche Landschaft und ...«

»Herrliche Landschaft ist mir egal. Daran werde ich mich schnell sattsehen, wenn ich jedes Mal dieselbe Strecke fahre.«

»Außerdem haben Sie das Meer direkt vor der Tür«, fuhr Hunter fort. »Und zwar im wahrsten Sinne des Wortes. Sie verlassen das Haus und sind am Strand, haben quasi den Sand zwischen den Zehen.«

»Wozu brauche ich das Meer direkt vor der Tür oder Sand zwischen den Zehen? Ich bin doch kein verdammter Surfer oder Schwimmer oder Beachvolleyballer. Fünfzig Millionen dafür, dass ich dann meinen Arsch ständig zwischen hier und Malibu hin- und herbewege?« Garland schüttelte den Kopf. »Nicht besonders attraktiv.«

»Vertrauen Sie mir, wenn Sie das Haus erst mal sehen, werden Sie völlig überwältigt sein.« Hunter deutete auf seine Unterlagen. »Diese Fotos werden dem Haus nicht wirklich gerecht. Und Sie glauben jetzt vielleicht, dass das mit der Nähe zum Meer nicht so toll ist, aber warten Sie erst mal, bis Sie diesen Privatstrand betreten ...«

»Lassen Sie mich raten. Dann bin ich völlig überwältigt, stimmt's?«

Hunter grinste. »Genau. Das Haus eignet sich perfekt für beides, zum Entspannen und für den Empfang von Gästen. Und Sie wären in bester Gesellschaft. Das Haus befindet sich in einer *sehr* exklusiven Gegend.«

Während er auf seinem Fisch herumkaute, ging Garland ein weiteres Mal die Fotos durch. »Okay, ich werde mir das Haus ansehen«, erklärte er schließlich. »Aber ich hoffe für Sie, dass es den Aufwand auch wert ist.«

»Fantastisch.« Hunter schenkte ihm ein strahlendes Lächeln. »Wie lange sind Sie denn in der Stadt?«

»Ich reise am Freitag ganz früh ab.«

Freitag war der Tag, an dem das Haus für alle zugänglich wäre. Hunter war froh, dass Garland dann schon wieder in San Francisco wäre. Dass Verona ihn beim Open-House-Event behelligte und versuchte, ihn als Klienten zurückzugewinnen, war nun wirklich das Letzte, was Hunter wollte.

»Okay, dann lassen Sie mich schauen, ob ich einen privaten Besichtigungstermin für Donnerstagabend arrangieren kann. Bis dahin müsste alles vorbereitet sein. Was halten Sie davon?«

»In Ordnung.« Garland leerte sein Weinglas und erhob sich. »Rufen Sie in meinem Büro an, wenn Sie mehr wissen.«

Dann war er weg. Hunter ließ sich die Rechnung bringen und unterdrückte gerade noch einen lauten Seufzer, als er sah, wofür er da aufkommen musste. Anders als bei Verona hatte Diana dieses Geschäftsessen nicht genehmigt, und er bezweifelte stark, dass sie seine Quittung anzunehmen bereit wäre, wenn sie herausfand, dass er einer Kollegin den Klienten abspenstig gemacht hatte.

Egal. Das verkraftete er schon. Wenn Garland dann mitbot, wäre es die Sache wert.

Hunter lehnte sich zurück und lächelte selbstzufrieden, als er sich bewusst machte, wie gut das Treffen gerade verlaufen war. Er trank sein Glas aus. Er hatte nur ein einziges getrunken, was teilweise daran lag, dass Garland den Rest der Neunzig-Dollar-Flasche in sich hineingekippt hatte, und teilweise daran, dass er selbst heute noch mehr zu tun hatte. Er schaute auf seine Armbanduhr: Viertel vor zwei. Besser, er machte sich davon, bevor Verona zu ihrem »verschobenen« Lunchtermin erschien.

Was Hunter betraf, war sie jetzt definitiv raus aus der Sache.

Eine Lösung für Andi und Krystal würde er sich noch überlegen müssen.

Für Myles Goldman hatte er bereits eine Idee.

Kapitel 16

VERONA
DAVOR

Obwohl sie heute schon zwei Tassen starken Kaffee getrunken hatte, war Verona todmüde.

Sie hatte eine weitere üble Nacht in zerwühlten Bettlaken hinter sich, die sie damit zugebracht hatte, sich von einer Seite auf die andere zu wälzen, nur um am Ende die Decke anzustarren. Vielleicht brauchte sie ja ein paar ordentliche Drinks statt Koffein. Vielleicht sollte sie sich betrinken, bis sie das Bewusstsein verlor. Aber das kam jetzt nicht infrage. Sie musste in ihrer bestmöglichen Verfassung sein. Don Garland würde sich nicht leicht überzeugen lassen.

Sie hatte die Informationen über das Haus am Malibu Beach Drive bis ins kleinste Detail auswendig gelernt, ihren Werbe-Pitch Dutzende Male geprobt, und sie hatte sichergestellt, dass sie dem Anlass gemäß aussah. Verona wusste: Hunter Brooks glaubte, Garland habe sich für die Zusammenarbeit mit ihr entschieden, weil Verona mit den Wimpern geklimpert oder ein bisschen Bein gezeigt hatte. Das entsprach nicht den Tatsachen. Garland war ein Arschloch, aber er hatte sich nie unangemessen verhalten oder irgendwelche Grenzen übertreten. Er hatte ihr geradeheraus erklärt, er möge ihren »No Bullshit«-Stil, Hunter hingegen könne mühelos eine ganze TED-Talk-Serie zum Thema Bullshit abliefern. Trotzdem schadete es nicht, gut auszusehen.

Sie stieg aus dem Wagen und strich ihren knallblauen Zweiteiler glatt. Als sie sich dem Restaurant näherte, dachte sie wieder an die gestrige Hausbesichtigung und Marty Steins seltsame Reaktion, als er erfuhr, dass Andi nicht kommen würde. An den lebhaften Austausch zwischen Stein und David danach. Aber als Steins Name im Büro ihr gegenüber erwähnt wurde, hatte sich auf Andis Gesicht nicht der Funke eines Wiedererkennens gezeigt. Also gab es wahrscheinlich keine gemeinsame Vergangenheit bei diesen beiden. Und hatte Stein nicht auch Krystal irrtümlich für Andi gehalten?

Verona versuchte, die Tür des Restaurants zu öffnen – vergeblich. Das Restaurant war geschlossen. Sie schaute auf die Uhr. Fünf vor zwei. Sie suchte in ihrer Tasche nach ihrem Handy und rief dort an.

Das Telefon klingelte ewig, und irgendwann ging eine fröhlich klingende Frau an den Apparat. Verona erklärte, sie stehe draußen und könne das Restaurant nicht betreten.

»Tut mir leid, wir haben jetzt geschlossen. Um siebzehn Uhr machen wir fürs Abendgeschäft wieder auf.«

»Aber Sie können doch unmöglich geschlossen haben«, gab Verona zurück. »Ich habe eine Lunchreservierung für vierzehn Uhr.«

»Es tut mir sehr leid, aber da muss ein Irrtum passiert sein. Unsere Lunchzeiten sind halb zwölf bis halb zwei. Haben Sie die Reservierung selbst vorgenommen?«

»Habe ich.« Verona bemühte sich, nicht so ungeduldig zu klingen, wie sie war. »Nun, genau genommen habe ich einen Tisch für zwölf Uhr reserviert, für ein sehr wichtiges Geschäftsessen. Dann hat das Büro meines Klienten heute Morgen angerufen und mir mitgeteilt, die Reservierung sei auf vierzehn Uhr verschoben worden, weil es ein Problem bei meinem Klienten gab. Man hat mir versichert, mit dem Restaurant gesprochen zu haben, und dort habe man die Verschiebung bestätigt.«

»Ich weiß wirklich nicht, was ich sagen soll. Vielleicht eine Verwechslung bei Ihrem Klienten?«

Da kam Verona ein Gedanke. »Meine ursprüngliche Reservierung wurde auf den Namen King vorgenommen. Für zwölf Uhr, wie gesagt. Können Sie bitte mal nachschauen, ob diese Reservierung in Ihrem System als nicht eingehalten verzeichnet ist?«

»Natürlich. Einen Moment bitte.«

Die fröhliche Warteschleifenmusik passte nicht zu Veronas Stimmung. Sie schwitzte allmählich in der heißen Nachmittagssonne, und die Zehen schmerzten in ihren Schuhen. Wo war Garland? Warum stand er nicht auch hier und versuchte, ins Restaurant zu kommen? Irgendetwas stimmte hier ganz und gar nicht.

Wenige Minuten später kam die fröhliche Frau wieder an den Apparat.

»Die Reservierung für zwölf Uhr wurde wahrgenommen. Gerade habe ich mit dem Kellner gesprochen, der den Tisch betreut hat. Er sagte, die Gäste seien zwei Herren gewesen.«

»Kann er sich erinnern, wie diese beiden Herren aussahen?«

»Würden Sie noch mal kurz warten?«

»Natürlich.«

Eine weitere Minute verging. Mehr nervend-fröhliche Musik erklang. Dann die Frau wieder: »Einer war ein älterer Herr, mit sehr schwarzem Haar. Der andere war hellhaarig, mit gebräunter Haut, etwa Ende dreißig.«

Hunter Brooks.

Die Wut überwältigte sie so unmittelbar, dass Verona kaum sprechen konnte. Irgendwie gelang ihr ein zittriges »Danke schön«, bevor sie zu ihrem Wagen zurückging. Sie atmete ein paarmal tief durch und wartete, bis sich ihr Herzschlag wieder einigermaßen beruhigt hatte. Dann wählte sie die Nummer von Don Garlands Büro. Die Frau, mit der sie gestern gesprochen hatte, meldete sich.

»Hallo, hier spricht Verona King. Ich rufe wegen …«

»Ich muss Sie direkt unterbrechen, Ms. King«, reagierte die Vorzimmerdame energisch und mit kalter Stimme. »Mr. Garland hat eine Nachricht für Sie hinterlegt. Ich soll Ihnen ausrichten, dass er nun mit einem anderen Makler zusammenarbeitet und Ihre Dienste nicht länger benötigt werden.«

Verona umfasste ihr Handy mit einem Klammergriff. »Ich fürchte, da hat es ein Missverständnis gegeben. Dürfte ich vielleicht ganz kurz mit Mr. Garland sprechen und ihm alles erklären?«

»Das ist leider nicht möglich. Mr. Garland hat den ganzen Nachmittag Meetings. Ich bin sicher, Sie verstehen, dass er ein viel beschäftigter Mann ist. Möglicherweise verstehen Sie das aber auch nicht. Guten Tag, Ms. King.«

Die Leitung war tot, und Verona wurde übel. Nicht nur hatte sie gerade ihren wichtigsten Klienten verloren – ihren einzigen echten Klienten, was gute Deals betraf. Sie hatte deswegen ihren Termin bei Dr. Fazli verschoben, völlig umsonst.

Der erste mögliche Termin in der Praxis hätte sich mit dem Lunch mit Don Garland überschnitten, darum hatte sie keine andere Wahl gehabt, als den Arztbesuch um einen Tag zu verschieben. Andernfalls hätte sie inzwischen vielleicht schon etwas Beruhigendes von Dr. Fazli gehört. Stattdessen gab es weiterhin nur Sorgen. Das bequeme Leben, das sie und Richard für Eli und Lucas aufgebaut hatten, würde in sich zusammenbrechen, wenn sie zu krank zum Arbeiten wäre und sich die Arztrechnungen häuften. Und wenn ihre Jungs ihre Mutter verlieren würden, wäre das noch viel schrecklicher, Ihr selbst war es so ergangen, als sie ihre Tante Mimi verloren hatte.

Sie stellte den Hebel auf Drive und fuhr zurück zum Büro. Nahm sich vor, keine Szene zu machen, wenn sie dort eintraf. Sie war Verona King, und Verona King war die Professionalität in Person. Verona King verlor am Arbeitsplatz nicht die Kontrolle.

Fünfzehn Minuten später betrat sie die Räume von Saint Realty und entdeckte Hunter, der sich in seinem Stuhl lümmelte, den Telefonhörer am Ohr, und lachte, als hätte er keine einzige Sorge auf dieser Welt.

Da verlor Verona King dann doch die Kontrolle.

Sie stürmte zu ihm hin und schrie: »Du gottverdammtes Arschloch!«

Hunter zog eine Augenbraue hoch, wandte sich dann an seine Gesprächspartnerin am Telefon. »Nein, nicht du, Betsy. Du bist kein gottverdammtes Arschloch. Ich rufe dich gleich zurück.«

Ruhig legte er auf. »Gibt es irgendein Problem, Verona?«

»Darauf kannst du wetten, verdammt noch mal.« Sie baute sich vor ihm auf und zeigte mit dem Finger auf ihn. »Das Problem bist *du*.«

Hunter schob seinen Stuhl ein Stück zurück, um eine gewisse Distanz zwischen ihnen beiden herzustellen.

Im Büro war es plötzlich stiller als in einer Bibliothek. Andi wirkte besorgt, Myles fasziniert. Auf den Gesichtern von David und Diana zeichnete sich derselbe alarmierte Ausdruck ab, und Krystal lächelte, als mache ihr das Ganze Spaß.

»Verona, ich weiß nicht, was vorgefallen ist, aber du musst dich beruhigen«, ergriff Diana schließlich das Wort. »Bitte sag, was los ist.«

Verona zeigte anklagend in Richtung Hunter. »Er hat meinen Lunchtermin mit Don Garland sabotiert, das ist los. Er hat die Zeit geändert, damit er sich an meiner Stelle mit meinem Klienten treffen konnte. Ich bin gerade gefeuert worden.«

Diana runzelte die Stirn. »Stimmt das, Hunter?«

Er zuckte die Schultern. »Keine Ahnung, wovon sie spricht.«

»Du hattest also nicht gerade einen Lunchtermin mit Don Garland?«, verlangte Verona zu wissen. »Mit *meinem* Klienten?«

»Mit wem ich einen Lunchtermin hatte, geht dich überhaupt nichts an.«

»Beantworte einfach ihre Frage, Hunter«, forderte ihn Diana auf.

»Also gut, ich war mit Don Garland beim Lunch. Na und?«

»Oh, Hunter …«, sagte Diana.

Und Krystal: »Oh, wow.«

Verona schrie: »Du hast mir meinen Klienten weggeschnappt!«

Da erhob Hunter die Stimme. »Ladys, wenn ihr mich auch mal zu Wort kommen lasst, kann ich erklären, was vorgefallen ist. Ich war im Restaurant und habe allein zu Mittag gegessen, ein paar Unterlagen durchgesehen, da habe ich Don Garland entdeckt und bin zu ihm hingegangen, um Hallo zu sagen. Einfach aus Höflichkeit. Dabei hat sich herausgestellt, dass er stinksauer war, weil

Verona nicht zu einem Meeting erschienen war. Zu diesem Zeitpunkt war sie fast eine halbe Stunde zu spät dran. Da habe ich eben ausgeholfen, um die Situation zu retten. Ihr solltet mir wirklich dankbar sein, wisst ihr. Wenn ich nicht eingeschritten wäre, wäre das ganze Büro gefeuert worden, nicht nur Verona.«

»Du bist ein verlogener Scheißkerl, Brooks.« Verona schrie wieder, ignorierte Dianas Rat, sich zu beruhigen, ganz offensichtlich. »Heute Morgen habe ich einen Anruf von jemandem bekommen, der angeblich für Garland arbeitet, und es hieß, der Lunchtermin sei verschoben worden. Darum war ich nicht vor Ort. Hinter diesem Anruf steckst *du*.«

Hunter schüttelte mit einem falschen, ungläubigen Lächeln den Kopf. »Jetzt wirfst du mir also vor, ich hätte mich als Garlands Sekretärin ausgegeben, um dich reinzulegen? Und wie habe ich das genau gemacht? Mit einem dieser Stimmenverzerrer, wie ihn die Mörder im Fernsehen benutzen?«

Krystal lachte kurz schnaubend auf.

»Sei still«, fauchte Verona sie an. Dann wandte sie sich wieder an Hunter. »Du hast jemanden diesen Anruf für dich machen lassen. Das weiß ich ganz genau.«

»Dir ist schon klar, wie durchgeknallt du klingst, oder?«, fragte Hunter. »Weißt du, wenn du mit dem Stress nicht fertigwirst, ist es vielleicht an der Zeit, dich zu verabschieden.«

Verona stemmte die Hände in die Hüften und funkelte ihn an. »Was zum Teufel soll das denn heißen?«

»Dass du schon seit Tagen dem Ganzen hier nicht mehr gewachsen bist. Du siehst aus, als würdest du nicht schlafen. Du wirkst die meiste Zeit abwesend. Du hast einen Fehler gemacht, dich in der Zeit geirrt. Das kommt vor. Aber jetzt laufe hier nicht rum und beschuldige andere, um deine eigenen Fehler zu verstecken.«

»Wir sind hier nicht auf der Highschool, Hunter. Das ist kein Spiel. Du gehst verantwortungslos mit dem Leben anderer Leute um. Und verdammt unprofessionell ist es außerdem.«

»Unprofessionell?«, gab Hunter zurück. »Willst du wissen, was unprofessionell ist? Wie eine Verrückte Obszönitäten zu kreischen, während ein Kollege telefonisch ein Gebot bespricht. Betsy Bowers hatte gerade einen Klienten da, und das Telefon war auf Lautsprecher gestellt. Jetzt muss ich den Schaden begrenzen, den du wahrscheinlich bei diesem potenziellen Käufer angerichtet hast. Genau wie vorhin bei Don Garland.«

Hitze breitete sich über Veronas Brust aus. Brennend vor Wut und Scham wandte sie sich um und ging zur Tür. Andi fragte, ob es ihr gut gehe. Aber Verona ging es nicht gut. Sie musste hier raus.

Verona King war keine gewalttätige Frau. Sie hatte nie auch nur einen Finger gegenüber ihren Kindern erhoben. Hatte sie zu respektvollen Menschen erzogen und ihnen beigebracht, dass Gewalt niemals eine Lösung war. Doch in diesem Moment hätte Verona Hunter Brooks mit dem größten Vergnügen große Schmerzen zugefügt. Er sollte dafür bezahlen, was er getan hatte.

Kapitel 17

ARIBO
DANACH

Als Aribo und Lombardi mit Nick Flores durch waren, hatte die Gerichtsmedizinerin die erste Untersuchung der Leiche abgeschlossen. Die Ermittler gingen wieder zum Pool, um sich ihr Update anzuhören.

»Schickes Outfit, Aribo«, kommentierte Isabel Delgado. »Gefällt mir richtig gut.«

»Ich hätte heute eigentlich frei.«

»Hochzeitstag hat er heute«, mischte sich Lombardi ein. »Seinen zwanzigsten.«

»Oje.« Delgado schüttelte den Kopf und gab missbilligende Geräusche von sich. »Sex ist dann heute Abend eher nicht drin, was?«

»Was glaubst du wohl?«

Alle drei hockten sich neben die Leiche. »Wie sieht's aus, Doc?«, erkundigte sich Aribo.

»Seht ihr die Schaumreste da am Mund und an den Nasenlöchern?«, fragte Delgado und deutete auf das Gesicht. »Der stammt von einem hämorrhagischen Ödem. Todesursächlich ist Ertrinken, nicht die Schläge auf den Kopf. Zu denen komme ich gleich. Ich gehe davon aus, dass ich, sobald ich die Leiche auf dem Tisch habe, Flüssigkeit in der Lunge und Wasser im Magen finde. Das ist der einfache Teil. Ob es sich jetzt um einen Unfall oder ein Verbrechen handelt, lässt sich nicht so einfach feststellen.«

Sie wies ihren Assistenten mit ein paar Handbewegungen an, ihr beim Drehen der Leiche auf den Bauch zu helfen.

»Vor Eintritt in den Pool kam es zu einer Kopfverletzung, erkennbar an den zwei tiefen Läsionen am Hinterkopf. Diese Verletzungen sind prämortal.«

Mit behandschuhten Fingern zog Delgado das Haar zur Seite, sodass die beiden Ermittler die Wunden sehen konnten. Sie waren etwa so groß wie eine Vierteldollarmünze und etwa zweieinhalb Zentimeter voneinander entfernt. Eine wirkte tiefer als die andere.

»Du glaubst also, jemand hat unserem Opfer zweimal mit einem stumpfen Gegenstand auf den Hinterkopf geschlagen?«, erkundigte sich Aribo.

Delgado spitzte die Lippen. »Die Form der Wunden scheint darauf hinzuweisen, ja. Aber ...«

»Aber?«

»Ich möchte nichts ausschließen oder mich festlegen, bis ich die Autopsie gemacht habe. Dann weiß ich, ob ein Herzstillstand oder ein Anfall oder ein Aneurysma im Gehirn oder irgendein anderes natürliches Ereignis für einen Bewusstseinsverlust verantwortlich ist, wodurch es zu dem Sturz in den Pool und der Schädelverletzung kam.«

»Aber es sieht doch so aus, als stamme die Kopfverletzung eher von Schlägen statt von einem Sturz?«

»Es sieht so aus, ja ...«

»Und wenn du dich genau jetzt festlegen müsstest?«, versuchte Aribo die Medizinerin zu drängen.

Delgado schüttelte lächelnd den Kopf. »Da kennst du mich doch aber besser, Jimmy.«

»Und du mich auch, du weißt, dass ich wie ein Hund bin, der seinen Knochen nicht loslässt. Komm schon, Doc. Gib uns irgendwas, womit wir arbeiten können.«

Delgado seufzte. »Also schön. Meiner Meinung nach wurden dem Opfer mit einem stumpfen Gegenstand zwei Schläge versetzt. Dann stürzte es heftig blutend zu Boden, fiel ins Wasser oder wurde hineingestoßen. Der Tod ist durch Ertrinken eingetreten.«

»Was ist das für ein stumpfer Gegenstand?«

Delgado breitete in einer »Wer weiß«-Geste die Hände aus. »Ein Hammer, der Boden einer Flasche, ein schwerer Ziergegenstand, eine große Taschenlampe … Such's dir aus. Aber das Ganze hier bleibt inoffiziell bis zur Autopsie. Vorher kriegst du von mir keine offizielle Äußerung zur Todesursache.«

»Und wann wirst du dazu kommen?«, fragte Aribo.

»Morgen gegen Mittag. Dabei wollte ich am Wochenende etwas mit den Nachbarn unternehmen, wir kochen manchmal zusammen.«

»Du kannst doch immer noch später dazustoßen?«, schlug Lombardi vor.

»Ach, ich weiß nicht, Tim. Das ist das Seltsame, wenn man Leichen aufschneidet. Direkt danach möchte man einfach kein gekochtes Fleisch sehen.«

»Ja, kann ich mir vorstellen«, murmelte er verlegen. Lombardi war geschieden und in die Medizinerin verknallt, ein bisschen wie in einem romantischen Film, aber er hatte sich bisher nicht getraut, sie um ein Date zu bitten.

Die drei erhoben sich.

»Mir ist aufgefallen, dass das Opfer eine Armbanduhr trägt und das Glas zerbrochen ist«, sagte Aribo. »Bitte sag mir, dass die Uhr stehen geblieben ist und uns damit einen Todeszeitpunkt liefern kann.«

Delgado lächelte. »Ja, sie ist tatsächlich stehen geblieben. Wahrscheinlich genau in dem Augenblick, als sie auf den Beton aufgeschlagen ist und der Mechanismus beschädigt wurde. Also ist der auf der Uhr angezeigte Zeitpunkt wahrscheinlich ein Hinweis darauf, wann das Opfer niedergeschlagen wurde, aber nicht unbedingt auf den exakten Todeszeitpunkt.«

»Welche Zeit zeigt die Uhr denn an?«

»Etwa zwanzig vor neun.«

»Was?«, fragte Aribo verwirrt. »Das kann nicht stimmen.«

»Es passt aber zu meiner eigenen Einschätzung. Der Zustand des Körpers, die Temperatur des Wassers, beides weist darauf hin, dass der Tod irgendwann zwischen sieben und elf Uhr abends eingetreten ist. Das ist euer Zeitfenster, ihr Lieben.«

»Was?«

Aribo und Lombardi starrten einander an, wandten sich dann der Medizinerin zu.

»Willst du damit sagen, dass unser Opfer schon gestern Abend umgekommen ist?«, hakte Aribo nach. »Nicht heute, während des Maklertermins?«

»Genau das will ich sagen.«

»Das bedeutet, ein ganzes Haus voller Leute hat es sich gut gehen lassen und sich mit teurem Champagner vollgeschüttet, und die ganze Zeit trieb draußen nur wenige Meter entfernt eine Leiche im Pool?«, fragte Lombardi.

»Stimmt«, erwiderte Delgado.

Sie wies ihren Assistenten an, ihr einige Beutel mit Asservaten zu reichen.

»Diese Stücke haben wir am Körper des Opfers gefunden.« Sie gab die Tüten Aribo. Darin befanden sich ein durchweichtes Portemonnaie, ein Handy und zwei Hausschlüssel an einer Kette. »Im Portemonnaie ist ein Führerschein, der uns erste Informationen über die Identität des Opfers geben sollte, außerdem einige Kreditkarten, eine nicht zuzuordnende Schlüsselkarte und fast zweihundert Dollar in bar.«

»Funktioniert das Handy?«, erkundigte sich Aribo hoffnungsvoll.

»Nein. Genauso tot wie die Person, der es gehört.«

»Mal sehen, ob die Jungs von der Technik da irgendwelche Wunder bewirken können.«

»Ich vermute, die teure Uhr, trotz des zerbrochenen Glases, die Kreditkarten und das Bargeld bedeuten, dass wir einen Raub als Motiv ausschließen können, oder?«, meinte Lombardi.

Aribo nickte. »Sieht ganz danach aus. Wir werden das Zeitfenster bei unserer Nachbarschaftsbefragung erweitern müssen, sodass es die letzten vierundzwanzig Stunden umfasst. Ich will das Material von diesen Haustürkameras, und ich will mit allen sprechen, die an einen Schlüssel zu diesem Haus kommen konnten und den Code für das Tor dahinten kannten. Ich will genau wissen, wo jeder Einzelne gestern Abend war. Und ich will wissen, ob irgendjemand von ihnen mit unserem Opfer Champagner getrunken hat.«

Kapitel 18

ANDI
DAVOR

Andi hatte vorgehabt, den Konferenztisch im hinteren Teil des Büros für das Zoom-Meeting mit Walker Young zu nutzen.

Dort wäre sie außer Hörweite von allen gewesen, und das war ihr diskret genug vorgekommen. Nachdem sie jedoch Zeugin der Auseinandersetzung zwischen Verona und Hunter geworden war, erschien es ihr strategisch sinnvoll, ihr Gespräch mit dem Milliardär aus Manhattan irgendwo anders zu führen.

David und Diana wussten nichts von der E-Mail aus Youngs Büro. Andi wollte erst sehen, wie das Gespräch verlief, wollte herausfinden, ob er sie anheuern wollte, bevor sie David und Diana die Neuigkeit über einen vermögenden neuen Klienten überbrachte. Jetzt war sie froh, das Ganze für sich behalten zu haben. Andi wusste nicht länger, wem sie bei Saint Realty trauen konnte und wem nicht.

Sie packte Laptop und Handy in ihren Rucksack und ging zu Dianas Schreibtisch hinüber. »Ich besorge mir jetzt ein spätes Mittagessen, wenn das in Ordnung ist?«

»Klar, gar kein Problem.« Diana lächelte, wirkte nach dem so lauten Streit jedoch gestresst.

Verona war nicht wiedergekommen, doch die Anspannung hing noch immer in der Luft wie Qualm nach einem Feuerwerk.

Andi hievte sich den Rucksack auf die Schulter und wollte gerade los, als sich David räusperte. »Einen Moment noch, Andi. Kann ich dich kurz sprechen, bevor du gehst?«

»Natürlich. Was ist denn los?«

Er deutete mit dem Kopf in Richtung des Zwischengeschosses. »In meinem Büro, wenn das in Ordnung ist?«

Andi meinte wahrzunehmen, dass sich Dianas Körperhaltung leicht versteifte, auch wenn sie den Blick nicht eine Sekunde vom Bildschirm abwandte.

»Geht klar.«

Andi folgte David die Stufen hoch. Zum ersten Mal seit sechs Monaten wäre sie mit ihm allein im Büro.

»Mach die Tür zu«, sagte er.

Andi zögerte und gehorchte dann. Die anderen waren unten. Das Büro hatte Glaswände. Nichts, was nicht passieren sollte, würde hier drin geschehen. Diesmal nicht.

David ließ sich auf einer Ecke seines Schreibtischs nieder, wie ein Collegedozent, der seinen Studierenden gegenüber zugänglich erscheinen wollte. Er bemühte sich, dem Ganzen etwas Lockeres zu verleihen, aber die Art und Weise, wie er sein Haar aus dem Gesicht schob, verriet, wie aufgewühlt er war. Er deutete auf einen Stuhl.

Andi schüttelte den Kopf. »Ich habe ehrlich gesagt nicht die Zeit, mich häuslich niederzulassen. Was wolltest du denn besprechen?«

»Ich dachte, du willst einfach nur zum Lunch? Hast du ein Meeting?«

»Nein, aber wir haben schon nach drei, und ich bin am Verhungern, also …«

»Okay, alles klar. Du willst essen. Dann komme ich direkt zur Sache. Wie sieht's bei dir im Hinblick auf das Objekt am Malibu Beach Drive aus? Gibt es schon Interessenten? Potenzielle Gebote?«

Andi starrte ihn an. »Darüber willst du mit mir sprechen? Unter vier Augen? Warum setzen wir uns nicht alle an einen Tisch und teilen Fortschritts-Updates, wie normalerweise?«

David blinzelte mehrfach hinter seinen Brillengläsern, und auch das verriet, wie nervös er war. Andi hatte das früher relativ niedlich gefunden, so ähnlich wie bei Hugh Grant. Jetzt ging es ihr nur noch höllisch auf die Nerven.

»Weil dieses Objekt eine ganz große Sache ist und du meine beste Maklerin bist. Ich verlasse mich wirklich darauf, dass du einen Käufer an Land ziehst.«

»Das Haus ist doch noch nicht mal auf dem Markt. Jeder beliebige Makler aus jedem beliebigen Büro könnte dir einen Käufer anschleppen. Ich begreife ja, dass du dir wünschst, dass das jemand hier aus unserer Firma schafft, damit du auch etwas von der Maklergebühr des Käufers abbekommst, aber ich verstehe nicht ganz, warum ausgerechnet ich das sein soll. Wenn überhaupt, sind doch Hunter und Myles geeignetere Kandidaten, die haben mit größerer Wahrscheinlichkeit Klienten, die über solche Geldsummen verfügen.«

»Du willst also keine Million?«, schnappte David. »Du willst es noch nicht einmal versuchen? Du willst einfach zusehen, wie Hunter oder Myles zugreifen und sich die Kohle unter den Nagel reißen?«

Andi verschränkte die Arme vor der Brust. »Das habe ich so überhaupt nicht gesagt. Ich habe schon mit Klienten gesprochen, Interesse zu wecken versucht. Es fühlt sich für mich nur so an, als würdest du mich unter großen Druck setzen, was das Objekt betrifft, und ich verstehe den Grund nicht ganz. Zuerst hast du ziemlich heftig reagiert, als ich die Tour verpasst habe. Jetzt bekomme ich einen privaten Pep Talk von dir. Was geht denn hier vor sich?«

David schwieg einen Augenblick. »Du hast Talent, Andi«, sagte er dann. »Mit diesem Deal könntest du auf die nächste Stufe der Karriereleiter gelangen, das ist alles. Es tut mir leid, dass du dich von mir unter Druck gesetzt fühlst.«

Andi nickte kurz. »Okay. Entschuldigung angenommen. Sonst noch was?«

»Äh, ja.« Er durchlief einmal mehr seine Routine mit Haarzurückstreichen und Blinzeln. »Ich glaube, wir sollten darüber sprechen, was vorgefallen ist. Du weißt schon, vor sechs Monaten …«

Andi ging auf die Tür zu. »Kommt nicht infrage. Darauf lasse ich mich nicht ein.«

»Andi, warte. Bitte.« Er fummelte wieder an seinen Haaren herum. »Ich fürchte, Diana hat bemerkt, dass irgendetwas nicht in Ordnung ist.«

»Ich habe dir versprochen, ich würde nichts sagen, und daran habe ich mich auch gehalten.«

Andi öffnete die Tür und rannte die Stufen hinunter, bevor er sie noch irgendwie hätte aufhalten können.

Sie stieg in ihr Auto und fuhr in Richtung Westen, den Sunset Boulevard entlang, bevor sie auf die Sweetzer Avenue einbog. Je schneller sie ihre eigene Firma besaß, desto besser. Beim Einbiegen auf die Fountain Avenue meinte sie einen kurzen Blick auf einen goldenen Wagen hinter sich zu erhaschen. Als sie noch einmal hinschaute, war das Auto verschwunden. Vielleicht wurde sie ja auch langsam verrückt. Andi fuhr bei der Village Synagogue weiter auf die Fairfax Avenue und versuchte, nicht mehr an David Saint zu denken.

Mit ein bisschen Glück würde sie durch den Deal mit Walker Young ja hier rauskommen.

***

Andis liebstes Café in Los Angeles war früher einmal ein altes jiddisches Kino gewesen. Die Markise gab es noch, und nun stand dort zu lesen, dass das Café rund um die Uhr geöffnet war, obwohl die Neonreklame erst nach Einbruch der Dunkelheit als Leuchtsignal für die späten Partybesucher diente.

Mit seinem Art-déco-Stil und den typischen Blattverzierungen an der Decke hatte sich das Canter's seit seiner Eröffnung in den Fünfzigerjahren nicht verändert. Andi fand einen etwas abgelegenen Zweiertisch, der für eine Person genau richtig war. Wie das Dekor war das Menü von der alten Schule, und Andi bestellte, was sie immer nahm: Pastrami auf Roggenbrot, dazu eine gezapfte Dr Pepper.

Sie lehnte sich im Ledersitz zurück und genoss das Sandwich und die dezente Geräuschkulisse der anderen Gäste um sie herum. Wenn sie hier aß, konnte sie sich fast völlig der Illusion hingeben, wieder zu Hause zu sein. Mit »zu Hause« meinte sie New York. Ein Zuhause war nicht unbedingt dort, wo man zur Welt gekommen war, sondern dort, wo man sich am meisten zugehörig fühlte.

Nach dem Essen überprüfte Andi im Serviettenständer ihr Spiegelbild auf irgendwelche Spuren von Krautsalat oder Fleisch zwischen ihren Zähnen. Alles in Ordnung. Als der Laptop hochgefahren war, stöpselte sie ihre Kopfhörer ein und wartete darauf, dass sich die Zoom-Verbindung aufbaute. Sie war außergewöhnlich nervös.

Walker Youngs Gesicht erschien auf dem Bildschirm. Er sah genauso aus, wie sich Andi einen reichen Geschäftsmann vorgestellt hatte: sorgfältig rasiert, mit einem teuren Haarschnitt, blendend weißem Hemdkragen und einem silbernen Satinschlips. Hinter ihm erstrahlte ein Manhattan-Panorama, ein echtes, keiner der künstlichen Zoom-Hintergründe, und Andis Herz schmerzte vor Sehnsucht.

Er bemerkte, wo sie selbst sich befand. »Sie sitzen im Canter's, was?«

Andi musste grinsen. »Hier gibt's die besten Pastramisandwiches außerhalb von New York.«

»Sehe ich auch so. Ich schaue immer im Canter's vorbei, wenn ich in L.A. bin. Haben Sie schon irgendwelche Promis gesichtet?«

»Nur diesen Briten aus der *Late Late Show*. Und Sie?«

»Jim Carrey.«

»Okay, Sie haben gewonnen.«

Young lachte, und Andi spürte, wie sie sich ein wenig entspannte.

»Wo wir gerade von L.A. sprechen, ich werde dort in den kommenden Monaten ziemlich viel zu tun haben und ertrage es nicht mehr, in Hotels zu wohnen, also brauche ich mittelfristig eine Basis. Und da kommen Sie ins Spiel.«

»Wollen Sie mieten oder kaufen?«

»Kaufen. Und dann vermieten, wenn ich hier in New York bin.«

»Ich bin mir sicher, da kann ich etwas für Sie finden. Aber jetzt bin ich neugierig – wie haben Sie denn von mir gehört?«

»Sie wurden mir von einem Bekannten empfohlen.«

»Darf ich fragen, von wem?«

»Von Jocelyn Rowe und Patricia Howard.« Weiter kommentierte er die Sache nicht.

Andi nickte. Für Jocelyn Rowe hatte sie ein Apartment an der Upper East Side gefunden, und für Patricia Howard ein Ferienhaus in den Hamptons, doch zu keiner der beiden Frauen hatte sie seit ihrem Umzug nach L.A. Kontakt gehabt, weswegen es sie überraschte, dass die beiden ihren Namen Young gegenüber erwähnt hatten. Wahrscheinlich hatte sich herumgesprochen, wo sie inzwischen lebte.

Young listete nun auf, was er sich von dem gesuchten Objekt erhoffte, und Andi machte sich Notizen.

Er wollte eine Aussicht auf die Hügel oder aufs Meer, denn er hatte keine Lust mehr, aus dem Fenster zu starren und nichts als Gebäude zu sehen. Vier Schlafzimmer brauchte er mindestens. Ein privater Pool war ein Muss, denn er hielt sich gern fit, indem er täglich zwanzig Bahnen schwamm. Ein Heimkino wäre ein Plus, er liebte Fernsehen und Kino. (»Wussten Sie, dass genau da, wo Sie gerade sitzen, Szenen für *Mad Men* gedreht worden sind?«)

Das Objekt am Malibu Beach Drive erfüllte fast alle Kriterien. Fast alle. Das einzige Problem war der geforderte Preis. Young hatte ein Budget von vierzig Millionen Dollar vorgesehen, doch Andi hoffte, er wäre höher zu gehen bereit, wenn sie ihm das richtige Objekt servierte. Gott sei Dank war das auch der Fall. Andi berichtete ihm von dem Haus am Malibu Beach Drive, und ihm schien zu gefallen, was sie zu sagen hatte. Sie selbst schien ihm auch zu gefallen.

Weil er allerdings Verpflichtungen in New York wahrnehmen musste, war es Young unmöglich, zu einer Besichtigung nach L.A.

zu kommen, also würde ein Kauf ohne vorherige Besichtigung erfolgen müssen. Nie eine ideale Situation, aber Walker vertraute Andis Urteilsvermögen. Sie erklärte, sie werde gleich am nächsten Tag nach Malibu fahren, ein paar Handy-Videos aufnehmen und ihm dann zuschicken.

Sie beendeten das Gespräch, und Andi feierte den Kontakt zu ihrem Milliardärsklienten mit einer weiteren Dr Pepper.

Als sie ins Büro zurückkehrte, waren David und Diana bereits gegangen. Von Verona immer noch keine Spur. Nur Krystal, Hunter und Myles saßen an ihren Schreibtischen. Andi wusste, dass alle drei darauf brannten, mehr über ihre Unterredung in Davids Büro zu erfahren. Krystal war diejenige, die die Frage stellte.

»Dein kleiner Schwatz mit David vorhin wirkte ein wenig aufgeladen«, meinte sie.

»Nicht wirklich«, gab Andi zurück. »Es ging nur um die Arbeit.«

»Malibu Beach Drive?«

»Unter anderem.«

»Über meine Arbeit regt er sich nie so auf. Wollte ich nur mal sagen.«

Andi ignorierte Krystal einfach. Sie fühlte sich wie elektrisiert. Das Gespräch mit Walker Young war besser verlaufen, als sie sich hätte erhoffen können, und sie würde es nicht zulassen, dass ihr irgendjemand die gute Laune verdarb.

* * *

Als Andi nach der Arbeit auf ihre Einfahrt einbog, fiel ihr der Zettel wieder ein, den Jeremy ihr hinterlassen hatte.

Es gibt da etwas, was du dir ansehen solltest.

Sein Rad war nicht an der üblichen Stelle angekettet, darum ging Andi nicht davon aus, dass er zu Hause wäre. Trotzdem klopfte sie kurz an seine Tür. Wie erwartet kam keine Antwort. Worum auch immer es ging, es würde warten müssen.

Sie stapfte die Treppe hoch, dachte dabei immer noch an Walker

Young und daran, dass sie irgendwann – sehr bald – genug Geld hätte, um ihre eigene Chefin zu sein.

Weil sie so in Gedanken versunken war, bemerkte sie das kleine rote Licht nicht, das zwischen den Blättern eines Hängeblumentopfs vor ihrer Tür blinkte.

Kapitel 19

MYLES
DAVOR

Ein glitzernder Diamant fiel geräuschvoll an den richtigen Platz. Dann noch einer. Myles hielt den Atem an. Die Welt um ihn herum verschwand. Es gab nur noch ihn und dieses letzte, sich rasch drehende Rad. Alles andere war egal.

Nach einer gefühlten Ewigkeit kam das Rad endlich ruckweise zum Stehen. Ein dritter blassblauer Diamant. Gewonnen. Triumphierende Trompetenstöße drangen aus dem Laptop, viel zu laut in der abgeschlossenen Umgebung des Autos.

Myles atmete langsam aus. Stumm stieß er in einer Geste des Triumphs beide Fäuste in die Luft.

Die Zahlen auf seinem Konto durchliefen ein rasches Update – die soeben gewonnenen tausend Dollar ließen die Gesamtsumme auf fünftausend steigen, begleitet von weiteren Trompetenstößen.

Zwei Buttons blinkten auf dem Bildschirm auf. AUSZAHLUNG oder WEITERSPIELEN.

Myles hatte gerade zwei Spiele gewonnen. Zweimal tausend Dollar Plus gemacht, innerhalb weniger adrenalingefluteter Minuten. Ein kluger Spieler würde an dieser Stelle aufhören. Sein Finger bewegte sich über das Touchpad, bis der Cursor über dem AUSZAHLUNG-Button schwebte.

Andererseits wäre es doch verrückt, nicht weiterzuspielen, während man gerade eine Glückssträhne hatte. Und die Glücksgöttin lächelte Myles nicht nur zu, sie bestand quasi darauf, dass er weitermachte. Eine kurze Fingerbewegung reichte aus, und der Cursor schwebte jetzt verführerisch über dem WEITERSPIELEN-Button. Myles klickte rasch darauf, und dabei schlug ihm das Herz bis zum Hals.

Ein neuer Button erschien, der in grellem Pink und Blau pulsierte. Diesmal nur eine Frage:
EINSATZ?

Tausend Dollar erschienen ihm angemessen. Genug, um seinem Guthaben einen weiteren ordentlichen Boost zu verleihen, wenn er gewann, aber keine Katastrophe, wenn er verlor.

Myles hielt kurz inne, tippte dann »5000 Dollar« ein und klickte auf »GO«, bevor er es sich noch anders überlegte. Die mitreißende Musik setzte wieder ein, und die Räder surrten laut, während sie sich zu drehen begannen. Wenn er im Bett lag und die Augen schloss, konnte Myles in den meisten Nächten die Glückssiebenen und die Goldbarren und die glitzernden Weintraubenbündel vor sich sehen, als wären sie ihm innen auf die Augenlider tätowiert worden. Er konnte den endlosen elektronischen Sound von Pieptönen und Tonfolgen und Jingles hören, obwohl es in seinem Schlafzimmer ganz still war.

Das erste Rad kam zum Stehen. Kirschen. Myles trommelte mit den Fingern auf dem Laptop herum. Das mittlere Rad kam ebenfalls zum Stehen. Wieder Kirschen. Das Geräusch seiner raschen Atemzüge war fast lauter als die fröhlichen Melodien.

»Mach schon. Mach schon.«

Das letzte Rad kam zum Stehen.

Eine goldene Glocke.

Shit.

Diese Dreckskirschen. Die verdammten Kirschen hatten Myles noch nie Glück gebracht. Diesmal gab es keine triumphierende Musik. Nur die VIEL GLÜCK BEIM NÄCHSTEN MAL-Nachricht, die er nur allzu gut kannte, und dann der grauenhafte Sound, der ihm anzeigte, dass das virtuelle Geld von seinem Konto geholt wurde. Eine dicke fette Null, wo vorher »5000 Dollar« gestanden hatte. Nur wenige Sekunden zuvor.

Ein scharfes Klopfen an die Fensterscheibe neben ihm ließ ihn hochfahren.

»Heilige Scheiße!«

Myles schlug instinktiv den Laptop zu.

Hunter Brooks stand neben seinem Wagen. Er vollführte eine Geste des Herunterkurbelns, obwohl der Lamborghini natürlich elektrische Fensterheber hatte. Myles ließ die Scheibe an der Fahrerseite herunter. Er hatte nicht bemerkt, wie der Rolls-Royce auf dem Parkplatz angekommen war.

Hunter lehnte sich ins Wagenfenster. Die Hemdsärmel hatte er bis zu den Ellbogen aufgerollt, den obersten Kragenknopf geöffnet, und seine Krawatte saß nicht gerade. Seine Sonnenbräune entwickelte sich gut, und er duftete angenehm. Aber wann immer Myles auch nur das geringste Gefühl hatte, er fände ihn attraktiv, öffnete Hunter den Mund, und dann fiel Myles wieder ein, was für ein arroganter Idiot Hunter war. So wie jetzt.

»Autsch«, kommentierte Hunter. »Das tat sicher weh.«

»Was denn?«

Hunter nickte in Richtung des Laptops. »Dein Casino-Spiel da. Ziemlich viel verloren, was?«

»Nicht wirklich. Ich habe mir die Zeit vertrieben, bis du endlich auftauchst.«

»Jetzt bin ich ja da, Kumpel.« Hunter grinste. »Bist du bereit für eine weitere Niederlage?«

Myles war überrascht – und auch ein wenig alarmiert – gewesen, als ihn Hunter zu eine Runde Squash nach der Arbeit eingeladen hatte. Sie hatten noch nie zusammen Sport getrieben oder waren laufen gegangen oder hatten sonst irgendetwas außerhalb der Bürozeiten unternommen, außer bei einer von Davids Dinnerpartys, und die entsprachen nicht gerade Myles' Vorstellung von einem gelungenen Abend.

»Du spielst doch Squash, oder?«, hatte ihn Hunter einige Zeit zuvor im Büro gefragt.

»Ein bisschen. Aber ehrlich gesagt liegt mir Tennis mehr.«

»Ein Kumpel hat mich hängen lassen, ich habe den Platz schon gebucht und bezahlt. Für halb sieben. Bist du dabei?«

Myles hatte eigentlich keine Lust. Er und Hunter waren nie Kumpel gewesen, und er hatte auch kein Interesse daran, jetzt eine Freundschaft anzufangen. Myles mochte Hunter nicht, und er vertraute dem Kollegen auch überhaupt nicht. Verona hatte recht. Hunter war ein unreifer Typ, niemals erwachsen geworden, und er hielt das richtige Leben für eine Art Erweiterung der Highschool. Mit lederjackentragenden Arschlöchern wie Hunter Brooks hatte sich Myles in seiner eigenen Highschool-Zeit sowieso nicht abgegeben.

»Ich habe meine Sportsachen nicht dabei«, hatte er erklärt. Eine Lüge. Myles trieb jeden Morgen Sport. Seine Sachen hatte er immer im Kofferraum.

»Dann fahr doch einfach bei dir vorbei und hol dein Zeug. Dann treffen wir uns im Sportcenter. Es ist das auf der Sepulveda.«

»Da bin ich kein Mitglied. Ich bin beim Los Angeles Athletic Club.«

»Kein Problem. Ich habe das schon geregelt.«

Myles war verstummt. Seine Freizeit diesem Typen zu opfern, stand ganz unten auf seiner Wunschliste, vor allem nach der Szene mit Verona. Myles interessierte sich nicht für die Frau – auch wenn der Anblick ihres totalen Kontrollverlusts ziemlich interessant gewesen war –, doch für Hunter und seine schmutzigen Tricks interessierte er sich noch weniger.

Dann hatte Hunter gesagt: »Fürchtest du vielleicht, dass ich dich fertigmache? Liegt es daran? Ich glaub es ja nicht – Myles Goldman ist ein Feigling!«

Myles Goldman war kein Feigling, jedenfalls nicht in Bezug auf Sport oder irgendetwas sonst.

»Für wann hast du den Platz gebucht, hast du gesagt?«

***

Als sie sich dann umgezogen hatten und T-Shirts, Shorts und glänzend weiße Turnschuhe trugen, absolvierten beide einige Aufwärmübungen. Myles fragte sich, wie lange es wohl dauern würde, bis Hunter zum Punkt kam.

Allzu lange brauchte er nicht zu warten.

»Hast du schon irgendwelche Interessenten für Malibu Beach Drive klarmachen können?«, fragte Hunter ganz beiläufig, während er sich vorgeblich aufs Stretching von Kniesehnen und Quadrizeps konzentrierte.

Als ob das Haus am Malibu Beach Drive nicht der einzige Grund dafür gewesen wäre, dass er überhaupt mit Myles hier war. Myles rannte einmal den Platz entlang und wieder zurück, bevor er dem Kollegen antwortete. »Warum fragst du? Möchtest du meine Klienten auch zum Lunch einladen?«

Hunter lachte, demonstrierte perlweiße Zähne und Kälte in seinen Augen. Er ließ die Arme ein paarmal kreisen, dann die Beine. »Zur richtigen Zeit am richtigen Ort, mein Freund. Mehr braucht es nicht.«

»Glaubst du ernsthaft, ich nehme dir ab, dass du Veronas Meeting nicht absichtlich sabotiert hast?« Myles zeigte um sich. »Wir sind hier unter uns. Jetzt kannst du es mir ja sagen.«

»Ach was. Weißt du, was ich denke, Goldman?«

»Ich kann es kaum erwarten, das zu erfahren.«

Sie beide wandten sich jetzt den Geräten zum Aufwärmen zu.

Hunter erklärte: »Ob ich das getan habe oder nicht, ist egal. Völlig irrelevant.«

»Ach wirklich? Ich gehe nicht davon aus, dass Verona das genauso sieht.«

»Unter Maklern gilt das Gesetz des Dschungels. Man muss stark sein, rücksichtslos sogar, wenn man überleben will. Und man muss gut sein. Verona ist nicht gut genug, so einfach ist das. Wenn sie ihren Job auch nur einigermaßen draufhätte, hätte sie Garland schon längst ein Dreißig-Millionen-Dollar-Objekt verschafft, bevor es überhaupt um das am Malibu Beach Drive ging.«

»Also hast du sie tatsächlich sabotiert«, stellte Myles fest.

»Lass uns meinen Schläger drehen. Wenn das Logo oben liegt, habe ich den Aufschlag.«

»Du hast meine Frage nicht beantwortet.«

»Und du meine nicht.«

»Welche Frage denn?«

»Hast du schon irgendwelche Interessenten für Malibu Beach Drive?«

Myles drehte den Schläger, und der landete mit dem Logo nach oben. »Du hast den ersten Aufschlag. Lass uns anfangen.«

Sie spielten mit Schwung und schnell, ihre Turnschuhe quietschen auf dem Holzfußboden, beide schlugen den Ball mit Blitzgeschwindigkeit gegen die vordere Wand. Hunter war größer und stärker und besaß einen Vorteil von über zwanzig Kilo, der ganz aus Muskeln bestand, aber Myles war schneller. Ihm gelang der erste Punkt. Hunter beugte sich vor, um wieder zu Atem zu kommen. »Tennis ist dir lieber, was? Du stellst dich gar nicht schlecht an, Goldman.«

»Du hast es ja gesagt, Brooks. Wenn man gewinnen will, muss man rücksichtslos sein. Bist du bereit, dich ordentlich rumhetzen zu lassen?«

Vierzig Minuten später hatten sie jeder zwei Spiele gewonnen. Die Männer keuchten und schwitzten. Hunter war zweimal mit Myles kollidiert und hatte ihn beide Male zu Fall gebracht. Entweder spielte er sehr ungeschickt oder versuchte schmutzige Tricks. Myles wusste, was ihm wahrscheinlicher erschien.

»Du glaubst also, du wirst Garland überzeugen, ein Gebot auf Malibu abzugeben?«, fragte er, als sie eine Pause einlegten, um einen Schluck Wasser zu trinken.

Hunter lehnte sich an die Wand. Er atmete schwer. Sein grau meliertes T-Shirt war am Hals und unter den Armen vom Schweiß ganz dunkel.

»Ich denke schon«, sagte er. »Und du? Hat dein Daddy dir schon ein paar Käufer besorgt?«

»Vielleicht. Da wirst du wohl abwarten müssen.«

Myles dachte an die Frau, die Hunter im Park getroffen hatte. Er konnte sich immer noch keinen Reim darauf machen, was da wirklich ablief.

»Es sind immer die reichen weißen alten Kerle, oder?«, meinte er.

»Was ist mit denen?«

»Das sind immer die mit dem Geld. Mit den Riesenerfolgen. Die Millionäre und Milliardäre. Junge Frauen kaufen nie Objekte wie das am Malibu Beach Drive. Hast du dich jemals gefragt, warum das so ist?«

Falls die Brünette vom Echo Park Lake eine Klientin war, schluckte Hunter den Köder nicht.

Er zuckte die Schultern. »Nicht wirklich. Männer verstehen mehr vom Geschäft, deswegen verdienen sie mehr Geld. So einfach ist das. Und aus diesem Grund werden Andi, Verona und Krystal bis in alle Ewigkeit schuften, während ich mich zur Ruhe setzen kann, bevor ich fünfzig bin. Ich weiß nicht, wer Malibu Beach Drive kaufen wird. Wahrscheinlich ein reicher weißer alter Kerl, wie du sagst. Aber ich weiß, wer den Käufer finden wird, und zwar ich.«

»Darauf würde ich an deiner Stelle lieber nicht wetten.«

»Wetten ist nicht mein Ding, Goldman. Eher deins. Und das ist der Unterschied zwischen uns beiden. Du verlässt dich auf dein Glück, wenn du spielst, ich dagegen überlasse nie etwas dem Zufall. Darum gewinne ich auch immer. Das wirst du schon noch herausfinden.«

»Schauen wir mal. Nach der nächsten Runde steht der Sieger fest, okay?«

Hunter nickte grimmig und stieß sich von der Wand ab. Er hüpfte auf und ab, zog seinen Schläger ein paarmal durch die Luft und stieß einen triumphierenden Schrei aus. Sein Blick war plötzlich wild, als wäre er völlig außer sich. Seine Augen glitzerten im Neonlicht, und er fixierte Myles, als wäre er ein Kojote, der sich einen Welpen holen wollte. »Auf geht's!«, schrie er.

Myles verdrehte die Augen.
So ein unreifes Arschloch.
Hunter hatte den Aufschlag. Myles retournierte geschickt. Sie spielten ein hartes und konkurrenzorientiertes Match, das sich endlos hinzuziehen schien. Langsam taten Myles die Beine weh, die Muskeln brannten, aber er zwang sich weiterzumachen. Er würde nicht gegen Hunter Brooks verlieren, der inzwischen lauter grunzte als Marija Sharapova und die Williams-Schwestern zusammen. Myles servierte ihm einen weiteren harten Schlag, Hunter holte wild nach dem Ball aus und verpasste ihn völlig.

Die nächsten Ereignisse folgten einander innerhalb einer Sekunde, schienen sich jedoch gleichzeitig in einer qualvollen Zeitlupe abzuspielen.

Der Schläger rutschte Hunter aus der Hand und schlug auf dem Boden auf. Hunter stolperte. Einmal, zweimal, die Arme ruderten wild, als er das Gleichgewicht verlor. Er streckte die Hände aus, griff zunächst in die Luft, klammerte sich dann an Myles' rechtem Handgelenk fest. Das wurde schmerzhaft umgebogen, sodass Myles seinen eigenen Schläger fallen ließ. Dann lag er auf dem Holzboden, sein Handgelenk unter dem eigenen Körper, seltsam verdreht. Hunter landete schwer auf ihm. Mit seinen ganzen achtzig Kilo.

Myles blieb völlig die Luft weg. Man hörte ein Übelkeit erregendes Knacken, das in dem kleinen Raum widerhallte wie ein Pistolenschuss. Dann war da nichts als unermesslicher, unerträglicher Schmerz.

Kapitel 20

HUNTER
DAVOR

Als Hunter endlich nach Hause kam, war es fast zweiundzwanzig Uhr. Einige Lichter brannten, doch das Haus lag still da. Er hatte Melissa vor einiger Zeit angerufen, um sie wissen zu lassen, dass er sich verspäten würde, weil er mit einem Kollegen in der Notaufnahme saß, der während ihres Squashmatches einen Unfall erlitten hatte. Sie werde eine Schlaftablette nehmen und früh zu Bett gehen, hatte sie erwidert. Jetzt öffnete er die Schlafzimmertür einen Spalt. Seine Frau schnarchte leise, das dunkle Haar umrahmte ihren Kopf auf dem Kissen wie ein Fächer.

Hunter ging leise den Flur hinunter, um das andere Bad zu benutzen und Melissa nicht zu wecken. Er zog sich Shorts und T-Shirt aus, auf denen der Schweiß lange getrocknet war, und warf sie in den Wäschekorb. Dann stieg er in die Dusche und wusch sich den Gestank des Spiels und des Krankenhauses von der Haut.

Als er sich abgetrocknet hatte, ging Hunter nach unten in die Küche und öffnete eine Flasche Rosé der Marke California Blush, die er kistenweise von einem Weingut in der Nähe bezog. Zum Schlafen war er zu aufgewühlt. Er goss sich ein Glas ein und nahm es mit nach draußen in den hinteren Garten, zusammen mit seinem Laptop.

Der Tag war schon längst der Nacht gewichen, trotzdem war es draußen noch warm. Nur das Zirpen der Grillen war in dem satten Grün zu hören, und das leise Sprudeln des Wasserfallspringbrunnens. Als einzige Beleuchtung dienten die flackernden Außenlichter, die Melissa für Partys und Grillabende hatte installieren lassen, und die Lampen im Pool.

Hunter setzte sich in einen Stuhl am Beckenrand, trank den Wein und dachte dabei über den Tag nach. Der war gut und produktiv gewesen.

Die Wartezeit in der Notaufnahme, bis der Bruch bestätigt worden war, war länger gewesen, als es Hunter passte, aber das war ein geringer Preis für den so erfolgreich umgesetzten Plan. Er hatte das Ganze im Kopf mehrfach durchgespielt, war jedoch nicht sicher gewesen, ob er es auch wirklich würde durchziehen können. Timing und Gelegenheit mussten exakt passen. Was, wenn sich Myles nur das Handgelenk verstauchte? Oder überhaupt nicht verletzt wurde? Was, wenn ihm nur kurz die Luft wegblieb?

Hunter wollte dafür sorgen, dass der andere eine Weile nicht mitmischen konnte, aber ernsthaften Schaden wollte er ihm nicht zufügen – nichts, wofür man ihn wegen Körperverletzung oder mit Schadensersatzforderungen rechtlich hätte belangen können. Myles' Vater war Rechtsanwalt und konnte wahrscheinlich innerhalb von Sekunden einen erfahrenen Kollegen hinzuziehen. Ein Squashmatch, ein Stolpern, ein gebrochenes Handgelenk, und keine Zeugen, die möglicherweise ausgesagt hätten, dass Myles nicht selbst voll und ganz verantwortlich war, waren Hunter als guter Plan erschienen.

Und das Ganze hatte tatsächlich perfekt funktioniert.

Hunter hatte seine Hausaufgaben gemacht. Mit einem Gips sollte man nicht Auto fahren, und wenn Myles nicht fahren konnte, konnte er auch keine potenziellen Käufer nach Malibu bringen und ihnen dort das Haus zeigen. Aber so, wie der Kerl im Krankenwagen geschrien hatte, ging Hunter davon aus, man würde ihn mindestens einige Tage lang mit starken Drogen vollpumpen. Hoffentlich rangierte Malibu Beach Drive jetzt als Allerletztes in Myles' Gedanken.

Verona King war nicht länger eine Konkurrenz.

Myles Goldman hatte er gerade aus dem Feld geschlagen.

Und Melissa hatte nicht vergessen, seine Sachen aus der Reinigung zu holen.

Alles in allem ein sehr guter Tag.

Nur eines dämpfte seine gute Laune.

Andi Hart.

Während ihres Meetings im Büro vor ein paar Stunden hatte es ganz ohne Zweifel Spannungen zwischen ihr und David gegeben. Durch die Glaswände konnte man von den Schreibtischen im unteren Level aus alles mitverfolgen, und man brauchte kein Experte für Körpersprache zu sein, um zu erkennen, dass sie eine sehr erhitzte Diskussion führten, in der es offenbar um mehr ging als nur um Maklerobjekte.

Dann war Andi etwa eine Stunde später von ihrem Lunch zurückgekehrt, und zwar wie verwandelt. Sie konnte kaum ein Grinsen unterdrücken und vibrierte förmlich vor Aufregung. Hunter wusste, dass sie gern im Canter's lunchte, und aus eigener Erfahrung wusste er auch, dass man dort ziemlich gutes Essen bekam, aber so gutes nun auch wieder nicht. Wegen eines verdammten Sandwichs reagierte niemand so. Da war etwas im Gange. Entweder hatte Andi die Ausrede mit dem Lunch für ein kleines Nachmittagstechtelmechtel mit einem geheimen Liebhaber genutzt, oder sie traf sich aus anderen Gründen mit jemandem. Jemandem, von dem niemand bei Saint Realty erfahren sollte.

Hunter öffnete seinen Laptop. Zeit, Andi Hart ein wenig hinterherzuspionieren.

Sein Kumpel in Brooklyn hatte nichts Negatives über sie in Erfahrung bringen können, als er ihn vor einigen Jahren darum gebeten hatte, aber der Kerl war ja auch Makler und kein Detektiv vom Kaliber Jim Rockford. Dan Spindels Hinterherspionieren war wahrscheinlich nicht mehr gewesen als ein Sichumhören in Bezug auf Arbeits- und Freizeitklatsch.

Hunter entschied sich, mit dem Naheliegendsten anzufangen: den sozialen Medien. Schnell erkannte er, dass er auf Facebook oder Twitter keinen Erfolg haben würde. Bei TikTok versuchte er es gar nicht erst, denn Andi war Mitte bis Ende dreißig, wie Hunter selbst, und er konnte sich nicht vorstellen, dass sie Videos von sich selbst beim lippensynchronen Singen oder beim Tanzen veröffentlichte, um Wildfremde zu unterhalten.

Bei Instagram hatte sie ein Konto, aber das war auf privat gesetzt, und es sah nicht so aus, als hätte sie irgendwelche Fotos gepostet. Vielleicht wollte sie ja auch nur sehen, was andere Leute teilten. Zum Saint-Account hatten alle fünf Angestellten Zugang und beschrieben dort ihre eigenen Aufträge. Manche – zum Beispiel Krystal und Myles – nutzten außerdem persönliche Profile; sie luden dort Fotos von ihrem glamourösen Lebensstil hoch, damit die ganze Welt sie bewundern konnte. Dort ging es um Likes und um Leute, die einem folgten. Bei Andi war das nicht so. Auf privat gestellt. Keine Fotos. Keine Follower.

Hunter suchte die E-Mails von Dan Spindel heraus, um sich noch einmal in Erinnerung zu rufen, welche Informationen ihm sein Informant aus Brooklyn besorgt hatte. Damals war es ihm nicht viel erschienen. Jetzt, so überlegte sich Hunter, entdeckte er vielleicht einige hilfreiche Informationen zwischen dem ganzen überflüssigen Geschwätz.

Spindel war bei einem Maklerevent einmal Andis Lebensgefährten begegnet. Der hatte den Eindruck eines »anständigen Kerls« gemacht, und sie hatten sich eine ganze Weile lang unterhalten, denn der Freund – Jason oder Justin hieß er, das wusste Spindel nicht mehr genau – war Dozent in Kunstgeschichte an der Columbia University, und Spindel hatte dort ein Semester lang studiert, bis er sein Studium abbrach.

Hunter rief die Webseite der Universität auf und entdeckte Andi Harts Ex sehr bald auf der Liste der Dozentinnen und Dozenten. Wie er feststellen konnte, war Justin Wittman um vieles aktiver in den sozialen Medien als seine ehemalige Freundin. Mehrere Fotos in seinem Instagram-Feed zeigten Wittman mit einer attraktiven Rothaarigen, bei der es sich wahrscheinlich um Andis Nachfolgerin handelte. Hunter schenkte der Rothaarigen einen letzten wohlwollenden Blick, bevor er durch die restlichen Fotos scrollte. Dafür brauchte er ziemlich lange – drei Jahre Material von Abendessen, Sportveranstaltungen und Theaterbesuchen. Dann fand er, wonach er suchte. Einige Fotos von Wittman mit Andi Hart.

Das aktuellste – und gleichzeitig das letzte von den beiden zusammen – war in einem Restaurant aufgenommen worden. Wittman hielt einen fetten, saftigen Burger in die Kamera. Andi wirkte glücklicher, als Hunter sie je gesehen hatte. Die Zeile unter dem Bild lautete: *Ein mordsmäßig leckerer Burger!! #eastvillageeats #burgerheaven #davidscafe*. Das nächste Bild stammte aus dem Central Park an einem sonnigen Tag. Beide trugen Sonnenbrillen und hatten Eistüten in der Hand (*Wenn du kein Mint Choc Chip magst, können wir nicht befreundet sein! #centralpark #parklife*).

Dann Wittman und Andi am Madison Square Garden, beide dumm grinsend (*Gleich geht's los! Game night! Hoffentlich sprechen wir beide später noch miteinander! #goknicks*).

Und schließlich eine weitere Dinnerszene, diesmal mit zwei anderen Paaren (*Gutes Essen! Gute Freunde! #nyceats #friends #goodtimes*).

Vier Fotos. Das war alles.

Durch die Korrespondenz mit Spindel hatte Hunter den Eindruck gewonnen, dass Andi und Wittman eine ganze Weile zusammen gewesen waren, und für eine langjährige Beziehung erschienen ihm vier Fotos nicht viel. Er ging davon aus, dass Andi die Kamerascheue von den beiden war, denn auf Wittman traf das ganz offensichtlich nicht zu. Der Kerl ging Hunter mit seinem ganzen dummen Posieren und den noch dümmeren Hashtags ganz schön auf die Nerven.

Wieder starrte er auf die Bilder von Andi. Es fühlte sich irgendwie seltsam an, auf diese Weise einen Einblick in das Leben von jemandem zu erhaschen, der so eindeutig alles privat halten wollte – als spähte man durch die Vorhänge ihres Schlafzimmers oder so. Allerdings fand Hunter nicht, dass Wittmans Instagram-Konto sehr aufschlussreich war.

Die sozialen Medien hatten ihn also nicht weitergebracht, darum entschloss er sich, in Andis Berufsleben weiterzusuchen.

Alle Makler brauchten eine Lizenz, und alle wurden in jedem US-Staat auf einer Liste der zuständigen Behörde erfasst. Er versuchte es zuerst in Kalifornien und war überrascht, als ihm die Eingabe »Andi Hart« einen Treffer lieferte. Er war davon ausgegangen, »Andi« sei eine Abkürzung für »Andrea«. Offensichtlich war dem nicht so.

Der Eintrag lieferte Informationen dazu, wo Andi arbeitete (Saint Realty, Sunset Boulevard) und das Datum, wann sie nach Los Angeles gezogen war (vor drei Jahren). Als Nächstes rief Hunter die Website für den Staat New York auf. Dieser Eintrag war natürlich null und nichtig, weil sie von einem Staat in den anderen gezogen war, aber da passte etwas nicht mit den Daten, den Zeitraum betreffend, in dem das Konto aktiv gewesen war. Laut den Angaben hatte sie die Lizenz erst vor zehn Jahren erworben. Da stimmte doch was nicht.

Hunter rief die Webseite von Saint Realty auf, dann die Seite mit den Biografien der Makler. Wie zu erwarten, war Andi Harts Eintrag kurz gehalten, außer den grundlegenden Informationen gab sie nichts preis. Nicht einmal ein Foto hatte sie hochgeladen. Allerdings stand dort, sie verfüge über »mehr als fünfzehn Jahre Erfahrung als Maklerin«.

Also hatte sie entweder falsche Angaben über ihren beruflichen Werdegang gemacht, als sie bei Saint Realty angefangen hatte, oder sie war vorher noch irgendwo anders als in New York als Maklerin registriert gewesen.

Wenn sie in ihrem Lebenslauf gelogen hatte, wäre das möglicherweise ein erster Schritt, um sie in Verruf zu bringen. Nicht gerade eine welterschütternde Enthüllung, nicht wie zum Beispiel etwas in einem Vorstrafenregister, aber immerhin ein Anfang. Wahrscheinlich nicht genug, damit sie gefeuert wurde, wenn man bedachte, dass David verknallt in sie war wie ein Teenager. Aber wenn sie über ihre professionelle Laufbahn nicht die Wahrheit gesagt hatte, worüber dann noch?

Als Nächstes dachte Hunter über die zweite Option nach – die, dass Andi tatsächlich seit mehr als fünfzehn Jahren als Maklerin tätig war –, denn das würde bedeuten, dass sie zuvor in einem dritten Staat registriert gewesen war. Wenn das so war, dann wo? Und warum erwähnte sie nie, dass sie irgendwo anders als in New York gearbeitet hatte?

Er trommelte mit den Fingern auf dem Tisch herum. Leerte das Weinglas. Stand auf und ging in die Küche, um sich nachzuschenken. Wie bei vielen Leuten war sein Kühlschrank mit Magneten, die Eintrittskarten, Merkzettel und Fotos festhielten, übersät. Als er die Tür öffnete, fiel sein Blick auf einen L.A.-Lakers-Magneten, mit dem ein Foto von ihm und Melissa befestigt war. Er goss sich den Wein ein und musste plötzlich an das Foto von Justin Wittmans »Game Night« denken.

Wieder im Garten, öffnete Hunter erneut Wittmans Instagram Account und fand das Foto. Er las den Kommentar noch einmal: *Gleich geht's los! Game night! Hoffentlich sprechen wir beide später noch miteinander! #goknicks.*

Der Hashtag ließ vermuten, dass Wittman ein Fan der New York Knicks war. Bedeutete die Bildunterschrift also, dass Andi zur anderen Mannschaft hielt? Hunter suchte im Spielplan des entsprechenden Jahres auf der Webseite der NBA. An diesem speziellen Tag hatten die New York Knicks im Madison Square Garden gegen die Orlando Magic verloren.

Orlando.

Das Adrenalin begann Hunters Adern zu fluten. Er fand die entsprechende Registrierungsseite des Staates Florida und gab Andis Namen ein. Treffer. Sie war dort vor ihrem Umzug nach New York fünf Jahre als Maklerin gemeldet gewesen. Die Adresse von damals war ein Büro in Orlando, das schon lange nicht mehr existierte.

Ein Teil von Hunter war enttäuscht, weil Andi bei ihrem Eintritt in die Agentur von David und Diana Saint nicht gelogen hatte, was ihre Erfahrungen als Maklerin betraf. Doch noch größer als seine Enttäuschung war seine Faszination. Er rechnete nach und kam zu dem Schluss, dass sie etwa einundzwanzig gewesen war, als sie ihre erste Lizenz in Florida erhielt, also war sie dort wahrscheinlich auch aufgewachsen. Warum hatte sie das aber nie erwähnt? Warum diese ganze Geheimnistuerei?

Er öffnete Google und gab »Andi Hart Maklerin Orlando« ein. Das lieferte keine entscheidenden Treffer, also löschte er »Orlando« und gab stattdessen »Florida« ein. Er ignorierte die ganzen Sponsorenlinks und den unwichtigen Müll und scrollte immer weiter herunter, bis er zu einer Reihe von Zeitungsartikeln über eine Frau namens Patti Hart kam, eine Maklerin aus Florida. Zufall? Wahrscheinlich, aber er klickte trotzdem auf einen der Links.

Die Schlagzeile lautete: *Tragischer Tod einer beliebten ortsansässigen Maklerin war wohl ein Unfall.* Die zweite Zeile: *Leiche von Patti Hart von verzweifelter Tochter in ihrem Haus in Kissimmee gefunden.*

Dann gab es ein Foto von Patti Hart mit ihrer Tochter. Patti war attraktiv, wenn man den *Stepford Wives*-Stil mochte. Aufgetürmte blonde Haare, schlanke Figur, strahlendes Lächeln, schicker Zweiteiler mit Rock. Aber es war die Tochter, die Hunters Aufmerksamkeit erregte. Die war fünfzehn oder sechzehn und trug einen missmutigen Gesichtsausdruck und ein Foo-Fighters-T-Shirt. Die Story lag zwanzig Jahre zurück, was natürlich bedeutete, dass auch das Foto alt war. Trotzdem gab es keinen Zweifel: Der Teenager da auf dem Foto war Andi Hart.

Nur dass der Zeitungsartikel und die Bildunterschrift andere Angaben enthielten. Die »verzweifelte Tochter« hieß nicht Andi Hart. Sie hieß ganz anders. Hunter spürte eine prickelnde Aufregung in sich aufsteigen.

Jetzt wusste er zwei Dinge über seine geheimnistuerische Kollegin, bei denen sie nicht ehrlich gewesen war: Sie war nicht ehrlich gewesen, was ihre Herkunft betraf, und sie hatte gelogen, was ihren richtigen Namen anging.

Hunter schloss den Laptop, lehnte sich zurück und trank von seinem Wein.

Ja, das hier war ein sehr guter Tag gewesen.

Kapitel 21

KRYSTAL

DAVOR

Das Hotel schmiegte sich förmlich an die felsige Küste, mit einem Meerblick, der Künstler in Freudentränen hätte ausbrechen lassen. In der Ferne erstrahlten die Lichter des Malibu Piers über dem tintenschwarzen Wasser unter sich, und die Abenddämmerung verlieh dem Himmel leuchtende Orange- und Lilatöne.

Die Aussicht war atemberaubend schön, doch Krystal wollte sicher sein können, dass aller Augen in der Hotelbar auf sie gerichtet waren, nicht auf das, was es draußen vor dem Fenster zu bewundern gab.

Sie wusste, sie sah fantastisch aus. Als David und Diana bald nach Davids angespannter Unterhaltung mit Andi das Büro verlassen hatten, hatte Krystal die Gelegenheit genutzt, um sich selbst früher als gewöhnlich zu verdrücken. Dann hatte sie zwei Stunden damit verbracht, ihre langen Haare in weiche Locken zu drehen, Make-up aufzutragen und das perfekte Kleid auszusuchen. Sie hatte sich für ein kleines Schwarzes entschieden, das ihre schlanke Figur betonte, dabei einen Hauch Ausschnitt freigab und ihre langen Beine hervorhob. Sexy, ohne dass es anbiedernd gewirkt hätte. Krystal war sechsunddreißig, doch ein Lebensstil ohne Kohlenhydrate und Kinder sorgte dafür, dass sie nach wie vor den Körper einer Einundzwanzigjährigen vorweisen konnte.

Micah war immer noch beim Lunch mit Al Toledo gewesen (dem Tracker zufolge sagte er ausnahmsweise einmal die Wahrheit), und es hatte ihr großen Spaß bereitet, ihm einen Zettel auf der Anrichte zu hinterlassen.

Arbeitsessen. Möglicherweise neuer Klient.
Warte nicht auf mich.

Kein »Hi, Honey« als Begrüßung, kein Kuss am Ende.

Als sie jetzt durch den Raum ging, wusste Krystal: Sie hatte ihr Ziel erreicht, die Augen aller Anwesenden waren auf sie gerichtet, auch die desjenigen, auf die es ankam. Nolan Chapman saß mit dem Rücken ihr zugewandt an der Bar und schaute mittels des Spiegels hinter dem Regal, in dem die guten Whiskysorten aufbewahrt wurden, zu, wie sie sich dem leeren Hocker neben ihm näherte.

»Ist hier bereits besetzt?«, erkundigte sie sich.

Es gab mehrere andere freie Plätze, die sie hätte wählen können, aber das tat sie nicht, was ihm ebenfalls nicht entging. Chapman nahm einen nonchalanten Schluck von seinem Martini und wandte sich Krystal mit einem Lächeln zu. Er war Ende fünfzig, mit dem Körper eines Tennisspielers, dem Teint eines Surfers und einem kräftigen Kiefer, der einen an Robert Redford denken ließ. Er hatte eisblaue Augen und langsam ergrauendes blondes Haar. Jeans, Hemd und Schuhe waren auf subtile Weise teuer, die Breitling-Uhr allerdings sah weniger subtil aus.

»Jetzt schon.« Er deutete neben sich. »Bitte, nehmen Sie doch Platz. Darf ich Ihnen einen Drink bestellen?«

»Champagner, bitte.«

Er lenkte die Aufmerksamkeit des Barkeepers auf sich und bestellte ein Glas Henriot für sie und einen weiteren Wodka Martini für sich selbst. Als sie anstießen, entging Krystal nicht, dass er ihren Verlobungsring und ihren Ehering aus Platin und Diamanten bemerkte. Er selbst trug keinen Ring.

»Wie heißen Sie denn?«, erkundigte er sich.

»Krystal. Krystal Taylor.«

Falls er ihren Namen erkannte, ließ er sich nichts anmerken.

»Nolan.« Einen Nachnamen fügte er nicht hinzu, und die Hand hielt er ihr auch nicht hin. Formell ging es hier nicht zu. »Sind Sie allein hier, Krystal?«

Sie wich seinem Blick nicht aus. »Hundertprozentig allein.«

Er nickte. »Und was führt Sie her, Geschäftliches oder das Vergnügen?«

»Beides.«

»Werden Sie lange bleiben?«

Zeit, zur Sache zu kommen.

»Ich wohne nicht hier im Hotel«, erklärte Krystal. »Ich arbeite für Saint Realty.«

Für den Bruchteil einer Sekunde huschte Überraschung über Chapmans Gesicht, dann fing er sich wieder. »Und haben Sie gerade etwas Interessantes zu tun?«, erkundigte er sich betont locker.

»Ich glaube, Sie kennen mein derzeitiges Projekt. Malibu Beach Drive.«

Chapman lächelte, doch in seinen Augen strahlte pures Eis. »Dann darf ich wohl davon ausgehen, dass sie nicht nur durch einen glücklichen Zufall hier sind. Woher wussten Sie, wo Sie mich finden würden? Und woher wissen Sie überhaupt von mir?«

»Ich bin ziemlich geschickt, was solche Dinge betrifft.«

»Tatsächlich? Wie darf ich das verstehen?«

»Ich wusste, dass Sie in New York leben, also würden Sie hier höchstwahrscheinlich in einem Hotel absteigen. Das hier ist eines der besten in Malibu und außerdem nicht allzu weit vom Haus entfernt.«

Krystal verschwieg, dass sie vor dieser hier bereits zwei andere Hotelbars aufgesucht und jetzt, bei der dritten, schlichtweg Glück gehabt hatte. Das hätte nicht geschickt gewirkt, sondern einfach nur verzweifelt.

»Aber woher wussten Sie, dass ich in der Stadt sein würde? Um Malibu Beach Drive kümmert sich mein Partner.«

»Ich bin davon ausgegangen, jetzt, wo das Haus fertig ist und bald auf den Markt kommt, würden Sie hier sein. Sie würden die wichtigen Details überblicken wollen, nämlich Gebote und potenzielle Käufer. Sie wirken auf mich nicht wie der Typ Geschäftsmann, der diese Details jemand anderem überlässt. Und ich hatte recht. Hier sind Sie.«

»Hier bin ich«, bestätigte Chapman. »Aber warum sind Sie auf mich zugekommen? Warum haben Sie sich nicht einfach an Marty gewandt? Er ist sehr gut, und außerdem ist er die offizielle Kontaktperson für das Projekt und den Kontakt mit den Maklern.«

»Ich denke, mir war nach einem Drink mit einem attraktiven Mann.«

Chapman grinste. »Autsch. Armer Marty.«

Die beiden erschienen Krystal wie ein seltsames Paar: der reiche und charismatische Nolan Chapman und dieser Typ, der aussah, als kaufte er seine Kleidung im Supermarkt, in einem Zug mit seinem Essen. Vielleicht waren sie ja nicht nur Arbeitskollegen, sondern auch Kumpel. Vielleicht hatte sie gerade seinen besten Freund beleidigt. »Gehen Sie und Mr. Stein auch freundschaftlich miteinander um?«, erkundigte sie sich.

»Kann man so sagen. Wir sind einander vor zwanzig Jahren in Florida begegnet. Damals waren wir beide in der Baubranche tätig. Marty ist dann kurz nach dem Ende seiner Ehe nach L.A. gezogen und ich irgendwann nach New York. Als ich vor ein paar Jahren begann, mich für dieses Projekt zu interessieren, habe ich nach Marty gesucht. Inzwischen war er auch Makler und verfügte über viele Kontakte da draußen. Das schien mir gut zu passen.«

»Ich bin sicher, er ist ein toller Kerl.«

»Wissen Ihre Kollegen bei Saint von mir?«, fragte Chapman.

Der plötzliche Themenwechsel überrumpelte Krystal. »Äh, ich glaube nicht.«

»Gut. Dann sollte das auch so bleiben.«

»Warum?«

»Ich lege großen Wert auf meine Privatsphäre.«

»Machen Sie sich keine Sorgen.« Sie legte ihm eine Hand aufs Knie und ließ sie dort. »Ich kann sehr gut Geheimnisse für mich behalten.«

Er nickte. »Erzählen Sie mir von ihnen.«

»Was meinen Sie?«

»Von den Leuten, mit denen Sie zusammenarbeiten.«

Krystal nahm die Hand von seinem Bein und zuckte verstimmt die Schultern.

»Viel gibt es da nicht zu erzählen. Wir sind zu fünft. Sie brauchen nur zu wissen, dass ich diejenige bin, die Ihnen einen Käufer für Malibu Beach Drive an Land ziehen wird.«

Er lächelte amüsiert. »Und Andi Hart?«

Krystal reagierte gereizt. »Was soll mit ihr sein?«

»Laut David Saint ist sie seine beste Maklerin.«

»Das ist seine Meinung.«

»Er bezieht sich dabei auf Resultate, soweit ich weiß. Nicht auf seine Meinung.«

»Andi versteht ihr Handwerk sehr gut, wenn es darum geht, den jungen Leuten in Hollywood Immobilien zu verkaufen. Wenn es darum geht, Leute mit Vermögen an Land zu ziehen, die ein Gebot für Malibu einreichen, sieht es weniger rosig aus.«

»Aber Sie bekommen das hin?«

Krystal schenkte ihm über den Rand ihres Champagnerglases hinweg ein mysteriöses Lächeln. »Vielleicht.«

Das stimmte auch. Ryoko Yamadas Büro hatte sich bei Krystal gemeldet und ihr mitgeteilt, die Technologiemagnatin wolle sich näher mit der Immobilie befassen.

»Das ist schön zu hören. Sie mögen sie nicht, oder? Warum nicht?«

»Wen?«

»Andi Hart.«

Krystal seufzte. »Wir arbeiten zusammen. Ob ich sie mag oder nicht, tut nichts zur Sache.«

Sie kamen vom eigentlichen Thema ab. Das war überhaupt nicht in Krystals Sinn.

»Sie ist aus New York hergezogen, oder?«, sprach Chapman weiter. »Glauben Sie, sie ist …?«

Krystal unterbrach ihn. »Ich denke, für heute Abend haben wir genug Geschäftliches besprochen, finden Sie nicht auch?«

In Chapmans Wange zuckte ein Muskel. Vielleicht aus Ärger, oder er war amüsiert. »Okay, worüber wollen Sie denn sonst sprechen?«

Krystal versuchte, vielsagend eine Augenbraue hochzuziehen, dann fiel ihr jedoch ein, dass ihre Stirnmuskeln ja gelähmt waren. Also verlegte sie sich auf einen verspielten Tonfall. »Wer hat denn irgendwas von Sprechen gesagt?«

Chapman betrachtete wieder ihre Ringe. »Was hält denn Ihr Ehemann davon, dass Sie mit Fremden in Hotelbars sitzen und trinken?«

»Er weiß nichts davon. Und er rechnet auch nicht so bald mit mir.«

»Dann also noch ein Drink?«

Krystals Champagnerglas war leer. »Ich dachte schon, Sie fragen nie.«

»Noch mal dasselbe?«

»Warum bestellen wir keine Flasche und lassen die rauf in Ihr Zimmer bringen?«

Chapman lächelte wieder sein kaltes Lächeln. »Ich dachte schon, Sie fragen nie.«

Kapitel 22

VERONA
DAVOR

Verona verbrachte eine glückliche Stunde mit ihren Söhnen am Küchentisch bei den Hausaufgaben und spürte, wie der Ärger über die Auseinandersetzung mit Hunter Brooks langsam abebbte.

Eli war inzwischen zehn und sah jeden Tag mehr aus wie sein Daddy. Er arbeitete gerade an einem Geschichtsprojekt, und Verona stellte fest, dass sie sein Aufsatz über Präsidenten der Vergangenheit wirklich interessierte. Das war auch ihr Lieblingsfach in der Schule gewesen. Es hatte sie immer fasziniert, wie die Leute aus der Vergangenheit lernten – oder eben nicht.

Lucas, zwei Jahre älter als sein Bruder, musste eine Algebraaufgabe erledigen. Das machte weniger Spaß. Verona war in der einfachen Mathematik ziemlich gut und konnte ihre Courtagen blitzschnell berechnen, aber Algebra in der siebten Klasse gestaltete sich deutlich komplizierter. Trotzdem widmete sie sich beiden Jungs mit derselben Aufmerksamkeit, während sich Richard um den Abwasch kümmerte.

Die drei großen Lieben ihres Lebens, alle in einem Raum versammelt.

Nichts sonst zählte.

Nicht Hunter Brooks.

Nicht das Haus am Malibu Beach Drive.

Ihre drei Jungs. Sonst nichts.

Als sie fertig waren, schickte Verona Eli und Lucas nach oben, damit sie sich die Zähne putzten und die Schlafanzüge anzogen. Sie durften vor dem Schlafengehen noch eine halbe Stunde lang lesen, wobei Verona natürlich wusste, dass Lucas viel lieber mit seiner Nintendo-Switch-Konsole spielte, als nach einem Buch zu greifen.

Richard trat hinter sie, legte ihr beide Hände auf die Schultern und massierte sie sanft.

Verona schloss die Augen. »Das tut gut, Baby.«

»Du bist völlig verspannt. Ist alles in Ordnung?«

In seiner Stimme lag Besorgnis, obwohl er sich bemühte, alles leicht und harmlos klingen zu lassen.

»Ein harter Tag bei der Arbeit, das ist alles.«

Richard hatte schon in dem Moment gewusst, dass etwas nicht in Ordnung war, als er mit den Kindern, die er von ihren Nachmittagsaktivitäten abgeholt hatte, nach Hause kam – und seine Frau schlafend im Bett vorfand. Unmittelbar nachdem sie das Büro verlassen hatte, war Verona nach Hause gefahren, hatte die Vorhänge geschlossen, eine Schlaftablette genommen, dann im dunklen Zimmer gelegen, bis die bloße Erschöpfung sie überwältigte.

»Möchtest du darüber reden?«, fragte Richard.

»Das ist die Sache nicht wert.« Sie griff nach oben und drückte seine Hand, führte sie sich dann an den Mund und küsste sie. »Aber danke dir.«

»Ich höre dir zu, wann immer du möchtest.«

»Ich weiß, Baby.«

Verona hatte Richard King mit sechsunddreißig Jahren kennengelernt, und er hatte ihre Welt auf den Kopf gestellt.

Bis zu diesem Zeitpunkt hatte sie sich zu hundert Prozent auf ihre Karriere konzentriert und noch immer nicht gewusst, ob ein Ehemann und Kinder Teil ihres Lebensplans sein würden. Sie war mit Tante Mimis Liebe aufgewachsen, wusste aber nicht, ob ihr nicht vielleicht der mütterliche Instinkt fehlte, den ihre eigene Mutter nicht besessen hatte.

Richard war bei ihr erschienen, um die Elektrik in einem heruntergekommenen Apartment zu überprüfen, als sie in rascher Folge Häuser kaufte, aufhübschte und weiterverkaufte, während sie gleichzeitig als Maklerin arbeitete. Er war zwei Jahre älter, geschieden, kinderlos, und hatte sie fünf Minuten nach dem Betreten des Hauses zum Abendessen eingeladen.

Lucas war ein Segen gewesen, Eli eine Überraschung. Beide wurden von ihren Eltern angebetet, und Verona verspürte Erleichterung. Sie war, so hatte sich herausgestellt, nicht wie ihre Mutter.

»Warum holst du dir kein Glas Wein und lässt dir ein Bad ein, dann kannst du dich so richtig schön ausruhen?«, schlug Richard vor.

Sie wandte sich zu ihm um und lächelte wissend. »Das bedeutet, du willst dir ein Bier aufmachen und ein Spiel ansehen.«

Er grinste und bekam dadurch Fältchen um die Augen, was sie unglaublich anziehend fand. Sie liebte diesen Anblick. »Bin ich so leicht zu durchschauen?«

»Ich kenne dich einfach zu gut, Richard King. Schau dir nur dein Spiel an. Ich glaube, ich dusche schnell und gehe gleich ins Bett. Bitte sorge dafür, dass die Jungs nicht so lange aufbleiben.«

»Pyjamapolizei ist mein Zweitjob.« Er küsste sie sanft auf die Lippen. »Schlaf gut, Baby.«

»Du auch.«

Verona stapfte nach oben und hörte den Sound eines Videospiels. Lächelnd schüttelte sie den Kopf. Sie konnte versuchen, was sie wollte, einen Bücherwurm würde sie nie aus Lucas machen. Diese Rolle hatte Eli in ihrer Familie.

Sie ging ins Bad neben dem Schlafzimmer und zog sich aus. Stieg unter die heiße Dusche und genoss das Trommeln des Wassers auf ihren müden Muskeln. Richard hatte recht, sie war wirklich total verspannt. Als sie sich mit Duschgel einrieb, ließ sie die Hand zu ihrer linken Brust wandern, untersuchte den kleinen Knoten.

Er war nur so groß wie eine Erbse, seine Bedeutung jedoch unter Umständen so groß wie der Mond.

Plötzlich knickten Verona die Beine weg, als könnten sie ihre Last nicht mehr tragen. Sie rutschte an der Wand herunter, bis sie in der Duschkabine saß, die Knie an die Brust hochgezogen, an die Kacheln gelehnt. Dann weinte Verona, und ihre Tränen vermischten sich mit dem Wasser.

Brustkrebs hatte Tante Mimi mit achtundvierzig Jahren das Leben gekostet. Verona hatte sie während ihrer letzten Monate gepflegt, war jeden Schritt auf der entsetzlichen Reise mitgegangen. Hatte gesehen, wie der Krebs Tante Mimi von einer lebendigen, kraftvollen Frau in einen schwachen Haufen Knochen verwandelt hatte. Es schien, als wäre Tante Mimi innerhalb dieser schrecklichen anderthalb Jahre um drei Jahrzehnte gealtert. Ein Gespenst war sie gewesen, schon lange bevor sie starb.

Verona wusste nicht, ob es in ihrer Familie eine Art Krebsgen gab. Tante Mimi hatte keine eigenen Kinder. Sie hatte Verona als Baby bei sich aufgenommen und sie großgezogen, sie geliebt wie ihre eigene Tochter. Verona hatte keine Ahnung, ob ihre Mutter ein ähnliches Schicksal erlitten hatte wie ihre Schwester, ob sie überhaupt noch lebte oder schon gestorben war. Wahrscheinlich Letzteres. Dolores Johnson hatte sich für Alkohol, Tabletten und Männer entschieden und ihnen vor beinahe fünfzig Jahren den Vorrang gegenüber ihrer Tochter eingeräumt. Verona ging davon aus, dass die Sucht sich ihre Mutter längst geholt hatte, wenn der Krebs ihr nicht zuvorgekommen war.

Nach einer Weile stand Verona auf, stellte die Dusche ab und zog einen Bademantel über. Morgen würde sie Dr. Fazli sehen, und egal, was er zu sagen hätte, Verona würde kämpfen wie eine Löwin. Sie würde weder Richard und ihre Jungs noch sich selbst aufgeben. Sie war nicht wie ihre Mutter.

Unten war jetzt alles still. Verona tapste den Flur hinunter und spähte in Lucas' Zimmer. Die Lichter waren aus, und er schnarchte wie sein Daddy nach zu viel Bier. Als Nächstes schlich sie sich in Elis Zimmer. Er hatte abends immer noch ein Nachtlicht an, und die Umrisse von Mond und Sternen glitten über Wände und Decke. Er war mit dem *Harry Potter*-Taschenbuch unter dem Kissen eingeschlafen. Verona lächelte im sanften Lichtschein. Sie trat ans

Bett, zog das Buch unter dem Kissen hervor und legte es auf das Regal über dem Bett.

Von unten konnte sie gedämpfte Fernsehgeräusche hören, als sie in ihr eigenes Schlafzimmer zurückkehrte. Ihr Handy lag auf dem Nachttisch, und sie nahm es in die Hand, um den Wecker zu stellen. Auf dem Display wurde ein verpasster FaceTime-Anruf von Myles Goldman angezeigt. Verona runzelte die Stirn. Es war schon nach zweiundzwanzig Uhr, und Myles nahm außerhalb der Arbeitszeiten nur sehr selten Kontakt zu ihr auf.

Sie erwog, den Anruf zu ignorieren, wusste jedoch, dass die Neugierde dann ständig an ihr nagen würde. Also rief Verona zurück, und schon bald füllte Myles' Gesicht das Display. Er wirkte etwas blass, aber vielleicht lag das auch am Gerät.

»Hey, Verona. Danke, dass du zurückrufst. Ich habe dich nicht geweckt, oder?«

Stimmt, sie trug ja ihren Bademantel. »Nein, gar nicht. Ich stand unter der Dusche.«

»Wie geht es dir? Alles in Ordnung?«

»Alles gut hier.«

»Wir haben uns Sorgen um dich gemacht, als du vorhin aus dem Büro verschwunden und nicht zurückgekommen bist. Brooks hat sich da was ganz Gemeines geleistet. Der Typ ist wirklich ein Wichser.«

Verona fragte sich, ob sie vielleicht irgendwie in ein Paralleluniversum gerutscht war, in dem sich Myles Goldman plötzlich für andere Leute interessierte und sie anrief, um sich nach ihrem Wohlbefinden zu erkundigen.

»Du hast recht, er ist ein Wichser. Aber ich hätte auch nicht so reagieren sollen. Das war unprofessionell. Es geht mir wieder gut. Danke der Nachfrage.«

»Weißt du was? Du bist nicht die Einzige, die heute das Opfer von Brooks' schmutzigen Tricks geworden ist.«

»Was meinst du damit?«

Myles bewegte eine Hand über den Bildschirm, und sie sah,

dass er einen Gips trug. »Das hier meine ich. Ein gebrochenes Handgelenk.«

»Was ist passiert? Willst du mir sagen, dass Hunter dir das angetan hat?«

Myles nickte. »Ein Unfall beim Squash. Ich würde gern Anführungszeichen in die Luft malen, aber das tut zu weh. Das war kein Unfall, verdammt noch mal. Der Kerl ist verrückt, der gehört eingesperrt.«

Verona war entsetzt. »Du musst es David sagen. Damit darf Hunter nicht durchkommen. Jemandem ein Geschäftsessen zu ruinieren, ist eine Sache, aber so was? Das ist Körperverletzung.«

Myles schüttelte den Kopf. »Zeitverschwendung. Sein Wort würde gegen meines stehen. Zeugen gibt es keine. Ich kann nicht beweisen, dass er es mit Absicht getan hat. Aber wenn Brooks sich einbildet, dass das hier« – wieder hielt er die eingegipste Hand in die Höhe – »mich davon abhalten wird, mir die Courtage zu schnappen, hat er sich ganz schön geschnitten.«

»Du willst weiterarbeiten?«

»Na, und ob. Ich habe noch nicht mal die Medikamente genommen, die mir der Arzt gegeben hat, obwohl mein Handgelenk wehtut wie verrückt. Ich muss völlig klar im Kopf sein. Vor allem jetzt, wo ich weiß, wozu Brooks in der Lage ist. Und das Ganze juckt außerdem wie die Hölle.«

»Stricknadeln«, meinte Verona.

»Was?«

»Mit einer Stricknadel kannst du dich kratzen.«

Myles verdrehte die Augen. »Natürlich, Verona, dann suche ich mir gleich mein aktuelles Strickprojekt raus. Das liegt hier sicher irgendwo. Dir ist schon klar, dass ich ein achtundzwanzigjähriger Mann bin, keine achtzigjährige Großmutter, oder?«

Verona zuckte die Schultern. »Ich wollte nur helfen.«

»Glaubst du, irgendein Lieferdienst bringt mir heute Abend noch Stricknadeln?«

»Wahrscheinlich nicht.«

»Ich rufe aber aus einem anderen Grund an. Ich brauche deine Hilfe. Ich habe mich gefragt, ob du etwas für mich anschauen kannst.«

Verona lächelte. Das gefiel ihr schon besser. Myles bat sie um einen Gefallen. Die Dinge liefen wieder wie gewohnt. »Klar, worum geht's denn?«

»Um ein Video von Brooks mit einer Frau. Frag mich nicht, wie ich da rangekommen bin, ich habe es einfach, woher, ist egal. Jetzt Folgendes, ich bin mir sicher, dass ich die Frau kenne, aber ich weiß nicht, woher, und ich werde noch ganz wahnsinnig, weil ich einfach nicht draufkomme. Ich dachte, vielleicht kennst du sie ja?«

»Okay, ich schau mir das Video an.«

»Super. Ich schicke es dir sofort. Ruf mich an, wenn du es dir angesehen hast.«

Myles beendete das Gespräch, bevor Verona antworten konnte. Aus ihrem E-Mail-Fach ertönte ein Signal, Myles' Nachricht war also eingetroffen. Verona öffnete sie und klickte auf die Datei, die Myles geschickt hatte. Das Video zeigte Hunter in einem Park – am Echo Park Lake, vermutete Verona –, wo er bei einer dunkelhaarigen Frau mit einem Kinderwagen neben sich auf einer Bank saß. Verona erkannte die Brünette sofort.

Carmen Vega.

Sie machte Home-Staging und hatte für Verona schon eine ganze Reihe Immobilien für die Besichtigung vorbereitet. Dann hatte sie sich eine Auszeit genommen, weil sie ein Baby bekam. Verona vermutete, dass Carmen aus dem Mutterschutz zurück war und Hunter einige neue Projekte mit ihr besprechen wollte, wofür ein Park allerdings ein seltsamer Ort war. Dann bemerkte sie, dass Hunter Carmens Kind in den Armen hielt. Verona schaute sich das Video noch einmal an und rief dann Myles über FaceTime zurück. Er antwortete sofort, als hätte er mit dem Telefon in der Hand dagesessen und gewartet.

»Hast du's dir angesehen? Kennst du die Frau?«

»Natürlich kenne ich sie. Das ist Carmen Vega.«

Myles verzog das Gesicht. »Wer?«

»Sie macht für Saint die Raumgestaltung in den Immobilien. Sie hat an einigen meiner Projekte hier in L.A. gearbeitet.«

Sein ratloser Gesichtsausdruck verwandelte sich in einen des Wiedererkennens. »Ach ja, jetzt weiß ich, wen du meinst. Einen fürchterlichen Geschmack hat diese Frau. Ich habe sie einmal eingesetzt und mir dann meinen eigenen Ausstatter gesucht. Ich kann dir übrigens seine Nummer geben, wenn du das möchtest. Er ist viel besser als diese Frau.«

»Ich werde es mir überlegen.«

»Trotzdem ergibt das Ganze keinen Sinn. Dass sich Brooks wegschleicht, um die Raumausstatterin am Echo Park Lake zu treffen.«

»Vielleicht braucht er sie für einen Auftrag?«, meinte Verona.

»Aber warum macht er dann so ein Trara um ihr Kind?«

»Ja, das habe ich mich auch gefragt«, räumte Verona ein.

»Wenn du mir erzählt hättest, das wäre eine erfolgreiche Geschäftsfrau oder die Frau eines reichen Typen, hätte ich angenommen, sie ist eine Kundin und er will sich bei ihr einschmeicheln, indem er so tut, als würde er Kinder mögen. Ich meine, wenn er bereit ist, jemandem für Geld das Handgelenk zu brechen, hat er wohl kein Problem damit, ganz kurz ein Baby zu halten. Aber eine *Raumausstatterin*?«

Myles ließ die Frage einige Sekunden in der Luft hängen.

»Außer ...«

»Was, außer?«, wollte Verona wissen.

»Ist Carmen Vega verheiratet?«

»Nein. Jedenfalls war sie das nicht, als ich sie zuletzt gesehen habe.«

»Und hat sie einen Freund?«

»Ich glaube nicht. Als wir uns damals unterhalten haben, gab es ein paar Dates, aber nichts Ernstes. Ich weiß noch, dass ich überrascht war, als ich von ihrer Schwangerschaft erfahren habe. Ich war davon ausgegangen, sie hätte jemanden kennengelernt und ...«

Verona hielt inne. Sie starrte Myles an. »Moment mal. Du glaubst doch nicht …?«

Myles grinste. »Genau das glaube ich, Verona.«

»Wow. Möglich ist es durchaus, denke ich.«

»Wenn es nur einen Weg gäbe, herauszufinden, wie das Kind heißt und wann es geboren ist.«

Verona war mit Carmen Vega auf Facebook befreundet und sich fast sicher, dass die Frau nach der Geburt etwas über ihren Sohn gepostet hatte. Eines dieser Schwarz-Weiß-Fotos, die eine winzige Hand oder einen Fuß zeigten. Hunter war verheiratet. Wenn sie und Myles richtiglagen, könnte die Enthüllung eines solchen Geheimnisses katastrophale Folgen für seine Ehe haben.

Und genau darum ging es Myles ganz offensichtlich.

Verona war nicht darauf aus, Menschen zu verletzen, aber Hunter Brooks hatte sich einen Dreck um sie geschert, oder um ihre Ehe und ihre Kinder, als er ihre beste Chance auf finanzielle Sicherheit für ihre Familie sabotiert hatte. Krankenhaustermine und sich stapelnde Arztrechnungen erschienen vor ihrem inneren Auge. Der Ärger von heute Nachmittag flammte für einen Moment wieder auf. Er war nicht vergangen. Er schwelte irgendwo unter der Oberfläche.

Sie sagte: »Ich denke, ich weiß, wie wir an diese Information kommen.«

Kapitel 23

ARIBO
DANACH

Die Wache von Lost Hills war ein einstöckiges Gebäude aus rotem Backstein in der Agoura Road am Rand von Calabasas, nur einen Steinwurf vom Freeway 101 entfernt.

Aribo und Lombardi fanden bei ihrer Ankunft eine Frau im Wartebereich vor. Sie war schlank, hatte kurzes platinblondes Haar und trug eine weiße Bluse und dazu passende weite Hosen. Sie wirkte sehr aufgewühlt.

»Die Dame da drüben möchte mit jemandem sprechen, der für den Mord in Malibu zuständig ist«, teilte ihnen der Beamte am Empfang mit. »Sie sagt, sie habe bereits vor Ort eine Aussage gemacht, hat aber darauf bestanden, auf einen der Ermittler zu warten.«

»Wer ist sie denn?«

Der Beamte konsultierte seine Notizen. »Diana Saint. Sie hat das Open-House-Event organisiert.«

Die beiden gingen zu der Frau hinüber, die angespannt auf ihr Handy starrte.

»Mrs. Saint? Mein Name ist Detective Aribo, und das hier ist mein Partner, Detective Lombardi. Sie wollten uns sprechen?«

Sie sprang vom Stuhl auf wie ein Teufelchen aus der Kiste. »Sind Sie für die Ermittlung zuständig?«

Die Frau war Britin und klang wie die Schauspielerin Emma Thompson.

»Genau, für den Todesfall am Malibu Beach Drive«, bestätigte Aribo. »Möchten Sie uns etwas mitteilen?«

»Haben Sie die Leiche identifiziert?«, erkundigte sich Diana Saint. »Ist er es?«

»Wer, Mrs. Saint?«

»Mein Ehemann. David Saint. Er hat die Veranstaltung verlassen, um ein wenig spazieren zu gehen, das ist inzwischen Stunden her, und seitdem habe ich nichts mehr von ihm gesehen oder gehört. Er geht nicht an sein Telefon. Ist er es? Ist er die Leiche im Pool?«

»Wenn Sie uns einen Augenblick entschuldigen wollen, Mrs. Saint.«

Die Ermittler traten aus dem Wartebereich.

»Wir wissen, dass es sich bei dem Opfer nicht um David Saint handelt«, sagte Aribo, »aber wir müssen trotzdem mit ihr sprechen. Möchtest du sie mit nach hinten nehmen und sehen, was du herausfinden kannst? Vielleicht ist sie ja in der Lage, uns zu sagen, ob irgendjemand von ihrem Personal gestern Abend eine Fahrt nach Malibu geplant hatte. Dann beschäftige ich mich schon mal mit dem, was die Nachbarschaftsbefragung ergeben hat.«

»Alles klar«, gab Lombardi zurück. »Wenn ich mit ihr fertig bin, kümmere ich mich um weitere Informationen zum Opfer. Ich habe die Handy- und Bankdaten beantragt.«

Nachdem sie über den Führerschein eine vorläufige Identifizierung durchgeführt hatten, hatten sie den Namen ins System eingegeben und erfahren, dass das Opfer einige Strafzettel wegen Geschwindigkeitsübertretung erhalten und sich außerdem einige kleinere Vergehen hatte zuschulden kommen lassen. In beiden Fällen hatte man die Sache nicht weiterverfolgt, weil die Beschwerdeführenden ihre Aussagen zurückgezogen hatten. Aribo ging davon aus, dass da Geld geflossen war. Das konnte man erreichen, wenn man nur genug davon hatte.

Lombardi führte Diana Saint den Flur hinunter in ein Vernehmungszimmer, und Aribo machte sich auf den Weg in den Besprechungsraum, wo er Alex Garcia vorfand. Der Captain war Anfang fünfzig, den Schädel hatte er kahl rasiert, was den vorzeitigen

Haarverlust kaschieren sollte, und zum Ausgleich trug er einen Dreitagebart. Die Uniform spannte sich über den breiten Schultern, und der Gürtel hing ihm schwer um die Hüften.

Garcias Mundwinkel zuckten, ähnlich wie Lombardis, als er Aribo erblickte.

»Ja, Captain, so ziehe ich mich zum Lunch an meinem Hochzeitstag an, und nein, Sie brauchen nicht zu fragen, Sex ist heute Abend nicht für mich drin.«

Garcia grinste breit. »An so was würde ich nicht mal im Traum denken, Jimmy.«

Aribo informierte ihn über den Stand der Ermittlungen und ließ sich dann an seinem Schreibtisch nieder. Er hörte sich die Aufzeichnung des Notrufs an.

Zentrale: 911, was ist los?

Hart: Ich bin in einem Haus am Malibu Beach Drive. Im Pool ist eine Leiche. Bitte schicken Sie Hilfe.

Zentrale: Befindet sich die Person noch im Wasser? Sind Sie sicher, dass sie tot ist?

Hart: Ja, die Person ist tot. Nein, warten Sie. Ich weiß es nicht. Ich glaube, sie ist tot.

Zentrale: Haben Sie Wiederbelebungsversuche gemacht?

Hart: Nein.

Zentrale: Soll ich Ihnen eine Anleitung geben?

Hart: Nein, jemand versucht gerade, die Person aus dem Pool zu holen. Bitte schicken Sie einfach Hilfe.

Zentrale: Ein Krankenwagen ist bereits auf dem Weg zu Ihnen.

Während der nächsten halben Stunde durchkämmte Aribo das Material von den Haustürkameras aus der Nachbarschaftsbefragung. Überwachungskameras für die ganze Straße gab es nicht. Ein Teil des Materials zeigte, wie das Opfer allein über den Malibu Beach Drive auf das Haus zuging. Das erklärte, warum sich unter den Gegenständen, die man an der Leiche gefunden hatte, kein Autoschlüssel gefunden hatte. Nicht jedoch, mit wem die verstorbene Person Champagner getrunken hatte oder was mit der Flasche und den Gläsern geschehen war.

Lombardi kehrte von Diana Saints Befragung zurück, zwei gekühlte Wasserflaschen und Schokoriegel aus dem Automaten in der Hand. Er reichte Aribo ein Wasser und ein Snickers. »Und jetzt sag noch mal, ich würde dich nicht verwöhnen, Jimmy.«

»Hör dir das hier mal an und sag mir, was du davon hältst.«

Aribo spielte den Notruf ab.

Danach sagte Lombardi: »Interessant. Sie teilt der Zentrale mit, dass die Person tot ist und dass sie nicht versucht hat, ihr zu helfen. Dann überlegt sie es sich anders und sagt, sie *glaubt*, dass sie tot ist.«

»Genau. Besonders aufgewühlt klingt sie auch nicht.«

»Könnte das am Schock liegen? Sie bittet sofort um Hilfe. Das muss man ihr doch positiv anrechnen.«

»Nicht, wenn sie wusste, dass die Leiche schon die ganze Nacht im Pool war«, wandte Aribo ein.

»Stimmt. Hast du auf den Kameraaufnahmen irgendetwas Interessantes entdeckt?«

»Unser Opfer ist zu Fuß zum Haus gekommen. Nicht dorthin gefahren.«

»Woher zu Fuß?«

»Das versuche ich noch herauszufinden. Ich habe die Nummernschilder aller Wagen überprüft, die während des Zeitfensters, das uns Delgado genannt hat, in der Gegend waren. Drei sind mir aufgefallen.«

»Drei?«, fragte Lombardi zurück. »Und warum?«

»Weil alle drei Maklern gehören, die für die Agentur arbeiten.«

»War eines dieser Autos das von Hunter Brooks?«

»Yep, ein schwarzer Rolls-Royce Ghost. Ich sag's dir, Tim, wir haben uns den falschen Beruf ausgesucht. Wir sollten reichen Leuten Häuser verkaufen, statt uns hier bei der Verbrecherjagd den Arsch aufzureißen.«

»Willst du dir etwa den ganzen Spaß entgehen lassen?« Lombardi sah seine Notizen durch. »Diana Saint hat mir gerade die Namen all der Leute genannt, die einen Grund hatten, sich gestern Abend im Haus aufzuhalten. Übrigens war sie selbst den ganzen Abend mit ihrem Ehemann zusammen. Sie hatten Freunde zum Essen eingeladen, sagt sie. Das werde ich überprüfen, aber es sieht so aus, als hätten beide ein Alibi. Ach ja, und der Ehemann hat irgendwann zurückgerufen. Er hockt in irgendeiner Bar und klingt sehr betrunken. Hatte wohl einen harten Tag.«

»Geht uns das nicht allen so? Erzähl mir mehr von dieser Liste.«

»Die ist sehr kurz«, gab Lombardi zurück. »Da steht nur eine Person drauf, und zwar Hunter Brooks. Diana Saint zufolge hatte er mit einem Typen aus dem Silicon Valley namens Don Garland einen privaten Besichtigungstermin vereinbart. Diana Saint hat gesagt, dass Hunter direkt vom Büro aus losgefahren ist, um den Klienten abzuholen. Dann sind sie zusammen zum Haus. Ihrer Schätzung nach sind sie etwa um neunzehn Uhr dort angekommen. Außerdem meint sie, Garland hätte vorgehabt, die Nacht in einem Hotel in Malibu zu verbringen.«

»Das würde bedeuten, dass Brooks allein nach L.A. zurückgefahren wäre. Hatte niemand sonst irgendwelche Besichtigungen angesetzt?«

»Nicht laut Diana Saints Angaben. Was ist mit den anderen Autos, die dir aufgefallen sind?«

»Ein roter Porsche 911, angemeldet auf Krystal Taylor«, berichtete Aribo.

»Die hat sich laut Diana Saint für das Open-House-Event krankgemeldet.«

»Und ein blauer BMW, gemeldet auf Andi Hart.«

»Die den Notruf abgesetzt hat und danach verschwunden ist.«

»Und keine der beiden hätte irgendeinen Grund gehabt, gestern Abend im Haus am Malibu Beach Drive zu sein. Jedenfalls keinen, den wir kennen«, fügte Aribo hinzu.

Kapitel 24

ANDI
DAVOR

Zwei Tage später als geplant war Andi nach Malibu gefahren, ohne dass diesmal ein platter Reifen oder jemand vom Pannendienst involviert gewesen wäre.

Sie fuhr mit heruntergelassenen Fenstern, das Radio laut aufgedreht, mit dem Wind in den Haaren und der Meeresbrise als Gesellschaft, die sie sowohl schmecken als auch riechen konnte. An Tagen wie diesen vermisste sie New York nicht einmal, mit seinem Schmutz überall, seinen bitterkalten Wintern und der ständigen Angst, in der U-Bahn überfallen zu werden.

Andi bog in den Malibu Beach Drive ein. Eine staubige zweispurige Straße, über der imposante Steilhänge mit trockenen Büschen emporragten. Ganz und gar nicht das, was sie erwartet hatte.

Ein silberfarbener Honda Civic, den sie nicht erkannte, stand vor dem Haus. David hatte keine weiteren Besichtigungen für diesen Morgen erwähnt, und Andi fragte sich, ob sich vielleicht Marty Stein zu einem unerwarteten Besuch entschieden hatte, um ihr die vor zwei Tagen verpasste Tour zukommen zu lassen. Sie hoffte, das wäre nicht der Fall. Andi wollte ihre Videos für Walker Young lieber ohne Publikum aufnehmen.

Von der Straße aus wirkte die Häuserfront fast bescheiden, angesichts des hohen Preises, der für das Anwesen aufgerufen war. Nur ein Stockwerk war sichtbar, zusammen mit einer unscheinbaren Haustür und dem Zugang zur Garage mit ihren drei Plätzen. Das wirkte nicht sehr viel anders als eine Million anderer weißer

Häuser in Südkalifornien, doch Andi wusste, dass der Blick vom Strand aus alles ändern würde. Darin lag der Wow-Faktor.

Als sie die Tür aufschließen wollte, stellte sie fest, dass diese bereits offen war, und sie trat ein. Der Alarm war drinnen ausgeschaltet worden. Der große Wohnbereich wirkte geräumig und beeindruckend – die Raumausstatterin hatte das Home-Staging wohl bereits erledigt –, doch Andi nahm ihre Umgebung nur am Rande wahr. Sie war zu sehr mit dem Gedanken beschäftigt, dass sich möglicherweise noch jemand anders im Haus aufhielt, um alles zu bewundern.

»Hallo?«, rief sie. »Ist hier jemand?«

Keine Antwort. Völlige Stille, nur das leise Summen der Klimaanlage und von draußen die Brandung waren zu hören. Die Schiebetüren standen weit offen. Andi bewegte sich weiter in den großen Raum hinein. Wohn-, Ess- und Schlafzimmer waren allesamt leer. Die Küche ebenso. Auf dem Balkon befand sich auch niemand. Die drei geschlossenen Türen, das wusste Andi vom Grundriss des Hauses her, führten in einen Vorraum, eine Toilette und ein Heimkino.

»Hallo?«, rief sie wieder.

»Hi.«

Andi fuhr zusammen. Ihr Herz hämmerte wie wild. Hätte sie in diesem Augenblick ein Wort herausgebracht, so wäre das sicher ein »Fuck« gewesen. Sie wirbelte herum, griff sich mit einer Hand an die Brust. Brauchte eine Sekunde, um die Brünette zu erkennen, die da unten an der Treppe stand. Die Frau lächelte entschuldigend.

Carmen Vega.

»Carmen«, schnaufte Andi. »Sie sind das.«

»Shit. Es tut mir total leid, Andi. Ich wollte Sie nicht erschrecken.« Carmen deutete auf die Schuldigen an ihren Füßen. »Ich trage inzwischen nur noch Sneaker. Superbequem, perfekt, wenn man ständig ein Kind herumtragen muss, und – unglücklicherweise für Sie – auch perfekt, um in großen Häusern herumzuschleichen.«

Selbst in Turnschuhen, engen Jeans und einem einfachen weißen T-Shirt sah Carmen umwerfend aus.

»Schon okay«, gab Andi zurück. »Ich fühle mich schon gar nicht mehr, als bekäme ich gleich einen Herzinfarkt. Ich habe einfach nicht damit gerechnet, dass irgendjemand hier ist. Dann habe ich das Auto draußen stehen sehen, und die Tür war nicht abgeschlossen. Als niemand geantwortet hat, hat mich das ein wenig aus der Bahn geworfen, denke ich.«

»Ich habe mich nur noch um die letzten Kleinigkeiten gekümmert. Das Shooting war eigentlich für heute Nachmittag vorgesehen, aber der Fotograf hatte eine doppelte Buchung, darum kommt er jetzt erst am Samstag. Nicht gerade ideal, denn das bedeutet, er kommt erst nach der Open-House-Party, also können wir nur hoffen, dass niemand irgendwo Rotwein verschüttet, bevor die Bilder gemacht werden! Aber ich bin hier jetzt auch fertig, Sie können sich also in aller Ruhe umschauen.«

»Es sieht großartig aus, Sie haben das toll hinbekommen. Ich wusste gar nicht, dass Sie schon wieder arbeiten.«

Andi erinnerte sich inzwischen, dass sich Carmen letztes Jahr ein paar Monate freigenommen hatte, weil sie ein Kind bekam.

»Ich nehme seit etwa vier Wochen wieder hier und da einen Auftrag an«, erzählte Carmen. »Zu Hause bin ich einfach wahnsinnig geworden, den ganzen Tag nur ich und das Baby, und es macht mich total glücklich, wieder zu arbeiten. Es war großartig, dass David mich gebeten hat, mich um dieses Haus zu kümmern. Fünfzig Millionen Dollar! Können Sie sich vorstellen, in einem solchen Haus zu leben?«

»Natürlich, in meinen kühnsten Träumen. Das sind die, in denen ich Jake Gyllenhaal heirate. Wie geht es denn dem Baby?«

Carmens hübsches Gesicht leuchtete auf. »Ach, ganz wunderbar. Ständig die Windeln voll bis zum Anschlag, aber ein ganz Süßer. Er schläft jetzt nachts durch, das verändert alles. Hier, wollen Sie mal schauen?«

Sie zog ihr Handy aus der Gesäßtasche ihrer Jeans und zeigte es Andi. Auf dem Display war das Foto eines kleinen Jungen von etwa sechs oder sieben Monaten zu sehen. Andi verstand nicht viel von Babys, musste aber zugeben, dass das hier ganz besonders niedlich wirkte. Aber der Kleine hatte ja auch den Jackpot geknackt, was die von seiner Mutter ererbten Gene betraf.

»Wirklich total süß«, kommentierte Andi und gab Carmen das Handy zurück. »Wie heißt er denn?«

»Scout. Scout Vega.«

Einen Daddy gibt es also nicht, überlegte Andi.

»Haben Sie heute Morgen einen Besichtigungstermin hier?«, erkundigte sich Carmen.

Andi nickte. »Kann man so sagen. Einen virtuellen. Mein Klient hält sich in New York auf, deswegen habe ich ihm versprochen, ein paar Videos aufzunehmen und ihm zu schicken. Dass das Haus schon eingerichtet ist, macht sich da besonders gut, das ist wirklich ein entscheidender Unterschied.«

»Ich hoffe, Ihrem Klienten gefällt, was er sieht, und er zeigt das durch einen großen, dicken, saftigen Scheck. Dann lasse ich Sie jetzt mal Filme machen. Können Sie dann abschließen und die Alarmanlage scharfstellen, wenn Sie gehen?«

»Natürlich, kein Problem.«

»Wunderbar. Ich ziehe besser los und gebe dem Developer meine Schlüssel wieder. Mit meiner Arbeit hier bin ich ja fertig.«

»Marty Stein, richtig?«

Carmen runzelte die Stirn. Sie öffnete den Mund und schien etwas sagen zu wollen, doch in diesem Augenblick klingelte das Telefon in ihrer Hand. »Da muss ich rangehen. Wir sprechen uns später, Andi. Schön, Sie getroffen zu haben.«

Andi hörte, wie sich die Haustür schloss, danach startete draußen ein Motor. Sie holte ihr eigenes Handy aus der Handtasche und begann mit ihrer Arbeit.

Während sie durch den Hauptteil des Hauses ging, filmte und dabei über Einrichtung, Finishes, Dimensionen und weitere Faktoren sprach, konnte Andi wunderbar einschätzen, wie außergewöhnlich dieses Haus war. Zunächst mal war es riesig und die Aussicht schlicht umwerfend. Man brauchte nicht einmal zu wissen, dass die Kücheninsel aus Quarzit bestand oder dass die Schränke aus Walnussholz waren – ganz eindeutig hatte man hier nur erstklassiges Material verwendet.

Carmen Vega hatte sich für eine Farbskala aus vorwiegend gedeckten Tönen entschieden, nämlich Creme, Mauve und Graugrün. Das Ganze wirkte elegant und modern. Andi hatte alles in allem die Wahrheit gesagt, als sie Carmen für ihre gute Arbeit gelobt hatte. Erst jetzt bemerkte sie allmählich einige der »Finishing Touches«, die nicht ihrem eigenen Geschmack entsprachen. Seltsame Wandskulpturen, Kissen und Überwürfe in grellen Farben, die man ihrer eigenen Einschätzung nach nicht wirklich brauchte.

Das obere Stockwerk war ähnlich wie das untere hergerichtet. Sanfte Pastelltöne in den Schlafzimmern, Glas, Chrom und Holz im Arbeitszimmer, Marmor in den Bädern, in denen überall frische Orchideen und Produkte der Marke Aesop standen. Das größte an ein Schlafzimmer angrenzende Bad enthielt eine frei stehende Wanne in einer Ecke, vor einem Panoramafenster, sodass man auf den Pazifik hinausblicken konnte, während man sich sauber schrubbte.

Andi stoppte die Aufnahme und setzte sich am Fußende des Bettes im größten Schlafzimmer auf einen Schemel mit einem dicken Plaid darauf. Die deckenhohen Schiebetüren umrahmten die Art Panorama, die das Erwachen in diesem Raum an jedem einzelnen Morgen zu einer puren Freude machen würde. Wellen mit Schaumkronen rollten über die Felsen unter ihr, und weiter oben am Strand konnte sie ein halbes Dutzend Surfer erkennen, die über das Wasser glitten.

Als sie auf dieser Etage fertig war, stieg sie auf die Dachterrasse und nahm ein weiteres Video von der Feuerschale und dem Whirlpool auf, außerdem von den fest installierten Beeten mit Wildblumen in leuchtenden Grün- und Lilatönen.

Die Sonne knallte unbarmherzig auf Andi herunter, was sie aber kaum registrierte, denn es war wieder die Aussicht, die einen hier besonders beeindruckte. Hier oben filmte Andi eine Rundumsicht und erfasste dabei den Ozean, die Felsen und viele Millionen Dollar teure Häuser entlang der Küstenlinie. Sie spähte über das Geländer auf den Malibu Beach Drive, und ganz kurz erwartete sie einen goldenen Wagen weiter unten an der Straße. Ein seltsames Gefühl. Doch von ihrem eigenen alten Beemer abgesehen, entdeckte sie keine Autos.

Andi ging wieder ins Hauptgeschoss hinunter. Es gab einen Ort, den sie noch nicht gesehen hatte, und das konnte sie nicht länger vor sich herschieben.

Sie trat auf die Terrasse hinaus und bog um eine Ecke zum Pool.

Ihr Herz begann wieder heftiger zu schlagen, wie vor einigen Minuten, als Carmen Vega sie so erschreckt hatte. Andi schloss die Augen. Sie konzentrierte sich auf ihre Atmung, auf den beruhigenden Rhythmus der Wellen, auf den Salzgeruch in der Luft. Die Bilder überfluteten sie trotzdem, grell und klar und lebendig, wie das Video, das sie gerade eben für Walker Young aufgenommen hatte.

Das Surren des Deckenventilators. Die zerbrochene Vase. Die zu Boden gestoßene Lampe. Die leere Wodkaflasche und der umgeworfene Küchenstuhl.

Die Hintertür.

Andi wachte immer auf, bevor sie diese Tür erreichte, doch sie wusste genau, welcher Horror sie dahinter erwartete. Die Träume waren nicht bloß Träume. Es waren Erinnerungen mit scharfen Zähnen und Klauen, die sie bissen, sich in ihrem Fleisch vergruben und um keinen Preis loslassen wollten, sosehr Andi auch versuchte, sich weiterzuentwickeln, nach dem, was vor so vielen Jahren geschehen war.

Sie öffnete die Augen.

Sagte zu sich selbst, dass es ja nur ein Pool war.

Andi hielt das Smartphone hoch und fing wieder an zu filmen: die handgefertigten Kacheln, speziell für dieses Haus, die Wasseroberfläche mit ihren Sonnenflecken, die beiden Chaise-Liegestühle, die perfekt arrangiert zu beiden Seiten eines dekorativen niedrigen

Tisches mit einer hässlichen goldenen Skulptur darauf standen, das Tor, über das man direkt zum Strand gelangte. Sie beendete die Aufnahme und schickte die Videodateien per E-Mail an Youngs persönliche Assistentin, Gretchen Davis. Es war fast Mittag, die Sonne brannte heißer als im Sonnenstudio, die Temperatur überstieg bestimmt die dreißig Grad. Trotzdem empfand Andi eine Kälte, die ihr bis ins Mark drang.

Sie wandte sich vom Pool ab und ging rasch ins Haus zurück.

Kapitel 25

MYLES
DAVOR

Myles genoss die Überraschung sehr, die sich in Hunter Brooks' Gesicht abzeichnete, als er wie an jedem anderen Morgen exakt um neun Uhr im Büro von Saint Realty auftauchte.

Er hatte zwar die Demütigung erleiden müssen, Jacks Hilfe zu brauchen, als er seine engen Jeans und sein Prada-Hemd anzog, ebenso bei seinen italienischen Lederhalbschuhen, und der hässliche Gips besaß nicht unbedingt denselben ästhetischen Appeal wie die Diamant-Rolex an seinem anderen Handgelenk, aber er hatte es ins Büro geschafft, und nur das zählte.

Hunter Brooks, sonst nie um einen flotten Spruch verlegen, schien zum ersten Mal im Leben um Worte zu ringen. »»Myles ...«, stammelte er. »Ich habe gar nicht ... Geht es dir ...?«

»Bist du überrascht, mich zu sehen?«

Hunter verbarg seine Reaktion hinter einem falschen Lächeln. »Wie geht's dir, Kumpel? Tut mir leid, dass ich nicht im Krankenhaus bleiben konnte, bis sie mit dir fertig waren. Melissa brauchte mich zu Hause, und ... Nun, wie auch immer, gut, dass du hier rumläufst.«

Myles ließ sich an seinem Schreibtisch nieder. »Ich habe mir das Handgelenk gebrochen, keinen Herzinfarkt erlitten.« Er lächelte, um zu demonstrieren, dass seine Antwort gut gemeint war. Aber das stimmte nicht.

Eine Krankenschwester hatte ihn darüber informiert, dass »sein Freund« im Warteraum herumgegangen hatte, bis er erfuhr, dass das Handgelenk tatsächlich gebrochen war. Kurz darauf war er verschwunden. Es sah so aus, als wäre »sein Freund« gerade lange genug geblieben, um sich bestätigen zu lassen, welchen Schaden er angerichtet hatte.

Jetzt reckte Hunter seinen Hals so sehr, dass Myles dachte, er werde ihn sich brechen (was ihm durchaus gefallen hätte), weil er sehen wollte, was draußen vor dem Fenster vor sich ging.

»Du bist nicht hergefahren, oder?«, erkundigte er sich. »Ich glaube nicht, dass man sich mit einem Gips ans Steuer setzen darf. Du willst doch deinen schnittigen Lambo nicht um einen Laternenpfahl wickeln.«

Ach, das würde dir doch ganz ausgezeichnet in den Kram passen, oder?

Myles drehte sich in seinem Stuhl und zeigte mit der eingegipsten Hand nach draußen.

»Siehst du den Bentley da? Der gehört meinem Vater. Und am Steuer sitzt George, der Chauffeur meines Vaters. George verfügt über dreißig Jahre Erfahrung, hat nie auch nur einen Strafzettel bekommen, und was am wichtigsten ist, er trägt keinen Gips. Du brauchst dir also wirklich keine Sorgen um mich zu machen, Hunter. Ich bin in sehr guten Händen, bis sie dieses Ding von meiner Hand abnehmen. Das bedeutet, ich kann ohne Weiteres auf den PCH und das Haus in Malibu allen zeigen, die es sehen wollen. Und ich gehe davon aus, dass ich ziemlich viel zu tun haben werde. Immerhin stehen schon drei Interessenten auf meiner Liste.«

Wenn Myles in diesem Augenblick ein Foto von Hunters Gesichtsausdruck hätte machen können, hätte er es sich eingerahmt und an die Wand gehängt.

»Das ist ja großartig«, sagte Hunter und klang dabei alles andere als aufrichtig. »Gene Goldman greift mal wieder ein.«

»Stimmt genau.«

»Das sind großartige Neuigkeiten, Myles«, meldete sich Diana zu Wort. »Wir wissen es wirklich zu schätzen, dass du das alles auf dich nimmst, um nach einer so schlimmen Verletzung hier anwesend sein zu können. Nicht wahr, David?«

David ließ hinter seinem Laptop ein Grunzen ertönen. Er schien ungefähr so froh zu sein wie Hunter. Krystal wirkte müde und nicht so gut zurechtgemacht wie üblich, jedoch trotz Myles' Ankündigung verdächtig fröhlich. Nein, nicht fröhlich. Selbstzufrieden. Andi und Verona saßen nicht an ihren Schreibtischen.

»Sind Andi und Verona heute nicht da?«, erkundigte sich Myles.

Er ging davon aus, es hätte Verona gefallen, dabei zuzusehen, wie Hunters Kiefer bei Myles' überraschendem Erscheinen bis fast auf den Boden herunterklappte.

»Andi schaut sich das Haus in Malibu an. Verona hat einen privaten Termin. Beide werden später herkommen.«

»Gut, gut«, murmelte Myles und startete seinen Laptop. Das war allerdings nur Show. Er konnte das Touchpad nicht richtig bedienen, und Tippen mit der linken Hand ging auch nicht. Er würde später einige der Golffreunde seines Vaters anrufen, wenn niemand anders zuhörte.

Hunter wandte sich wieder seiner eigenen Arbeit zu und wirkte dabei wie ein Kind, dem das Eis runtergefallen ist.

Myles hatte ihm bereits einen empfindlichen Schlag in die Magengrube versetzt und hoffte, mit dem nächsten den Knock-out zu erreichen. Gestern Abend hatte ihm Verona noch spät die Informationen per SMS geschickt, die Myles über Carmen Vegas Sohn brauchte.

Name: Scout B. Vega.
Geburtsdatum: 5. November vergangenes Jahr.

Myles brauchte nicht lange zu überlegen, wofür das »B.« wohl stand.

* * *

Gegen Mittag packte Myles seine Sachen zusammen und loggte sich für den Tag aus. Er verwies vage auf Klientenmeetings, um seinen frühen Aufbruch zu erklären, doch den hinterfragte niemand, hatte Myles doch bereits alle Erwartungen übertroffen, indem er mit einem gebrochenen Handgelenk im Büro erschienen war.

George brachte ihn zum Blue Jay Way, und Myles bat den alten Chauffeur, zum Haus seines Vaters in Beverly Hills zurückzufahren. Er würde ihn anrufen, wenn er seine Dienste noch einmal benötigte. Aber das würde für seine spätere Unternehmung nicht der Fall sein. Sein Vater durfte nie erfahren, was er vorhatte, und obwohl er den Mann schon sein ganzes Leben lang kannte, war Myles bewusst, dass Georges Loyalität zuallererst Gene Goldman gehörte.

Er holte die Post hervor, die er vor Jack im Flurschrank versteckt hatte, legte die Umschläge auf den Esstisch, neben all die anderen mit dem Stempel »Überfällig«. Ein ihm nur zu bekanntes Gefühl der Übelkeit breitete sich in seinen Eingeweiden aus. Jeden einzelnen Tag kämpften diese Übelkeit und die Schuldgefühle mit dem Zwang zu spielen. Und jeden einzelnen Tag verloren die Übelkeit und die Schuldgefühle. Erst wenn er nachgab, wenn er sich selbst das Versprechen »Nur ein einziges Spiel« abnahm, konnte Myles frei atmen.

Er hatte sich selbst nie für einen Menschen mit einer Suchtpersönlichkeit oder Problemen bei der Impulskontrolle gehalten. Wenn überhaupt, empfand er Stolz, weil er immer die Kontrolle behielt, genau wie sein Vater.

Myles rauchte oder dampfte nicht (beides war widerlich und asozial), er hatte sich nie für Drogen interessiert (nicht einmal Gras, das war für Loser und Hippies), und er verspürte auch nicht das geringste Bedürfnis, eine ungesunde Menge an Pornografie zu konsumieren (wenn er das doch mal tat, dann nie zu einem unangemessenen Zeitpunkt oder an einem ungeeigneten Ort). Desgleichen gönnte er sich hin und wieder ein Glas guten Wein oder einen von Experten gemixten Cocktail, war jedoch noch nie in seinem Leben sturzbetrunken gewesen. Es entsprach nicht seinem Stil, mit Erbrochenem auf dem Designeroberteil aus irgendeiner Bar oder einem Klub zu torkeln.

Auf einem Wochenendtrip nach Las Vegas vor zwei Jahren hatte Myles seine einzige Schwäche entdeckt, hatte herausgefunden, was sein Blut in Wallung brachte, was ihm den Rausch verschaffte, den ihm Alkohol und Pillen nie hatten verschaffen können.

Geld.

Er hatte die über fünf Stunden lange Fahrt nach Nevada auf sich genommen, um sich mit einem Typen zu treffen, mit dem er vorher drei Wochen lang über eine Dating-App kommuniziert hatte, nur um innerhalb von dreißig Minuten festzustellen, dass es zwischen ihnen beiden nicht die geringste Chemie gab. Myles hatte sich entschuldigt und war verschwunden, und dann hatte er das getan, was alle in dieser Stadt taten: Er war ins Casino gegangen.

Sein ganzes Leben lang hatte Myles nichts anderes gekannt als großen Reichtum. Gene Goldman besaß eine eigene Rechtsanwaltsfirma, und Myles' Mutter stammte aus einer Familie, die schon seit Generationen vermögend war. Er war in einer großen mediterranen Villa am Alto Cedro Drive aufgewachsen, fuhr mit sechzehn einen Porsche, ging in Beverly Hills zur Highschool und verfügte als Collegestudent über eine Zuwendung, die größer war als die Summe, die die meisten Männer nach einer fünfzigstündigen Arbeitswoche nach Hause brachten.

Aber da in einem Pokerraum zu sitzen, wo sein Schicksal von einer einzigen Karte abhing, wo sich die Jetons neben ihm auf dem Filz stapelten, das war anders als alles, was er bisher erlebt hatte. Er erzielte an jenem Abend einen Gewinn von fünfhundert Dollar, eine lächerlich kleine Summe für jemanden wie Myles, doch als er diese Jetons in Geld umtauschte, fühlte sich das besser an als der beste Sex.

Was in einem Pokerzimmer in Las Vegas begonnen hatte, verlagerte sich rasch online. Regelmäßig spielte er vor dem Schlafengehen ein oder zwei Stunden, zwischen Anrufen im Büro, spielte sogar manchmal einige Runden auf der Toilette, wenn er mit seinen Eltern zum Abendessen ausging.

Blackjack, Roulette, einarmige Banditen, chinesisches Zahlenlotto – manchmal musste es sogar Bingo sein, es war egal. Myles spielte alles.

Er holte die Briefe aus den Umschlägen und breitete sie auf dem Küchentisch aus, der bald ganz bedeckt war. Myles schluckte die Galle herunter, die in seiner Kehle aufstieg, sah jeden einzelnen Brief durch und schrieb auf, wie viel Geld er jeweils schuldig war.

Insgesamt 252 065 Dollar.

Und 22 654 Dollar waren sofort zu zahlen oder bereits überfällig.

Sein Scheckkonto war bereits leer, seine Kreditkarten hatte er ganz ausgereizt, alles auf legale Weise verfügbare Geld geborgt, doch inzwischen gab man ihm nichts mehr. Wenigstens hatte er sich nie irgendwelchen Geldhaien in den Rachen geworfen. Dafür waren Myles sein gutes Aussehen und seine Gliedmaßen zu schade.

Was von seinem Treuhandfonds übrig war, nachdem er sich das Haus und das Auto geleistet hatte, war längst verbraucht. Den Verkauf des Hauses im Blue Jay Way oder des Lamborghinis hatte er bereits erwogen und verworfen. Was sollte er jetzt tun? Sich eine Wohnung im Valley mieten, in Veronas Nachbarschaft? Eine alte Schrottkarre fahren wie Andi Hart und das Ganze in monatlichen Raten abzahlen? Dann wäre es mit seiner Glaubwürdigkeit dahin. Er würde nie wieder ein Haus in Beverly Hills oder Bel Air verkaufen.

In dieser Stadt kam es vor allem auf das äußere Erscheinungsbild an.

Und was würde sein Vater sagen? Myles wäre lieber gestorben, als zuzugeben, dass er so viel Geld durchgebracht hatte – und den Grund zu nennen, wie er in solche Schwierigkeiten geraten war.

Myles' Blick blieb an seinem unverletzten Handgelenk hängen, und an der Platin-Rolex, die es umschloss. Die Diamanten glitzerten im durchs Küchenfenster hereinfallenden Sonnenlicht. Die Uhr hatten ihm seine Eltern zum einundzwanzigsten Geburtstag geschenkt. Er trug sie täglich und fühlte sich nackt ohne sie. Allerdings, so beruhigte er sich selbst, wäre die Abwesenheit ihres vertrauten Gewichts zeitlich begrenzt.

Myles öffnete Google auf seinem Smartphone und tippte mit der linken Hand mühselig die Worte »Pfandleiher Los Angeles

Rolex« in die Suchmaske. Dann machte er einen Screenshot von den Ergebnissen.

Die Uhr war von seinem Vater erworben und versichert worden, und Myles fürchtete, wenn er zu einem angesehenen Juwelier am Rodeo Drive ginge, würde dieser Kontakt zu Gene Goldman aufnehmen, bevor er sich auf irgendeinen Verkauf einließ. Aber Myles wollte die Uhr ja ohnehin nicht verkaufen. Er musste nur sehr schnell an viel Geld kommen. Er suchte einen Ort, an dem nicht zu viele Fragen gestellt wurden. Eine kurze Atempause von den Briefen mit ihren Forderungen, bis das Haus am Malibu Beach Drive zur Lösung all seiner Probleme würde.

Als Nächstes ging Myles seine Kontaktliste durch und fand einen Eintrag für einen Detektiv in Venice, den sein Vater hin und wieder einsetzte, um den Status potenzieller Mitarbeiter zu überprüfen.

»MAC Investigations?«

»Matt Connor?«

»Am Apparat.«

»Hier spricht Myles Goldman. Genes Sohn.«

»Hey, Myles, wie geht's?«

Ich habe eine Viertelmillion Dollar Schulden und grässliche Schmerzen, weil mir ein Kollege absichtlich das Handgelenk gebrochen hat. Sonst ist alles bestens.

»Mir geht's prima.«

»Und was macht der alte Herr?«

»Der wird uns alle überleben. Hören Sie, glauben Sie, Sie können einen schnellen, diskreten Job für mich erledigen?«

»Kommt drauf an, was.«

Myles erklärte ihm alles.

Am anderen Ende der Leitung stieß Connor die Luft aus. »Ich weiß nicht, Myles. Das klingt in meinen Ohren nicht ganz koscher. Glauben Sie, das Kind könnte von Ihnen sein?«

»Meinen Sie die Frage ernst?«

»Dann ist das hier erst recht nicht koscher.«

»Aber Sie hätten die nötigen Kontakte?«

Am anderen Ende der Leitung blieb es kurz still.

»Ja, die habe ich.«

»Und Sie legen Wert darauf, dass Ihnen mein Vater weiterhin Schecks zukommen lässt?«

Wieder Stille am anderen Ende der Leitung. Ein weiterer tiefer Seufzer.

»Okay«, willigte Connor ein. »Bis wann brauchen Sie die Informationen?«

»Idealerweise bis gestern. Und ach ja, Connor?«

»Was denn?«

»Schicken Sie die Rechnung meinem Vater. Er kommt dafür auf.«

Kapitel 26

ANDI

DAVOR

Jeremy Rundles Fahrrad war am Treppenaufgang angekettet, als Andi nach Hause kam. Sie klopfte bei ihm.

Drinnen waren Bewegungen zu hören, und dann klang es, als würden sehr viele Schlösser geöffnet, bevor die Tür einen Spalt aufgeschoben wurde und Jeremy herausspähte. Er riss die Augen auf, als er sie entdeckte. Der Türspalt wurde größer, und sie konnte erkennen, dass er irgendwie zerrupft aussah, mit zerzaustem Haar und in einem T-Shirt, das noch nie in seinem Leben einem Bügeleisen begegnet war.

»Andi?« Seine Stimme ging bei der letzten Silbe nach oben wie bei einer Frage. Vielleicht war er aber auch einfach nur sehr überrascht, sie vor seiner Tür zu finden.

»Hi, Jeremy«, antwortete sie. »Ich habe deinen Zettel bekommen. Entschuldige, dass ich dich verpasst habe.«

Einen Augenblick wirkte er verwirrt, und sie fragte sich, ob er wohl gerade geschlafen hatte und noch nicht richtig wach war. Dann begriff er und sagte: »Ach ja, der Zettel. Stimmt, ich muss dir etwas Wichtiges zeigen.«

Er starrte sie an, und plötzlich hatte sie den Eindruck, er wäre vielleicht eher high als schläfrig.

»Also ... Was denn?«

Jetzt öffnete er die Tür ganz. »Es ist auf meinem Handy. Willst du reinkommen?«

Das wollte Andi auf gar keinen Fall. Er bemerkte ihr Zögern und lachte ein wenig sonderbar auf. »Hey, schon okay. Ich bin kein Serienkiller. Das verspreche ich dir.«

Als ob er ihr das gesagt hätte, wenn er einer wäre.

Sie folgte ihm nach drinnen. Zum ersten Mal betrat sie sein Apartment. Es war genauso geschnitten wie ihres, aber damit hörten die Ähnlichkeiten auch schon auf. Ihres war hell und luftig, ausgestattet mit einer Mischung aus IKEA-Möbeln und Stücken aus dem Secondhandladen. Seines war geradezu düster. Dunkel gestrichene Wände mit gerahmten Drucken aus Marvel-Filmen. In einer Ecke lehnte eine Gitarre, doch sie hatte ihn noch nie spielen hören (furzen und schnarchen hingegen schon). Ein Futon war zu einem Sitz gefaltet, was sie seltsam fand, weil sie noch nie mitbekommen hatte, dass er Besuch bekam, geschweige denn Übernachtungsbesuch.

Überall roch es nach alten Socken, doch das verräterische süße Aroma von Cannabis nahm sie nicht wahr, und da waren auch keine Bongs oder Joints, die irgendwo in Aschenbechern vor sich hin gequalmt hätten. Deswegen, so dachte sie, war er wahrscheinlich doch nicht high. Einfach von Natur aus ein bisschen drauf.

»Setz dich doch«, forderte er sie auf.

Dafür kam nur der Futon infrage. »Schon okay, ich stehe lieber.«

»Kann ich dir etwas anbieten? Ein Glas Wasser vielleicht?«

»Nein, danke.«

Wieder starrte Jeremy sie an, und Andi fragte sich, ob er zum ersten Mal eine Frau in seiner Wohnung hatte. Dann überlegte sie, ob sie wohl irgendjemand hören würde, wenn sie schrie, und sie vermutete, nein, denn sie war die einzige Nachbarin weit und breit. Er blinzelte und nahm sein Handy vom Couchtisch.

»Ich möchte dir ein Video zeigen«, erklärte er.

»Hoffentlich keins mit Altersbegrenzung«, versuchte sie zu witzeln und so der Situation ein wenig von der Anspannung zu nehmen.

Ohne Erfolg.

Jeremy wurde rot bis in die Haarspitzen. »So was doch nicht.«

»Entspann dich, Jeremy. Ich wollte dich nur aufziehen.«

Er nickte. Während er nach dem Video suchte, zitterten ihm die

Hände. »Es geht um Material von den beiden Kameras draußen. Genauer gesagt um die vor deiner Haustür.«

Jetzt war es Andi, die ihre Augen aufriss. »Was? Moment mal. Warte mal, du. Kameras? Ich weiß nichts von irgendwelchen Kameras.«

Er schaute von seinem Handy auf. »Die habe ich da angebracht. Die eine vor meiner Haustür. Und die andere vor deiner. Sie ist hinter dem hängenden Blumentopf versteckt. Man entdeckt sie nicht leicht.«

»Was du nicht sagst. Ich hatte keine Ahnung, dass da eine Kamera ist.«

Er lächelte. »Ja, das habe ich ziemlich gut hinbekommen, auch wenn das nach Eigenlob klingt.«

»Ich glaube, du kriegst da gerade was nicht mit, Jeremy.« Andi deutete auf ihr Gesicht. »Du siehst hier eine ziemlich angefressene Frau vor dir.«

Sein Lächeln erlosch. »Oh.«

»Was zum Teufel hast du dir dabei gedacht? Eine Kamera vor meiner Haustür? Ist dir überhaupt klar, wie unheimlich das rüberkommt? Von der Legalität ganz zu schweigen?«

»Ach, darüber habe ich gar nicht nachgedacht. Es hat sich eine Situation ergeben, und da wollte ich handeln. Ich habe dir nicht nachspioniert.«

»Eine Situation? Was denn für eine Situation?«

»Du weißt doch, ich arbeite von zu Hause aus«, erläuterte Jeremy. »Was mit Computern. Aus dem Schlafzimmer habe ich mein Homeoffice gemacht, und der Schreibtisch steht an dem Fenster, das nach vorne rausgeht.«

»Ich weiß. Meine Wohnung ist genauso geschnitten, erinnerst du dich?«

»Gut. Wie auch immer, mir fällt auf, was draußen so vor sich geht. Zum Beispiel ist da dieser ältere Herr mit dem Toupet, der jeden Morgen um zehn einen Power-Walk macht, und dann gibt es da diese attraktive blonde Frau, die in dem linken Gebäude wohnt. Die führt zweimal am Tag ihren Hund aus, einen aggressiven Chihuahua. Und Mr. Herbert von gegenüber kümmert sich jeden Montag um seine Blumenrabatten, immer. Außerdem kenne ich alle Autos, die hierhergehören, zum Beispiel dein BMW-Coupé aus dem Jahr 2018. Deswegen fallen mir auch die Autos auf, die *nicht* hierhergehören. Als ich dieses eine mir unbekannte Auto immer wieder gesehen und gemerkt habe, dass es sich um keine Neuanschaffung der Nachbarn handelt, habe ich mir Sorgen gemacht. Wegen Vandalismus oder sogar Diebstahl. Mein Rad ist ziemlich viel wert, weißt du.«

»Und deswegen hast du die Kameras installiert?«, fragte Andi, immer noch nicht überzeugt und immer noch sauer.

»Das stimmt. Dann hätte ich visuelle Beweise, wenn sich irgendetwas Problematisches ereignen sollte. Die Kamera vor deiner Tür soll eigentlich mein angekettetes Bike erfassen. Aber wenn irgendjemand an der Türschwelle über dich herfallen würde, hätte man so wahrscheinlich auch nützliches Material für die Polizei.«

»Hach, da fühle ich mich doch gleich besser.«

Jeremy nickte. Andis Sarkasmus entging ihm völlig. »Mein Bike ist ein Pinarello«, erklärte er.

Der Markenname sagte Andi gar nichts. Das Ding sah einfach aus wie ein Fahrrad in Orange und Schwarz.

»Oh, okay.«

Er wirkte enttäuscht, weil sie nicht beeindruckter war. »Viele Radprofis benutzen solche Bikes. Meins hat mehr als dreitausend Dollar gekostet, und ich habe sechs Monate dafür gespart.«

»Dreitausend Dollar für ein Fahrrad? Wirklich?«

»Ja, wirklich. Und wenn ich eines nicht will, dann, dass es im Kofferraum dieses goldenen Wagens verschwindet und eine Woche später auf Craigslist auftaucht.«

Andi fühlte sich, als würde ihr das Blut in den Adern gefrieren. »Von welchem goldenen Wagen sprichst du?«

»Davon habe ich dir doch gerade erzählt, ich sehe immer wieder ein Auto an unserem Haus vorbeifahren, das ich nicht kenne.«

»Hast du irgendwelche Videoaufnahmen von diesem goldenen Auto?«

»Aber sicher doch.« Jeremy machte sich wieder an seinem Smartphone zu schaffen. »Der Clip hier stammt von Kamera 1, also von der an meiner Tür, die hat einen besseren Ausblick auf die Straße. Hier, schau.«

Andi sah sich den Clip an. Laut Datum und Zeitangabe war er genau vor einer Woche um 21:10 Uhr aufgenommen worden. Bei dem Wagen handelte es sich um einen dicken, fetten Oldtimer, mit langer Motorhaube und Kofferraum und unbeweglichem Verdeck. In Sepia getönte Scheiben. Genau wie das Auto, das sie vor ihrem Büro gesehen hatte, was schon unheimlich genug gewesen war. Wenn es sich hier um dasselbe Auto handelte, war es nicht nur unheimlich – dann hatten sie es mit Stalking zu tun.

»Ich habe ein bisschen online gesucht und herausgefunden, dass es sich um einen Plymouth Road Runner handelt. Der wurde in den USA zwischen 1968 und 1980 hergestellt, und ich gehe davon aus, dass unserer zur ersten Generation gehört, also 1968 bis 1970. Plymouth hat sich den Namen von Warner Bros. Cartoons lizenzieren lassen, und wenn man ganz genau hinschaut, kann man gerade so die Comicfigur an der Seite des Autos erkennen. Allerdings weiß ich nicht sicher, ob der Wagen auch über die charakteristische Hupe verfügt, denn die Hupe habe ich nicht gehört.«

Andi gab ihm sein Telefon zurück. »Das Nummernschild ist im Clip zu erkennen.«

»Ich weiß. Ich habe es mir in meinem Straßentagebuch notiert.«

»In deinem Straßentagebuch?«

»Darin halte ich fest, wer in die Straße rein- und wieder rausfährt.«

Andi wusste nicht recht, ob sie diese Information alarmierend oder beruhigend finden sollte.

»Jetzt können wir also herausfinden, wer der Fahrer ist, oder? Vielleicht hilft uns das, eine Antwort auf die Frage zu finden, warum er sich in der Nachbarschaft herumtreibt. Und ich glaube, ich lehne mich nicht zu weit aus dem Fenster, Jeremy, wenn ich vermute, es geht dabei nicht um dein Bike.«

»Darum beneiden mich aber viele«, erwiderte Jeremy stirnrunzelnd. »Allerdings weiß ich nicht, wie wir die Identität des Fahrers feststellen sollen, wenn wir keinen Zugang zu den zentralen Daten haben.«

»Kannst du dich nicht einfach ins System hacken?«

Jeremy zog die Augenbrauen fast bis zu seiner beginnenden Glatze hoch. »Und wie genau soll ich das deiner Ansicht nach anstellen?«

»Du hast doch gesagt, du arbeitest irgendwas mit Computern.«

»Das stimmt. Aber deswegen bin ich noch lange kein Hacker.«

»Du machst immer so ein Geheimnis um deine Arbeit. Als wäre das Ganze top secret. Wie bei Hackern.«

Jeremy wirkte verlegen. »Ich kümmere mich um Datenbanken für Stadtbüchereien. Ein Hacker bin ich nicht.«

»Und warum dann die ganze Geheimnistuerei?«

»Das ist ja nicht gerade ein sexy Job.«

»Nein, das stimmt«, pflichtete ihm Andi bei. »Wir können also nicht herausbekommen, wer dieser Typ ist und was er hier will?«

Jeremy zuckte die Schultern. »Ich glaube nicht. Aber das wollte ich dir auch gar nicht zeigen.« Er machte sich wieder an seinem Handy zu schaffen. »*Das hier* wollte ich dir zeigen. Diese Aufnahmen stammen von Kamera 2, also von der vor deiner Haustür. Ich habe sie mir erst später angesehen, sonst hätte ich dir schon davon erzählt, als wir uns Dienstagmorgen begegnet sind. Aus der Nacht davor.«

Andi nahm ihm das Handy aus der Hand. Der Zeitstempel zeigte kurz vor Mitternacht an. Man sah Jeremys so teures und begehrtes Bike an der Treppe, in der Einfahrt Andis weniger teuren und begehrten Beemer.

Sie schaute zu, wie sich eine dunkel gekleidete Gestalt mit einer Kapuze über dem Kopf ihrem Wagen näherte. Die Nachtsicht verlieh der Szene einen seltsamen außerirdischen Glanz. Auf Andis

Armen breitete sich eine Gänsehaut aus, und ihre Kopfhaut prickelte. Die Gestalt beugte sich über den Reifen und holte etwas aus der Tasche – ob es ein Schraubenzieher, ein Messer oder irgendein anderes Werkzeug war, konnte Andi nicht sagen – und rammte es seitlich in den Reifen. Dann erhob sich die Person, sah sich um. Und in diesem Augenblick konnte Andi das Gesicht erkennen.

Sie tippte auf das Display, um das Bild anzuhalten. Versuchte zu verarbeiten, was sie da sah.

Sie ließ sich auf den Futon sinken und wirkte offensichtlich schockiert oder benommen, denn Jeremy fragte sie: »Erkennst du die Person, die deinen Reifen kaputt gemacht hat?«

Andi schaute zu ihm auf. »Ja. Ich weiß ganz genau, wer das ist.«

Kapitel 27

ARIBO
DANACH

Aribo stellte den Fernseher im Besprechungsraum lauter, als er das Haus am Malibu Beach Drive in den Nachrichten entdeckte.

»Shit«, sagte er.

Lombardi kam zu ihm. »Was ist denn los, Jimmy?«

»Das hier ist los.« Aribo deutete mit der Fernbedienung auf den Bildschirm. »Verdammte Reporter.«

Der Nachrichtensender zeigte eine Luftaufnahme des Hauses. Der Tickertext unten auf dem Bildschirm lautete: »›Mord‹ in Fünfzig-Millionen-Dollar-Anwesen in Malibu«. Bestimmt erfüllte das die übrigen Anwohner mit Entzücken. Die Aufnahmen wurden live übertragen – zum Glück hatte man die Leiche bereits vom Tatort entfernt. Die Medien kannten auch den Namen des Opfers nicht. Ein Segen, denn Aribo und Lombardi hatten die nächsten Angehörigen noch nicht informiert.

Das Bild wechselte, und jetzt sah man Mitch O'Malley, seines Zeichens Chefreporter und Chefnervensäge, vor dem Haus stehen. Er berichtete den Zuschauern, man habe während einer Maklerveranstaltung eine bisher nicht identifizierte männliche Person tot im Pool gefunden. Den Ermittlern nahestehende Quellen hatten O'Malley angeblich mitgeteilt, man gehe von einem Mord aus.

»Ich frag mich, ob das Haus tatsächlich als Anwesen durchgeht«, bemerkte Lombardi, »aber ich glaube, sie freuen sich einfach, wenn es gut klingt. Bei dem Event waren so viele Leute, dass es von Anfang an aussichtslos war, das Ganze irgendwie unter der Decke zu halten.«

»Ich bin nur angepisst, weil sie schon der ganzen Welt verkünden, dass es hier um einen Mord geht. ›Den Ermittlern nahestehende Quellen‹ – diese Idioten. Nicht mal *wir* können mit Sicherheit sagen, dass es sich um ein Verbrechen handelt. Jedenfalls nicht, bis Delgado das Opfer auf dem Tisch hatte.«

»Stimmt, aber ›Tod durch Unfall‹ ist einfach nicht sexy genug. Diesen Leuten kommt es nur auf die Quote an. Egal, jetzt gibt's erst mal was zu essen.«

Aribo stellte den Ton des Fernsehers ab, und die beiden Männer gingen an ihre Schreibtische zurück. Lombardi hatte ein paar Pizzen bestellt. »Zum zweiten Mal innerhalb eines Tages Italienisch für dich«, meinte er. »Und dann sag noch mal einer, ich würde dich nicht verwöhnen.«

»Nicht gerade beste italienische Cuisine, aber es wird gehen.«

Denise hatte ihm eine SMS geschickt: Ihre beste Freundin, Susan, würde sein Howard-Jones-Konzertticket übernehmen, und dann würden sie noch etwas trinken gehen. Mit Susan hatte man immer Spaß; sie tanzte für ihr Leben gern und sang ihre Lieblingssongs laut und voller Begeisterung mit. Leider völlig falsch. Aribo hatte zurückgeschrieben: *Mein herzliches Beileid dem Unglücksraben, der im Konzert neben Susan sitzen muss.*

Beim Essen tauschten sich die beiden Ermittler über ihre bisherigen Fortschritte aus.

»Der Developer, Marty Stein, hat gestern in Woodland Hills zu Abend gegessen«, berichtete Lombardi. »Das habe ich im Restaurant überprüft. Er ist dort häufig Gast und hat etwa zu dem Zeitpunkt die Rechnung beglichen, als die Armbanduhr des Opfers stehen geblieben ist.«

»Ich habe die beiden Frauen gefunden, die das Open-House-Event frühzeitig verlassen haben«, ergänzte Aribo. »Die eine heißt Carmen Vega, sie ist Raumausstatterin und hat das Haus für die Besichtigungen vorbereitet. Sie war den ganzen Abend zu Hause, mit ihrem Baby und ihrer Mutter. Die Mutter ist über Nacht geblieben, weil sie sich um den Kleinen gekümmert hat, während

Vega zum Malibu Beach Drive musste. Die andere war Melissa Brooks, Hunter Brooks' Ehefrau. Sie hat die vergangene Nacht bei Verwandten in Bel Air verbracht. Beide haben bestätigt, dass sie bis zu der Party an jenem Nachmittag nicht einmal in der Nähe von Malibu waren. Hunter Brooks war der Typ, den dieser Dwayne-Johnson-Verschnitt rausgeworfen hat.«

»Brooks' Frau war also gestern Abend nicht zu Hause. Bedeutet das, er hat kein Alibi für den Rest des Abends, nach seinem Termin mit Don Garland?«

Aribo schluckte einen Bissen Pizza runter. »Ich weiß es nicht«, sagte er dann. »Ich habe ihn noch nicht erreichen können. Er hat sein Telefon ausgeschaltet, und ich habe ihm mehrere Nachrichten hinterlassen. Seine Frau hat keine Ahnung, wo er steckt.«

»Mit Garland hast du schon gesprochen?«

»Yep. Er hat Diana Saints Version bestätigt. Er hat sich von Brooks im Rolls nach Malibu mitnehmen lassen. Gegen sieben sind sie dort angekommen, haben sich etwa eine halbe Stunde lang umgeschaut und sind dann wieder gefahren. Er behauptet, sie hätten keinen Champagner aufgemacht, also waren das mit dem Cristal nicht die beiden. Brooks hat Garland in einem Hotel in der Nähe abgesetzt. Garland sagt, als sie gerade das Haus verließen, sei ein Typ erschienen und habe kurz mit Brooks gesprochen, während der gerade abschloss. Garland kannte den Typen nicht, er weiß nur, dass es sich um keinen weiteren potenziellen Käufer handelte.«

»Beschreibung?«

Aribo erzählte ihm alles.

»Glaubst du, Hunter Brooks ist unser Mann? Steckt er da mit drin?«

Aribo nahm einen weiteren Bissen von seiner Pizza und dachte kauend über die Fragen seines Partners nach. Abgesehen von dem Opfer wusste man nur von Brooks und Garland mit Sicherheit, dass sie gestern Abend am Ort des Verbrechens gewesen waren. Der Geschäftsmann hatte den Rest der Nacht im Hotelrestaurant und an der Bar verbracht. Was Hunter Brooks betraf, gab es da bisher nur ein großes Fragezeichen.

»Möglich«, meinte Aribo. »Brooks hätte ja zum Haus zurückkehren können, nachdem er seinen Klienten beim Hotel abgesetzt hat. Der Rolls wurde später nicht mehr am Malibu Beach Drive gesehen, aber er hätte ja zu Fuß zurückkehren und sich vor den Kameras verstecken können.«

Lombardi aß den Rest seiner Pizza auf, wischte sich die Hände an der Serviette ab und knüllte sie zusammen. Er griff nach seinem Notizblock. »Ich habe mit Krystal Taylors Ehemann gesprochen, Micah Taylor. Der hat gesagt, sie liege im Bett und sei zu krank, um ans Telefon zu kommen.«

»*Der* Micah Taylor?«

»Genau der.«

»Verdammt. Der hatte es drauf. Einer der besten Wide Receiver seiner Generation. Wir sollten Mrs. Taylor morgen einen Besuch abstatten und uns anhören, was sie zu sagen hat.«

»Du wirst dir hoffentlich die Peinlichkeit ersparen und nicht um ein Selfie mit dem Ehemann bitten, oder?«

Aribo grinste. »Ein Autogramm tut's wahrscheinlich auch. Hast du bei Andi Hart irgendwas erreicht?«

»Mit der habe ich gerade telefoniert. Sie kommt morgen gegen Mittag auf die Wache. Sie klang irgendwie betrunken.«

»Lass mich raten, sie hatte auch einen harten Tag. Ich hoffe nur, sie vergisst unseren Termin nicht.«

Kapitel 28

MYLES
DAVOR

Bobby Gees Pfandleihhaus befand sich in einer Gegend, in der Myles noch nie zuvor gewesen war. In einem Teil der Stadt, in den er nicht häufig kam. In der Realität sah hier alles anders aus als auf den Fotos im Internet. Und zwar nicht auf ansprechende Weise anders.

Er hatte dieses ganz bestimmte Geschäft aus all den auf Rolex-Uhren spezialisierten ausgewählt, weil sein Name keine dummen Anzüglichkeiten enthielt. Und keinen Deppenapostroph.

Inzwischen bereute Myles allerdings, nicht weiter recherchiert zu haben.

Die korrekte Verwendung von Apostrophen hätte ihm egal sein sollen.

Er hätte ahnen müssen, dass etwas nicht in Ordnung war, als sein Uber-Fahrer nervös wurde. Als er Myles vor dessen Haus aufgesammelt hatte, hatte er sich erkundigt, ob das mit der Adresse denn auch kein Irrtum sei. Myles hatte ihm versichert, das sei tatsächlich sein Ziel, die Angaben stimmten.

Der Fahrer hatte Myles gründlich gemustert und noch einmal nachgefragt. Myles hatte die Adresse erneut bestätigt und hinzugefügt, er habe es eilig, weil der betreffende Laden bald schließe. Der Uber-Typ hatte die Schultern gezuckt und etwas in einer Sprache gemurmelt, die Myles nicht verstand. Nun meinte Myles, es wäre wohl so etwas wie »Sag hinterher nicht, ich hätte nicht gefragt« oder »Dann auf deine Verantwortung« gewesen.

Myles erwog, wieder in den Wagen zu steigen und sich etwas anderes zum Begleichen seiner Schulden zu überlegen. Aber der

Wagen war schon weg. Ganz offensichtlich fürchtete der Fahrer, seine silbernen Radkappen könnten im Schaufenster des Pfandleihhauses landen, wenn er sich länger als dreißig Sekunden hier aufhielt.

Bobby Gees Laden befand sich mitten in einem schmutzigen Häuserblock mit Friseursalons, Geschäften für E-Zigaretten-Bedarf und Nagelstudios. Die direkte Nachbarin war eine Wahrsagerin. Auf der anderen Seite stand ein Laden leer, und zwar offenbar schon seit Jahren. Das Pfandleihhaus verfügte über Schilder in englischer und spanischer Sprache, außerdem über dicke Metallgitter vor den dreckigen Fensterscheiben. Und es gab viele Blinklichter und Neonleuchten, die klamme Passanten anlocken sollten. Sie erinnerten Myles an die Online-Casinos. Doch die bunten Lichter konnten nicht darüber hinwegtäuschen, dass der Laden ein elendes Loch war.

Myles umklammerte die Tasche mit seiner Rolex und presste sie sich dicht an den Körper. Er sollte sich wirklich ein neues Taxi bestellen und machen, dass er hier wegkam. Doch einer der blinkenden Schriftzüge lautete »ROLEX«, in roten Pixeln, und Myles sagte sich, der Laden müsse doch anständig sein, wenn Bobby Gee mit Luxusartikeln handelte. Außerdem brauchte er das Geld – scheiße, er brauchte es unbedingt.

Er schob die Tür auf und zuckte zusammen, als eine schrille Klingel seine Ankunft ankündigte. Blinzelte im grellen Schein einer Neonröhre, in der eine ganze Menge tote Insekten lagen. Die Regale waren mit Fernsehern, Elektrowerkzeug und Keyboards gefüllt. Gitarren hingen an den Wänden, Golfschläger sammelten sich in einer Ecke. In Vitrinen waren Juwelen und Handtaschen ausgestellt. Die Juweliere auf dem Rodeo Drive hatten gekühlten Champagner parat, wenn sie ihren Kunden Verlobungsringe oder besondere Geburtstagsgeschenke zeigten. Bei Bobby Gee, so vermutete Myles, lag wahrscheinlich ein Baseballschläger oder eine Pumpgun unter dem Tresen bereit.

Hinter der Theke stand ein dürrer Mann mit langem grauem Haar und faltiger Haut in der Farbe von Bibliotheksbuchpapier.

Seine Fingernägel waren schmutzig, seine zu weiten Hosen und das durchgeknöpfte Oberhemd schrien förmlich »Secondhand«. Er hob die Augenbrauen ganz leicht, als er Myles in seinem Preppy-Style musterte. Ein Namensschild trug der Mann nicht, deswegen wusste Myles nicht, ob es sich um Bobby Gee oder um einen seiner Untergebenen handelte.

Weil Myles hier keine Sekunde länger bleiben wollte als unbedingt nötig, verzichtete er auf lange Vorreden und Small Talk über das Wetter und kam sofort zur Sache.

»Ich möchte eine Armbanduhr verpfänden«, verkündete er.

»Da sind Sie hier an der richtigen Adresse.«

»Und wie funktioniert das genau?«

Der alte Mann grinste. »Ihr erstes Mal, was? Das funktioniert ziemlich einfach: Sie bringen uns ein Stück, wir schauen es uns an und entscheiden, ob wir es haben wollen. Wenn dem so ist, verständigen wir uns auf einen Preis und zahlen Ihnen den aus, cash. Bei größeren Summen wird das Geld elektronisch direkt auf Ihr Konto überwiesen. Sie bekommen eine Quittung und eine Frist von einem Monat. Bis dahin können Sie das Stück auslösen. Wenn das nicht passiert, verkaufen wir es jedem, der es haben will. Das ist alles. Ganz einfach.«

»Da draußen steht, Sie kaufen und verkaufen Rolex-Uhren.«

Der Mann fuhr sich mit der Zunge über die dünnen, trockenen Lippen. »Das ist korrekt.«

Myles holte die Rolex aus der Tasche. Sie befand sich in ihrem originalen grünen Lederetui, wie damals bei der Begutachtung vor dem Kauf. Myles öffnete das Etui und drehte es dem Pfandleiher hin. Die Uhr ruhte auf Samt in zartem Beige. Das Platin glänzte, und die Diamanten schienen im Leichenhallenglanz der Neonröhre mit den toten Insekten förmlich zu blinzeln. Die Augen des dürren Mannes leuchteten bei diesem Anblick genauso hell auf. Er pfiff durch die Zähne, und es klang, als ziehe jemand eine Gabel über einen Teller.

»Ein sehr schönes Stück. Darf ich?«

Myles wollte nicht, dass der Mann mit seinen dreckigen Fingernägeln auch nur in die Nähe seiner Uhr kam, doch er nickte. Der Mann nahm die Uhr in die Hand, kniff ein Auge zu, drehte und wendete die Uhr und untersuchte sie.

»Offensichtlich echt.«

»Natürlich ist sie echt«, erwiderte Myles beleidigt. »Sehe ich vielleicht aus wie jemand, der am Venice Beach Fälschungen von Betrügern kauft? Oder aus dem Kofferraum, auf irgendwelchen Parkplätzen?« Mit der eingegipsten Hand deutete er auf die Uhr. »Das da ist ein Kunstwerk. Ein sehr großzügiges Geschenk von meinen Eltern.«

Wieder zog der andere die Augenbrauen hoch, und Myles wusste, was er dachte.

Und trotzdem stehst du hier und willst die Uhr in diesem Loch verscherbeln.

Laut sagte der Pfandleiher: »Das war nicht als Beleidigung gemeint. Wir führen hier legale Geschäfte. Wir müssen einfach sicher sein, was wir kaufen und verkaufen. Weiter nichts.«

Myles wühlte in der Tasche und zog einen Umschlag hervor. »Hier ist der Echtheitsnachweis. Die Originalquittung, die Garantie und die Anleitung. Schauen Sie nur selbst.«

»Noch mal: Das ist nicht als Beleidigung gemeint. Aber ein guter Fälscher kann solche Papiere genauso leicht nachmachen wie die Uhr selbst. Das erleben wir hier immer wieder.«

»Soll das heißen, Sie wollen die Uhr nicht?«

»Das habe ich nicht gesagt«, gab der Mann rasch zurück. »Bobby Gee ist der Experte hier, nicht ich. Wenn er sich die Uhr angesehen hat, werden wir gern Geschäfte mit Ihnen machen, da bin ich sicher.«

»Wie viel?«

Wieder fuhr der Mann mit den Fingern über die Rolex, und seine Lippen zuckten. »Vielleicht fünfundzwanzig.«

»Fünfundzwanzigtausend? Die Uhr hat das Vierfache gekostet!«

»Wie schon gesagt, Bobby Gee ist der Experte hier, nicht ich.

Durchaus möglich, dass er Ihnen einen attraktiven Deal anbieten wird. Dass er ein bisschen mehr zu zahlen bereit ist.«

»Und wann dürfen wir mit Bobby Gee rechnen?«

»Für heute ist er schon weg. Sie können morgen wiederkommen, wenn Sie wollen. Nein, Moment, morgen kommt er nicht rein. Wie wäre es stattdessen mit Montag? Dann ist Bobby Gee bestimmt ab zehn Uhr hier.«

Myles wollte auf keinen Fall noch einmal dieses Drecksloch aufsuchen – höchstens, um seine Uhr auszulösen. Und er wollte nicht noch weitere Tage quälend langsam vergehen lassen, ohne dass er einen Teil seiner Schulden hätte begleichen können. Was, wenn ihm die Kreditkartenfirma Leute auf den Hals hetzte, die bei ihm zu Hause erschienen und seine Sachen mitnahmen? Seinen Wagen? Vor den Augen aller Nachbarn? Er spürte, wie ihm der Schweiß ausbrach.

»Bis Montag kann ich nicht warten«, erklärte er. »Es muss heute sein.«

Der dürre Mann nickte langsam. »Okay. Bitte lassen Sie mich sehen, was ich für Sie tun kann.« Er verschwand durch eine rückwärtige Tür und erschien wenige Minuten später wieder. Er schob Myles die Schachtel mit der Uhr hin.

»Und?«, erkundigte sich Myles.

»Bobby Gee ist in einer Stunde für Sie da. Kommen Sie dann mit Ihrer Uhr zurück.«

* * *

In dieser Gegend gab es nicht viel, womit man sich eine Stunde lang die Zeit hätte vertreiben können. Es sei denn, Myles stand der Sinn nach einem schlechten Haarschnitt oder einer falschen Wahrsagerin, die in seiner gesunden Hand las.

Er ging den Block herunter und entdeckte ein kleines Einkaufszentrum auf der anderen Straßenseite. Das umfasste ein Geschäft für Geschenkartikel, eine Apotheke mit Schuhservice und einen Fast-Food-Laden. Er ging auf das Restaurant zu.

»Was darf's sein?«, erkundigte sich der Kellner, ein Jugendlicher mit Pickeln im Gesicht, denen der Dampf aus der Fritteuse sicher nicht gerade guttat.

Es war fast Abendessenszeit, und Myles hatte Hunger, allerdings nicht genug, um Brathähnchen aus einer fettigen Pappschachtel zu essen.

»Gibt es hier Kaffee?«

»Klar.«

»Dann einen Vanilla Latte.«

»Wir sind hier nicht bei Starbucks.«

»Gibt es denn einen in der Nähe?«

»Nein.«

»Okay. Dann einfach einen schwarzen Kaffee.«

Myles schnappte sich eine Handvoll Servietten aus einem Halter und trug seinen Kaffee zu einem freien Tisch, weg von den Familien mit den lauten Kindern. Er wischte die klebrige Tischplatte ab und löste mit Mühe den Deckel vom Plastikbecher, damit der Kaffee, heiß wie Lava, abkühlen konnte.

Diese Stunde würde sich ziehen.

Myles wünschte sich, er hätte ein Buch oder eine Zeitschrift dabei. Zur Unterhaltung blieb ihm aber nur sein Handy, eine gefährliche Waffe in den Händen eines Menschen, der sich langweilte und schlechte Angewohnheiten hatte, was Onlinespiele betraf. Er nahm das Handy trotzdem aus der Tasche und legte es vor sich auf den Tisch. Stellte fest, dass ihm Jack eine SMS geschickt hatte.

> Hallo, Schatz, wie geht's meinem Lieblingspatienten?
> Ich hoffe, du hast nicht so schlimme Schmerzen!
> Ich sitze mit Kollegen bei Drinks fest, aber ich komme
> so bald wie möglich und helfe dir aus deiner Jeans xx

Myles stöhnte auf. Ihm hätte klar sein müssen, dass Jack bei ihm vorbeischauen würde, nachdem es heute Morgen so schwierig gewesen war, ihn anzuziehen. Myles brauchte eine Ewigkeit, um mit der linken Hand eine Antwort zu tippen. Wenigstens verging auf diese Weise ein bisschen Zeit.

> Hey, Liebling. Ich übernachte heute bei meinen Eltern, und von dort aus fährt mich George morgen früh direkt nach Malibu. Viel Spaß mit deinen Kollegen xx

Sofort schrieb Jack zurück:

> Ich komme heute Abend also nicht an deine Jeans? Ich bin am Boden zerstört! Wir sprechen morgen. Ich liebe dich xx

Myles schickte seinem Freund ein Kuss-Emoji, das ging schneller als das Tippen mit der linken Hand. Dann schloss er das SMS-Programm, und sein Blick fiel auf die Apps für die Onlinespiele. Doch statt des so vertrauten Zusammenziehens der Eingeweide, des heftigen Atmens, das ihn überfiel, wenn die Sucht zu spielen ihn zu überwältigen drohte, überflutete ihn erstaunlicherweise eine Welle des Zorns.

Die Kleidung, die er heute trug, war wahrscheinlich durch den Hühnerfettgestank ruiniert. Er war drauf und dran, ein innig geliebtes Geschenk für ein Viertel des eigentlichen Preises einem Gauner zu übergeben, und er hatte gerade eben – einmal mehr – den wunderbarsten Mann belogen, der ihm je begegnet war. Myles tat, was er schon Monate zuvor hätte tun sollen: Er löschte sämtliche Spiele-Apps. Eine nach der anderen. Fünfzehn insgesamt. Dann lehnte er sich in die Sitzpolster zurück, schloss die Augen und atmete tief durch.

Ein Ping kündigte das Eintreffen einer E-Mail an.

Myles riss die Augen auf. Die Mail stammte von Matt Connor. Und war kurz und bündig.

Myles.

Die gewünschten Informationen. Vergessen Sie nicht:
Die stammen nicht von mir.

MC

Es gab nur einen einzigen Anhang. Myles öffnete ihn. Das Foto einer Geburtsurkunde, ausgestellt vom Los Angeles County Department of Public Health im vergangenen November. Myles zoomte in das Dokument hinein, um die wichtigsten Details zu erfassen:

> Name des Kindes: Scout Brooks Vega
>
> Name des Vaters/Elternteils: Hunter Michael Brooks

Myles grinste. »Erwischt.«

Er hatte sich bereits einen Fake-E-Mail-Account zugelegt und herausgefunden, dass Brooks' Ehefrau einen niedlichen kleinen Blumenladen besaß, mit einer ebenso niedlichen Webseite, und auf der Seite mit den Kontaktdaten stand auch ihre Mail-Adresse.

Er öffnete ein Mailformular, schrieb einfach »Hunter Brooks« in die Betreffzeile und hängte das Foto der Geburtsurkunde an, außerdem das Video, das er im Park aufgenommen hatte: von Brooks, Carmen Vega und dem kleinen Jungen. Dann schickte er die Mail ab.

Myles schaute auf sein Smartphone. Wie spät war es jetzt?

Immer noch vierzig Minuten.

* * *

Myles wartete auf die nächste Lücke im Verkehr und sprintete über die Straße.

Die Friseursalons, E-Zigaretten-Läden und Nagelstudios waren verrammelt. Kurz geriet er in Panik, weil er glaubte, der dürre

Mann hätte ihn nur loswerden wollen, um selbst Feierabend machen zu können. Dann sah er die roten und grünen Blinklichter vor sich, und auf den schwarzen Bürgersteig ergoss sich ein kränklich gelber Lichtschein. Erleichtert atmete Myles auf: Bobby Gees Laden hatte noch geöffnet.

Doch seine Erleichterung verwandelte sich rasch in eine ängstliche Unruhe. Niemand sonst war hier zu sehen. Er beschleunigte seinen Schritt, bewegte sich schneller an dem leer stehenden Häuserblock entlang. Mit seiner gesunden Hand hielt er den Gurt seiner Tasche so fest gepackt, dass es fast so wehtat wie das schmerzhafte Pulsieren in seinem gebrochenen Handgelenk. Als er an einer Lücke zwischen zwei Schaufenstern vorbeikam, hörte Myles, dass sich im Dunkeln etwas rührte. Zuerst dachte er, es sei ein streunender Hund. Dann wurde ihm klar: Hier bewegten sich Stiefel schnell über Kies.

Man riss ihm grob die Arme nach hinten und zerrte ihn in die Lücke zwischen den Häusern. Myles versuchte zu schreien, doch jemand legte ihm eine große, fleischige Hand über den Mund und erstickte so seine Hilferufe. Der Klammergriff um seine Arme gab nicht nach. Myles glaubte, dass ihn da zwei Männer angriffen. Panik explodierte in seinem Inneren. Bei dem Versuch, um sich zu treten, verlor Myles einen Schuh. Er wand sich, trat um sich und wehrte sich nach Leibeskräften, wurde jedoch weiter in eine Gasse gezerrt, zwischen von Graffiti bedeckte Wände mitten hinein in überquellende Müllcontainer und Pfützen aus stinkender Pisse.

Irgendwann hörte das Zerren auf, und man warf ihn hinter einem der Container auf den Boden, sodass er zwischen einigen Müllsäcken landete. Man entriss ihm die Tasche. Noch immer hatte Myles keinen Blick auf die Täter erhaschen können. Auf zittrigen Beinen versuchte er aufzustehen, spürte aber, wie ihn etwas Hartes an beiden Knien traf. Er fiel wieder zu Boden. Der Schmerz war so plötzlich, so entsetzlich und so unglaublich stark, dass Myles nicht einmal schreien konnte. Erneut schlug jemand zu.

Dann ein drittes Mal. Myles rollte sich zusammen. Sein Blut und seine Tränen vermengten sich mit dem alten Urin und der verdorbenen Milch aus einem weggeworfenen Tetrapak.

Noch ein Schlag, und dann war da nichts mehr, nur noch Dunkelheit.

Kapitel 29

ANDI
DAVOR

Andi tigerte durch ihr Wohnzimmer.
Jedes Mal, wenn sie an das ihr so vertraute Gesicht dachte, das ihr von Jeremys Display so starr entgegengeblickt hatte, verspürte sie den Drang, auf die Wand einzuprügeln oder laut zu schreien. Aber das hätte nur die Ein-Mann-Nachbarschaftswache aus dem unteren Stockwerk auf den Plan gerufen. Und sie hätte Jeremy einen weiteren interessanten Eintrag für sein Straßentagebuch geliefert.

Stattdessen ging Andi in die Küche und goss sich ein Glas Wein ein. Das trank sie in zwei Zügen leer und füllte es sofort wieder. Sie hatte recht behalten. Bei Saint Realty konnte sie niemandem vertrauen. In dieser ganzen verdammten Stadt nicht.

Andi war nie auf Konfrontation aus, aber diese jetzt würde sich nicht vermeiden lassen – und das Ganze würde schrecklich werden. Wie hatte es nur so weit kommen können, dass eine respektable, verantwortungsbewusste Person sich so verbrecherisch verhielt? Und warum war Andi das Opfer? Das musste sie herausfinden.

Doch fürs Erste würde sie die Reifensabotage wegschieben müssen. Es gab da etwas Wichtigeres, um das sie sich zuerst kümmern musste.

Den goldenen Wagen.

Jeremy war vielleicht nicht in der Lage, das System des Verkehrsamtes zu hacken und so Gewissheit über die Identität des Fahrers zu erlangen, aber Andy hatte ohnehin eine ziemlich gute Vorstellung davon, wer am Steuer des Plymouth Road Runner saß.

Was hatte Jeremy noch mal gesagt? Wahrscheinlich gehörte der Wagen zur ersten Generation. War zwischen 1968 und 1970 gebaut worden.

Immer diese alten Schlitten aus den Fünfziger- und Sechzigerjahren.

Andi nahm das Weinglas mit ins Wohnzimmer und setzte sich mit ihrem Laptop auf die Couch. Über Google suchte sie nach der Petronia Property Group. Eine offizielle Webseite schien es nicht zu geben. Aber Andi fand eine öffentliche Datenbank mit Informationen über Millionen in den USA registrierter Firmen. Die Petronia Property Group gehörte dazu.

Aufgelistet waren zwei Direktoren. Einer davon Marty Stein. Der andere war der leitende Geschäftsführer. Sein Name lautete Nolan Chapman.

Genau wie von Andi vermutet.

Sie las weiter. Juristisch unterstand die PPG dem Staat Kalifornien. Wahrscheinlich besaß Chapman eine weitere Firma in New York, vielleicht sogar noch eine, die in Florida registriert war. Die PPG war vor etwas weniger als drei Jahren gegründet worden. Kurz nach Andis Umzug nach Los Angeles.

Die vertraute Erinnerung okkupierte wieder ihr Gehirn, wie eine Szene aus einem grässlichen Horrorfilm, die erbarmungslos in einer sich ewig wiederholenden Endlosschleife abgespielt wurde.

Das Surren des Deckenventilators. Die zerbrochene Vase. Die zu Boden gestoßene Lampe. Die leere Wodkaflasche und der umgeworfene Küchenstuhl.

Die Hintertür.

Chapman war ihr nach Manhattan gefolgt. Und jetzt auch hierher.

Sie erinnerte sich an den Zettel, den sie ihm geschrieben hatte, als sie vor zwanzig Jahren gegangen war.

Versuche nicht, mich zu finden. Sonst erzähle ich, was du getan hast.

Sie hatte einen neuen Namen angenommen, erst inoffiziell und dann auch offiziell. Sie war in eine andere Stadt gezogen, später in einen anderen Bundesstaat. Und dann hatte sie noch einmal umziehen müssen. Dieser letzte Ortswechsel war der schwerste von allen gewesen. Er hatte sie alles gekostet. Er hatte bedeutet, dass sie Justin zurücklassen musste.

Andi hatte gewusst, dass es möglich sein würde, sie zu finden. Sie hatte ein Leben und einen Job, und sie hinterließ online Spuren, ob sie das wollte oder nicht. Ganz und gar verstecken würde sie sich nicht. Sie hatte nichts falsch gemacht.

Chapman hatte sie gefunden. Nicht zugehört. Gewusst, dass ihre Drohung eine leere war, dass sie ihm nichts nachweisen konnte. Andi hatte gehofft, die Schuld – wenn schon nicht die Angst – würde ihn zurückhalten. Aber er war immer da. Verborgen in den Schatten, hinter getönten Scheiben. Er folgte ihr, beobachtete sie. Wie lange hatte er sich in New York aufgehalten, bevor sie ihn zufällig in diesem Diner entdeckt hatte? Wie lange in Los Angeles?

Jeremy war der goldene Wagen erst in den vergangenen paar Wochen aufgefallen, also war Chapman wahrscheinlich noch nicht lange in der Stadt. Aber sein Plan war lange vorher in seine Anfangsphase eingetreten: mit der Gründung der Petronia Property Group, als die Arbeit am Haus am Malibu Beach Drive begann.

Malibu Beach Drive.

Andi musste daran denken, wie frustriert David Saint gewesen war, als sie die Tour verpasst hatte. An den Druck, den er auf sie ausgeübt hatte, sie solle ihm einen Käufer liefern. Es ergab Sinn, dass er sich in Bezug auf den Deal zu beiden Seiten absichern und zusätzlich zu seiner Courtage die vom Käufer zu entrichtende Gebühr einstreichen wollte: Double-Ending. Doch die würde er auch bekommen, wenn Hunter, Verona, Krystal oder Myles Erfolg hätten. Es brauchte nicht Andi zu sein. Langsam fügte sich das Bild zusammen.

Dass Saint Realty den Auftrag für das Haus in Malibu erhalten hatte, war kein Zufall gewesen, kein unverhoffter Glückstreffer. Sofort kam Andi ihr eigenes Glück in den Sinn.

Walker Young. Ein Kandidat für ein mehrere Millionen Dollar teures Haus am südkalifornischen Strand, dessen E-Mail genau zum richtigen Zeitpunkt in ihrem Posteingang gelandet war. Andi setzte sich wieder an ihren Laptop. Als sie die beiden Namen zusammen eingab, brauchte sie nicht lange, um ein Foto zu finden, auf dem Young und Chapman gemeinsam zu sehen waren: auf einer schicken Wohltätigkeitsgala. Andis Wangen brannten.

In einer kurzen Mail setzte sie Gretchen Davis darüber in Kenntnis, dass sie nicht länger als Maklerin für Walker Young würde tätig sein können. Einen Grund nannte sie nicht.

Als Nächstes rief Andi Nick Flores an. Seine Mailbox übernahm nach ein paarmal klingeln, und Andi hinterließ eine Nachricht. Sie kam direkt zur Sache.

»270 Dollar pro Quadratmeter für Santa Monica. Mein bester Preis, und der endgültige.«

Andi dachte an die Unterhaltung mit Carmen Vega. Wie sie erwähnte, dass der Developer das Haus besucht hatte, um sich anzusehen, wie vor dem morgigen Termin mit allen Maklern alles hergerichtet worden war. Carmen schien Marty Steins Namen nicht zu kennen. Sie erwartete, dass sich heute Abend jemand anderer im Haus am Malibu Beach Drive einfinden würde.

Nolan Chapman. Andi erhob sich von der Couch und griff nach ihren Autoschlüsseln.

Sie würde nicht mehr weglaufen.

Kapitel 30

HUNTER
DAVOR

Melissa ging immer noch nicht ans Telefon.

Vor einiger Zeit hatte Hunter ihr eine SMS geschickt, um sie daran zu erinnern, dass er heute Abend eine Hausbesichtigung hatte und nicht zum Essen zu Hause sein würde. Sie hatte nicht reagiert. Er hatte eine weitere SMS geschickt. Dann versucht, sie anzurufen, bevor er auf den Pacific Coast Highway einbog. Es klingeln und klingeln lassen, bis die Mailbox drangegangen war, auf der Hunter eine Sprachnachricht hinterlassen hatte. Jetzt stand er am Malibu Beach Drive, und sein Stresslevel stieg mit jedem Mal Klingeln, als er Melissa wieder zu erreichen versuchte.

Hi, hier spricht Melissa. Ich kann gerade nicht ans Telefon gehen. Hinterlassen Sie eine Nachricht, dann rufe ich so bald wie möglich zurück!

Doch das hatte sie nicht getan, und das passte überhaupt nicht zu ihr. Seit seiner ersten SMS war über eine Stunde vergangen. Melissa ging nie ohne ihr Handy irgendwohin. Nachrichten ließ sie nie unbeantwortet.

Vielleicht hatte sich ja Dr. Kessler wieder gemeldet, mit weiteren schlechten Nachrichten. Hunter musste an die blutige Szene im Badezimmer vor ein paar Tagen denken. Melissas Telefon hatte geklingelt, also steckte sie nicht in einem Funkloch, und der Akku war auch nicht leer. Was, wenn sie nicht antworten konnte? Sich wehgetan hatte? Was, wenn es diesmal viel schlimmer war?

»Sind Sie fertig?«, fragte Don Garland vom Beifahrersitz.

Hunter sah von seinem Handy auf. »Was?«

»Ich weiß ja nicht, wie das bei Ihnen aussieht, Harrison, aber ich habe nicht den ganzen verdammten Abend Zeit. Zeigen Sie mir dieses Haus jetzt, oder was?«

»Ja. Ja, natürlich. Gehen wir rein.«

Sie stiegen aus dem Wagen, und an Garlands geschürzten Lippen konnte Hunter erkennen, dass sein Klient vom ersten Eindruck nicht gerade überwältigt war.

»Wie hat Ihnen denn die Fahrt hierher gefallen?«, erkundigte er sich. »Prächtige Aussicht, oder? Und man schafft es bestimmt in weniger als einer Stunde, wenn der Verkehr nicht zu schlimm ist.«

»Die Konversation ließ ziemlich zu wünschen übrig, aber es stimmt schon, die Aussicht war beeindruckend. Schöne Strecke.« Garland nickte in Richtung von Hunters Rolls-Royce. »Und in so einem Wagen natürlich erst recht.«

Hunter grinste. »Sicher nennen Sie einen ganzen Fuhrpark ihr Eigen, in dem sich alle Autos gut fahren.«

»Einen solchen Wagen besitze ich aber nicht.«

»Kein Problem. Ich stelle gerne den Kontakt zu meinem Händler für Sie her.«

Als Garland das Haus musterte, verzog er wieder das Gesicht. »Die Herfahrt hat mir wie gesagt gefallen, aber ich bin nicht überzeugt, dass dieses Haus mein Geld wert ist.«

»Das wird es sein, vertrauen Sie mir.«

Seit Hunters erstem Besuch vor ein paar Tagen war das Home-Staging erfolgt, und Hunter fand, dass die Ausstatterin großartige Arbeit geleistet hatte. Die Zusammenstellung aus sanften Pastelltönen passte wunderbar zu den sorgfältig ausgewählten Kunstwerken und der exquisiten Einrichtung, was das Ganze noch interessanter machte. Der Anblick bot Gesprächsstoff. So hätte Hunter selbst das Objekt hergerichtet. Garland versuchte sich nichts anmerken zu lassen, doch Hunter spürte, dass er beeindruckt war.

»Besser?«

»Das sehen wir dann«, gab Garland zurück.

Sie schauten sich alle drei Etagen gründlich an, auch die Dachterrasse, und Garland gab eine Menge vager Geräusche von sich, während ihn Hunter auf die wichtigsten Besonderheiten des Objekts hinwies. Hunter bemerkte, dass sein Klient sich nicht im Geringsten dafür interessierte, wer die Küchenausstattung ausgesucht oder woher man die Wanne aus Walnussholz importiert hatte. Allerdings gab es zwei Faktoren, die das Pokerface des Mannes versagen ließen: die Aussicht und die Dreifachgarage.

Als sie ins Erdgeschoss zurückkehrten, wollte Garland wieder auf die Terrasse, um noch einmal einen Blick auf den Strand zu werfen. Der lag nun in der violetten Dämmerung vor ihnen, und Hunter wusste: Er hatte seinen Klienten im Sack.

»Sehen Sie all die blinkenden Lichter entlang der Küste?«, fragte Hunter. »Das nennt man wohl The Queen's Necklace, die Halskette der Königin.«

»Und warum?«

»Ich denke, weil die Lichter funkeln wie Edelsteine.«

»Ja, schon klar. Sollte nur ein Scherz sein.« Garland zog eine dicke Zigarre aus der Innentasche seines Sakkos. »Darf ich die hier draußen rauchen?«

Hunter schüttelte den Kopf. »Wenn dieses Haus erst einmal Ihnen gehört, können Sie sich hier so viele kubanische Zigarren anzünden, wie Sie nur möchten. Nackt hier draußen die ganze Nacht den Mond anheulen. In den Pool pinkeln, wenn Ihnen das Spaß macht. Aber bevor Sie diesen Scheck ausgestellt haben, ist das Rauchen auf dem ganzen Gelände streng verboten. Sogar draußen.«

»Dann lassen Sie uns gehen. Ich brauche unbedingt eine.«

Garland wandte sich in Richtung der Straße, während Hunter zurückblieb und erneut Melissa zu erreichen versuchte. Wieder bekam er nur ihre Mailbox an den Apparat, wie schon zuvor. Seine Aufregung über Garlands mögliches Gebot wurde durch die wachsende Sorge um seine Ehefrau gedämpft. Er ging durchs ganze Haus, um zu überprüfen, ob sämtliche Schiebetüren geschlossen, die Lichter ausgeschaltet waren. Dann überzeugte er sich davon, dass die Alarmanlage wieder scharfgestellt war.

Hunter schloss das Haus ab und wandte sich um. Da stand ein ihm unbekannter Mann mit einigen Schlüsseln in der Hand auf der Türschwelle. Lässig, gleichzeitig aber teuer angezogen, in cremefarbenen Hosen, einem pinken Ralph-Lauren-Poloshirt und braunen Lederdeckschuhen. Etwa Ende fünfzig, stark sonnengebräunt. Sein helles Haar ergraute allmählich, und seine Augen waren blassblau. Es hätte sich um Hunter selbst in zwanzig Jahren handeln können.

»Tut mir leid, ich wusste nicht, dass für heute Abend eine Besichtigung vorgesehen war«, entschuldigte sich der Mann. »Ich störe Sie doch nicht, oder? Ich kann auch später wiederkommen.«

»Kein Problem, wir sind gleich fertig.« Hunter hatte keine Ahnung, wer der Typ war. Er fragte sich, ob einer der anderen Makler von Saint heute Abend einen Besichtigungstermin hatte. »Sind Sie ein Interessent?«

»Nein, nein. Der Developer.«

»Der Developer, ah ja. Nun, den habe ich zufällig vor einigen Tagen getroffen, und wissen Sie was? Sie waren das nicht.«

Der andere Mann lächelte, und in seinem Lächeln lag keine Wärme. »Marty Stein ist mein Geschäftspartner. Wir führen die Petronia Property Group zusammen.«

Super hingekriegt, Brooks. Jetzt hast du auch noch den Kerl beleidigt, der das sündhaft teure Haus gebaut hat, das du da verkaufen willst. Wirklich ganz großartig.

»Entschuldigen Sie, ich wusste nicht, dass Mr. Stein einen Partner hat. Ich bin Hunter Brooks. Ich arbeite für das beauftragte Maklerbüro.«

Der andere zögerte kurz. »Nolan Chapman.«

Hunter starrte ihn an.

Chapman. Diesen Namen kannte er. Er war ihm letzte Nacht begegnet, und zwar in dem Artikel über Andi Harts Mutter.

Chapmans Handy klingelte, und er sagte: »Tut mir leid, da muss ich rangehen. Schön, Sie kennenzulernen, Hunter.«

Nolan Chapman betrat das Haus, und Hunter ging langsam auf seinen Wagen zu. Garland stand an den Rolls-Royce gelehnt da, umgeben von einer dicken Qualmwolke. Die rote Spitze seiner Zigarre glühte in der Abenddämmerung. »Wer ist der Kerl?«, wollte er wissen. »Doch nicht etwa mein Rivale?«

»Nein, er ist kein Käufer.«

»Gut zu wissen. Eins muss ich Ihnen lassen, Harrison. Sie haben Ihre Sache ordentlich gemacht. Das Haus ist umwerfend.«

»Ja, das stimmt.«

Die Gedanken rasten Hunter nur so durch den Kopf. Marty Stein war sichtlich enttäuscht gewesen, als Andi nicht zur allgemeinen Tour aufgetaucht war. David Saint, so schien es, wollte unbedingt, dass sie einen Käufer fand. Und jetzt gab es da einen Geschäftspartner von Stein, den bisher noch niemand erwähnt hatte, und es war ein Typ namens Chapman – derselbe Name, dem er in einer zwanzig Jahre alten Zeitungsgeschichte begegnet war. Hunter spürte, wie ihm übel wurde.

»Ich glaube nicht, dass ich so bald mit dem Surfen anfangen werde«, meinte Garland, »aber meiner Frau wird der Strand sehr gut gefallen. Ich muss mit meinem Finanzberater sprechen, alles durchgehen. Dann werden wir sehen, ob ich ein Gebot abgebe. Was meinen Sie? Fünfundvierzig?«

Hunter nickte. »Fünfundvierzig, das klingt gut.«

Er hörte Garland kaum zu. Jede freudige Aufregung, die er während der Führung verspürt hatte, war verflogen. Er begriff nicht, was da lief. Aber Andi Hart befand sich im Zentrum des Ganzen, so viel war klar.

Kapitel 31

ANDI
DAS OPEN-HOUSE-EVENT

In Weiß und Schwarz gekleidete Kellner und Kellnerinnen bahnten sich einen Weg durch die Menge und boten den Gästen Vintage-Dom-Pérignon in Kristallgläsern und winzige Nobu-Kanapees auf kleinen Servietten an. Ein Dutzend weiterer Flaschen standen in silbernen Kübeln auf der Marmorplatte der Conciergeinsel. Saint Realty hatte zwei luxuriöse Reisebusse gemietet, um die Makler und ihre Gäste nach Malibu und zurück zu bringen, sodass alle Anwesenden nach Herzenslust trinken konnten, ohne sich über einen möglichen Strafzettel auf der Rückfahrt nach Los Angeles Sorgen machen zu müssen.

Die Schiebetüren standen weit offen, damit das beruhigende Rauschen des Ozeans als Geräuschkulisse für die Unterhaltungen dienen und eine frische, kühle Brise den großen Raum erfüllen konnte. Hin und wieder erklang der aufgeregte Ausruf »Delfine!«, doch auf die Terrasse wollte niemand, denn es herrschte eine Bruthitze, und von der Sonne bekam man nur Falten.

Diana hatte bei der Organisation des Events Großartiges geleistet, und alle schienen sich prächtig zu amüsieren. Alle außer den Angestellten von Saint Realty.

Hunter war in eine sehr intensive Unterhaltung mit Carmen Vega verstrickt. Die beiden bemühten sich, leise zu sprechen, damit niemand von den anderen Gästen auf sie aufmerksam wurde, doch sie wirkten sehr angespannt. Sie erinnerten Andi an ein sich streitendes Ehepaar.

Verona beobachtete Hunter und Carmen mit einem merkwürdig alarmierten Gesichtsausdruck. Immer wieder hob sie nervös die eine Hand zum Mund, während das Champagnerglas in der anderen noch kein einziges Mal ihre Lippen berührt hatte. Andi fragte sich, was Verona wohl solche Sorgen bereitete. Hunter war mit der Raumausstatterin irgendwie aneinandergeraten, ja und?

Von Myles und Krystal fehlte jede Spur.

Andi hatte erwogen, nach der Entdeckung der letzten Nacht dem Event selbst fernzubleiben und endlich die Entscheidung zu treffen, sich von Saint Realty zu lösen. Aber sie wollte Diana nicht im Stich lassen, und sie wollte auch nicht, dass ihre unbegründete Abwesenheit einen schlechten Eindruck auf die Makler machte, mit denen sie einmal mit ihrer eigenen Firma an anderen Projekten würde arbeiten wollen.

Sie stand allein in einer Ecke, aß Schnittchen und trank Champagner, und gleichzeitig tat sie ihr Bestes, David aus dem Weg zu gehen. Der hatte allerdings sowieso nur Augen für ein paar Country-Club-Typen, die er umwarb. Der Champagner prickelte Andy angenehm auf der Zunge, und die Kanapees, Lachs-Reisküchlein und Dorsch-Salat-Kreationen schmolzen einem quasi im Mund. Andi fragte sich, ob sich so wohl Reichsein anfühlte: Man spülte im besten Restaurant der Stadt Appetithäppchen mit Champagner herunter, der pro Flasche zweihundert Dollar kostete. Und gleichzeitig genoss man eine Aussicht im Wert von mehreren Millionen Dollar. Ich kann das alles ebenso gut mitnehmen, solange das noch geht, sagte sie sich. Wenn sie erst einmal den Mietvertrag für die Büroräume in Santa Monica unterschrieben hätte, würde sie in absehbarer Zukunft eine Weile von Broten mit Erdnussbutter und Marmelade leben müssen.

Andi roch Nick Flores, bevor sie ihn sah. Mit dem Duftwasser sollte er wirklich ein wenig zurückhaltender sein. Er drang sofort in ihren persönlichen Bereich ein, stieß mit ihr an und sagte: »Noch mal ganz herzlichen Glückwunsch! Sicher sind Sie sehr aufgeregt.«

Vor wenigen Stunden hatte er sie angerufen, um ihr mitzuteilen, dass man ihr Gebot akzeptiert hatte. Sie wiederum hatte zugeben müssen, dass sie selbst die Mieterin war.

Andi lächelte. »Ja, bin ich.«

Das stimmte auch. Ihre eigene Maklerfirma. Das war schon immer ihr Traum gewesen. Jetzt wurde er ein wenig früher wahr als ursprünglich geplant – und definitiv mit weniger Bargeld in der Hinterhand, als es ihr gefiel –, trotzdem war sie fest entschlossen, aus dem ganzen Unternehmen einen Erfolg zu machen. Andi hatte zu lange ihrem alten Leben in New York nachgetrauert. Ihre früheren Klienten hatten sich andere Makler gesucht, und Justin genoss seine neue Existenz mit Jenny. Jetzt war es an der Zeit, dass auch Andi zu neuen Ufern aufbrach.

»Ich schicke Ihnen gleich am Montagmorgen die Unterlagen«, versprach Flores. »Das müsste sich alles problemlos abwickeln lassen. Wenn wir erst mal alle Unterschriften beisammenhaben, wird das Ganze offiziell: das angesagteste Maklerbüro von L.A.!«

»Großartig! Ich kann's kaum erwarten.«

Flores stieß sie in die Seite. »Hundesalon, ha!«

Andi grinste. »Ja, bitte entschuldigen Sie die kleine Notlüge. Aber ich hoffe wirklich auf jede Menge prominenter Klienten, das zumindest war nicht gelogen.«

Sie sah, dass sich David ihnen näherte, und ihr Lächeln erlosch. Ihr Chef fuhr sich nervös mit der Hand durchs Haar und machte insgesamt einen aufgewühlten Eindruck.

»Tut mir leid, dass ich Sie unterbreche«, sagte er. »Andi, hast du Myles heute schon gesehen?«

»Den ganzen Tag noch nicht.«

»Ich auch nicht.«

»Sicher geistert er hier irgendwo herum. Dieses Haus ist einfach so groß.«

»Ich weiß nicht recht.« David runzelte die Stirn. »Gerade habe ich mich eine halbe Stunde lang um seine Klienten gekümmert. Er hätte sie hier treffen sollen.«

»Krystal habe ich auch noch nicht gesehen. Vielleicht stecken die beiden ja zusammen.«

»Von Krystal kam heute Morgen eine SMS. Sie ist krank. Diana hat ihre Klientin übernommen.«

Andi entdeckte Diana auf der anderen Seite des Raumes, wo sie sich mit einer Japanerin mit einem scharf geschnittenen schwarzen Bob in einem bauschigen Schürzenkleid und mit neonfarbenen Sneakers an den Füßen unterhielt.

»Vielleicht hatte Myles' Chauffeur ja unterwegs eine Panne«, überlegte sie.

»Ich habe versucht, Myles auf dem Handy zu erreichen. Er geht nicht ran.«

»Wenn ich ihn sehe, sage ich ihm, dass du nach ihm suchst.«

»Danke, Andi. Und Entschuldigung noch mal wegen der Unterbrechung.«

Flores streckte David die Hand hin. »Ich glaube, wir kennen uns noch nicht. Nick Flores.«

David schüttelte ihm die Hand, während er weiterhin den Raum nach Myles absuchte. »David. Schön, Sie kennenzulernen, Nick.«

»Wir stoßen gerade auf Andis große Neuigkeiten an.«

»Große Neuigkeiten?« David war immer noch abgelenkt. »Was denn für große Neuigkeiten?«

»Ich habe noch nicht …«, setzte Andi an.

»Andi wird ihr eigenes Maklerbüro eröffnen«, verkündete Flores. »Ist das nicht großartig? Wir haben gerade eine Vereinbarung zum Mieten der Räumlichkeiten getroffen.«

Shit.

Jetzt hatten sie Davids volle Aufmerksamkeit. Die Suche nach Myles war vergessen. »Da muss es sich um einen Irrtum handeln. Andi hat bereits eine Stelle, und außerdem hat sie gar keine Zulassung.«

»Genau genommen habe ich die doch.«

»Wie bitte? Seit wann das denn?«

»Das ist schon einige Monate her. Ich habe mich eine ganze Zeit lang darum gekümmert.«

»Und dir ist nicht in den Sinn gekommen, dass mich das eventuell auch interessieren könnte?«

»Ehrlich gesagt, nein.«

»Habe ich da möglicherweise gerade eine Information weitergegeben, die ich für mich hätte behalten sollen?«, fragte Flores.

»David ist mein Chef«, erklärte Andi. »Er wusste nichts von dieser neuen Entwicklung. Jedenfalls bis jetzt nicht.«

»Ach, verflixt«, reagierte Flores. »Ich sollte wirklich öfter mal mein großes Maul halten.«

David starrte Andi wütend an. »Können wir kurz miteinander reden? Unter vier Augen.«

Flores formte mit den Lippen ein lautloses »Sorry«, als David Andi von ihm wegzog. David öffnete die Tür zum Raum mit dem Heimkino und schob sie hinein. Andi bemerkte, dass Diana sie beobachtete.

Der Kinoraum verfügte über eine riesige Leinwand plus Projektor und war mit dickem Teppichboden ausgelegt. Außerdem standen da riesige gepolsterte Ledersessel mit eigenen Getränkehaltern. An den Wänden hingen alte Filmplakate, unter anderem eines für *Glengarry Glen Ross*. In diesem Streifen ging es um ein Maklerteam, dessen Mitglieder einander die Käufer wegzuschnappen und gleichzeitig ihre Jobs zu behalten versuchten. Andi fragte sich, ob Carmen Vega das Plakat wohl absichtlich ausgesucht hatte. Die Sessel sahen sehr bequem aus, aber sie blieb stehen.

David schloss die Tür. »Was zum Teufel soll das, Andi?«

»Es tut mir leid. Ich wollte nicht, dass du es auf diese Weise erfährst.«

»Du gründest dein eigenes Maklerbüro? Machst uns Konkurrenz? Warum?«

»Es ist das Beste, wenn ich gehe«, sagte sie. »Das weißt du genauso gut wie ich.«

»Wegen dem, was zwischen uns passiert ist?«

»Auch.«

»Du lieber Gott, können wir das nicht hinter uns lassen? Das war doch nur ein dummer Kuss!«

»Genau das habe ich vor. Alles hinter mir lassen. Saint Realty und dich.«

»Zum Teufel noch mal, Andi! Wann wolltest du es mir denn sagen? Weiß Diana Bescheid?«

»Nein. Ich wollte es euch zusammen sagen, wenn die Papiere unterzeichnet sind und ich die Räumlichkeiten sicher habe. Ich bin natürlich bereit, einen Monat im Voraus zu kündigen, wie es in meinem Vertrag steht, und mich um die Klienten zu kümmern, die ich zurzeit betreue. Aber du solltest wissen, dass ich dir keinen Käufer für dieses Haus besorgen werde. Ich bin fertig mit Malibu Beach Drive.«

»Was?«, brüllte David. »Du machst wohl Witze!«

»Sehe ich so aus?«

»Fuuuuuuuuck.« Er fuhr sich mit beiden Händen durchs Haar und tigerte wild im Raum auf und ab. Blieb dann abrupt stehen und sah sie an. »Und was ist mit deinem Klienten? Mit dem, der das Haus kaufen will? Das kannst du doch nicht auch noch kaputt machen.«

Andis Augen verengten sich. »Welchen Klienten meinst du?«

»Diesen reichen Typen in New York.«

»Ich habe dir nie irgendwas von einem reichen Typen in New York erzählt.«

»Doch, hast du. Woher sollte ich denn sonst von ihm wissen?«

»Du hast diese Information von Nolan Chapman, vermute ich.«

David starrte sie an. Sein Mund öffnete sich und schloss sich wieder.

»Ich denke, es ist besser, wenn du mir alles erzählst«, meinte sie. »Über den ganzen Auftrag. Und über Nolan Chapman.«

David fummelte an seinen Haaren herum. Schob sich die Brille höher auf die Nase. Nickte seufzend. Und sagte endlich: »Chapman hat vor einer Weile Kontakt zu mir aufgenommen. Wir sollten uns für ihn um das Objekt kümmern. Wie du dir vorstellen kannst, war ich völlig von der Rolle. Ich konnte es gar nicht glauben. Ein Objekt im Wert von fünfzig Millionen Dollar! Du weißt, so etwas haben wir bei Saint Realty nie auch nur annähernd gehabt. Er hatte mir den Auftrag zugesichert, allerdings gab es zwei Bedingungen. Erstens wollte er nur einen Käufer, den du vertrittst. Und zweitens solltest du nie erfahren, dass er involviert ist. Er hatte bereits einen Käufer in New York in der Hinterhand, und er hat gesagt, der würde dich als Maklerin engagieren. Alles klang so einfach.«

»Und das Ganze kam dir nicht, na ja, irgendwie merkwürdig vor? Du hast dich nicht gefragt, warum sich dieser Typ für mich interessiert?«

»Nun, eigentlich nicht. Aber ich …«

»Du hast nur an das Geld gedacht.« Andi hob eine Hand. »Lass mich mal nachrechnen … Fünf Prozent Courtage, durch zwei geteilt zwischen dem zuständigen Makler – also dir – und dem Makler, der den Käufer an Land zieht. Das hätte dann ja wohl ich sein sollen. Außerdem die zwanzig Prozent, die dir von meinem Gewinn zugestanden hätten. Du wärst also mit anderthalb Millionen Dollar aus der Sache rausgekommen. Nicht schlecht dafür, dass man eine seiner eigenen Angestellten verrät und verkauft.«

»So war das nicht«, gab David zurück. »Für dich wäre bei dem Deal doch auch eine Menge rausgesprungen. Und das geht schließlich immer noch. Wir beide können noch eine ganze Menge Geld machen.«

Andi schüttelte den Kopf. »Du bist erbärmlich, weißt du das? Wenn ich es mir genau überlege, ist es wohl am besten, wir lassen das mit dem vertraglich vereinbarten Monat, und ich kündige fristlos. Bei Saint Realty möchte ich nicht mehr arbeiten. Ich bin damit durch. Hiermit kündige ich fristlos.«

Sie drängte sich an ihm vorbei, und er packte sie am Arm, sodass sich seine Finger tief in ihr Fleisch gruben. »Das kannst du mir nicht antun. Das lasse ich nicht zu.«

»Finger weg, verdammt noch mal.«

David lockerte seinen Griff nicht. Mit brennendem Blick starrte er sie an. »Ich meine es ernst. Das kannst du nicht machen.«

Die Tür öffnete sich, und Diana steckte den Kopf ins Zimmer. »Alles in Ordnung hier drinnen?«

Andi schüttelte David ab. »Alles bestens. Ich wollte gerade gehen.«

An Diana vorbei schob sie sich in den Wohnbereich. Diana betrat das Kinozimmer, und Andi hörte, wie sie etwas von »einem Vorfall« sagte, bevor sich die Tür hinter ihr schloss. Andi rang kurz nach Luft. Vage bekam sie mit, dass im Raum eine angespannte Atmosphäre herrschte. Einer der Kellner fegte gerade ein paar Glasscherben zusammen. Ihr Arm schmerzte an der Stelle, an der David sie gepackt hatte. Die Haut war rot und zerkratzt. Das würde einen blauen Fleck geben.

Nick Flores stand in einiger Entfernung an den Schiebetüren zum Balkon. Er beobachtete sie. Er war in Gesellschaft zweier älterer Maklerinnen, die sich angeregt unterhielten. Stirnrunzelnd formte er mit den Lippen ein lautloses »Alles okay?«. Andi griff sich ein Glas Champagner vom Tablett eines vorbeigehenden Kellners und leerte es in einem Zug.

Sie war alles andere als okay, aber sie würde sich um Welten besser fühlen, wenn sie erst einmal dieses Haus verlassen hätte und der Malibu Beach Drive und David Saint nicht mehr waren als ein Anblick in ihrem Rückspiegel.

Vorher gab es allerdings noch etwas zu erledigen.

Kapitel 32

HUNTER
DAS OPEN-HOUSE-EVENT

Hunter schlenderte auf Carmen Vega zu, die in eine Unterhaltung mit einem jungen Typen mit Buddy-Holly-Brille und Skinny Jeans mit schlaffem Hinterteil vertieft war. Die beiden standen neben einem niedrigen Regal im Wert von zehntausend Dollar und einem riesigen abstrakten Ölgemälde mit dem Ozean als Motiv.

Carmen trug ein Satinkleid in zartem Pink, das ihre Kurven umschmeichelte und ganz ausgezeichnet zum dunklen Ton ihrer Haut passte. Hunter hätte den Anblick sicher genossen, wäre er nicht so unglaublich gestresst gewesen. Er starrte Buddy Holly unverwandt an, bis der mitbekam, dass er hier nicht erwünscht war, und sich davonmachte.

»Das war jetzt aber wirklich unhöflich«, kommentierte Carmen.

»Was hast du hier zu suchen?«, zischte Hunter.

»Ich freue mich auch sehr, dich zu sehen, Hunter«, erwiderte Carmen. »Diana hat mich eingeladen, das mache ich hier.«

»Warum sollte Diana *dich* einladen?«

Carmen deutete auf das Ölgemälde an der Wand. »Siehst du dieses abstrakte Kunstwerk? Das habe ich aufgetan, in einer Galerie in Topanga Canyon. Und die L-förmige Couch da drüben, die alle so toll finden? Auch eine meiner Entdeckungen. Und die Missoni-Kissen auf der Couch? Das war wieder ich.«

»Warte mal, *du* hast hier das Home-Staging gemacht?«

»Ganz genau.«

»Bei unserem Treffen im Park hast du nicht erwähnt, dass du für das Objekt am Malibu Beach Drive zuständig bist«, meinte er vorwurfsvoll. »Du hast nur gesagt, du hast wieder ein paar Aufträge angenommen. Ein solches Projekt nicht zu erwähnen, das ist schon allerhand.«

Carmen schaute ihn vielsagend an. »Selbst hast du es aber auch nicht erwähnt.«

»Du kannst hier nicht bleiben«, drängte sie Hunter.

»Doch«, gab sie zurück. »Meine Mutter passt heute auf Scout auf, ich kann also endlich mal wieder Spaß haben.« Carmen trank einen Schluck Champagner. »Und das Zeug schmeckt gut.«

»Melissa wird bald hier auftauchen. Ihr beide dürft auf keinen Fall im selben Raum sein.«

»Warum denn nicht? Melissa weiß doch gar nichts von mir. Was ist also so schlimm daran?«

Carmen gab sich betont locker, wirkte jedoch nervös.

»Was so schlimm daran ist? Das Ganze ist ein verdammter Albtraum.« Hunter bemerkte, dass ihn Andi und Verona beobachteten. Deswegen senkte er die Stimme wieder. »Ich wusste nicht einmal, dass sie von der Veranstaltung hier weiß. Diana muss sie auch eingeladen haben; die beiden kennen einander schon seit Jahren, seit ich bei Saint Realty angefangen habe.«

»Warum ist sie dann nicht längst hier? Seid ihr nicht zusammen aus Brentwood hergefahren?«

Hunter schüttelte den Kopf. »Nein. Da ist irgendwas im Busch. Sie hat gestern bei ihrer Familie übernachtet. Als ich von meinem Besichtigungstermin hier nach Hause gekommen bin, habe ich einen Zettel vorgefunden. Darauf stand, dass sie heute hier sein wird. An ihr Telefon ist sie nicht gegangen. Bei ihrer Familie habe ich es auch versucht, aber da war die ganze Zeit besetzt.« Hunter starrte Carmen an. »Du hast ihr nichts erzählt, oder? Du warst nicht wieder bei uns vorm Haus?«

»Natürlich nicht. Du hast gesagt, du besorgst mir mehr Geld, und ich glaube dir. Auch wenn es mir nicht gefällt, dass du mich wegen des Hauses hier angelogen hast.«

»Ich habe dich nicht angelogen. Ich habe es dir nur nicht erzählt. Ich brauche dir ja nicht von jedem Objekt zu erzählen, das mir auf der Arbeit begegnet. Überhaupt ist es gar nicht meins, sondern Davids. Und ich gehe auch nicht davon aus, dass einer meiner Klienten ein Gebot abgeben wird.«

»Warum denn nicht? Du hast doch gerade gesagt, gestern Abend hast du jemandem alles gezeigt.«

»Shit«, sagte Hunter.

Melissa hatte das Haus betreten. Sie stand einen peinlichen Moment lang allein da, schaute sich im Meer der Gesichter um. Das geblümte Kleid von Oscar de la Renta, das sie trug, hatte er immer besonders gern an ihr gesehen, doch jetzt stellte er fest, dass es lose an ihr herunterhing, und sogar von Weitem konnte er erkennen, wie müde und erschöpft sie wirkte. Als hätte sie in der vergangenen Nacht kein Auge zugetan.

Da erfasste ihn ihr Blick, und ihr unsicherer Ausdruck wich einem anderen, der Hunter stark an Hass erinnerte. Dann wandte sie den Blick Carmen zu. Wiedererkennen zeichnete sich auf ihrem Gesicht ab, gefolgt von eindeutiger Wut. Hunter wurde es ganz übel.

Sie weiß alles.

Melissa stapfte auf die beiden zu, rannte dabei fast einen Kellner um, der sich jedoch dankenswerterweise rasch fing, ohne sein Tablett mit den Getränken fallen zu lassen.

»Ach, wie reizend«, fauchte Melissa. »Mommy und Daddy in trauter Zweisamkeit. Wo ist denn der kleine Scout? Auch hier? Macht ihr einen netten kleinen Familienausflug? Jetzt sagt bloß nicht, ich verderbe euch durch meine Anwesenheit den Spaß.«

Fuck.

Hunter hatte das Gefühl, sich jeden Augenblick übergeben zu müssen. Die Kanapees mit den Meeresfrüchten, die er sich vorhin einverleibt hatte, machten sich plötzlich auf sehr unangenehme Weise bemerkbar.

»Melissa, ich ...«

»Was, ich? Du kannst mir alles erklären? Ist es das, was du jetzt sagen willst? Gut, Hunter, dann erklär mir bitte, wie du die Raumausstatterin vögeln und schwängern konntest, während deine Frau in den letzten fünf Jahren durch die Hölle gegangen ist, um ein Kind zu bekommen.«

Carmen schaute Hunter an. »Was? Davon hast du mir nie etwas erzählt.«

»Ach, hätte das denn irgendwas geändert?«, wandte sich Melissa nun an Carmen. »Hätten Sie sich stärker dagegen gewehrt, mit meinem Mann ins Bett zu gehen, wenn Sie gewusst hätten, dass wir ein Baby bekommen möchten? Das ist ja wirklich hochanständig von Ihnen.«

Die Gäste in der Nähe hatten ihre eigenen Unterhaltungen unterbrochen und starrten in die Richtung der drei. Auch Melissa fiel das auf.

»Sie haben ganz richtig gehört, meine Damen und Herren«, verkündete sie. »Während mein Ehemann und ich versucht haben, mithilfe von Kinderwunschspezialisten ein Baby zu bekommen, und er so getan hat, als bräche es ihm genauso das Herz wie mir, dass es nicht klappt, hat er mit dieser verdammten Hure hier und ihrem heimlichen gemeinsamen Kind einen auf glückliche Familie gemacht.«

Die meisten der anwesenden Gäste schauten inzwischen betreten zu Boden.

Eine Maklerin namens Marcia Stringer kommentierte das Ganze mit einem »Oje, wie schrecklich«.

Und Betsy Bowers sagte: »Was für ein verdammter Dreckskerl du bist, Hunter Brooks.«

»Okay, das reicht jetzt, Melissa«, erhob Carmen die Stimme. »Das hier ist weder der angemessene Zeitpunkt noch der angemessene Ort für diese Auseinandersetzung.«

Als Antwort riss Melissa Carmen das Champagnerglas aus der Hand und schleuderte der Rivalin den Inhalt ins Gesicht. Den Zuschauenden entrang sich ein kollektives Aufstöhnen des Entsetzens.

»Melissa! Was fällt dir ein!«, rief Hunter.

Seine Frau wandte sich ihm zu, eine Mischung aus Schmerz und Wut im Blick. »Ist das dein Ernst? Du stellst dich auf ihre Seite?« Melissa ließ das Champagnerglas fallen, das auf dem Fliesenboden in tausend Stücke zerbrach. Dann fiel sie über ihn her. Schlug mit beiden Fäusten gegen seine Brust, wollte ihm das Gesicht zerkratzen. Mit herabhängenden Armen stand Hunter einfach nur da. Er tat nichts, um sie zu stoppen – er verdiente, was er bekam. Nein, er hatte noch viel Schlimmeres verdient.

Diana war es, die Melissa von ihm wegriss, sie fest in die Arme schloss und ihr das Haar streichelte wie einem Kind. Sie funkelte Hunter und Carmen über Melissas Schulter hinweg an. »Ich denke, es ist besser, wenn ihr jetzt beide geht.«

»Bitte?!« Carmen reagierte ungläubig. »Immerhin bin ich diejenige, der man Dom Pérignon ins Gesicht und übers ganze Kleid geschüttet hat.«

»Geht einfach«, wiederholte Diana ihre Aufforderung. Sie gab dem Kerl an der Tür ein Zeichen. Der hatte vorhin die QR-Codes der Gäste auf ihren Smartphones gescannt. Er sah aus wie Dwayne Johnson, und sein Frack wirkte zu eng für seinen muskelbepackten Körper.

Melissa machte sich von Diana los. »Schon in Ordnung. Ich gehe. Mein Vater wartet draußen auf mich. Ich bin eigentlich nur hergekommen, um meinem Ehemann mitzuteilen, dass alle Schlösser am Haus ausgetauscht und seine Koffer gepackt sind. Und dass ich vorhabe, ihn bei der Scheidung bis auf den letzten Cent auszunehmen.«

Sie küsste Diana auf die Wange und verließ das Haus.

Die wandte sich wieder an Hunter und Carmen. »Ihr beide geht jetzt auch.«

Der Dwayne-Johnson-Doppelgänger wies auf die geöffnete Haustür. »Ihr habt gehört, was die Lady gesagt hat.«

Carmen ging. Hunter stand wie angewurzelt da, benommen von allem, was sich gerade abgespielt hatte.

Wie hatte Melissa es herausgefunden? Woher kannte sie Scouts Namen?

»Wie konntest du nur, Hunter?«, fragte Diana leise.

Er schüttelte den Kopf. Eine Antwort hatte er nicht für sie.

Draußen war von Carmen weit und breit nichts zu sehen. Vier Plastikkoffer und ein Seesack von Louis Vuitton, den er als seinen eigenen erkannte, standen am Straßenrand.

Das Auto von Melissas Vater parkte in einer Haltebucht auf der gegenüberliegenden Seite. Der Motor lief, das Fenster auf der Fahrerseite war so weit wie möglich geöffnet.

Buck Grover lehnte sich hinaus und schrie: »Ich hatte heute Morgen den ersten Termin bei Gene Goldman. Vielleicht sagt dir sein Name ja was – er ist der beste Scheidungsanwalt in dieser Stadt. Du hast meiner Tochter das Herz gebrochen. Jetzt mache ich dich fertig, du verdammter Scheißkerl.«

Melissa hatte den Blick starr geradeaus gerichtet, als weigere sie sich, auch nur in Hunters Richtung zu schauen. Dann fuhr Buck los. Zurück blieb nichts als eine Staubwolke.

Kapitel 33

VERONA
DAS OPEN-HOUSE-EVENT

In der Damentoilette bemühte sich Verona, ihr Make-up zu retten. Mit einem Papiertaschentuch beseitigte sie die Schmierer aus Mascara und Wimperntusche, doch ihre blutunterlaufenen Augen verrieten, dass sie geweint hatte. Die Szene von gerade eben setzte ihr immer noch zu. Melissa Brooks war ganz eindeutig eine gebrochene Frau. Verona hatte nichts von den verzweifelten Versuchen des Ehepaars geahnt, ein Kind zu bekommen. Mit seinen Arbeitskollegen hatte Hunter nie über dieses Thema gesprochen. Sie wusste, letzten Endes war es die Untreue ihres Ehemannes, unter der Melissa Brooks litt. Daran trug in erster Linie Hunter die Schuld, zusammen mit Carmen Vega. Doch Verona musste sich auch eingestehen, dass Myles und sie eine Rolle in dem blutigen Schlachtfeldszenario spielten, in das sich die Ehe der Brooks verwandelt hatte.

Wo steckte Myles überhaupt? Er hatte einfach so eine Granate in das Leben von drei Menschen geworfen – vier Menschen, wenn man den kleinen Scout mitzählte. Und jetzt ließ er sich nicht blicken. Zu feige, um sich den Konsequenzen seiner Tat zu stellen.

Verona bespritzte sich mit ein wenig Parfum, als hätte das etwas ausrichten können, und betätigte die Spülung, obwohl sie die Toilette gar nicht benutzt hatte. Als sie die Tür öffnete, stand Andi draußen.

»Können wir reden?«, fragte ihre Kollegin. Besonders freundlich sah sie nicht aus.

»Natürlich«, willigte Verona ein.

»Nicht hier. Irgendwo, wo uns niemand hört.«

Verona folgte Andi nach oben, ins größte Schlafzimmer. Sie hockte sich auf den Bettrand. Dann stellte sie ihre Handtasche auf dem Nachttisch neben einer hässlichen goldenen Skulptur ab. Das Bett erinnerte sie an die aus schicken Hotels, weich und gleichzeitig fest, mit Feinwebbettzeug und einem kleinen Berg aus Kissen. Der Raum war nur spärlich möbliert. Da stand lediglich das riesige Bett, es gab Nachttische und einen kleinen Tisch mit Stühlen auf einem Läufer. Außer der großartigen Aussicht brauchte das Zimmer keinen Schmuck.

Andi saß jetzt auf dem Schemel am Fußende des Bettes. Sie schwieg einen Augenblick, schaute aus dem Fenster zu, wie Delfine zwischen den Wellen herumtollten. Das strahlende Meeresblau beruhigte sie aber offensichtlich nicht. Sie wirkte bekümmert.

»Ich weiß, was du getan hast«, sagte sie endlich.

Verona kamen wieder die Tränen. Die Scham brannte ihr auf der Haut. Sie erwiderte: »Bitte, ich weiß, ich hätte mich da raushalten sollen, aber ich war so unglaublich wütend, weil mir Hunter etwas so Schlimmes angetan hat. Und dann habe ich erfahren, was er mit Myles gemacht hat, und da ... Ich weiß nicht, ich habe einfach nicht nachgedacht ... Die arme Melissa. Jetzt hältst du mich bestimmt für einen ganz schlechten Menschen.«

Andi starrte sie nur an.

»Wovon redest du?«

»Ich habe Myles zu beweisen geholfen, dass Hunter der Vater von Carmen Vegas Sohn ist. Hast du das nicht gemeint?«

Andi runzelte die Stirn. »Hunter ... Hunter ist der Vater von Carmens Baby?«

»Ja. Hast du den Showdown zwischen Melissa, Hunter und Carmen gerade eben verpasst?«

»Muss wohl. Ich hatte eine Unterredung mit David im Kinozimmer. Gut, du und Myles, ihr habt also bekannt gemacht, dass Hunter der Vater dieses Kindes ist? Ganz schön krass, Verona.«

Verona senkte den Kopf und faltete die Hände im Schoß. »Ich weiß. Ich kann gar nicht sagen, was ich mir dabei gedacht habe. Wahrscheinlich habe ich überhaupt nicht nachgedacht.«

Ihre vorsichtige Erleichterung nach Doktor Fazlis Untersuchung des Knotens in ihrer Brust wurde von den Schuldgefühlen geschmälert, die sie empfand, weil sie aus irgendwelchen verdrehten Rachegefühlen heraus Einfluss auf das Leben anderer Leute genommen hatte. Jetzt würde Verona aus anderen Gründen nachts nicht schlafen können.

»Darum geht es mir aber eigentlich nicht«, sagte Andi. »Ich weiß, dass du es warst, die mir den Reifen zerstochen und dafür gesorgt hat, dass ich nicht an der Tour durchs Haus teilnehmen konnte.«

Der Reifen.

Wegen der ganzen anderen Ereignisse hatte Verona völlig vergessen, welchen Schaden sie an Andis Auto angerichtet hatte. Nun überflutete sie eine neue Welle der Scham.

Sie war spät unterwegs gewesen, auf einer ihrer mitternächtlichen Irrfahrten durch menschenleere Straßen, als sie sich plötzlich in Andis Gegend wiedergefunden hatte, in Laurel Canyon. Wie alle anderen bei Saint Realty hatte Verona miterlebt, dass David seine ganze Aufmerksamkeit auf Andi fokussiert hatte, als er ihnen von dem Haus am Malibu Beach Drive berichtete. Wie er deutlich machte, dass er erwartete und hoffte, sie wäre diejenige, die sich die Courtage holte. Die Courtage, die ein ganzes Leben verändern würde. Geld, das Verona nötiger brauchte als ihre alleinstehende, jüngere Kollegin ohne Verpflichtungen und Sorgen.

Als Elektriker hatte Richard Verona eingeschärft, neben dem Erste-Hilfe-Kasten immer eine Grundausstattung an Werkzeug im Kofferraum zu haben. »Man kann nicht wissen, wann man mal einen Schraubenzieher oder einen Schraubenschlüssel braucht«, erklärte er gern.

Verona hatte sich wie auf Autopilot gefühlt, als sie vor Andis Apartment gehalten und die Kapuze ihres Hoodies hochgezogen hatte. Sie war aus dem Wagen gestiegen, hatte den Kofferraum geöffnet und den Schraubenzieher herausgesucht. Dann hatte sie sich bei dem BMW hingekniet und das Werkzeug seitlich in den Reifen gerammt. Anschließend hatte sie dem befriedigenden Geräusch der zischend entweichenden Luft gelauscht.

Erschöpft war sie gewesen, von Sorgen gequält, neidisch auf Andis unbekümmertes Leben. Doch jetzt wurde ihr bewusst, dass das keine Entschuldigung für ihre Tat darstellte. Und ebenso wenig eine Entschuldigung für ihr Verhalten gegenüber Melissa Brooks. Wann war sie nur zu dieser schrecklichen, verbitterten Person geworden?

»Woher weißt du, dass ich es war?«, fragte sie Andi.

Die warf ihr Handy aufs Bett. Auf dem Display war Verona in einem schummrigen Licht zu erkennen, in der Hocke neben dem Auto, den Schraubenzieher in der Hand, gefilmt von einer Nachtsichtkamera, die sie nicht bemerkt hatte.

»Mein Nachbar aus dem Erdgeschoss hat Kameras bei unseren Wohnungstüren installiert«, erklärte Andi. »Aus Sicherheitsgründen. Ich habe Aufnahmen von der ganzen Sache.«

»Es tut mir so leid«, flüsterte Verona.

»Ich verstehe nur nicht, *warum* du es getan hast. Warum, Verona? Ich dachte, wir wären Freundinnen.«

Da erzählte ihr die andere Frau alles. Von dem Knoten in ihrer Brust, von Tante Mimis Kampf gegen den Krebs und von ihren Ängsten, ein ähnliches Schicksal zu erleiden. Wie sie so verzweifelt auf das Geld gehofft hatte, weil sie sicher sein wollte, nicht zu einer Last für Richard und die Jungen zu werden, falls sie erkrankte. Wie sie durch das Geld dafür sorgen könnte, dass es allen gut ging, wenn es sie nicht mehr gab. Wie sie sich durch David Saints so offensichtliche Bevorzugung Andis und durch deren erfolgreiche Verkaufsgeschichten bedroht gefühlt hatte.

»Es tut mir leid«, wiederholte sie. »Ich glaube, in den vergangenen Wochen war ich nicht ganz bei Verstand.«

»Oh, Verona.« Andis harter Gesichtsausdruck war weich geworden. »Hattest du schon einen Termin beim Arzt?«

Verona nickte.

»Gestern. Er hält den Knoten für gutartig, wahrscheinlich ist es eine Zyste, aber ich will das mit Ultraschall abklären lassen, wegen meiner Familiengeschichte. Die Sorge ist noch da, und sie wird auch bleiben, bis ich die Ergebnisse der Ultraschalluntersuchung bekomme. Aber ich habe ein bisschen weniger Angst.«

»Ich hoffe wirklich, dein Arzt kann dann Entwarnung geben.«

Verona hielt Andis Handy hoch. »Willst du das hier David zeigen? Oder damit zur Polizei gehen? Dazu hast du jedes Recht. Was ich getan habe, war falsch.«

Andi schüttelte den Kopf. »Ich werde das Video löschen. Niemand wird es je zu Gesicht bekommen.«

»Danke.« Verona gab Andi das Smartphone zurück. Sie zögerte kurz und sagte dann: »Ich hoffe, wir können immer noch befreundet sein.«

Andi lächelte traurig. »Vielleicht.«

Verona nickte nur.

»Da gibt es noch etwas, das du wissen solltest«, fuhr Andi fort. »Ich gehe weg bei Saint Realty. Genau genommen bin ich schon weg. Ich habe fristlos gekündigt.«

Verona hatte mitbekommen, dass es zwischen Andi und David schon seit einiger Zeit Spannungen gegeben hatte, und sie vermutete ähnliche Gründe wie bei Andis Vorgängerin, Shea Snyder.

»Ach wirklich? Warum denn?«

»Das ist eine lange Geschichte – ich erzähle sie dir ein andermal.«

»Was hast du denn jetzt vor?«

»Ich habe Pläne.« Andi erhob sich. »Pass gut auf dich auf, Verona.«

Andi verließ das Schlafzimmer, und Verona saß einen Moment lang still da. Sie fühlte sich plötzlich erschöpft und wäre am liebsten nach Hause gefahren, zu ihrem Mann und ihren beiden Jungs. Die Zeit für ein Gespräch mit Richard war gekommen. Sie nahm ihre Handtasche vom Nachttisch. Die Figur da war wirklich grottenhässlich. Als sie sich auf die Tür zubewegte, hörte Verona Stimmen auf dem Flur. Sie gehörten Diana und Andi. Verona blieb stehen und lauschte.

»Ich weiß, warum du gehst, Andi«, sagte Diana. »Ich weiß von deiner Affäre mit David.«

Kapitel 34

ANDI
DAS OPEN-HOUSE-EVENT

Andi wünschte sich nur noch, dass dieser Albtraum von einem Tag bald zu Ende war.

»Ich habe keine Affäre mit David«, gab sie mit gedämpfter Stimme zurück. »Und Verona ist gleich hier nebenan im Schlafzimmer.«

Diana nickte, doch ihr Gesichtsausdruck blieb unverändert grimmig, und Andi wusste, das Nicken ihrer Chefin war lediglich eine Bestätigung, dass sie die Anwesenheit ihrer Kollegin registrierte. Es galt nicht der Tatsache, dass sie Andis Widerspruch akzeptiert hätte.

»Komm mit.«

Andi gehorchte und folgte Diana die Treppe hinunter und durch den vollen Wohnbereich. Die Japanerin war immer noch dort, in eine Unterhaltung mit einer Schauspielerin vom Cast des neuen Spielberg-Films vertieft. Andi war froh, Krystals bösartige Blicke nicht ertragen zu müssen, während sie das wohl peinlichste Gespräch überhaupt mit ihrer Chefin würde überstehen müssen.

Diana führte sie nach draußen auf die Terrasse. Hier war es heiß, die Sonne brannte, doch eine ordentliche Brise vom Meer her spendete ein wenig Abkühlung.

Diana war wie immer stilsicher gekleidet, sie trug ein ärmelloses weißes Chiffontop und dazu passende weite Hosen. Ihr kurzes platinblondes Haar hatte gerade frische Strähnchen bekommen und die Hitze ihrem Make-up noch nichts anhaben können. Doch ihr

Gesichtsausdruck wirkte verkniffen und angespannt. Sie hielt sich zum Schutz die Hand wie einen Sonnenschild vor das Gesicht. »Okay, was läuft da zwischen dir und David? Und ich will die Wahrheit hören.«

»Die habe ich dir schon gesagt«, gab Andi zurück. »Ich gehe nicht mit David ins Bett.«

»Aber da läuft doch was zwischen euch. Deshalb willst du doch weg aus der Firma.«

»Dafür gibt es mehrere Gründe.«

»Und einer davon ist David.«

Das war eher eine Feststellung als eine Frage; eine Antwort gab ihr Andi nicht. Sie wollte nur noch weg. Aus der Sonne, aus diesem schönen Haus, aus Malibu. Sie wollte nach Hause und sich auf das nächste Kapitel in ihrem Leben vorbereiten. Dieses Gespräch wollte sie nicht führen.

»Du bist nicht die Erste, weißt du«, sagte Diana.

Andi nickte. »Shea Snyder.«

»Du weißt von Shea?«

»Nur, dass da etwas vorgefallen und Shea gegangen ist, aber darüber sprechen will niemand. Außer Krystal. Die ist erst nach mir zu euch gekommen, deswegen weiß sie wahrscheinlich genauso wenig wie ich.«

Diana schwieg kurz. Aus dem Wohnbereich drangen Gesprächsfetzen nach draußen, die Wellen schlugen unten an den Strand. Die Stille, die sich zwischen den beiden Frauen ausbreitete, fühlte sich so unendlich an wie der Ozean.

Schließlich sprach Diana weiter. »Was an jenem Tag – Sheas letztem – vorgefallen ist, haben nur Verona und Hunter mitbekommen. Myles war auf einem Besichtigungstermin, deswegen gehe ich davon aus, dass er nicht die ganze Geschichte kennt. Wenn er überhaupt jemals mit irgendwem darüber gesprochen hat. Und wie diskret Verona ist, weißt du ja. Hunter kennt mich schon sehr lange, deswegen hat er wahrscheinlich aus Respekt vor mir den Mund gehalten.«

Andi schaute blinzelnd ins Sonnenlicht, um Diana ansehen zu können. »Was ist denn passiert?«

»Du erinnerst mich sehr an sie.« Diana lächelte traurig. »Jung, eine natürliche Schönheit, ehrgeizig. Auch aus einer anderen Stadt nach L.A. gekommen. Aus Ohio, nicht aus New York. Und nicht so weltgewandt wie du. Als sie etwa sechs Monate bei uns gearbeitet hat, kam mir der Verdacht, David hätte eine Affäre. Die ganzen klassischen Anzeichen waren zu erkennen: arbeiten bis spätabends, größerer Aufwand mit seinem Erscheinungsbild, SMS, die ich nicht sehen durfte, ein plötzliches fehlendes Interesse an Sex. Jedenfalls an Sex mit mir.«

Diana errötete tief, und Andi wusste, sie schämte sich sehr, diese Details aus ihrem Intimleben preiszugeben. Dieses Gespräch war für Diana genauso schwierig wie für sie. Wenn nicht schwieriger.

Ihre Chefin sprach weiter. »Dann hat sich herausgestellt, dass es sich bei der anderen Frau um Shea handelte. Sie konnte sich in meiner Gegenwart nicht mehr normal benehmen und mir auch nicht mehr in die Augen sehen. Von David konnte sie die Augen dafür gar nicht abwenden. Sie ist ihm nachgelaufen wie ein liebeskranker Welpe. Den anderen ist das auch aufgefallen. Hunter hat sogar zu mir gesagt, er hätte den Verdacht, zwischen den beiden liefe was.«

»Was hast du unternommen? Hast du David zur Rede gestellt?«

Diana schüttelte den Kopf. »Ich habe mich entschieden, das Ganze seinen Gang gehen zu lassen. Die Affäre würde nicht lange dauern, da war ich mir sicher. Irgendwann würde sich David langweilen und Shea sich nach etwas Neuem umsehen. Und ich hatte recht. Nach nicht allzu langer Zeit versuchte David, das Verhältnis zu beenden.«

»Versuchte, sagst du?«

»Shea konnte damit überhaupt nicht umgehen. Sie hat ihm gedroht, mir alles zu erzählen, wenn David mich nicht für sie verlassen würde. Er hat sich geweigert, also hat sie es getan. Mir von der Affäre erzählt. Ist bei uns zu Hause aufgetaucht, hat herumgeschrien. Als das nicht funktioniert hat, ist sie blutüberströmt im

Büro aufgetaucht. Sie hatte sich die Pulsadern aufgeschnitten. Die Verletzungen waren nur oberflächlich, aber alle, die es mitbekommen haben, sind sehr erschrocken.«

»Konnte man ihr helfen?«

»Ja, Gott sei Dank. Wir haben sie ins Krankenhaus gebracht und ihre Eltern angerufen. Die kamen sofort aus Ohio nach L.A. Dann ist sie zurück nach Ohio gegangen, und sie arbeitet inzwischen nicht mehr als Maklerin. Manchmal schaue ich auf Facebook und Instagram, wie es ihr geht. Sie ist inzwischen verheiratet und hat eine kleine Tochter. Es ist also so, Andi, das mit dir und David ... Das alles habe ich schon mal erlebt.«

»Ich schwöre dir, ich habe nie mit ihm geschlafen.«

»Aber er wollte es?«

Andi nickte.

»Und du auch?«

»Nein. Vielleicht. Ich weiß es nicht.«

Diana starrte Andi an und wartete darauf, dass die mehr sagte. Andi seufzte. Langsam verursachten ihr die Sonne und der Stress Kopfschmerzen.

»Eines Abends haben wir lange an einem neuen Projekt gearbeitet. Wir saßen in Davids Büro. Nach einer Weile hat er gemeint, wir brauchen eine Pause, und eine Flasche Wein aufgemacht. Vielleicht hätte ich da schon ahnen sollen, dass irgendetwas im Busch war, aber der Gedanke kam mir gar nicht. Wir haben den Wein getrunken und uns unterhalten.«

***

David rückte mit seinem Stuhl näher und schenkte Andis Glas wieder voll. »Danke, dass du bereit warst, länger zu bleiben und das hier zu erledigen, vor allem an einem Freitag. Du solltest gerade irgendein Date haben, statt mit einem alten Kerl wie mir hier festzusitzen.«

»Das macht mir nichts aus.« Andi lächelte. »Ich hatte sowieso nichts vor.«

»Ach, gibt es denn da keinen Freund?«

»*Nein.*«

»*Das kann ich gar nicht glauben. Eine so großartige Frau wie du. Da müssen die Typen doch Schlange stehen bis um den Block.*«

Andi lachte. »*Klar, stimmt. Ich muss sie mir quasi mit Gewalt vom Hals halten.*«

David lachte nicht mit. Er hatte die Brille abgenommen und starrte Andi eindringlich an. Sie bemerkte, wie nahe er ihr jetzt war. Spürte die Wärme seines Körpers. Der Wein machte sie ein wenig benommen.

»*Ich meine das ernst, Andi.*« *Er hatte die Stimme zu einem Murmeln gesenkt.* »*Du bist eine sehr schöne Frau.*«

Versuchte David da gerade, bei ihr zu landen?

Und wollte sie das?

Andi wollte wegschauen, konnte den Blick jedoch nicht von ihm abwenden.

Dann waren seine Lippen auf ihren. Sanft und behutsam zuerst. Andi spürte, wie sie den Kuss erwiderte, und der wurde intensiver, drängender. Mit beiden Händen griff sie David ins Haar, und er erforschte mit seinen ihren Körper.

* * *

»Wir haben uns geküsst«, erzählte Andi ihrer Chefin. »Dann habe ich zu ihm gesagt, wir müssen aufhören. Es ist falsch, was wir tun, habe ich gesagt. Mehr ist nicht passiert.«

»Und David? Das hat ihm sicher nicht gefallen.«

* * *

Andi entzog sich ihm. »*Ich kann das nicht. Wir dürfen das nicht.*«

»*Doch, natürlich können wir. Wir wollen es doch beide schon eine ganze Weile. Lass uns nicht mehr dagegen ankämpfen.*«

David beugte sich vor, um sie wieder zu küssen. Sie konnte den Alkohol in seinem Atem riechen. Sie schob ihn weg. »*Ich habe Nein gesagt, David. Ich will das nicht.*«

Ärger flammte in seinem Blick auf. »*Was soll das heißen, du willst nicht? Du ermutigst mich doch seit Monaten.*«

»Ich ... Was? Das stimmt doch gar nicht.«

»Natürlich stimmt das. Ständig dieses Lächeln, diese Blicke, die kleinen Witze. Was hätte ich da wohl denken sollen?«

»Ich war einfach freundlich. Geflirtet habe ich nicht mit dir.«

»Ich habe also über Monate diese ganzen Signale falsch gedeutet? Das willst du mir sagen? Das glaube ich nicht! Und vor zwei Minuten, als ich deine Zunge im Mund hatte, das hab ich mit Sicherheit nicht falsch gedeutet. Du weißt doch wohl, wie man Frauen deiner Sorte nennt.«

Andi erhob sich. »Ich gehe jetzt besser.«

Sie wandte sich der Bürotür zu. Sofort war David hinter ihr. Sie konnte seinen Atem im Nacken spüren, als sie nach der Türklinke griff. David packte sie am Handgelenk.

»Wirst du es Diana erzählen?«, fragte er.

Andi schaute auf seine Hand hinunter. »Lass mich los.«

»Ich meine es ernst, Andi. Wenn du weiterhin hier arbeiten willst – überhaupt weiterhin in dieser Stadt –, dann hältst du deinen Mund.«

»Ich werde nichts sagen.«

Er ließ ihr Handgelenk los.

* * *

»Er hatte wie ich eingesehen, dass das Ganze ein Fehler war«, sagte Andi. »Dass es nie hätte passieren dürfen.«

»Ich werde ihn nicht verlassen, weißt du.«

»Okay.«

»Er ist mein Partner, privat und geschäftlich. Das war schon immer so. Ohne einander funktionieren wir einfach nicht. Daran wird sich nie etwas ändern.«

Andi wusste nicht, was sie sagen sollte. Also sagte sie gar nichts.

»Was wirst du denn machen, wenn du jetzt bei Saint aufhörst?«, erkundigte sich Diana.

»Hat David dir das nicht erzählt?«

»Nur, dass du gehst.«

»Ich gründe meine eigene Maklerfirma.«

Diana zog eine Augenbraue hoch. »Ich wusste gar nicht, dass du eine eigene Zulassung hast. Schön für dich. In New York?«

»Nein. Ich habe gerade Räumlichkeiten am Santa Monica Boulevard angemietet.«

»Du machst wenige Blocks von uns entfernt ein Konkurrenzunternehmen auf?«

»So ist es.«

»Ah ja«, sagte Diana mit verkniffenem Gesichtsausdruck. »Davon hat mir David nichts erzählt. Nun, dann sind wir hier wohl fertig, denke ich. Ich sollte mich auf die Suche nach David machen.«

»Wieso denn?«

»Ich habe ihn nach draußen geschickt, auf einen Spaziergang. Er sollte sich beruhigen, nachdem er gehört hat, dass du bei Saint Realty aufhörst. Weißt du, Andi, vielleicht wäre es für uns alle am besten, wenn du gleich die Stadt verlässt. Warum gehst du nicht zurück nach New York?«

»Ich bin nicht Shea Snyder. Ich laufe nicht davon.«

Diana nickte kurz und ging dann zurück ins Haus.

Vom Balkon aus starrte Andi hinaus auf das blaue Wasser. Sie verspürte Erleichterung. Keine Geheimnisse mehr, keine Lügen. Keine ständigen Schuldgefühle mehr. Nick Flores hatte ihr im Endeffekt einen Gefallen getan, als er sich David gegenüber verplappert hatte. Er hatte gewissermaßen das Pflaster von der Wunde gerissen. Andi ging nach drinnen.

Flores stand immer noch mit Marcia Stringer und Betsy Bowers zusammen. Er warf Andi einen fragenden Blick zu, doch sie ignorierte ihn. Sie würde am Montag mit ihm sprechen. Jetzt wollte sie einfach nur nach Hause.

»Ein Haus wie das hier hat doch sicher einen Pool, oder?«, fragte Betsy, als ihr ein Kellner gerade Champagner nachschenkte.

»Was will man denn mit einem Pool, wenn man das Meer direkt vor der Tür hat?«, gab Marcia zurück deutete in Richtung der in der Nachmittagssonne glitzernden Wellen.

»Ich bin sicher, da wurde auch ein Pool erwähnt.«

Andi spürte, wie jemand ihren Arm umfasste. Der eiserne Griff war der von Betsy, die sagte: »Sie gehören dazu, oder? Sind Sie so lieb und zeigen uns den Pool?«

Andi unterdrückte einen Seufzer. Sie wollte einfach nur weg aus diesem verdammten Haus. Doch Betsy Bowers besaß Einfluss in Beverly Hills, und Andi wusste, sie tat gut daran, sich das Wohlwollen dieser Frau zu erhalten. Und genauso das von Betsys Freundin Marcia.

»Selbstverständlich, gern«, erwiderte Andi. »Er liegt an einer Seite des Gebäudes. Die Kacheln sind handgearbeitet und ziemlich beeindruckend. Bitte folgen Sie mir.«

Louboutin- und Manolo-Blahnik-Absätze klapperten über den gefliesten Boden, als die drei Frauen durch die offenen Schiebetüren hinaustraten und von dort aus um die Ecke zur Terrasse mit dem Pool bogen.

Der Wind fuhr ihnen durchs Haar. Einen Augenblick lang wurden sie von der Sonne geblendet. Die Brise trug einen schwachen Geruch nach Salz und Algen heran. Die drei Frauen gingen auf den Pool zu.

Andi hielt inne. Auf dem Beton gab es einen dunkelroten Fleck. Hier stimmte etwas nicht. Sie runzelte die Stirn. Das sah sehr nach Blut aus. Dann wanderte ihr Blick vom Blut zum Pool. Da trieb jemand im Wasser. Mit dem Gesicht nach unten. Mit ausgestreckten Armen. Vollständig angezogen. Ganz still.

Marcia und Betsy begannen zu schreien, doch durch das Rauschen in ihren Ohren nahm Andi die beiden kaum wahr. Sie bekam keine Luft. An den Rändern ihres Sichtfeldes sammelte sich Schwärze. Der Schweiß auf ihrem Rücken verwandelte sich in Eis. Andi wankte vom Pool weg.

Das konnte einfach nicht wirklich passieren.

Nicht noch einmal.

Kapitel 35

ARIBO

DANACH

Es war nach Mitternacht, als Aribo endlich nach Hause aufbrach. Dort lag Susan mit einer Decke auf der Couch, halb zugedeckt und alle viere von sich gestreckt. Ihr stand der Mund offen, und sie schnarchte wie ein Bär mit Nebenhöhlenentzündung. Sie trug ein Howard-Jones-Tour-T-Shirt über ihrem Top. Auf dem Couchtisch lag eine CD-Hülle: *Die größten Hits der Achtziger*. Daneben eine fast leere Rotweinflasche.

Aribo ging nach oben ins Schlafzimmer. Auch Denise bekam nichts mehr mit. Er zog sich leise aus und legte sich neben sie, wobei er sorgfältig darauf achtete, sie nicht zu wecken. Sie rührte sich nicht einmal. Der tiefe Schlummer der sehr Betrunkenen. Aribo küsste sie sanft auf die Lippen, konnte den Wein noch schmecken und flüsterte: »Alles Gute zum Hochzeitstag, Baby.«

Innerhalb weniger Sekunden schlief auch Aribo tief und fest.

* * *

Denise und Susan waren noch nicht aus ihrem Koma erwacht, als Aribo am nächsten Tag zur Arbeit aufbrach. Er positionierte ein paar Kopfschmerztabletten und ein Glas Wasser auf dem Nachttisch neben seiner Frau und tat dasselbe bei ihrer Freundin. Um die bevorstehenden Kater beneidete er die beiden nicht.

So früh am Samstagmorgen war es ruhig im Besprechungsraum.

Aribo machte es nichts aus, dass er nur so kurz zu Hause gewesen war, denn was er und Lombardi gestern über Hart und Taylor herausgefunden hatten, änderte alles.

Die anstehenden Befragungen würden interessant werden, das ließ sich mit Sicherheit sagen.

Er setzte Kaffee auf und nahm die Tasse mit an seinen Schreibtisch. Lombardi hatte er gebeten, direkt zur Autopsie zu fahren, die für zwölf Uhr mittags angesetzt war.

Das bedeutete, Aribo musste die Vernehmung von Andi Hart, die etwa zur selben Zeit auf der Wache eintreffen sollte, allein durchführen. Doch Aribo war froh, auf diese Weise nicht bei der Leichenschau anwesend sein zu müssen. Selbst nach all den Jahren verursachte ihm der Anblick Übelkeit. Aribo konnte damit umgehen, Tote zu sehen – und gesehen hatte er viele. Aber an den Anblick eines Menschen, den man aufgeschnitten hatte und bei dem die Organe sichtbar waren, würde er sich nie gewöhnen.

Lombardi hingegen machte es gar nichts aus, die obligatorischen Autopsietermine wahrzunehmen. Schließlich boten sie die Gelegenheit, in Delgados Nähe zu sein, auch wenn es sich bei ihrer Umgebung um die am wenigsten romantische der Welt handelte und die Leiche beim Rendezvous genau genommen auch etwas störte. Aribo wünschte sich, sein Partner würde die Frau einfach fragen, ob er sie einmal zu so einem Nachbarschafts-Koch-Event begleiten dürfte. Dann wäre das Ganze geregelt.

Aribo bereitete sich gerade auf die Vernehmung von Andi Hart vor, als sein Handy auf dem Schreibtisch neben ihm vibrierte. Die Nummer, die auf dem Display aufflackerte, war die von Hunter Brooks. »Spreche ich mit Detective Aribo?« Brooks' Stimme klang belegt, als wäre er gerade erst aufgewacht.

»Mr. Brooks. Ich versuche Sie seit gestern Nachmittag zu erreichen.«

»Ich hatte das Handy aus. Gerade habe ich Ihre Nachrichten abgehört und den Fernseher eingeschaltet. Am Malibu Beach Drive ist jemand gestorben? Wow, der hatte dann wohl einen noch schlechteren Tag als ich.«

Er habe sich nach einer Auseinandersetzung mit seiner Frau auf dem Makler-Event in einem Hotel in Malibu einquartiert, berichtete Hunter Brooks. Details ließ er aus, doch das Ganze klang ziemlich unangenehm. Melissa Brooks hatte die Schlösser zu Hause austauschen lassen und die Besitztümer ihres Mannes vor die Tür des Objekts in Malibu geworfen. Aribo vermutete, dass Brooks seine Frau mit Carmen Vega betrogen hatte. Die war ebenfalls aufgefordert worden, die Party zu verlassen. Brooks hatte sich dann in ein Zimmer in einem Fünfsternehotel zurückgezogen, um unter luxuriösen Bedingungen seine Wunden zu lecken.

Aribo fiel auf, dass Brooks nicht fragte, wer der oder die Tote denn sei, und überlegte, ob das daran lag, dass sich Brooks dafür nicht interessierte, oder ob Brooks die Identität bereits kannte, weil er der Mörder war.

»Am Abend vor dem Open-House-Event hatten Sie einen Termin am Malibu Beach Drive, mit Ihrem Klienten Don Garland«, stellte Aribo fest. »Was haben Sie denn danach gemacht?«

»Ich habe Garland in sein Hotel zurückgefahren. Das ist das, in dem ich jetzt wohne. Dann bin ich nach Hause.«

»Waren Sie dann noch irgendwo? Haben Sie mit jemandem gesprochen?«

»Nur mit dem Developer, als ich das Haus abgeschlossen habe. Warum interessieren Sie sich denn für Donnerstagabend? Moment mal, ist der Mord am Donnerstagabend passiert?«

»Wir versuchen nur, uns ein klares Bild davon zu verschaffen, wo alle in den Stunden vor der Party waren.«

»Wie schon gesagt, ich bin direkt nach Hause gefahren. Melissa hatte den ganzen Tag weder auf meine Anrufe noch auf meine SMS reagiert. Jetzt kenne ich ja den Grund, aber am Donnerstag habe ich mir große Sorgen um sie gemacht und wollte so bald wie möglich zurück nach Brentwood.«

»Aber bei Ihrer Heimkehr war sie nicht da.«

»Nein. Sie war zu ihren Eltern gefahren.«

»Kann irgendjemand anders bestätigen, wo Sie selbst waren?«

»Augenblick mal, warten Sie. Werde ich etwa verdächtigt?«

Aribo gab keine Antwort.

»Nein, niemand kann bestätigen, wo ich war. Ich war die ganze Nacht allein. Ich wusste ja nicht, dass ich ein Alibi … Aber warten Sie … Moment … doch! Es gibt jemanden, der bestätigen kann, dass ich zu Hause war.«

»Und wer ist das?«

»Mein Nachbar. Da kam eine Amazon-Lieferung für mich, und Jeff hat die Pakete angenommen. Er hat sie nicht lange nach meiner Rückkehr aus Malibu vorbeigebracht. Da muss ich wohl dankbar sein, dass ich eine Luftmatratze und ein Miniwaffeleisen bestellt habe!«

»Können Sie mir einen Nachnamen und Kontaktdaten von diesem Jeff nennen?«

Brooks gab ihm die gewünschten Informationen.

»Ich melde mich wieder bei Ihnen«, kündigte Aribo an. »Wie erreiche ich Sie denn am besten?«

»Auf dem Handy. Ich ziehe in ein anderes Hotel. Ins Waldorf Astoria in Beverly Hills.«

»Und dort wollen Sie bleiben?«

»Sonst kann ich ja nirgendwohin.«

* * *

Aribo sprach mit dem betreffenden Nachbarn, Jeff Barnes, der bestätigte, dass er ein paar Pakete bei Brooks abgegeben hatte. Sie hatten sich dann noch eine Weile über Fußball und eine Netflix-Serie unterhalten.

Wie es aussah, hatte Hunter Brooks ein Alibi.

* * *

Andi Hart saß am Tisch im Vernehmungsraum, und sie wirkte so, wie er sich Denise und Susan im Augenblick vorstellte. Sie war blass und ihre Haut wie wächsern, von alkoholhaltigem Schweiß überzogen. Ihre Augen waren blutunterlaufen und geschwollen.

Er reichte ihr eine Flasche Wasser frisch aus dem Automaten, von der das Kondenswasser abperlte. Voller Dankbarkeit nahm sie die Flasche entgegen und trank durstig.

»Danke«, sagte sie. »Ich fühle mich scheußlich. Das Wasser hilft.«
Aribo lächelte. »Harte Nacht, was?«
Andi nickte. »Wahrscheinlich habe ich mich vom Barkeeper zu aufmerksam bedienen lassen. Schließlich findet man nicht jeden Tag eine Leiche.«
Auf den letzten Satz ging Aribo nicht ein. Er schlug nur ein neues Blatt auf seinem Notizblock auf und drückte die Mine aus dem Kugelschreiber, um direkt loslegen zu können. Sein Handy und ein gepolsterter brauner Umschlag lagen ebenfalls auf dem Tisch.
Andi Hart massierte sich die Schläfen und stöhnte kurz auf. Ihr blondes Haar wirkte glanzlos und schlaff, als hätte sie es heute Morgen nicht gewaschen. Sie trug Jogginghose und T-Shirt, an den Füßen alte Sneakers.
»Alles in Ordnung mit Ihnen?«, erkundigte er sich. »Sie werden sich doch hier nicht übergeben, oder?«
»Alles okay. Na ja, okay ist übertrieben. Ich fühle mich grässlich, aber übergeben muss ich mich nicht.«
»Können Sie mir bitte Schritt für Schritt berichten, was gestern vorgefallen ist?«
Was Andi zu Protokoll gab, entsprach in vielem dem Statement von Nick Flores: Bowers und Stringer hatten den Pool sehen wollen, Hart hatte sie nach draußen auf die Terrasse geführt. Dann das Blut, der leblose Körper im Wasser, der Notruf, Flores' vergebliche Wiederbelebungsversuche. Aribos Kugelschreiber kratzte über das Papier, während er sich Notizen machte.
»Ich habe mir den Notruf angehört«, erklärte er, als Hart fertig war.
»So.«
»Da gab es ein paar Dinge, die mir aufgefallen sind.«
Harts Augen verengten sich leicht. »Ach?«
»Die Zentrale hat Sie gefragt, ob Sie überprüft hätten, ob die Person noch atmete. Und ob Sie Wiederbelebungsversuche gemacht hätten. Sie haben beides verneint. Warum haben Sie das

nicht getan? Sie waren doch als eine der Ersten vor Ort? Warum haben Sie nicht zu helfen versucht?«

»Das ging alles so schnell. Bevor ich reagieren konnte, ist Nick Flores schon in den Pool gesprungen, also brauchte ich das nicht zu tun. Ich dachte, es wäre sinnvoller, ich rufe die 911 an.«

»Flores sagt, als er auf der Terrasse ankam, haben Sie sich vom Pool wegbewegt, nicht auf die Leiche zu.«

»Ich war mir ziemlich sicher, dass die Person nicht mehr lebt.«

»Das ist mir ebenfalls aufgefallen. Das haben Sie auch der Zentrale gesagt, obwohl Sie zu *mir* gerade gesagt haben, Sie hätten sich der Leiche zu keinem Zeitpunkt genähert. Woher wussten Sie dann, dass die Person tot war?«

»Sie trieb schon unter Wasser, nicht an der Oberfläche. Tote sinken nach unten. Lebendige nicht. Leichen kommen erst viel später an die Oberfläche, wenn die Verwesung einsetzt. Das hat mit Gasen im Körper zu tun.«

Aribo zog beide Augenbrauen hoch. »Ich bin beeindruckt. Sie scheinen eine Menge über das Ertrinken zu wissen.«

Hart starrte ihn kurz an. »Das muss ich irgendwo gelesen haben.«

»Kannten Sie die verstorbene Person?«

»Das weiß ich nicht. Wie gesagt, ich habe die Leiche nicht gesehen, nachdem Nick sie aus dem Pool geholt hat.« Plötzlich wirkte sie besorgt.

»Es ist aber niemand aus unserem Büro, oder?«

»Nein.«

»Ein Glück. Ich höre dort auf, aber ich fände es schrecklich, wenn etwas so Entsetzliches einem Kollegen oder einer Kollegin zugestoßen wäre.«

»Ms. Hart«, setzte Aribo an. »Ich werde Sie jetzt um etwas bitten, und ich muss Sie warnen, es wird nicht einfach werden.«

Misstrauisch schaute sie ihn an. »Was soll ich tun?«

»Wären Sie bereit, sich ein Foto des Opfers anzusehen? Es handelt sich um eine Nahaufnahme des Gesichts. Möglicherweise werden Sie den Anblick als verstörend erleben.«

»Warum um alles in der Welt sollte ich mir das Foto einer verstorbenen Person ansehen wollen?«

»Wir brauchen jemanden, der eine eindeutige Identifizierung vornimmt. Üblicherweise ist das jemand aus der Familie.«

»Ja, das verstehe ich. Aber warum ...« Hart unterbrach sich. Sie starrte Aribo an. »Was soll das heißen?«

»Wir vermuten, dass es sich bei der Person, die am Malibu Beach Drive zu Tode gekommen ist, um Ihren Vater handelt.«

Aribo beobachtete Harts Gesichtsausdruck, um nichts von ihrer Reaktion zu verpassen. Doch da war keine besondere Reaktion. Ein leichter Schock, der schnell zu vergehen schien. Sonst nichts.

»Okay«, stimmte sie zu.

Er holte eine transparente Tüte der Spurensicherung aus dem dicken Umschlag. Sie enthielt eine Geldbörse, die man an der Leiche gefunden hatte. Die Geldbörse war offen, sodass man den Führerschein sehen konnte. Der Mann auf dem Foto, sein blondes Haar wurde langsam grau, hatte kalte blaue Augen. Aribo schob die Plastiktüte über den Tisch Hart zu.

»Nolan Chapman. Ihr Vater, nicht wahr?«

Sie verschränkte die Arme vor der Brust und schaute auf die Geldbörse hinab, ohne sie zu berühren. Dann nickte sie.

»In diesem Fall muss ich Sie jetzt bitten, die Identifizierung vorzunehmen, Andi. Ist das in Ordnung?«

Ein weiteres Nicken.

Aribo nahm sein Handy zur Hand und rief das Foto auf, das ihm Delgado geschickt hatte. Auch wenn man das Gesicht ein wenig hergerichtet hatte – ein schöner Anblick bot sich einem immer noch nicht. Er reichte das Gerät Hart.

Aribo hatte bei der Identifizierung durch Angehörige schon viele verschiedene Reaktionen erlebt. Manche brachen aus Schock und Trauer zusammen, manche blockten ab und weigerten sich, den Verlust des geliebten Menschen zu akzeptieren, wieder andere reagierten aggressiv. Hart tat nichts davon. Sie sagte nur: »Ja, das ist Nolan Chapman.« Ihr Gesicht blieb unbewegt. Sie hätte ebenso gut gerade einen Kellner informieren können, dass sie Milch in den Kaffee oder Pommes frites zu ihrem Hamburger wollte – genauso wenig Emotion zeigte sie jetzt.

»Sehr mitzunehmen scheint Sie das ja nicht«, kommentierte Aribo.

»Das ist richtig«, gab sie zurück. »Ich habe zwanzig Jahre nicht mehr mit ihm gesprochen.«

»Warum denn nicht?«

Hart zuckte die Schultern. Starrte auf die Tischplatte. Gab keine Antwort.

»Ist es wegen des Vorfalls in Kissimmee?«, erkundigte er sich.

Ruckartig hob sie den Kopf. »Sie wissen davon?«

»Ich habe den Bericht gelesen. Damals haben Sie auch eine Leiche in einem Pool gefunden.«

Kapitel 36

ANDREA
VOR 20 JAHREN

Andrea Chapman war ziemlich zufrieden mit sich und der Welt, als sie an jenem Freitagnachmittag mit ihrer besten Freundin Shelby Talbot den Heimweg von der Schule antrat.

Sie hatte es ins Debattenteam geschafft, und alle glaubten fest an die Chance, die nächste Runde mit Teilnehmenden aus dem ganzen Bundesstaat erreichen zu können. Außerdem hatte Blake Westbrook sie endlich, endlich um ein Date gebeten. (Okay, genau genommen hatte er gesagt: »Warum hängen wir nicht morgen zusammen im Old Town ab?« – aber das zählte ganz eindeutig als Date.)

Das Old Town in Kissimmee war ein Vergnügungspark und Unterhaltungsviertel mit altmodischen Läden, Restaurants und Fahrgeschäften. Bei dem Gedanken, mit Blake Westbrook in einer der Achterbahnen zu knutschen, spürte Andrea ein Prickeln auf der Haut.

Sie konnte es gar nicht erwarten, ihrer Mutter von der Sache mit dem Debattenteam zu erzählen. Das mit dem Date würde sie allerdings für sich behalten. Sie ging noch auf die Junior High, während Blake schon ein Senior war, und das würde ihrer Mutter vermutlich nicht gefallen. Wenn ihr Vater es herausfand, würde er ihr das Date einfach verbieten. Sie musste aufpassen, dass man sie im Old Town nicht mit Blake erwischte, denn es bestand die Möglichkeit, dass ihr Vater sich die wöchentliche Oldtimer-Show ansah, und vielleicht würde er auch ein bisschen in seinem babyblauen 65er Ford Zodiac durch die Gegend fahren. Hin und wieder tat er das samstagabends gern.

An ihrer Ecke verabschiedete sich Andrea wie üblich von Shelby und bog in die Petronia Street ein. Es war ein schöner Tag, angenehm warm, aber nicht zu heiß. Mrs. Prescott versorgte im Vorgarten ihre Rosen.

»Hi, Mrs. Prescott.«

»Ach, hallo, Andrea.« Die Nachbarin zog sich einen Gartenhandschuh von der Hand und wischte sich den Schweiß von der Stirn. »Wie geht es denn deiner Mom? Besser, hoffe ich?«

Andrea runzelte die Stirn.

»Besser?«

»Ja. Sie verkauft ein Haus für eine Freundin von mir, und eigentlich hätte es heute Morgen einige Besichtigungstermine geben sollen, aber dann hat Patti heute früh angerufen und das Ganze abgesagt, weil sie sich nicht gut gefühlt hat.«

Patti Hart war eine bekannte und allgemein beliebte Maklerin. Andrea wollte gerade sagen, dass es ihrer Mutter ganz ausgezeichnet gegangen war, als sie selbst heute Morgen zur Schule aufgebrochen war. Aber ihre Mutter war absolut zuverlässig, musste also einen guten Grund gehabt haben, die Termine abzusagen.

»Wahrscheinlich einer dieser grässlichen Infekte, bei denen man sich vierundzwanzig Stunden lang ganz scheußlich fühlt«, antwortete Andrea. »Ich werde meiner Mom ausrichten, dass Sie nach ihr gefragt haben.«

Andrea ging weiter die Straße entlang und verlagerte dabei ihre schwere Büchertasche von einer Schulter auf die andere. Als sie zu Hause ankam, stellte sie fest, dass das Auto ihrer Mutter in der Auffahrt stand. Vielleicht hatte Mrs. Prescott ja recht, und ihre Mutter war tatsächlich kurzfristig krank geworden. Dann fiel Andrea auf, dass die Holzjalousien im vorderen Fenster halb heruntergelassen waren, und ihre gute Laune löste sich schlagartig in Luft auf.

Sie schloss die Haustür auf und trat in den Flur. Glasscherben, eine Wasserlache und Blumen auf dem Boden. Andrea wusste, die Scherben gehörten zu der Vase, die ihre Mom letzten Sommer bei einem Hinterhofverkauf erworben hatte. Normalerweise stand die Vase auf einem niedrigen Schrank, und immer war sie voller frischer Blumen. Auch eine Lampe war umgeworfen worden.

Andrea ließ die Büchertasche fallen und schloss die Tür. Es fühlte sich an, als ob ein Knoten in ihrem Schädel zu pulsieren begann, der Schmerz glitt ihren Nacken hinunter und setzte sich in ihren Schultern fest. Im Haus herrschte eine schreckliche Stille, in der Luft lag eine Anspannung, die Andrea nur zu gut kannte. Die Leute sprachen oft von der Ruhe vor dem Sturm, aber für Andrea war es immer die Stille nach dem Gewaltausbruch.

»Mom?«, rief sie.

Keine Antwort.

Das Wohnzimmer war warm und stickig und leer. Das einzige hörbare Geräusch war das Surren des Deckenventilators, dessen Rotoren vergeblich versuchten, Bewegung in die stehende Luft zu bringen. Weil die Jalousien heruntergelassen waren, konnte niemand von draußen erkennen, was sich drinnen abspielte.

Andrea kannte die Bedeutung von heruntergelassenen Jalousien.

Sie trat wieder hinaus in den Flur, stieg vorsichtig über die Scherben und die herumliegenden Blumen und die Wasserlache. Der Lampenschirm stand schief.

»Mom?« Lauter diesmal.

Andrea hielt inne, lauschte.

Nichts.

Keine Antwort.

Sie hörte nichts außer ihrem eigenen Herzen. Klopf, klopf, klopf.

Andrea ging weiter in die Küche. Dort lag ein Stuhl mit den Beinen in der Luft. Auf dem Tisch stand eine leere Wodkaflasche. Aus Andreas unbestimmter Angst wurde nun eine konkrete. Es gab nur eine Person in diesem Haus, die Wodka trank.

Er.

Manchmal mit Eis. Manchmal als Wodka Martini. Und immer musste seine Frau den Wodka servieren.

Als Andi zur Schule aufgebrochen war, hatte die Flasche noch nicht auf dem Tisch gestanden. Die drei hatten wie gewöhnlich zusammen gefrühstückt. Müsli für sie, Obst für ihre Mutter (die immer auf ihre Figur achtete), Rührei und schwarzen Kaffee für ihn.

Danach hatte jemand das Geschirr und Besteck abgewaschen und in Schränken und Schubladen verstaut.

Die Hintertür, die zu dem vergitterten Poolbereich führte, war angelehnt. Andrea ging darauf zu. Ihr Herzschlag hämmerte weiter, viel zu schnell.

Klopf, klopf, klopf.

Sie griff nach der Klinke, zog die Tür ganz auf und betrat den Poolbereich.

Ihre Mutter trieb im Wasser.

Ihr blondes Haar hatte sich um sie herum ausgebreitet. Ihre Arme waren zu beiden Seiten ausgestreckt, als würde sie fliegen. Sie trug legere Kleidung, Jeans und ein knallpinkes T-Shirt, keinen der schicken Anzüge mit Rock, die sie normalerweise zur Arbeit anhatte. Dabei hatte sie doch Termine gehabt.

Sie war unter Wasser. Mit dem Gesicht nach unten. Bewegte sich nicht.

»*Mom*!«

Andrea sprang in den Pool und zog ihre Mutter an die Oberfläche, sorgte dafür, dass ihr Gesicht aus dem Wasser ragte. Ihre Augen waren geschlossen, unter ihrer Sonnenbräune wirkte ihr Gesicht totenbleich, und sie war schwer, so schwer. Es gelang Andrea, sie über die Leiter an der Ecke aus dem Pool zu bekommen und an der Seite hinzulegen. Dann begann sie, den Brustkorb ihrer Mutter zu bearbeiten. Sie schrie und weinte und betete. Doch sie wusste, dass es zu spät war.

Sie wusste auch, wer hierfür die Verantwortung trug.

Er.

* * *

Die Polizeibeamtin ging behutsam und voller Mitgefühl vor, bohrte mit ihren Fragen nur sanft nach. Aber sie stellte nicht die richtigen.

War deine Mutter in letzter Zeit traurig?
War sie depressiv?
Hat sie mehr getrunken als sonst?
Hat sie oft tagsüber getrunken?
Hat sie sich irgendwann mal wehgetan oder einen Unfall gehabt, nachdem sie getrunken hatte?

Andi versuchte der Frau zu erklären, dass ihre Mutter keine Alkoholikerin gewesen war. Dass sie nur manchmal zum Abendessen ein Glas Wein trank, vielleicht sogar mehrere, wenn sie sich mit einer Freundin zum Lunch traf. Patti Hart hatte nicht zu den Leuten gehört, die sich sinnlos betranken und dann Gegenstände umstießen. Harte Getränke rührte sie nie an. Und ganz bestimmt hatte sie sich nicht so sehr betrunken, dass sie in den Pool hätte fallen und ertrinken können.

Depressiv? Gut, ihre Mutter wirkte nicht immer superfröhlich, aber wenn man mit einem Monster verheiratet war, fiel es einem auch nicht leicht, immer ein Lächeln im Gesicht zu haben. Wenn man jeden einzelnen Tag seines Lebens in Angst zubrachte. Doch davon erzählte Andrea der freundlichen Polizeibeamtin nichts.

»Nein, meine Mutter war in letzter Zeit nicht traurig«, berichtete Andi. »Sie war sogar ziemlich gut drauf in den letzten paar Wochen. Besser als lange vorher.«

Das stimmte auch.

»Das ist wohl gar nicht so ungewöhnlich«, kommentierte die Polizistin mit einem traurigen Lächeln.

»Was denn?«

Die Frau ließ diese Frage unbeantwortet. Sie sagte nur: »Du hast uns sehr geholfen, Andrea. Es tut mir so leid, was passiert ist. Mein herzliches Beileid.«

Später begriff Andrea, was die Polizeibeamtin gemeint hatte. Dass manche an einer Depression erkrankte Menschen kurz vor ihrem Suizid glücklich wirkten, weil sie die Entscheidung getroffen und ihren Frieden damit gemacht hatten.

Das war alles Bullshit.

Es passte nicht zu Patti Hart, sich das Leben zu nehmen. Zuallererst gab es keinen Abschiedsbrief. Sie hätte Andrea nie mit *ihm* allein gelassen. Und niemals, unter gar keinen Umständen, hätte sie das Ganze so arrangiert, dass Andrea ihre Leiche fand.

Aber die Cops glaubten, es wäre so abgelaufen. Unfall oder Selbstmord. Patti Hart hatte sich eine ordentliche Menge Grey Goose hinter die Binde gekippt und ein paar Gegenstände umgestoßen, war dann zum Pool gewankt. In den war sie entweder gefallen oder absichtlich gestiegen.

Die Polizistin hätte ganz andere Fragen stellen müssen, nämlich folgende:

Gab es irgendjemanden, der ihr wehtun wollte?
Warum hatte sie alte blaue Flecken am Körper?
Wo war ihr Ehemann, als dieser sogenannte Unfall passierte?

Aber die Haustür war bei Andreas Rückkehr aus der Schule verschlossen gewesen. Auch die Fenster – verschlossen und verriegelt. Die Tür, durch die man vom Pool aus nach draußen in den Hinterhof kam, erwies sich als ebenfalls verschlossen und unbeschädigt. Keiner der Nachbarn in der Petronia Street hatte irgendetwas gemeldet oder irgendwelche verdächtigen Personen rund ums Haus bemerkt. Es gab keine Anzeichen, dass sich jemand gewaltsam Zutritt zum Haus verschafft hatte.

Doch ein Mörder brauchte sich nicht gewaltsam Zutritt zu verschaffen, wenn er einen Hausschlüssel besaß.

* * *

Später, nachdem man die Leiche in die Leichenhalle gebracht hatte und die Beamten und die Leute von der Spurensicherung gegangen waren, aßen Andrea und ihr Vater schweigend am Tisch zu Abend. Sie bekam nicht viel herunter, schob das Essen mit ihrer Gabel auf dem Teller herum. Sie versuchte nicht zu weinen, ihn nicht wütend zu machen. Er aß alles bis auf den letzten Bissen auf und gönnte sich dazu zwei Gläser Wein.

Sie bat, vom Tisch aufstehen zu dürfen.

»Noch nicht, Andrea«, gab er zurück. »Erst muss ich dir noch etwas zu den Vorfällen von heute sagen. Du musst das wissen. Deine Mutter hatte ein Alkoholproblem. Fast jeden Tag hat sie getrunken. Meistens Wodka, damit du es nicht an ihrem Atem riechen konntest. Sie hat es vor dir und vor allen anderen verborgen. Vor allen anderen außer vor mir.«

Das Einzige, was Patti Hart vor der Welt verborgen hatte, waren die Schläge, die sie von ihrem Ehemann bekam.

Nolan Chapman.

Angesehener Eigentümer einer Baufirma. Beliebtes Mitglied des Country-Clubs. Ehrgeiziger Tennisspieler. Freundlicher Nachbar. Frauenschläger.

»Kann ich jetzt bitte in mein Zimmer?«

Oben öffnete Andrea das alte Schmuckkästchen auf ihrer Kommode. Leise Musik erklang, und die winzige Ballerina drehte sich ein wenig ruckartig. Andrea holte das goldene Armband hervor, das sie zusammen mit ihrer Mutter zu ihrem sechzehnten Geburtstag ausgesucht hatte, und befestigte es an ihrem Handgelenk. Die meisten der mit Klebeband rund um den Spiegelrahmen angebrachten Fotos zeigten Andrea und Shelby beim Grimassenschneiden, aber es gab da auch ein paar von Patti. Jetzt kamen wieder die Tränen, und diesmal versuchte Andrea nicht, sie zurückzuhalten.

Nach einer Weile trat sie ans Fenster und schaute hinunter auf den vergitterten Pool und das unbewegte blaue Wasser, das auch durch die Metallverkleidung deutlich zu erkennen war. Sie würde das nie wieder tun können, ohne den bewegungslosen Körper ihrer Mutter vor sich zu sehen.

Dann musste sie an etwas anderes denken. Eine Erinnerung, die plötzlich hochkam. An einen anderen Tag vor einigen Monaten ...

Andrea war früher als sonst aus der Schule gekommen, weil ihr Fußballtraining ausfiel. Genau wie heute war die Hintertür offen gewesen. Sie hatte Stimmen gehört. Seine klang wütend, ihre flehend. Andrea war an die Tür gegangen und hatte in den vergitterten Poolbereich geschaut.

Sie hatte ihre Mutter flach auf dem Bauch liegen sehen, direkt am Beckenrand. Andreas Vater kniete neben ihr, über sie gebeugt. In einer Faust hielt er eine Handvoll von ihrem Haar. Pattis Haar, ihr Gesicht und ihre Bluse trieften vor Nässe. Er schrie auf sie ein. Nannte sie eine dreckige Hure. Verlangte zu wissen, wen sie diesmal vögelte. Sie flehte ihn an, er solle sie loslassen. Dann drückte er ihr das Gesicht unter Wasser.

»Hör auf!«, hatte Andrea aus dem Türrahmen geschrien.

Ihr Vater hatte überrascht zu ihr hochgeschaut. Dann hatte er ihre Mutter losgelassen. Sie weggestoßen. Ihre Mutter hatte am Beckenrand gelegen. Hustend und würgend wieder zu Atem zu kommen versucht.

»Geh in dein Zimmer, Andrea«, hatte ihr Vater befohlen. Aus seinen blauen Augen sprach kalte Wut.

Sie war nach oben gerannt. Dann hatte sie das dumpfe Geräusch gehört, mit dem das Garagentor aufging, gefolgt von dem des startenden Zodiac. Als sie aus dem Fenster blickte, sah sie, dass ihre Mom noch immer am vergitterten Pool saß, die Knie bis ans Kinn hochgezogen. Weinend.

Die Vorwürfe, ihre Mom würde fremdgehen, hatte Andrea schon eine Million Mal gehört, obwohl Shelby einmal mitbekommen hatte, wie ihre Mutter einer Freundin erzählte, Nolan Chapman treibe es mit jungen Frauen, nicht viel älter als seine eigene Tochter.

Es hatte Nolan Chapman immer wütend gemacht, dass seine Frau nach wie vor ihren Mädchennamen führte. Wann immer das Thema zur Sprache kam, und das war oft der Fall, hatte Patti versucht, es ihm in aller Ruhe zu erklären: »Alle in der Stadt kennen mich unter dem Namen Patti Hart. Meine Firma ist als ›Patti Hart Real Estate‹ registriert. Meine Verträge, meine Geschäftskonten und meine Steuerangaben laufen ebenfalls über diesen Namen. Es wäre ein Albtraum gewesen, alles zu ändern, und das wäre es auch heute noch. Außerdem würden Kosten entstehen, weil ich mein Briefpapier, mein Werbematerial, meine Zeitungsannoncen entsprechend ändern müsste. Neue Schilder müsste ich auch machen lassen ...«

»Bullshit! Du willst die Leute glauben machen, du wärst immer noch Single, damit Männer auf dich zukommen und du mit ihnen flirten und vögeln kannst.«

»Ich trage doch einen Ehering, Nolan! Jetzt bist du wirklich albern.«

»Einen Ehering kann man ganz schnell vom Finger ziehen. Den Namen seines Ehemannes wird man nicht so schnell los. Ist dir eigentlich klar, wie erbärmlich mich das aussehen lässt? Weißt du, was die Leute hinter meinem Rücken über mich sagen? Wie kann seine Frau Respekt vor ihm haben, wenn sie nicht einmal seinen Namen annimmt? So reden sie über mich.«

Damit hatte der Streit dann jedes Mal richtig begonnen.

Mit Stößen, Schlägen und Tritten.

Mit Schreien und Weinen und Betteln.

Andrea trat vom Fenster weg und zog sich zum Schlafen aus, obwohl sie wusste, sie würde kein Auge zutun. Sie öffnete die oberste Schublade ihrer Kommode und runzelte die Stirn. Ihr Schlafanzug war weg. Stattdessen lagen da ein paar unordentlich zusammengefaltete Band-T-Shirts.

Sie öffnete die nächste Schublade: Dort bewahrte sie normalerweise ihre T-Shirts auf. Entdeckte den Schlafanzug, den jemand zwischen einige Pullover gestopft hatte. Auch die Lade mit ihrer Unterwäsche war unordentlicher als sonst. Statt sie zu sortieren, hatte jemand die BHs und Unterhosen einfach hineingeworfen.

Andrea ging in ihr Badezimmer. Shampoo und Pflegespülung standen oben auf dem Schrank. Sie selbst stellte sie immer in die Dusche, zusammen mit dem Duschgel. Sie öffnete den Medizinschrank und sah, dass ihre Feuchtigkeits- und die Waschlotion auf dem falschen Brett standen. Auch ihr Lieblingsparfum war da, dabei hätte es auf der Kommode neben dem Schmuckkästchen stehen sollen.

Andi schlich sich hinaus auf den Flur. Unten lief der Fernseher mit Donnergetöse. Es klang wie *Seinfeld*. Ihr Vater lachte laut mit dem Studiopublikum mit. Seine Frau lag in einem Kühlfach in der Leichenhalle, und er saß da und lachte.

Sie schlich sich in das Schlafzimmer ihrer Eltern und öffnete den Kleiderschrank ihrer Mutter. Andi konnte sofort erkennen, dass hier nichts mehr stimmte. Normalerweise sortierte Patti ihre Kleidung sehr sorgfältig nach einer bestimmten Anordnung: Zuerst kamen die Blusen, dann die Kleider, dann kamen die Hosen, die Jeans, ihre Anzüge für die Arbeit. Stattdessen hatte jemand eine Bluse zwischen zwei Paar Hosen gesteckt. Am Ende der Garderobenstange gab es mehr Hosen an der Stelle, wo Patti ihre Anzugkombinationen aufbewahrte. Ein paar Jeans hingen zwischen zwei Kostümen. Ihre Schuhe waren außerdem einfach so auf den Schrankboden geworfen worden. Das passte überhaupt nicht zu Patti. Die war geradezu obsessiv ordentlich gewesen.

Andrea verließ das Schlafzimmer. Unten lachte ihr Vater immer noch über Jerry Seinfeld und Larry David. Sie ging ins Gästezimmer. Dort öffnete sie den Schrank, in dem sich das überzählige Bettzeug, die Handtücher und Koffer und Reisetaschen befanden. Sie zog an der Schnur für die Innenbeleuchtung, um besser sehen zu können. Die Koffer standen in der verkehrten Reihenfolge. Andrea kniete sich hin und spähte in den Schrank. Die kleinen Vertiefungen im Teppich, mit dem der Schrank ausgelegt war, passten nicht mehr mit den Rädern überein.

Andi dachte daran, dass sie neulich mitbekommen hatte, wie ihre Mutter flüsternd in der Küche telefonierte, als ihr Vater länger als gewöhnlich im Büro blieb und sie geglaubt hatte, Andrea würde oben ihre Hausaufgaben machen.

Vielleicht hatte ihr Vater ja recht gehabt. Vielleicht hatte Patti Hart wirklich einen Geliebten. Vielleicht aber auch einen Freund, der den wirklichen Grund für die blauen Flecke und das dick aufgetragene Make-up kannte.

Einen Menschen, der Patti helfen wollte. Jemanden, der ihr geraten hatte, aus der Ehe auszubrechen, in der sie misshandelt wurde.

Patti hatte für sich und für ihre Tochter eine Tasche gepackt. Sie hatte Nolan Chapman verlassen wollen. Mit Andrea irgendwo weit weg von der Petronia Street neu anfangen.

Diese Chance war ihr nicht vergönnt gewesen.

Kapitel 37

ANDI
DANACH

»Wenn Sie zum letzten Mal vor zwanzig Jahren mit Nolan Chapman gesprochen haben, waren Sie damals, einen Augenblick, sechzehn?«

»Das stimmt«, bestätigte Andi.

Während ihr Vater auf der Arbeit war, hatte sie einige Kleidungsstücke und Unterwäsche und ihr goldenes Armband und die ihr so wichtigen Fotos in einen Rucksack gestopft. Genau wie ihre Mom. Nur mit dem Unterschied, dass Andi nicht erwischt wurde. Sie endete nicht mit dem Gesicht nach unten im Pool. Ihr gelang die Flucht, und dann war sie per Anhalter nach Orlando gefahren.

Aribo nickte und kritzelte gedankenverloren irgendetwas auf den gelben Notizblock. Er war etwa Mitte vierzig, schätzte sie. Er sah nicht schlecht aus und war gut in Form, als würde er viel Zeit im Fitnessstudio verbringen. Seine Stimme hatte einen weichen, freundlichen Klang, doch der Blick seiner braunen Augen war wach und aufmerksam.

»Er hat Sie nicht vermisst gemeldet?«, erkundigte er sich. »Nicht versucht, Sie zu finden? Bei der Polizei in Kalifornien liegt keine Meldung vor. Das haben wir überprüft.«

Andi dachte an den Zettel, den sie Chapman hinterlassen hatte.

Versuche nicht, mich zu finden. Sonst erzähle ich, was du getan hast.

»Da müssen Sie ihn fragen«, gab sie zurück. »Ach, Moment, das geht ja gar nicht.«

Ein kleines Lächeln. »Und wie lief das mit der Schule?«
»Ich bin abgegangen.«
»Warum sind Sie von zu Hause weg?«
»Ich konnte nicht bei ihm bleiben.«
»Warum nicht?«

Andi gab keine Antwort. Das Kreuzverhör verschlimmerte ihre Kopfschmerzen. Ihre Kehle fühlte sich an wie Schmirgelpapier. Gestern Abend hatten die Tequila Shots die Erinnerung an einen Tag voller peinlicher Auseinandersetzungen mit Verona, Diana und David abgemildert. Jetzt wollte sie sich schon beim Gedanken an Salz und Zitrone übergeben. Sie schraubte den Deckel von der Wasserflasche und trank einen weiteren Schluck. Das Wasser schmeckte herrlich.

Aribo fragte: »Haben Sie Ihrem Vater die Schuld an dem gegeben, was Ihrer Mutter zugestoßen ist?«

Andi schaute ihn über den Tisch hinweg an. »Ja, das ist richtig.«

»Es war ein entsetzlicher Unfall, Andi. Niemanden trifft die Schuld. Das steht alles im Ermittlungsbericht der Polizei.«

»Der Ermittlungsbericht ist Bullshit.«

»Auch die weiteren Untersuchungen haben ergeben, dass es sich um einen Unfalltod handelte.«

Als das Urteil öffentlich geworden war, hatte Andi Kissimmee bereits verlassen. Sie hatte in der Zeitung davon gelesen. Wenigstens war man von der lächerlichen Idee abgekommen, Patti Hart hätte Selbstmord begangen. Stattdessen glaubten jetzt alle an die Theorie mit der dummen, unvorsichtigen Alkoholikerin, ertrunken im eigenen Pool.

»Das war auch Bullshit«, war ihr einziger Kommentar.

»Was, glauben Sie, ist damals geschehen?«, fragte Aribo. »Glauben Sie, Ihr Vater hat Ihre Mutter umgebracht?«

Andi starrte auf die Tischplatte. Sie wollte nicht über all das reden. Heftig biss sie sich auf die Unterlippe. Vor dem Polizisten würde sie nicht weinen.

»Nolan Chapman hatte ein Alibi«, fuhr Aribo fort. »Er war auf der Arbeit. Zwei seiner Kollegen haben ihm ein Alibi gegeben.«

»Das waren keine Kollegen«, erwiderte Andi bitter. »Das waren Angestellte. Sie haben für ihn gearbeitet und getan, was er ihnen gesagt hat.« Wieder begegnete sie Aribos Blick. »Und sie haben ausgesagt, was er ihnen befohlen hat. Wenn er den ganzen Tag auf der Arbeit war, wie kann es dann sein, das Mr. Scovil den Zodiac um die Mittagszeit in die Garage hat fahren sehen?«

»Mr. Scovil war sehr alt. Verwirrt. Die zuständigen Polizeibeamten glauben, er hat sich im Wochentag geirrt.«

»Mr. Scovil war sechsundsiebzig und völlig klar im Kopf. Er wusste ganz genau, was er gesehen hat.«

Andi war der Überzeugung, dass Chapman irgendwie von Pattis Plan erfahren hatte, ihn zu verlassen. Vielleicht war er auch durch einen reinen Zufall nach Hause gekommen und hatte sie beim Packen erwischt. Er hatte den Zodiac in die Garage gefahren, weil er ihn nie im prallen Sonnenlicht stehen ließ. Dann hatte er Patti gezwungen, eine Flasche Wodka leer zu trinken, und sie im Pool ertränkt. Er hatte den Mord wie einen Unfall aussehen lassen.

»Was haben Sie denn dann gemacht?«, fragte Aribo.

»Ich bin nach Orlando gegangen.«

»Und dann? Sie waren doch erst sechzehn.«

»Ich habe als Kellnerin gearbeitet. In Hotels geputzt und in den Vergnügungsparks gearbeitet. Dann habe ich Abendunterricht genommen und meinen Abschluss gemacht, schließlich die Maklerlizenz erworben und einen Job in einem Maklerbüro gefunden.« Andi trank einen weiteren Schluck Wasser. »Wollen Sie auf irgendetwas hinaus, Detective Aribo? Ich würde jetzt ehrlich gesagt lieber im Bett liegen und mich bei einem Big Mac und einem Schokomilchshake mit meinem Kater befassen, statt mich in diesem völlig überheizten Zimmer irgendwelchen Erinnerungen hinzugeben.«

Aribo lächelte. »Ich will ja nur eine Vorstellung davon bekommen, welche Beziehung Sie zum Opfer hatten. Aber Sie haben recht, hier drin ist es wirklich ziemlich heiß.«

»Ich habe genug Fernsehsendungen gesehen, um diesen Polizeitrick zu kennen. Die Temperatur in den Vernehmungsräumen wird hochgefahren, damit der Verdächtige quasi ein Geständnis rausschwitzt.«

»Haben Sie denn ein Geständnis zu machen?«, fragte Aribo in lockerem Ton.

»Werde ich denn verdächtigt?«, schoss sie zurück.

»Sie sind aus Florida nach New York umgezogen, und Sie haben einen anderen Namen angenommen. Warum?«

»Warum ich nach New York umgezogen bin oder warum ich einen anderen Namen angenommen habe?«

»Beides.«

»Ich wollte schon immer in New York leben. Den Namen Chapman wollte ich nicht. Wissen Sie was? Er wollte mich unbedingt Andrea nennen. Meine Mutter durfte da nicht mitreden. Ihr hätte der Name Emily gefallen. Also habe ich Andrea zu Andi abgekürzt und den Mädchennamen meiner Mutter angenommen.« Sie lachte. »Glauben Sie mir, das hat ihn mit Sicherheit richtig wütend gemacht.«

»Warum sind Sie aus New York weg?«, wollte Aribo wissen.

»Er ist nach New York gezogen, darum bin ich nach L.A. gegangen.«

»Aber nicht lange nach Ihrem Umzug hierher hat Nolan Chapman das Grundstück am Malibu Beach Drive erworben und das Haus bauen lassen. Ich habe mir die entsprechenden Grundbucheinträge angeschaut. Dann hat er das Maklerbüro, für das Sie gearbeitet haben, für den Hausverkauf angeheuert.«

»Das ist korrekt.«

»Auf mich wirkt das so, als hätte er wieder Kontakt zu Ihnen aufnehmen wollen. Aber Sie sagen, Sie haben ihn zwanzig Jahre nicht gesehen.«

»Ich habe gesagt, ich habe zwanzig Jahre nicht mit ihm gesprochen. Gesehen habe ich ihn einmal in New York. Durch eine Fensterscheibe. Das war genug. Und er wollte nicht wieder Kontakt zu mir aufnehmen.«

»Nein? Was wollte er denn sonst?«

»Nolan Chapman ging es immer nur um Kontrolle«, erklärte Andi. »Um Kontrolle und um Macht. Er hat seine Ehefrau kontrolliert, seine Angestellten, sogar seine Freunde. Er hat mich kontrolliert, bis ich sechzehn war. Diese Kontrolle wollte er zurück. Er wollte wissen, wo ich war, mit wem ich zusammen war und was ich tat. Er ist mir nach New York gefolgt und dann hierher.«

»Wann haben Sie herausgefunden, dass er der Eigentümer des Hauses am Malibu Beach Drive war?«

»Am Donnerstagabend.«

»In seiner Todesnacht.«

Andi spürte, wie Kälte ihre Eingeweide durchlief. Sie starrte den Ermittler an. Inzwischen hatte sie eine ziemlich genaue Vorstellung davon, worauf das Ganze hinauslief. »Ich dachte, er wäre bei dem Open-House-Event gestorben.«

Aribo durchbohrte sie förmlich mit seinem Blick. »Dachten Sie das wirklich?«

»Ja.«

»So war es nicht. Er ist am Donnerstagabend gestorben. Haben Sie ihn umgebracht?«

»Nein.«

»Vielleicht wollten Sie für Ihre Mutter Rache üben? Oder einfach nur, dass er für immer aus Ihrem Leben verschwindet?«

»Vielleicht hat er sich aber auch so richtig betrunken und ist in den Pool gestürzt. Ein ›Unfall‹, genau wie bei meiner Mutter. Karma. So nennt man das, oder?«

»Nein, Andi, das nennt man Mord. Nolan Chapman wurde zweimal auf den Kopf geschlagen, bevor er ins Wasser fiel. Haben Sie ihm diese Schläge zugefügt?«

»Nein.«

»Aber Sie waren im Haus, als er zu Tode kam.«

Keine Frage. Das war es. Das hatte Detective Aribo die ganze Zeit vorgehabt. Sie zum Reden zu bringen, ein Motiv aus ihr herauszuholen, ihr dann nachzuweisen, dass sie vor Ort gewesen war.

Sie spürte dicken, kalten Schweiß in ihrem Rücken. Leckte sich über die trockenen Lippen. »Ich weiß nicht, wann genau er gestorben ist.«

Aribo sagte es ihr. »Wir haben Videomaterial, das Ihr Auto kurz zuvor auf dem Malibu Beach Drive erfasst.«

»Ich bin am Donnerstagabend zum Haus gefahren, aber ich bin nicht reingegangen, und Chapman habe ich weder gesehen noch gesprochen.«

»Sie sind also diesen ganzen Weg gefahren und haben dann ... einfach nur in Ihrem Auto gesessen?«

Andi nickte. »Als ich erfuhr, dass das Haus Chapman gehört und dass er mich wochenlang verfolgt hat, war ich unglaublich wütend. Ich bin ins Auto gesprungen und nach Malibu gefahren, um ihn zur Rede zu stellen. Die Raumausstatterin hatte mir erzählt, er würde dort sein, um vor dem Open-House-Event alles zu überprüfen. Als ich dort ankam, brannten drinnen alle Lichter. Ich habe eine Weile im Wagen gesessen und einfach das Haus beobachtet.«

»Warum sind Sie nicht zu ihm gegangen?«

»Dazu hatte ich keine Gelegenheit. Wie gesagt, ich hatte zwanzig Jahre lang nicht mit ihm gesprochen. Ich wollte mich darauf einstimmen, mich entscheiden, ob ich wirklich nach all der Zeit mit ihm reden wollte. Als ich gerade beschlossen hatte, dass ich das tatsächlich wollte, ihm sagen wollte, er solle sich verdammt noch mal aus meinem Leben raushalten, kam ein anderes Auto. Kurz darauf bin ich weggefahren. Nach Hause.«

»Welche Route haben Sie genommen?«

»Ich bin weiter die Straße entlang und bei der ersten Möglichkeit abgebogen. Von dort aus habe ich mir den Weg zurück zum Highway gesucht. Dann bin ich durch die Berge und bei Calabasas auf den Freeway 101.«

»Haben Sie den Wagen erkannt, der da angekommen war?«

»Natürlich, es war Krystals Porsche.«

»Und haben Sie Mrs. Taylor gesehen?«

»Ja. Ich habe im Rückspiegel gesehen, dass sie ausstieg und in den Wagen griff, um irgendetwas herauszuholen.«

»Und was war das?«

»Ich konnte es nicht genau erkennen, aber es sah aus wie eine Flasche. Sie hielt sie am Hals fest. Wie ich Krystal kenne, wahrscheinlich Champagner.«

Aribo schien sich ein bisschen aufrechter hinzusetzen. »Hat sie eine Lieblingsmarke?«

»Cristal«, sagte Andi ohne jedes Zögern. »Weil der teuer ist und weil der Name wie ihr eigener klingt.«

Kapitel 38

ARIBO
DANACH

Lombardi kehrte um kurz vor vierzehn Uhr von Nolan Chapmans Autopsie zurück.

»Delgado meint, die beiden Wunden am Hinterkopf stammen von einem stumpfen Gegenstand«, berichtete er. »Wir haben es jetzt also offiziell mit einem Mord zu tun.«

Aribo nickte. »Konnte sie Genaueres zum Ablauf sagen?«

»Sie geht davon aus, dass er den ersten Schlag im Stehen abbekommen hat. Wahrscheinlich kam er unerwartet und hat gereicht, um Chapman benommen zu machen. Er ist auf die Knie gefallen, und dann hat ihm der Täter zum zweiten Mal auf den Hinterkopf geschlagen. Diesmal war die Wunde tiefer und hat wohl größeren Schaden angerichtet. Da war viel Blut, und er hat das Bewusstsein verloren. Wie er im Pool gelandet ist, wissen wir immer noch nicht.«

Aribo informierte seinen Partner kurz über die Vernehmung von Andi Hart. »Was hältst du von einem Überraschungsbesuch bei der kranken Krystal Taylor?«, sagte er dann.

Unterwegs holen sie sich in einem Restaurant in der Agoura Road schnell etwas zum Mitnehmen. Sie aßen auf dem Parkplatz, benutzten die Motorhaube von Aribos Mustang als Tisch für Essen und Getränke.

Aribo hatte sich für das Sandwich mit Huhn entschieden, Lombardi für Tacos und Spiralpommes, die er innerhalb von zwei Minuten verschlang. Aribo beobachtete ihn. »Wie kannst du so bald nach einer Autopsie überhaupt etwas essen?«

»Ich habe einen eisernen Magen. Und ich bin am Verhungern, weil ich das Frühstück ausgelassen habe. Das ist das Geheimnis, wenn man eine Autopsie überstehen will, ohne sich übergeben zu müssen. Man darf vorher nichts essen. Wenn einem dann übel wird, ist da nichts, was hochkommen kann.«

»Ich wette, Delgado hat auch einen eisernen Magen, aber nicht mal sie wollte direkt nach der Autopsie zu dieser Kochveranstaltung in ihrer Nachbarschaft.« Aribo warf seinem Partner einen listigen Seitenblick zu. »Und wo wir gerade von deiner Lieblingspathologin sprechen – hast du sie endlich um ein Date gebeten?«

Lombardi wischte sich mit einer Papierserviette Tacosoße vom Kinn und schüttelte den Kopf. »Ging nicht.«

»Du bist sofort dabei, wenn es darum geht, bewaffnete Verbrecher zu verfolgen und Mörder zu jagen, aber du schaffst es nicht, eine Frau zum Abendessen einzuladen?«

»Vergiss nicht zu erwähnen, dass ich außerdem mit großem Erfolg junge Kätzchen aus Bäumen hole.«

»Du hast doch in deinem ganzen Leben noch kein Kätzchen aus irgendeinem Baum geholt.«

»Das steht aber in meinem Tinder-Profil.«

Sie brachten ihren Abfall zum Mülleimer, stiegen ins Auto und fuhren auf den Freeway 101. Der Samstagnachmittagsverkehr war weniger stark als der zur Rushhour unter der Woche, aber voll war es trotzdem.

»Ich habe übrigens endlich diesen Myles gefunden, nach dem alle gesucht haben«, berichtete Lombardi. »Er liegt im Krankenhaus. Gehirnerschütterung, beide Beine gebrochen und das Handgelenk auch.«

»Grundgütiger. Was ist denn passiert?«

»Er wurde am Abend vor dem Makler-Event überfallen und ausgeraubt. Sie haben ihm die Rolex abgenommen, das Portemonnaie, das Handy und sogar seine Kleidung. Man hat ihn am Freitag ganz früh in einer Gasse gefunden, er hatte nur noch Boxershorts an. Entdeckt hat ihn ein Obdachloser, der angefressen war, weil Goldman seinen Platz blockierte. Die Boxershorts waren wohl von Calvin Klein, also ist es eigentlich erstaunlich, dass sie ihm die gelassen haben. Die Angreifer waren mindestens zu zweit. Als der Obdachlose begriffen hat, dass Goldman richtig schwer verletzt ist, hat er von einem öffentlichen Telefon aus den Notruf gewählt. Jetzt fragt er ständig nach einer Belohnung. Das gebrochene Handgelenk stammt übrigens nicht von dem Raubüberfall. Das ist ein paar Tage älter.«

Aribo warf seinem Partner einen Blick zu. »Wow. Entweder ist Goldman sehr ungeschickt oder ein Riesenpechvogel.«

»Die Verletzung stammt vom Squash. Aus einem besonders engagierten Match mit Hunter Brooks.«

»Allmählich lassen diese Leute bei Saint Realty die Insassen unserer örtlichen Gefängnisse wie Kindergartenkinder aussehen.«

»Wenn man berücksichtigt, dass Goldman halb nackt bewusstlos in einer Pfütze aus Pisse und Blut in irgendeiner Gasse lag, als Chapman eins über den Schädel bekommen hat, dürfen wir ihn wohl von der Liste der Verdächtigen streichen«, meinte Lombardi. »Hast du immer noch Hart auf deiner drauf? Nach alldem, was sie dir vorhin erzählt hat? Es klingt schon so, als hätte sie Chapman genug gehasst, um zuzuschlagen.«

»Sie hat ein Motiv, und sie war vor Ort. Keine der Haustürkameras am Malibu Beach Drive hat erfasst, wie sie die Gegend verlassen hat, aber selbst wenn sie die Täterin ist, beweist das nichts. Sie hat angegeben, längere Zeit in der Nähe des Hauses im Wagen gesessen und über eine private Situation nachgedacht zu haben. Von der Länge her hätte das Zeitfenster ausgereicht, um Chapman bewusstlos zu schlagen und in den Pool zu hieven.«

»Und Krystal Taylor?«, fragte Lombardi. »Wir wissen, dass ihr Porsche am bewussten Abend auch vor Ort war. Und Hart meint, sie hat sie mit einer Champagnerflasche gesehen.«

»Das sagt sie jedenfalls. Vielleicht war ja auch sie diejenige, die die Flasche mitgebracht hat? Ein scheinheiliges Friedensangebot für Chapman, um ins Haus zu kommen und damit er sich entspannt. Dann hat sie ihn mit der Flasche niedergeschlagen und alles sauber gemacht. Möglicherweise hat Taylor das Haus gar nicht betreten, weil Chapman zu tot war, um ihr noch aufmachen zu können.«

»Es gibt nur einen Weg, das herauszufinden«, meinte Lombardi.

Aribo nahm die Ausfahrt Coldwater Canyon Avenue, fuhr dann südlich über den Mulholland Drive in die Siedlung Trousdale Estates. Sie hielten vor Krystal Taylors Haus, und Lombardi pfiff laut durch die Zähne.

»Nicht übel.«

»Hast du alles, was du brauchst?«, fragte Aribo.

Als Antwort hielt Lombardi eine Mappe in die Luft. »Alles hier drin.«

Krystals roter Porsche und der Aston Martin ihres Mannes standen in der Einfahrt. Ein weißer F-Type-Jaguar mit weichem Verdeck parkte auf der Straße vor dem Haus.

»Sieht so aus, als wären die Taylors beide zu Hause«, kommentierte Lombardi.

»Und als hätten sie Besuch«, ergänzte Aribo.

Micah Taylor kam zur Tür, und mit seinem beeindruckenden breiten Körper füllte er sie ganz aus. Er musterte die beiden Ermittler, wie er wohl früher seine Gegner auf dem Spielfeld gemustert hatte. Die Detectives stellten sich vor und baten darum, mit Taylors Ehefrau sprechen zu dürfen.

»Krystal ist krank. Zu krank für Besuch.«

»Wir werden nicht lange brauchen«, versicherte ihm Lombardi. »Wir möchten sie einfach nur von unserer Liste streichen können.«

»Ich weiß nicht …«

Aribo ergriff das Wort. »Mann, ich kann gar nicht glauben, dass wir hier stehen und mit Micah Taylor sprechen. Was meinst du, was die Kollegen auf der Wache sagen, wenn sie das hören.«

»Sind Sie Fan von den Rams?«

»Wenn es die Arbeit zulässt, gehe ich zu so vielen Spielen wie möglich.« Aribo schüttelte voller Bewunderung den Kopf. »Ihr Tor damals beim Touchdown gegen die Bengals habe ich live gesehen. Stark!«

Die Erinnerung brachte Taylor zum Lächeln. »Ja, das war ziemlich cool. Hey, wie wär's, wenn ich mal nachschauen gehe, ob Krystal fit genug für ein kurzes Gespräch ist?«

Aribo zwinkerte seinem Partner zu, während sie in einen geschmackvollen, spärlich möblierten Wohnbereich geführt wurden, in dem alles von den Sofas bis zu den Teppichen in Weiß gehalten war.

In einem bequemen Ledersessel saß ein Mann. Er trug einen weißen Leinenanzug, ein pinkfarbenes T-Shirt und Schuhe ohne Schnürsenkel; ganz offensichtlich ließ er sich von *Miami Vice* inspirieren, was seinen Stil betraf. Nur war seit den Achtzigern schon einige Zeit vergangen und der Mann mindestens fünfzig.

»Mein Agent, Al Toledo«, stellte Micah Taylor ihn den Ermittlern vor. »Al, diese beiden Herren sind Detective Aribo und Detective Lombardi vom LASD. Sie wollen mit Krystal sprechen. Ich gehe zu ihr. Mal sehen, ob sie zu einer Unterhaltung bereit ist.«

Toledo nickte, machte jedoch keine Anstalten, sich zu erheben und den Neuankömmlingen die Hand zu reichen. Auch um Small Talk kümmerte er sich nicht, sodass nichts die peinliche Stille unterbrach.

Wenige Minuten später folgte Krystal Taylor ihrem Ehemann eine Treppe ohne Geländer herunter. Sie war barfuß, trug Leggings und trotz der hohen Temperaturen einen übergroßen Rollkragenpullover. Lange blonde Extensions umrahmten ein Gesicht, das so weiß war, dass es zur Einrichtung passte. Sie setzte sich neben Micah auf eines der Sofas. Die Ermittler ließen sich auf dem anderen ihnen gegenüber nieder. Lombardi war mit den Notizen dran und holte Block und Stift aus der Gesäßtasche.

»Danke, dass Sie bereit sind, mit uns zu sprechen, Mrs. Taylor«, begann Aribo. »Vor allem weil Sie sich so schlecht fühlen. Allerdings wären wir vielleicht besser allein?«

Bevor Krystal Taylor etwas erwidern konnte, meldete sich

Toledo zu Wort: »Das hier ist doch aber keine offizielle Vernehmung, oder? Nur ein informelles Gespräch?«

»Richtig«, bestätigte Aribo.

»Dann ist es glaube ich am besten, wenn Micah und ich hierbleiben.«

Aribo wandte seine Aufmerksamkeit wieder Krystal Taylor zu. »In einem Haus am Malibu Beach Drive wurde gestern während eines von Ihrer Firma ausgerichteten Makler-Events eine Leiche entdeckt.«

»Ja, das haben wir in den Nachrichten gesehen«, mischte sich Toledo ein. »Krystal war nicht dort.«

Aribo funkelte ihn an. »Wir sind hergekommen, um mit Mrs. Taylor zu sprechen, nicht mit Ihnen.«

Toledo hob beide Hände und lehnte sich im Sessel zurück, wirkte jedoch nicht glücklich.

»Al hat recht«, sagte Krystal. »Ich habe es in den Nachrichten gesehen. Auf dem Event war ich nicht. Weil ich krank war.«

»Bei dem Verstorbenen handelt es sich um einen gewissen Nolan Chapman. Den Developer des Hauses. Wie gut kannten Sie Mr. Chapman?«

Sie zögerte. »Der Developer, den ich kennengelernt habe, hieß Marty Stein. Er hat den Maklern am Dienstag das Haus gezeigt.«

»Das ist korrekt, aber bitte erzählen Sie mir, was Sie mit Mr. Chapman zu tun hatten. Sie kannten ihn doch, oder?«

Diesmal schwieg sie länger. »Nein. Ich glaube nicht.«

»Ich möchte, dass Sie sich ein Foto ansehen.« Aribo winkte seinem Partner, und Lombardi öffnete die Mappe und holte eine vergrößerte Aufnahme von Chapmans Führerscheinfoto heraus. Er legte sie auf den niedrigen Tisch zwischen den beiden Sofas und schob sie in Krystal Taylors Richtung. Aribo bemerkte, dass ihre Hand zitterte, als sie das Bild nahm.

»Der Mann auf dem Foto ist Mr. Chapman. Erkennen Sie ihn wirklich nicht wieder?«

Sie schaute in Richtung des Bildes und schüttelte den Kopf. »Ich bin diesem Mann noch nie begegnet.« Sie reichte das Foto Lombardi, der drei weitere Aufnahmen aus der Mappe holte. Eine nach der anderen legte er vor ihr ab. Krystals Augen weiteten sich, als sie erkannte, worum es sich handelte.

»Das ist ein Standbild von einer der Kameras in dem Hotel, in dem Mr. Chapman ein Zimmer gemietet hatte. Auf diesem Bild sitzen Sie am Mittwochabend mit ihm an der Bar. Die Aufnahmen zeigen, wie er Ihnen einen Drink kauft, Sie unterhalten sich, und dann gehen Sie zusammen weg.«

Al Toledo stieß laut schnaubend die Luft aus. Micah Taylor schaute stirnrunzelnd zuerst das Foto auf dem Tisch an, dann seine Frau. Krystal Taylor starrte auf das Bild von sich selbst und Chapman, als hoffe sie, es werde sich plötzlich in irgendetwas anderes verwandeln. Sie sagte nichts. Lombardi legte zwei weitere Aufnahmen auf die gläserne Tischplatte, als gebe er bei einem Spiel Karten aus. Auch dieses Blatt würde Krystal Taylor nicht gefallen.

»Hier sind Bilder vom Hotelflur während der entsprechenden Zeit. Sie und Mr. Chapman betreten seine Suite. Dann gehen Sie, allein, knapp zwei Stunden später«, erläuterte Aribo.

»Oh Gott«, sagte Toledo.

»Was zum Teufel soll das, Krystal?«, fragte ihr Ehemann.

»Ein Geschäftstermin«, murmelte sie.

»In seiner verdammten Hotelsuite?« Taylor brüllte jetzt, und sie fuhr zusammen.

»Ganz offensichtlich kannten Sie Mr. Chapman«, sagte Aribo. »Warum haben Sie uns deswegen angelogen, Mrs. Taylor?«

»Auf diese Frage brauchst du nicht zu antworten, Krystal.« Das war Toledo.

Aribo bedachte ihn mit einem warnenden Blick. »Mr. Toledo, bitte.«

»Auf dem Bild, das Sie mir da gerade gezeigt haben, habe ich ihn nicht erkannt, okay?«, erklärte Krystal.

»Sie haben einen ganzen Abend mit ihm verbracht, einen erheblichen Teil davon in seiner Hotelsuite, und seinen Namen kannten Sie auch nicht?«

»Den habe ich wohl vergessen«, sagte sie und schob dabei trotzig das Kinn vor. »Ich kann mir einfach keine Namen merken.«

»Wo waren Sie Donnerstagabend zwischen neunzehn und dreiundzwanzig Uhr?«

»Ich … äh … Lassen Sie mich überlegen.«

»Warum interessieren Sie sich denn für Donnerstagabend?«, wollte Toledo wissen. »Ich dachte, dieser Chapman hätte gestern auf dem Makler-Event was abbekommen.«

Aribo fragte sich, warum das nicht von Krystal Taylor kam. »Nolan Chapman ist am Abend vor der Party gestorben«, sagte er.

»Krystal war den ganzen Abend zu Hause«, meldete sich Micah Taylor zu Wort. »Sie lag krank im Bett.«

»Waren Sie auch den ganzen Abend hier, Mr. Taylor? Können Sie persönlich bestätigen, dass Ihre Frau das Haus nicht verlassen hat?«

»Na ja, nein«, räumte er ein. »Ich hatte etwas Geschäftliches mit Al zu besprechen. Aber ich weiß, dass sie den ganzen Abend krank im Bett gelegen hat, denn das hat sie mir erzählt, als ich nach Hause kam. Stimmt's, Baby?«

»Stimmt.« Krystal hatte den Blick auf Lombardis Mappe gerichtet, als würde er ihr gleich etwas zeigen, was sie ebenso wenig sehen wollte wie die ersten Bilder. Und er enttäuschte sie nicht. Diesmal war es ein Standbild von ihrem Porsche 911, erfasst von einer der Haustürkameras am Malibu Beach Drive.

»Das hier ist Ihr Wagen, oder?«, fragte Aribo.

Das Nummernschild ließ sich deutlich erkennen.

Krystal Taylor umschlang mit beiden Armen ihren schlanken Körper. »Es tut mir sehr leid, aber ich habe eine grässliche Migräne. Ich kann kaum geradeaus denken. Können wir es hierbei belassen?«

Aribo ignorierte sie. »Diese Aufnahme stammt von Donnerstagabend, kurz bevor Mr. Chapman in seinem Haus im Pool zu Tode kam. Sie waren dort, nicht wahr? Sie waren in der Nacht von Mr. Chapmans Tod bei ihm?«

»Hey, meine Frau hat Ihnen schon gesagt, dass sie den ganzen Abend zu Hause war«, mischte sich Micah Taylor ein. »Ich denke, das reicht jetzt.«

Aribo machte keine Anstalten, sich zu erheben. »Für uns ist wichtig, wie ihr Wagen an einen Tatort gelangen konnte, wenn sie behauptet, zur selben Zeit zu Hause gewesen zu sein.«

»Vielleicht ist er ja gestohlen worden. Haben Sie daran schon mal gedacht? Vielleicht hat ihn ja jemand anders dorthin gefahren.« Micah Taylors Stimme wurde mit jedem Wort lauter. »Ihr blödes Bild da zeigt ja nicht, wer am Steuer sitzt, oder?«

»Der Porsche steht draußen.« Dieser Hinweis kam von Lombardi.

»Vielleicht wurde der Wagen ja erst gestohlen und dann zurückgebracht. Vielleicht waren das Kids. Die wollten sich einfach einen Spaß machen und eine Runde drehen. Keine Ahnung.« Taylor stand auf, wobei er alle überragte, und deutete in Richtung Tür. »Verlassen Sie jetzt mein Haus. Hier läuft nichts mehr. Raus.«

Aribo wandte sich an Krystal. »Waren Sie zum Zeitpunkt des Mordes an Nolan Chapman im Malibu Beach Drive?«

»Ich … Nein … Ich war nicht dort.«

»Sie wurden aber am Haus gesehen.«

Mit weit aufgerissenen Augen schaute Krystal zu ihrem Ehemann auf. Doch es war dessen Agent, der ihr zu Hilfe kam.

»Kein Wort mehr, Krystal«, befahl ihr Al Toledo. Er wandte sich an Aribo. »Mr. Taylor hat Sie gebeten, sein Haus zu verlassen. Wenn Sie noch einmal mit Krystal sprechen möchten, werden Sie das in Anwesenheit ihres Anwalts tun müssen. Und jetzt begleite ich Sie beide nach draußen.«

Toledo erhob sich aus seinem Sessel, knöpfte sein Jackett zu und bewegte sich in Richtung Tür.

Lombardi klappte den Notizblock zu und sammelte die Fotos ein.

»Wir melden uns dann«, kündigte Aribo an.

Toledo sah ihnen von der Haustür aus zu, wie sie über den Rasen zu Aribos Mustang gingen. Sie setzten sich in den Wagen, schnallten sich an, und der Agent schloss die Tür.

»Das war doch mal interessant«, kommentierte Lombardi. »Aber es stimmt schon, sie sah irgendwie krank aus.«

»Ach was, krank«, gab Aribo zurück. »Krystal Taylor hat uns zweimal belogen – sie kannte Chapman, und sie war in dem Haus in Malibu. Wenn du mich fragst, fehlt ihr nur eins, nämlich ein reines Gewissen.«

Kapitel 39

KRYSTAL

DANACH

Als sich die Haustür mit einem Knall schloss, fuhr Krystal vor Schreck hoch. Ihre Nerven waren bis zum Zerreißen gespannt und wie elektrisch überladen. Al Toledo kehrte in den Wohnbereich zurück. »Sie sind weg.«

Er ging durch den Raum und ließ sich wieder in seinem Sessel nieder. Krystal hoffte, er würde das Haus ebenfalls verlassen, aber das hatte er ganz offensichtlich nicht vor, und Micah würde ihn auch nicht dazu zwingen. Ihr Mann stand immer noch im Raum. Er sah wütend aus. Die Hände hatte er zu Fäusten geballt. Krystal wusste, sie würde er nicht schlagen – zu dieser Sorte Mann gehörte er nicht. Aber sie hatte Angst, er könnte aus Wut auf die Wand einprügeln und sich auf diese Weise selbst verletzen.

»Setz dich hin, Micah«, forderte sie ihn auf. »Wir müssen reden.«

In seinem Kiefer bewegte sich ein Muskel, und er spielte mit seinen Fingern herum. Er nickte. »Da hast du verdammt recht.« Er ging zu dem Sofa, auf dem vor wenigen Minuten noch die Ermittler gesessen hatten. »Dann lass uns damit anfangen, was du in der Hotelsuite von irgendeinem alten Kerl zu suchen hattest.«

»Einem inzwischen ziemlich toten alten Kerl«, kommentierte Toledo.

»Klappe, Al«, herrschte Micah seinen Agenten an. Dabei wandte er den Blick keine Sekunde von Krystal ab. »Rede endlich, Krystal.«

»Ein Geschäftstermin, wie ich das den Cops gesagt habe. Du hast es doch gehört, eines der Häuser, die Saint verkaufen sollte, ist seines. Ich habe meine Arbeit gemacht. Weiter nichts.«

»Hältst du mich für blöd?«, fragte er mit ruhiger Stimme. Krystal antwortete ihm nicht.

»Ich habe dich gefragt, ob du mich für blöd hältst.«

»Nein – natürlich nicht.«

»Dann frage ich dich jetzt noch einmal. Was hattest du in der Hotelsuite von diesem Kerl zu suchen, der inzwischen tot ist?«

»Ich habe dir doch gesagt ...«

»Du warst mit ihm im Bett.«

»Nein!«

»Wie alt war der Kerl? Sechzig? Älter? Brauchst du es wirklich so nötig?«

»Es war ein Geschäftstermin. Und er war achtundfünfzig.«

»Frauen gehen nicht für Geschäftstermine mit Männern auf ein Hotelzimmer. Sondern für Sex.«

»Ach, darüber weißt du natürlich ganz genau Bescheid.« Krystal spie die Worte förmlich aus. Sie konnte nicht anders.

Falls Micah begriff, was sie damit meinte, ließ er sich nichts anmerken. Er sprach weiter, als hätte er sie gar nicht gehört. »Du bist einfach nur widerlich, weißt du das? Einmal eine Schlampe, immer eine Schlampe.«

Krystal sprang auf. »So redest du nicht mit mir, du blödes Arschloch.«

Jetzt sprang Micah ebenfalls auf und schrie: »Hast du mit ihm gevögelt?«

»Ja, ich habe mit ihm gevögelt!«, schrie sie zurück. »Und es war einfach nur geil.«

»Oh Mann«, sagte Toledo.

Micah wirkte, als hätte man ihn geschlagen. Er ließ sich auf das Sofa fallen und verbarg das Gesicht in den Händen.

Als Krystal vorhin über Kopfschmerzen geklagt hatte, war das nicht gelogen gewesen. Jetzt fühlte es sich an, als stecke ihr Kopf in einer Schrottpresse. Ihre Beine zitterten, und sie schwitzte in dem viel zu großen Rollkragenpullover. Sie setzte sich wieder hin.

»Wie konntest du mir das nur antun?« Mit feuchten Augen schaute Micah zu ihr auf.

Sie hatte ihn bisher nur einmal im Leben weinen sehen: als er den Super Bowl verloren hatte. Krystal hätte Scham, Reue oder Gewissensbisse empfinden sollen, aber da war nur noch mehr Wut. Das ganze Chaos war doch bloß entstanden, weil Micah sie betrogen hatte.

»Ich habe es nur wegen deiner Affäre getan.«

»Was?« Das war Toledo.

»Wegen welcher Affäre denn?«, fragte Micah.

»Ich weiß Bescheid, Micah. Schon seit Monaten.«

»Bescheid? Worüber? Es gibt keine Affäre.«

»Ich bin dir gefolgt. Du brauchst gar nicht zu leugnen.«

»Du bist mir *gefolgt*? Was zum Teufel soll das, Krystal?«

»Ich bin dir gefolgt, und ich habe dich mit ihr zusammen gesehen.«

»Mit wem denn? Da gibt es keine Frau. Du hast ja den Verstand verloren!«

»Mit dieser Rothaarigen. Mit der Frau, die du in allen möglichen Hotels in der ganzen Stadt triffst.« Sie zählte die Namen an den Fingern ab. »Im Sunset Tower. Im Pendry. Im Chateau Marmont. Im Moment Hotel.«

Micah schaute verwirrt drein.

Sie sprach weiter. »Knapp unter 1,60 Meter. Ende dreißig. Fährt einen Mercedes. Erinnerst du dich langsam?«

»Oh, shit«, sagte Toledo. »Ich glaube, sie meint Vanessa.«

Micah lehnte sich auf dem Sofa zurück, presste sich beide Fäuste in die Augenhöhlen und lachte auf, aber es war ein freudloses Lachen. »Oh Mann. Vanessa.«

»Findest du das etwa komisch?«

»Zum Brüllen komisch sogar. Vanessa Tanner ist nicht meine Geliebte. Sie ist meine Biografin.«

»Deine was?«

»Sie schreibt meine Lebensgeschichte auf.«

»Das stimmt«, bestätigte Toledo.

»Du lügst«, sagte Krystal. »Es gibt kein Buch. Wir haben doch darüber gesprochen, direkt nach dem Super Bowl. Wir waren uns einig, dass der Deal nicht infrage kommt.«

Nicht lange, nachdem er sich zur Ruhe gesetzt hatte, hatte ein großer New Yorker Verlag Micah eine halbe Million Dollar geboten, wenn er bereit wäre, seine Autobiografie zu schreiben. Al Toledo war natürlich Feuer und Flamme gewesen, weil er an nichts anderes dachte als an seine Provision von fünfzehn Prozent. Krystal hatte die Idee überhaupt nicht gefallen. Sie kannte diese Art Bücher genau. Alles würde herauskommen: die ganzen Frauen, die Micah vor ihr gehabt hatte. Dass sie selbst sich weigerte, Kinder zu bekommen, obwohl sich Micah einen Sohn wünschte. Ihre gescheiterte Hollywood-Karriere, ihre Kindheit und Jugend in Armut in Texas. Über die Jahre hatte es einige Zeitungsartikel gegeben. Reporter hatten versucht, schmutzige Details über sie beide herauszufinden, und diese Geschichten waren schon schlimm genug gewesen. Ein Buch wäre noch viel, viel schlimmer. Dann würde Krystal die unangenehmen Wahrheiten nicht mehr verbergen können, die sie mit so großer Mühe so lange versteckt gehalten hatte. Soweit es Krystal anging, reichte eine halbe Million Dollar längst nicht als Preis, für den sie ihre Geheimnisse an die Welt verkauft hätte – *ihre*, Krystals Geheimnisse. Sie hatte Micah angefleht, das Angebot nicht anzunehmen, und er hatte widerwillig nachgegeben.

Jetzt wirkte er reuevoll. »Ich habe diesen Leuten gesagt, ich mache das nicht, aber vor einem halben Jahr sind sie wieder auf mich zugekommen und haben mir noch mehr Geld geboten. Und, na ja, Al hat mich überredet, es doch zu machen. Wir haben uns überlegt, es wäre am besten, das Ganze eine Weile geheim zu halten, nur bis die erste Version fertig ist. Wenn du den Text dann erst mal gelesen hättest, hättest du schon gemerkt, dass alles gar nicht so schlimm ist. Dann wärst du mit dem Buch einverstanden gewesen, und wir hätten eine Menge Geld bekommen.«

Toledo fügte hinzu: »Wir haben uns dafür entschieden, für die Gespräche zwischen Micah und Vanessa Tanner Hotelzimmer zu nutzen, wegen der Privatsphäre. Hier bei euch konnten sie sich ja aus ganz offensichtlichen Gründen nicht treffen. Öffentliche Orte kamen auch nicht infrage, weil Micah nicht wollte, dass die Paparazzi Schnappschüsse von ihm und Vanessa machen und ihnen eine Affäre andichten. Und wir wollten auch nicht, dass irgendjemand vertrauliche Informationen mithört. Schließlich geht es hier um eine ganze Menge Geld.«

»Ich dachte, Hotelzimmer nutzt man nicht für Geschäftstermine?«, fauchte Krystal. »Warum sollte ich euch beiden auch nur ein Wort glauben?«

Toledo erhob sich aus seinem Sessel, zückte sein Handy und tippte darauf herum. Auf dem Display war eine Fotografie der Rothaarigen zu sehen, und die war Teil ihrer Website, auf der man Informationen über ihre Arbeit als Schriftstellerin finden konnte. Sie hatte mit mehreren Film- und Sportstars an deren Autobiografien gearbeitet. »Ich habe den Vertrag im Büro. Den kann ich dir auch zeigen«, sagte er.

Krystal musste plötzlich an das Dokument denken, mit dem sie Micah erwischt hatte, in seinem Arbeitszimmer. Ein intensives Gefühl des Grauens breitete sich in ihrem Bauch aus. Was hatte sie nur getan? Es war alles umsonst gewesen.

»Hast du wirklich geglaubt, ich hätte eine Affäre?«, wollte Micah wissen.

»Du warst doch immer unterwegs. Und du hast so geheimnisvoll getan.«

»Und da hast du aus Rache mit diesem Chapman geschlafen? Damit ich mal sehe, wie das ist?«

»Nein, nicht aus Rache.«

Der Anblick von Micahs verletztem Gesichtsausdruck war fast unerträglich.

»Derjenige, der einen Käufer für das Haus am Malibu Beach Drive findet, kriegt eine Million Dollar. Die anderen Makler bei

Saint hatten interessierte Klienten, darum musste ich Chapman dafür gewinnen, alles dafür zu tun, dass er das Angebot meines Käufers annimmt. Ich brauchte das Geld. Unbedingt.«

»Klar, eine Million Dollar sind eine Menge Kohle, aber ich verstehe nicht, warum du das Geld so unbedingt brauchst. Wir haben doch mindestens das Fünffache auf dem Konto, und ständig kommt durch meine ganzen Deals von früher noch mehr rein.«

»*Du* hast das Geld auf dem Konto, nicht ich. Jedenfalls hast du einen Buch-Deal für weniger als diese mögliche Provision für das Haus in Malibu abgeschlossen.«

»Genau, einen Buch-Deal! Ich spreche mit einer Schriftstellerin, erzähle ihr in meinen eigenen Worten meine eigene Geschichte. Ich gehe nicht für Geld mit jemandem ins Bett.« Er erfasste mit einer Geste den Wohnbereich, und seine Stimme wurde weicher. »Reicht dir das hier nicht? Gebe ich dir nicht genug? Wirst du irgendwann wieder für Geld mit irgendwelchen alten Kerlen schlafen müssen?«

»Ich habe geglaubt, du würdest mich verlassen, okay? Für die Rothaarige. Dann hätte ich völlig mittellos dagesessen. Ich ... ich hätte einfach nicht wieder die Frau von früher sein können. Ich kann einfach nicht mehr in Armut leben.«

»Oh, Krystal ...«

Ihr fiel etwas ein. »Du sagst, du wolltest mit dieser Vanessa nicht von den Paparazzi gesehen werden, aber vor ein paar Tagen warst du abends mit ihr im Grandmaster Recorders. Ich habe euch dort gesehen. Da war es dir egal, ob da Fotografen rumhängen oder nicht.«

Micah seufzte. »Das war ein Abendessen. Wir haben einfach gefeiert. Die Gespräche sind erledigt, und die erste Textversion ist fast fertig. Al hätte eigentlich mit uns essen sollen. Aber er wurde aufgehalten, Er hat uns dann in Vanessas Wohnung in der Studio City getroffen, zu ein paar Drinks.«

»Warum konntet ihr diese Drinks nicht im Restaurant zu euch nehmen? Warum bei ihr zu Hause?«

»Sie hat einen vierzehnjährigen Sohn, und der hat an diesem Abend einen Freund besucht. Sie musste um zehn zu Hause sein, denn dann wollte ihn die Mutter des Freundes zu Hause abliefern.«

»Jedes Wort stimmt«, bestätigte Toledo.

»Ich will dich nicht verlassen, Krystal«, sagte Micah. »Ich liebe dich. Weißt du das denn nicht schon längst?«

Jetzt weinte sie heftig. Micah setzte sich neben sie und zog sie an sich. Sie klammerte sich an ihn. In seinen starken Armen hatte sie sich immer sicher gefühlt, und jetzt fragte sie sich, wie sie jemals an ihm hatte zweifeln können. Und ihn verraten. Wie hatte sie nur …

»Was du getan hast, finde ich sehr schlimm«, sagte Micah, »aber ich hätte dich auch nicht wegen des Buch-Deals anlügen dürfen. Wir bringen das wieder in Ordnung, okay?«

Nun ergriff Toledo das Wort. »Zuallererst müssen wir uns um die Sache mit den Cops kümmern. Die kommen bald wieder. Und sie werden wissen wollen, warum der Porsche an dem Abend in Malibu stand, als Chapman gestorben ist.«

Micah hielt Krystal ein Stück von sich weg und starrte sie an. »Ja, warum war dein Auto wirklich dort? Du warst doch den ganzen Abend zu Hause, oder? Genau wie du gesagt hast.«

Krystal wandte sich ab.

»Krystal? Schau mich an.«

Sie schüttelte den Kopf. Sie konnte ihn nicht ansehen. Wieder überwältigten sie die Tränen. Ihre Brust hob und senkte sich hektisch.

»Du sagst, du bist seit Tagen krank«, fuhr Micah fort. »Aber ich habe kein einziges Mal gesehen, dass du dich übergeben hättest. Fieber hast du nicht und auch keine Erkältung.«

»Den Cops hat sie gesagt, sie hätte Migräne.« Besonders überzeugt klang Toledo nicht.

»Krystal hat nie Migräne. Und sie hat gesagt, sie hat sich übergeben. Magen-Darm-Infekt oder ein Virus. Darum war ihre Kleidung in der Waschmaschine, als ich nach Hause kam. Weil sie sich so schlimm übergeben musste. Darum hast du sie doch gewaschen … oder?«

Sie gab ihm immer noch keine Antwort.

Nun lag Panik in seiner Stimme. »Warum trägst du die ganze Zeit diesen alten Rollkragenpullover? Es ist superheiß. Alle schwitzen wie verrückt, und du trägst lange Ärmel, obwohl du das sonst nie machst.«

Endlich schaute Krystal ihn an. Sie konnte ihre eigenen Tränen schmecken. Ihr Kopf fühlte sich an, als würde er gleich in tausend Stücke zerspringen. »Micah …«

»Zieh den Pullover aus, Krystal.«

»Bitte … Es tut mir so leid …«

»Zieh ihn aus. Sofort.«

Sie gehorchte.

»Oh, fuck«, sagte Toledo.

»Was hast du nur getan?«, fragte Micah.

Kapitel 40

ARIBO
DANACH

Sonntagmorgen.

Aribo und Lombardi lieferten Garcia im Besprechungsraum der Wache von Lost Hills ein Update. Der Captain saß am Kopfende eines langen weißen Tisches, die beiden Detectives jeweils rechts und links von ihm.

Als Aribo und Lombardi am Vortag nach dem Besuch bei Krystal Taylor zur Wache zurückgekehrt waren, hatte dort die Auswertung von Nolan Chapmans Handydaten auf sie gewartet. Sie waren alle eingegangenen und getätigten Anrufe in den Tagen vor dem Mord durchgegangen. Chapman hatte mehrfach mit Marty Stein und David Saint gesprochen, was ja in Anbetracht seiner geschäftlichen Beziehung zu den beiden nicht außergewöhnlich war. Am Tag des Mordes hatte er mit keinem von beiden über sein Handy telefoniert. Für Andi Hart galt dasselbe. Irgendeinen Hinweis darauf, dass sie vor seinem Tod Kontakt zu ihrem Vater gehabt hatte, fanden die beiden Ermittler nicht.

Bei Krystal Taylor sah das anders aus. Auf ihrem Handy gab es einen Anruf bei Chapman: Donnerstag, 19:52 Uhr. Das Gespräch hatte weniger als eine Minute gedauert. Sieben Minuten später hatte man ihren Porsche am Malibu Beach Drive gesehen. Etwa vierzig Minuten darauf war Chapmans Armbanduhr stehen geblieben, als man ihn angegriffen hatte.

All das hatten sie Garcia vorgetragen. Besonders beeindruckt wirkte er nicht. Er saß zurückgelehnt auf seinem Stuhl und strich sich über die Bartstoppeln am Kinn. Dabei sah er nicht gerade glücklich aus.

»Bleibt bei Taylor dran«, sagte er. »Nagelt sie fest, was ihr Alibi und die Tatsache betrifft, dass ihr Auto in Malibu war. Und sie soll den Anruf bei Chapman so kurz vor dem Mord erklären. Aber bisher ist die Beweislage kläglich, sehr kläglich.«

»Die Spurensicherung hat ein paar blonde Haarsträhnen von einem der Chaises abgesammelt. Kann sein, dass die Taylor gehören«, ergänzte Lombardi.

»Von einem der was?«

»Er meint die Liegestühle am Pool«, erklärte Aribo. »Reiche Leute nennen die wohl Chaises.«

»Selbst wenn die Haare Krystal Taylor gehören«, sagte Garcia, »ein paar Tage vor dem Mord hat sie eine Besichtigungstour durch das Haus gemacht, erinnert ihr euch? Sie wird sagen, dass die Haare bei dieser Gelegenheit auf dem Liegestuhl gelandet sind. Das reicht nicht, Jungs. Nicht einmal annähernd. Haben wir ein Motiv? Haben wir irgendeinen Grund, weswegen Krystal Taylor Chapman hätte tot sehen wollen?«

»Verbrechen aus Leidenschaft?«, schlug Lombardi vor.

»Wir wissen nicht einmal, ob da überhaupt irgendwelche Leidenschaft im Spiel war«, gab Garcia zurück. »Vielleicht haben sie am Mittwoch in diesem Hotelzimmer wirklich nur irgendetwas Geschäftliches besprochen. Und selbst wenn es da irgendwelche horizontalen Tangoeinlagen gab, bedeutet das noch nicht, dass sie ihm vierundzwanzig Stunden später den Schädel zertrümmert hat.«

Lombardi fuhr sich seufzend mit beiden Händen durchs Haar. Aribo wusste, wie sich sein Partner fühlte. Müde und frustriert. Sie hatten zwei Verdächtige, nämlich Taylor und Hart, konnten aber im Hinblick auf den Mord an Nolan Chapman keiner der beiden eindeutig etwas nachweisen.

»Wir müssen hier sehr umsichtig vorgehen«, sagte der Captain jetzt. »Micah Taylor hat immer noch einen Namen. Es darf uns nicht passieren, dass wir seine Frau festnehmen und sie dann gehen lassen müssen, weil wir nichts weiter haben als sehr dürftige Beweise und ein Bauchgefühl, dass sie es getan hat. Uns ist nicht damit gedient, wenn hier ein noch größerer Medienzirkus entsteht als ohnehin schon.«

»Gutes Stichwort.« Aribo hielt sein Handy hoch, auf dem gerade ein Anruf des Fernsehreporters Mitch O'Malley einging. »Der größte Clown im ganzen Zirkus.«

Er drückte den Anruf weg.

»Was ist mit der Tochter?«, wollte Garcia wissen.

»Wir haben herausgefunden, dass das Haus in Malibu jetzt Hart gehört – oder zumindest wird es ihr einmal gehören, wenn die ganzen Prozesse durchlaufen sind«, antwortete Aribo. »Was den Rest von Chapmans Finanzen betrifft, liegt die Sache ein bisschen komplizierter. Sehr viel Geld ist in verschiedene Firmen, Aktien usw. eingebunden. Wer genau von seinem Tod finanziell profitiert, wird sich erst feststellen lassen, wenn das alles analysiert worden ist.«

»Andi Hart hat also ein Motiv – und zwar ein ganz ordentliches«, gab Garcia zurück. »Sie hat Chapman die Schuld am Tod ihrer Mutter gegeben, es hat ihr nicht gefallen, wenn er irgendwo aufgetaucht ist, wo sie war, und jetzt, wo er tot ist, ist sie bald eine sehr reiche Frau.«

»Chapmans Geschäftspartner, Marty Stein, glaubt nicht, dass Hart irgendetwas von dem Erbe wusste. Und wir können kein Szenario vorlegen, in dem sie zusammen mit Chapman im Haus gewesen wäre. Wir wissen nur, dass sie draußen im Auto saß, bevor Taylor erschienen ist«, erläuterte Aribo.

»Leute, ich brauche was Konkretes«, verkündete Garcia. »Am besten die Mordwaffe mit ein paar schönen Fingerabdrücken drauf.«

»Danach suchen immer noch Beamte vor Ort, in jeder Abflussrinne und jedem Abfallcontainer in der Gegend«, berichtete Lombardi. »Den Strand und die Felsen decken wir auch ab. Bisher ohne Erfolg.«

Aribos Handy vibrierte, weil eine SMS eintraf. Stirnrunzelnd starrte er darauf. »Mitch O'Malley. Er will wissen, worum es in der Pressekonferenz gehen wird.«

Jetzt war Garcia mit dem Stirnrunzeln an der Reihe. »Ich habe keine Pressekonferenz angesetzt. Wovon zum Teufel spricht der Kerl?«

»Wahrscheinlich denkt er sich einfach irgendwas aus, wie üblich«, kommentierte Lombardi. »Immerhin muss er auf so was eine Karriere aufbauen.«

»Er meint, die Pressekonferenz findet in einer halben Stunde auf den Stufen vor der Wache statt«, berichtete Aribo. »Er will wissen, ob es irgendeinen Durchbruch gab.«

Garcia zog sein eigenes Handy aus der Tasche. »Mal sehen, was unsere Medienabteilung ...«

Jemand klopfte, und ein Beamter steckte den Kopf zur Tür herein.

»Ich unterbreche Sie ungern«, sagte er nervös. »Aber ich dachte, Sie sollten wissen, dass Krystal Taylor zusammen mit ihrem Anwalt an der Rezeption erschienen ist. Sie sagt, sie ist jetzt bereit, über die Mordnacht zu sprechen.«

Kapitel 41

KRYSTAL
DANACH

Krystal wurde in ein Vernehmungszimmer gebracht, in dem zu hohe Temperaturen herrschten.

Die beiden Ermittler, die zu ihr nach Hause gekommen waren – Aribo und Lombardi –, sahen sie über den Tisch hinweg an. Sie lehnte das angebotene Wasser ab, weil sie einen coolen und gefassten Eindruck vermitteln wollte. In Wirklichkeit setzte ihr die klaustrophobische Umgebung jedoch sehr zu.

Neben ihr saß ihr Anwalt. Der Mann war ihr gestern Abend zum ersten Mal begegnet. Al Toledo hatte ihn angeheuert. Larry Carmichael hatte ein langes Gesicht, einen kahlen Kopf und eine blasse Haut, die einen massiven Vitamin-D-Mangel signalisierte. Er trug eine Brille mit Drahtgestell und schien nie zu lächeln.

Al Toledos Idee war es auch gewesen, freiwillig die Wache in Lost Hills aufzusuchen, um eine Erklärung abzugeben. Krystal sollte zeigen, dass sie nichts zu verbergen hatte, dass sie zur Kooperation mit der Polizei bereit war und dass sie sämtliche Fragen würde beantworten können.

Aribo, der hier die Leitung zu haben schien, begann mit dem Hinweis, die Vernehmung werde aufgezeichnet. Keiner der beiden Ermittler trug ein Jackett, und beide hatten die Hemdsärmel bis zu den Ellbogen aufgerollt und den obersten Kragenknopf geöffnet. Carmichael, der einen Dreiteiler trug, schien die Hitze nicht einmal zu bemerken. Krystal machte sich instinktiv an dem Seidentuch um ihren Hals zu schaffen. Dann fiel ihr ein, dass das keine gute Idee wäre. Deshalb faltete sie stattdessen die Hände und legte sie auf die Tischplatte.

»Sie wollten mit uns über die Nacht sprechen, in der Mr. Chapman gestorben ist.«

»Das ist korrekt.«

»Was haben Sie uns mitzuteilen, Mrs. Taylor?«

Sie warf dem Anwalt einen Hilfe suchenden Blick zu, und er signalisierte ihr mit einem kurzen Nicken, sie solle die Frage beantworten.

»Ich war dort«, begann sie. »In dem Haus in Malibu. Mit Nolan. Darum gibt es ein Foto von meinem Wagen am Malibu Beach Drive.«

Lombardi zog beide Augenbrauen ein winziges Stück hoch und kritzelte etwas auf einen Notizblock. Aribo hielt den Blick weiter auf Krystal gerichtet. Die erwiderte den Augenkontakt demonstrativ, um ihm zu zeigen, dass sie sich nicht einschüchtern lassen würde.

»Warum haben Sie uns dann erzählt, Sie wären den ganzen Abend zu Hause gewesen?«, wollte er wissen.

Diesmal ergriff der Anwalt das Wort. »Als Sie gestern mit meiner Mandantin gesprochen haben, hat man Sie darüber informiert, dass sie sich nicht wohlfühlte. Mrs. Taylor litt unter einer ziemlich starken Migräne. Deswegen war ihre Denkfähigkeit getrübt.«

»Mr. Taylor schien ebenfalls den Eindruck gehabt zu haben, dass seine Frau am Donnerstagabend die ganze Zeit zu Hause gewesen war«, erwiderte Lombardi.

»Mr. Taylor räumt ein, sich möglicherweise falsch an das betreffende Gespräch zu erinnern«, entgegnete der Anwalt. »Mrs. Taylor ist am Donnerstagabend erkrankt, nach ihrer Rückkehr aus Malibu. Bei Mr. Taylors Heimkehr lag sie bereits im Bett, und er räumt inzwischen ein, dass er davon *ausging*, sie habe den ganzen Abend krank im Bett gelegen. Er ist bereit, dies in einem offiziellen Statement klarzustellen.«

Lombardi gab ein Schnauben von sich.

»Möchten Sie etwas sagen, Detective?«, erkundigte sich der Anwalt.

»Nein«, gab Lombardi zurück. »Bitte machen Sie weiter.«

»Bitte erzählen Sie uns noch mal in allen Einzelheiten, wie es dazu kam, dass Sie sich mit Mr. Chapman in dem Haus aufhielten«, forderte Aribo Krystal auf.

»Ich hatte für das Haus am Malibu Beach Drive eine Käuferin im Auge«, erwiderte diese, »die den vollständigen geforderten Preis zu zahlen bereit war. Das hatte sich bereits ergeben, bevor das Objekt überhaupt auf den Markt kam. Natürlich war ich sehr aufgeregt, und ich beschloss, zum Haus zu fahren und Nolan persönlich darüber zu informieren. Ich habe eine Flasche Cristal-Champagner aus unserem Weinkeller mitgenommen. Dann habe ich Nolan angerufen, um ihn wissen zu lassen, ich sei auf dem Weg in sein Hotel und hätte gute Neuigkeiten. Er teilte mir mit, er sei im Haus, und ich solle ihn dort treffen. Das habe ich dann auch getan.«

Carmichael öffnete seine Brieftasche und zog ein Blatt Papier heraus. Er schob es über den Tisch den Ermittlern zu. »Die Kopie einer E-Mail von Mrs. Taylors Klientin, Ryoko Yamada. Darin bestätigt sie ihr Interesse an dem Haus am Malibu Beach Drive und die Absicht, ein Gebot abzugeben.«

Lombardi las die E-Mail und reichte sie dann seinem Partner.

»Wann sind Sie am Haus angekommen?«, wollte Aribo wissen.

»Gegen zwanzig Uhr.«

»Und was ist dann passiert?«

»Es war so ein schöner Abend. Nolan hat vorgeschlagen, wir sollten uns an den Pool setzen und zum Champagner die Aussicht genießen. Ich hatte ihm von Ryoko Yamadas beabsichtigtem Gebot erzählt, und er war sehr aufgeregt und zufrieden. Er hat den Champagner geöffnet. Ich denke, er hatte schon vorher im Hotel ein paar Drinks zu sich genommen. Ich habe ungefähr ein halbes Glas getrunken und dann gemerkt, dass ich Kopfschmerzen bekomme, deswegen habe ich das Glas nicht geleert. Den Rest der Flasche hat Nolan getrunken.«

»Wollen Sie damit sagen, dass Mr. Chapman betrunken war?«

Sie zuckte die Schultern. »Ich weiß nicht. Ein bisschen vielleicht.«

»Mr. Chapman hat sich also betrunken. Und dann? Hat sich ein schöner Abend negativ entwickelt? Kam es erst zu einer Auseinandersetzung und dann zu einer Gewalttat, und Sie haben Mr. Chapman die Flasche über den Schädel geschlagen? Ist es so abgelaufen?«

»Nein, natürlich nicht. Es gab keine Auseinandersetzung, keinen Zwischenfall irgendwelcher Art. Ich habe Ihnen doch gesagt, wir haben gefeiert. Als ich mich verabschiedet habe, ging es Nolan ganz wunderbar.«

»Wenn es ihm so wunderbar ging, wie kommt es dann, dass er einige Stunden später mit zwei schlimmen Kopfwunden im Pool gefunden wurde?«

Der Anwalt hob eine Hand, um Krystal am Antworten zu hindern. »Es ist Ihre Aufgabe, herauszufinden, wie es zu Mr. Chapmans Verletzungen kam, Detective. Mrs. Taylor ist hier, um Ihnen Tatsachen zu unterbreiten, nicht um zu spekulieren.«

»Um wie viel Uhr sind Sie gegangen, Mrs. Taylor?«

»Um kurz vor halb neun. Ich bin nicht lange geblieben.«

»Was ist mit der Champagnerflasche und den Gläsern passiert?«

»Die habe ich mitgenommen.«

»Warum hätten Sie das tun sollen?«

»Weil mich Nolan darum gebeten hat. Die Flasche war leer, und beim Open-House-Event am nächsten Tag sollte es nicht unordentlich aussehen.«

»Warum haben Sie sie nicht einfach im Haus in den Mülleimer geworfen? Warum haben Sie sich die Umstände gemacht, alles mitzunehmen?«

Krystal lächelte. »Ich wusste, dass Diana Dom Pérignon für die Party bestellt hatte, und alle wissen, dass ich Cristal trinke. Ich wollte nicht, dass irgendjemand von den anderen die Cristal-Flasche im Müll findet und dann weiß, dass ich mit Nolan im Haus war. Und ganz bestimmt sollte niemand mitbekommen, was wir gefeiert haben. Nicht, bis Ryoko Yamadas Gebot nicht unter Dach und Fach wäre. Bei uns herrscht ziemlich großer Konkurrenzdruck.«

»Was haben Sie mit der Flasche und den Gläsern gemacht?«

»Die habe ich irgendwo unterwegs in einen Müllcontainer geworfen.«

Aribo runzelte die Stirn. »In einen Müllcontainer? Sie haben sie nicht bei sich zu Hause entsorgt?«

»Dort hätte mein Mann sie finden können, und dann hätte er mich gefragt, mit wem ich Champagner getrunken habe. Glauben Sie mir, der Müllcontainer war die bequemere Option.«

»Und die Gläser haben Sie auch weggeworfen? Richtige Gläser?«

Krystal schluckte. »Ja.«

»Mich wundert ein wenig, dass Sie sie nicht mit nach Hause genommen und gespült haben. So würden das die meisten Leute machen, oder?«

Sie zwang sich zu einem Lachen. »Gläser spülen ist nichts für mich, davon gehen meine Nägel kaputt. Und es waren ganz gewöhnliche Champagnergläser. Nichts Besonderes. Ganz einfach zu ersetzen.«

Aribo starrte sie einen Moment lang an, dann sagte er: »Wissen Sie noch, welcher Müllcontainer das war?«

Krystal tat, als überlege sie. »Ich glaube, einer in Coldwater Canyon, ziemlich bald nach der Abfahrt vom Freeway.«

Aribo nickte leicht, woraufhin sich Lombardi erhob und das Zimmer verließ. Krystal wusste, dass jetzt irgendein armer Anfänger die Anweisung erhielt, den Container zu durchsuchen, bevor die Müllabfuhr ihn leerte.

»Haben Sie Mr. Chapman die Schläge auf den Kopf zugefügt?«, fragte Aribo.

»Nein, das habe ich nicht getan.«

»Haben Sie Mr. Chapman in den Pool gestoßen?«

»Nein, das habe ich nicht getan.«

»Haben Sie Mr. Chapman getötet?«

»Nein. Ich habe es Ihnen schon gesagt, Nolan ging es ganz wunderbar, als ich gegangen bin. Ich hatte ihn gerade darüber informiert, dass jemand fünfzig Millionen Dollar für sein Haus geboten hatte. Ich selbst sollte eine Courtage von einer Million Dollar an dem Haus verdienen. Warum um alles in der Welt hätte ich Mr. Nolan tot sehen wollen?«

Aribo erwiderte nichts. Sie wusste, dass er nichts sagte, weil er diese entscheidende Frage nicht beantworten konnte.

Carmichael ergriff das Wort. »Ich denke, wir sind hier fertig. Es sei denn, Sie haben weitere Fragen, Detective?«

Aribo hatte keine weiteren Fragen.

Krystal und der Anwalt verließen das stickige Zimmer und gingen durch einen deutlich kühleren Flur nach draußen, wo sich einige Journalisten an den Eingangsstufen zur Wache versammelt hatten. Al Toledo hatte den Reportern den Tipp gegeben, man werde eine spontane Pressekonferenz veranstalten. Er schien davon auszugehen, dass sie weniger schuldig wirkte, wenn sie den Kameras als Starzeugin gegenübertrat, statt später von einer sogenannten »Quelle aus Polizeikreisen« als Verdächtige benannt zu werden.

Micah, der in seinem Wagen gewartet hatte, stellte sich nun am vorderen Eingang der Wache zu ihr. Auch das war Als Idee gewesen. Die Journalisten prügelten sich geradezu um die beste Position, sie schubsten und drängelten und rammten Krystal und Micah ihre Mikrofone förmlich ins Gesicht. Den Fotografen gelangen Dutzende von Aufnahmen. Man schrie den beiden Fragen zu.

Krystal hatte sich an Verona orientiert, was ihr Outfit betraf. Sie trug ein maßgeschneidertes pinkfarbenes Kleid bis kurz unters Knie, außerdem mittelhohe Absätze, keine ganz hohen. Ein bisschen zurückgenommener als gewöhnlich. Das Hermès-Halstuch in Pink und Weiß passte perfekt zu ihrem Kleid – außerdem verhüllte es den blauen Fleck an ihrem Hals, den sie Nolan Chapman zu verdanken hatte.

Krystal lächelte Micah an, als er ihr schützend einen Arm um die Schultern legte und sich entspannt mit den Reportern unterhielt.

Von dem blauen Fleck am Hals wusste der Anwalt nichts. Nur Al und Micah hatte sie erzählt, wie Chapman gewalttätig geworden war, sie am Hals gepackt und zu erdrosseln versucht hatte. Wie sie sich gewaltsam losgerissen hatte, wie er hinfiel und sich den Kopf anschlug, dass er jedoch noch quicklebendig gewesen war, als sie fluchtartig das Haus verlassen hatte. Al Toledos Überzeugung nach war es am besten, dem Anwalt diese Version der Ereignisse vorzuenthalten.

Genau wie es Krystals Überzeugung nach am besten war, Micah und Al vorzuenthalten, was am Abend des Todes von Nolan Chapman tatsächlich vorgefallen war.

Kapitel 42

ANDI
DANACH

Andi Hart traf Detective Aribo auf der Hälfte des Malibu Piers. Er trank Kaffee aus einem Fast-Food-Becher und schaute den Wellenreitern am Surfrider Beach zu. Er hatte einen günstigen Aussichtspunkt gewählt: Von hier aus bot sich ein guter Blick auf das atemberaubende Küstenpanorama, verziert durch vereinzelte beeindruckende Häuser, und die steife Brise nahm der Sonne des frühen Nachmittags die größte Kraft.

Aribo reichte ihr einen Becher und holte Päckchen mit Zucker und Kaffeeweißer aus der Jackentasche. »Ich war mir nicht sicher, wie Sie Ihren Kaffee trinken.«

Sie bedankte sich und leerte jeweils ein Päckchen Zucker und Kaffeeweißer in die schwarze Flüssigkeit. Die war immer noch heiß, sodass sich Andi die Zunge verbrannte. »Krystal Taylor und ihr Mann haben da vor ein paar Tagen einen ganz schönen Auftritt hingelegt«, sagte sie.

Aribo lächelte schwach. »Zumindest einen unerwarteten.«

»Die Polizei wusste nicht Bescheid?«

Er schüttelte den Kopf. »Bis der Captain die Leute von unserer Medienabteilung an einem Sonntag erreicht hatte, bis wir also wussten, dass definitiv keine Pressekonferenz angesetzt worden war, war es schon zu spät. Es hätte nicht gut ausgesehen, wenn wir vor diesen ganzen Kameras eine Forderung nach Informationen gestoppt hätten.«

Krystal hatte den Reportern erzählt, ihre kurze Bekanntschaft mit dem Bauunternehmer Nolan Chapman sei rein geschäftlicher

Natur gewesen. Als sie von seinem Tod erfuhr, so erklärte sie, sei sie entsetzt gewesen. Am Open-House-Event für die Makler, bei dem man die Leiche entdeckte, habe sie nicht teilgenommen. Doch natürlich sei sie der Polizei in jeder Weise behilflich, was die Aufklärung des Falls betraf. Dem ließ sie einen herzerweichenden Appell folgen: Wer auch immer etwas zur Aufklärung beitragen könne, solle sich an das Büro des County-Sheriffs von Los Angeles wenden. Sie beendete ihr kurzes Statement, indem sie der Hoffnung Ausdruck verlieh, der Mörder möge bald gefasst und seiner gerechten Strafe zugeführt werden.

»Was halten Sie davon?«, erkundigte sich Andi. »Wollte sie einfach nur Aufmerksamkeit, oder steckt mehr Kalkül dahinter?«

Aribo lächelte, ging jedoch nicht darauf ein. Stattdessen sagte er: »Warum dieses Treffen, Andi?«

»Ich möchte Ihnen etwas zeigen.«

Sie holte ihr Handy aus der Handtasche. Tippte auf dem Display herum, bis sie das Gesuchte fand. Dann reichte sie das Gerät Aribo.

»Was ist denn das?«

»Aufnahmen einer Überwachungskamera, die mein Nachbar im Erdgeschoss vor meiner Wohnungstür angebracht hat. Von dem Abend, als Nolan Chapman ermordet wurde. In dem ganzen Trubel hatte ich völlig vergessen, dass unser Haus ja mit Kameras überwacht wird, sonst hätte ich Ihnen das Material längst gezeigt.«

Aribo schaute sich das Video an. Man sah, wie Andi an ihrem Haus parkte und über einen Treppenaufgang ihre Wohnungstür erreichte. Sie war durch die Nachtsichtaufnahmen eindeutig zu erkennen. Der Datumsstempel auch: Donnerstagabend.

»Kein Blut auf meiner Kleidung«, kommentierte sie. »Keine Mordwaffe in meiner Hand. Und ich müsste eine totale Psychopathin sein, wenn ich so ruhig aussehen würde, nachdem ich gerade jemanden ermordet habe. Außerdem beweist der Zeitstempel, dass ich zur angegebenen Zeit den Rückweg aus Malibu angetreten habe. Dass ich sofort losgefahren bin, als Krystal aufgetaucht ist.

Dass ich nicht zurückgegangen bin, nachdem sie weg war, um Chapman eins über den Schädel zu geben.«

»Können Sie mir das per Mail schicken?«

»Natürlich.« Sie nahm ihm das Telefon aus der Hand und mailte ihm die Datei. »Das ist nützlich, oder?«

Aribo nickte. »Ja. Lassen Sie uns ein Stück gehen.«

Über die rauen alten Bretter schlenderten sie zum Eingangsbereich des Piers. Überall gab es Angler, ihre Ausrüstung hatten sie auf den nahe gelegenen Bänken ausgebreitet, die Ruten ausgeworfen, weil sie hofften, Heilbutt, Umberfische und Makrelen zu fangen.

»Wissen Sie, Sie hätten mir die Datei ja auch einfach mailen können«, sagte Aribo. »Es gab keinen Grund, den ganzen Weg hierher nach Malibu auf sich zu nehmen und mir die Aufnahme zuerst zu zeigen.«

»Ich weiß. Ich habe mir außerdem ein Update zum Fall erhofft.«

Er warf ihr einen Seitenblick zu. »Ach?«

»Ich habe mir überlegt, als nächste Verwandte habe ich doch bestimmt gewisse Rechte, über die Ermittlungen zum Mord an meinem Vater informiert zu werden.«

»So haben Sie ihn bisher noch nie genannt.«

»Bitte?«

»Ihren Vater. Wenn Sie bisher von ihm gesprochen haben, dann immer nur als Chapman.«

»Ich sehe ihn wohl schon lange nicht mehr als meinen Vater.«

»Warum also jetzt?«

Sie lächelte. »Damit ich als trauernde Tochter Informationen aus der Polizei rausholen kann.«

»Wenn Ihnen der Mann völlig egal ist, quasi ein Fremder, warum interessiert es Sie dann?«

»Ich weiß, dass ich ihn nicht umgebracht habe, und ich hoffe, Sie wissen das auch. Aber bis Sie die Person finden, die es getan hat, wird sich der Rest der Welt fragen, ob ich es nicht doch war. Sie haben die Zeitungsberichte ja bestimmt gesehen, oder?«

Aribo nickte. Die Journalisten hatten herausgefunden, dass es eine familiäre Beziehung zwischen Chapman und Andi gab und dass die beiden zwanzig Jahre lang keinen Kontakt gehabt hatten. Sie wussten, dass Andi diejenige gewesen war, die den Notruf absetzte, nachdem sie die Leiche bei dem Open-House-Event entdeckt hatte. Und sie hatten auch die alten Geschichten darüber ausgegraben, was vor zwanzig Jahren in Kissimmee ihrer Mutter zugestoßen war.

Andi sprach weiter. »Ich möchte nicht, dass für den Rest meines Lebens ein Verdacht über mir schwebt. In wenigen Wochen werde ich mein eigenes Maklerbüro eröffnen. Ich muss Erfolg mit meiner neuen Firma haben. Das wird viel schwieriger werden, wenn sich die Leute fragen, ob ich vielleicht eine Mörderin bin.«

»Wir ermitteln noch immer in verschiedene Richtungen, aber im Augenblick kann ich Ihnen nichts Definitives mitteilen.«

»Klingt wie typischer Bullshit für Mitch O'Malley und Konsorten.«

Aribo musste lachen. »Okay, erwischt.«

»Gehört Krystal Taylor zu den Verdächtigen?«

»Sie wurde befragt, wie alle anderen, die das Opfer kannten oder bei Saint Realty arbeiten.«

»Eine weitere Antwort wie aus dem Lehrbuch, Detective Aribo. Ich weiß, sie war an dem bewussten Abend dort. Ich habe sie mit eigenen Augen gesehen. Und ich weiß, dass sie diese Pressekonferenz nicht aus einem plötzlichen Wunsch heraus abgehalten hat, ihre Bürgerpflicht zu erfüllen. Sie wollte dadurch weniger schuldig wirken. Wenn Sie mich fragen, hat sie damit aber in gewisser Weise das Gegenteil erreicht.«

Aribo schwieg, während die beiden weitergingen. Sie verließen den Pierbereich und wandten sich dem Parkplatz zu.

»Krystal Taylor hat an dem Abend, als Nolan Chapman ermordet wurde, eine Flasche Champagner mit ins Haus gebracht«, sagte er schließlich. »Diese Flasche haben wir nirgends finden können, deswegen lautete eine unserer Hypothesen, Nolan Chapman hätte sie über den Schädel bekommen. Am Sonntagabend hat man die Flasche in einem Müllcontainer gefunden. Und zwar genau dort, wo es Krystal Taylor angegeben hatte. Heute Morgen kamen die Laborergebnisse zurück. Kein Haar, kein Blut, keine Hautpartikel, die dem Opfer gehören. Die Flasche ist nicht die Mordwaffe.«

»Vielleicht wurde sie ja sauber gewischt. Ich meine wirklich sauber. Dann wären doch alle Blutreste verschwunden?«

Aribo schüttelte den Kopf. »An der Flasche waren Abdrücke von Krystal Taylor und Nolan Chapman. Da ist nichts abgewischt worden.«

»Sie haben also immer noch keine Mordwaffe?«

»Das bedeutet aber nicht, dass wir die Mordwaffe nicht finden werden.« Sie hatten Aribos Mustang erreicht. »Danke für das Video. Wenn es etwas Neues gibt, melde ich mich.«

Aribo stieg in den Wagen, und Andi sah zu, wie er davonfuhr. Sie überlegte, was sie mit dem Rest des Nachmittags anfangen sollte. Bis sie den Schlüssel für die Räumlichkeiten am Santa Monica Boulevard erhielt und mit den Renovierungsarbeiten beginnen konnte, würden noch einige Tage vergehen. Sie entschied sich, noch eine Weile im Malibu Country Mart herumzuhängen, einem interessanten, nur wenige Minuten Autofahrt entfernten Einkaufszentrum mit Außenbereich.

Dort angekommen, kaufte sich Andi an einer Burgerbude einen Chili-Hotdog mit Pommes und verzehrte beides auf einer Bank. Dann schlenderte sie durch die Modeboutiquen und Einrichtungsläden und einen Geschenkeladen, in dem man Kristalle und Steine erwerben konnte. Sie schaute sich in einer Kunstgalerie um und bewunderte die mutigen, bunten Bilder ortsansässiger Künstler an den blendend weißen Wänden. Ihr Blick wurde von einer Vitrine mit kleinen Keramikskulpturen angezogen, die sie an ihren ersten Besuch im Haus am Malibu Beach Drive erinnerten, als sie das Video für Walker Young aufgenommen hatte.

Irgendwas spukte ihr im Hinterkopf herum, doch sie konnte es nicht greifen.

Andi verließ die Kunstgalerie, holte ihr Handy hervor und ging ihre Videos durch, bis sie das vom Poolbereich fand. Sie drückte auf *Play*. Die anderen Besucher um sie herum verschwanden im Hintergrund ihres Bewusstseins, während sie im Sonnenlicht mit zusammengekniffenen Augen auf das kleine Display starrte.

Da war sie.

Eine hässliche goldene Figur auf dem Tisch zwischen den beiden Liegestühlen. Am Tag vor dem Open-House-Event. Nur wenige Stunden vor Nolan Chapmans frühem Tod an genau dieser Stelle.

Andi war sicher, dass sie noch irgendwo anders genau so eine Figur gesehen hatte. Sie schloss die Augen und versuchte sich zu erinnern. Dann fiel es ihr ein: Bei der Auseinandersetzung wegen des zerstochenen Reifens mit Verona im großen Schlafzimmer. Da hatte noch so eine hässliche Figur auf dem Nachttisch gestanden.

Oder war es ein und dieselbe?

Und wenn ja, wer hatte sie dorthin gebracht – und warum?

Kapitel 43

DIE MORDNACHT

Krystal Taylor betrat ein leeres Haus und verspürte ein kurzes Gefühl der Traurigkeit, weil Micah nicht da war und sie ihre aufregenden Neuigkeiten nicht mit ihm teilen konnte. Sie vermisste es, einfach so mit ihm zu reden. Irgendwie teilten sie gar nichts mehr miteinander. Nicht, seitdem die Rothaarige auf der Bildfläche erschienen war. Aber Krystal war fest entschlossen, sich von seiner Abwesenheit nicht die gute Laune verderben zu lassen. Schließlich war er der Grund dafür, dass sie das Geld so dringend brauchte.

Ihre potenzielle Klientin, Ryoko Yamada, hielt sich zurzeit wegen geschäftlicher Verpflichtungen in New York auf und hatte die Zeit gefunden, trotz ihres straffen Terminplans über Zoom mit Krystal zu sprechen. Obwohl 2500 Meilen die beiden Frauen trennten, war Ryoko Yamada genauso Furcht einflößend gewesen wie bei ihrer persönlichen Begegnung auf Micahs Kopfhörer-Event. Sie hatte unbewegt gelauscht, als Krystal ihr alles über das Haus am Malibu Beach Drive erzählte. Nachdem Krystal ihren Verkaufs-Pitch beendet hatte, hatte Ryoko Yamada so lange geschwiegen, dass Krystal schon befürchtete, es gebe ein Problem mit der Verbindung. Schließlich hatte die Technologiemagnatin gesagt: »Letztes Jahr habe ich mein Haus in Los Angeles verkauft, und seitdem bin ich auf der Suche nach einem neuen Objekt in Südkalifornien. Dieses Haus in Malibu gefällt mir sehr gut. Ich melde mich.«

Damit hatte sie das Gespräch beendet. Kein Dankeschön, keine Verabschiedung. Abrupt, genau wie Micahs kurze Zettel. Doch Krystal war nicht beleidigt gewesen – ganz im Gegenteil hatte sie ein Hochgefühl durchströmt. Ryoko Yamada würde ihr zu der einen Million Dollar verhelfen. Das spürte Krystal tief in ihrem Inneren. Selbst ihr Horoskop hatte für den heutigen Tag »umwälzende Veränderungen« angekündigt.

In der Küche entdeckte sie einen Zettel auf der Anrichte. Ohne die Nachricht überhaupt zu lesen, warf sie sie in den Müll.

Nachdem sie sich einen Salat zum Abendessen gemacht hatte, goss sich Krystal ein kleines Glas Rosé ein und überlegte, was sie wohl mit dem Rest des Abends anfangen sollte. Wahrscheinlich würde sie sich ein bisschen Online-Shopping gönnen. Ihr Konto bei Neiman Marcus lief über Micahs Kreditkarte, deswegen brauchte sie sich keine Sorgen zu machen, wenn sie dort einkaufte. Dann würde sie sich irgendwelche Reality-TV-Shows ansehen. Besonders die aus Maklerkreisen fand sie interessant, und sie träumte davon, irgendwann selbst in einer mitzumachen.

Ein akustisches Signal von ihrem Handy ließ sie wissen, dass eine neue E-Mail eingegangen war: von Ryoko Yamada. Beim Lesen breitete sich ein Lächeln auf Krystals Gesicht aus. »Ja!«, rief sie laut, obwohl sie niemand hörte. Und das Wort schien in dem ansonsten leeren Raum widerzuhallen.

> Ms. Taylor,
>
> ich fliege heute Abend von New York nach Los Angeles und werde morgen am Makler-Event teilnehmen. Wenn mich das Haus auch bei einer persönlichen Besichtigung beeindruckt, werde ich ein Gebot für den vollen geforderten Preis abgeben. Das ist jedoch von zwei Bedingungen abhängig: Es muss innerhalb von vierundzwanzig Stunden akzeptiert werden, und das Haus darf gar nicht erst auf den Markt kommen. Spielchen sind nichts für mich, und Wettbieten auch nicht.
>
> Ich wünsche Ihnen einen schönen Tag.
>
> RY

Eine persönliche E-Mail von Ryoko Yamada, nicht von ihrem Büro! Krystal wusste, das Haus würde der Japanerin ganz ausgezeichnet gefallen, wenn sie es erst einmal mit eigenen Augen sah – was hätte ihr denn nicht gefallen sollen? Und sie würde den vollen Preis bezahlen! Krystal hob das Weinglas und prostete ihrem Spiegelbild im Küchenfenster zu. Ihren Salat hatte sie nicht angerührt. Sie hatte keinen Appetit mehr. Zum Essen oder Fernsehen war sie zu aufgeregt, sogar zum Online-Shopping mit Micahs Kreditkarte.

Da kam ihr eine Idee. Eine sehr spontane, zugegeben, aber sie ging davon aus, dass Nolan Chapman zu der Sorte Mann gehörte, die ein wenig Spontaneität zu schätzen wusste.

Krystal musste an den vergangenen Abend in seiner Hotelsuite denken. Das Ganze war eine weitaus angenehmere Erfahrung gewesen als andere Begegnungen, die sie unmittelbar nach der Ankunft in L.A. über sich hatte ergehen lassen müssen. Übergewichtige Männer, dreimal so alt wie sie. Ungeschickt, grob und schwitzend, alles im Gegenzug für leere Versprechungen und winzige Rollen in Reklamefilmchen, die immer nur wenige Hundert Dollar abwarfen.

Chapman war anders gewesen. Im Bett kannte er sich aus und mit Frauenkörpern ganz offensichtlich ebenfalls. Er hatte sichergestellt, dass sie wie er auf ihre Kosten kam; auch wenn sie davon ausging, dass das in erster Linie etwas mit männlichem Stolz zu tun hatte. Es war einfach alles ein wenig ... kalt gewesen. Wie der Mann an sich. Keine Zärtlichkeit in den Berührungen, keine wirkliche Intimität. Andererseits, warum hätte es die auch geben sollen? Es war ein Geschäft, sonst nichts, aber eines, bei dem es um wesentlich mehr ging als bei diesen Tierfutter-Werbespots.

Als Krystal fertig geduscht hatte, hatte Nolan bereits geschlafen, und sie machte sich nicht die Mühe, ihn aufzuwecken. Auch Micah hatte bei ihrer Rückkehr schon geschlafen. Als sie sich neben ihn legte, hatte er sich im Schlaf bewegt und einen Arm schützend um sie geschlungen, aber aufgewacht war er nicht. Krystal hatte dagelegen, an die Decke gestarrt und immer noch spüren können, wie ein anderer Mann ihre Haut mit seinen Händen berührte. Dabei hatte sie ein seltsames Gefühl in der Magengrube verspürt, das sie nicht einzuordnen vermochte. Nach einer Weile war ihr bewusst geworden, worum es sich handelte.

Ein schlechtes Gewissen.

Das war unerwartet.

Trotzdem.

Nun ging Krystal nach oben ins Schlafzimmer und zog ihre Bürosachen aus. Sie entschied sich für pinkfarbene Spitzenunterwäsche, enge Jeans und ein kurzes Oberteil, das ihre definierte Körpermitte betonte. Nicht dass Nolan all das nicht schon gesehen hätte, und nicht nur gesehen. Sie perfektionierte ihren Look mit knöchelhohen Louboutin-Stiefeln und ein wenig Chanel-Parfum. Ihre Bürokleidung und die Unterwäsche stopfte sie im Badezimmer in den Wäschekorb – die Haushälterin würde sich darum kümmern.

Unten holte sie eine Flasche Cristal aus dem Weinkeller und nahm zwei Champagnergläser aus dem Küchenschrank. Heute Abend würden sie feiern.

Mit hoher Geschwindigkeit fuhr sie über ruhige Straßen und erreichte Malibu rasch. Dann rief sie Nolan Chapman an. Als er das Gespräch annahm, waren Geräusche in der Leitung zu hören, als gehe er beim Telefonieren auf und ab. Sie hatte erwartet, dass er gerade in der Hotelbar einen Cocktail zu sich nahm, doch sie hörte keine Musik im Hintergrund, keine Unterhaltungen.

»Krystal«, sagte er. »Was für eine Überraschung.«

Sie konnte nicht erkennen, ob er erfreut war, von ihr zu hören, oder nicht.

»Kannst du raten, wo ich gerade bin?«, wollte sie wissen.

»Dann fange ich vorne im Alphabet an. Alaska? Antigua? Aruba? Irgendwo anders, möglicherweise einem Ort ohne A am Anfang?«

Sie lachte. »Probier's mal mit M. Ich bin in Malibu. Hast du gerade zu tun?«

Am anderen Ende der Leitung wurde es still, nur entferntes

Rauschen klang durch die Lautsprecher des Autos. Krystal war besorgt, verzweifelt zu wirken, wie eine dieser erbärmlichen geltungssüchtigen Frauen, die mit einem Mann ins Bett gingen und dann tagelang nur darauf warteten, dass er anrufen oder eine Nachricht schicken würde. Krystal Taylor gehörte nicht zu diesen Frauen. Dann kam ihr ein noch schlimmerer Gedanke: Möglicherweise glaubte Nolan Chapman, sie sei auf eine feste Beziehung aus.

»Ich habe Neuigkeiten, und ich habe Champagner dabei«, fügte sie rasch hinzu. »Es gibt etwas zu feiern.«

»Klingt vielversprechend. Gut, dann feiern wir deine geheimnisvollen Neuigkeiten.«

»Bist du im Hotel?«

»Nein. Im Haus. Komm dahin.«

Sie beendete das Gespräch, fuhr über den PCH weiter und nahm dann die Ausfahrt zum Malibu Beach Drive. Als sie vor dem Haus parkte, stand ein wenig entfernt noch ein anderer Wagen. Das Auto war dunkel, nichts Besonderes, soweit Krystal sagen konnte. Sie fragte sich, ob Nolan heute Abend noch anderen Besuch empfangen hatte, und wenn ja, aus welchem Grund. In dem Moment wurde in dem Wagen der Motor angelassen, und er setzte sich in Bewegung. Sie griff nach der Flasche und den Gläsern und stieg aus.

Nolan begrüßte sie schon an der Tür und küsste sie leicht auf die Wangen. Sie nahm einen Hauch Alkohol in seinem Atem wahr, den sein teures Duftwasser nicht ganz überdecken konnte. Er trug cremefarbene Hosen, ein Ralph-Lauren-Polohemd und braune Lederschuhe. Das Outfit wirkte ein wenig … altmodisch. Nicht so modern und stylish, wie es Micah gefallen hätte. Aber sie war ja nicht hier, um dem Mann eine Stilberatung zukommen zu lassen.

»Krystal, du siehst umwerfend aus. Darf ich dir das abnehmen?« Er übernahm die Flasche Cristal und die Gläser. »Es ist so ein schöner Abend. Wir sollten uns nach draußen setzen.«

Sie folgte ihm durchs Haus, bewunderte die Ausstattung, die man seit der Tour mit Marty Stein am Dienstagmorgen noch verfeinert hatte, und trat dann hinaus auf die Terrasse und um die Ecke zum Pool. Die Unterwasserbeleuchtung war eingeschaltet. Es gab zwei Liegestühle und einen niedrigen Tisch mit einer wunderschönen goldenen Skulptur darauf, die eine Ballerina darstellte. Die würde in ihrem eigenen Haus ganz großartig aussehen. Krystal platzierte ihre Hermès-Tasche auf dem Tisch neben der Figur und trat an die gläserne Balustrade am Rand der Poolterrasse. Die Aussicht war unglaublich. Tintenschwarzes Wasser unter einem sich verdunkelnden Himmel und Hunderte von Lichtern entlang der Küste.

Nolan hatte sich auf einen der Liegestühle gesetzt und öffnete die Champagnerflasche, was wie ein Feuerwerk in der stillen Nacht klang. Er füllte beide Gläser und trat zu Krystal an die Balustrade. Das Glas, das er ihr reichte, war ein wenig klebrig, weil der Champagner übergeflossen war. Sie stießen an.

»Und wir trinken auf …?«

Sie lächelte. »Fünfzig-Millionen-Dollar-Deals.«

»Ach?«

»Ja.«

»Erzähl mir mehr.«

Nolan leerte sein Glas zur Hälfte, Krystal selbst nahm einen Schluck aus ihrem eigenen. Mehr als ein Glas trank sie selten. Genau wie Verzweiflung stand auch übertriebener Alkoholkonsum einer Frau nicht gut.

»Ich habe jemanden, der dieses Haus kaufen will«, berichtete Krystal. »Die Betreffende ist sehr interessiert. Sogar so interessiert, dass sie sich gerade auf dem Flug aus New York hierher befindet, um morgen am Open-House-Event teilnehmen zu können.«

Nolan lächelte, doch es war dasselbe kalte Lächeln wie letzte Nacht.

»Großartige Neuigkeiten. Musik in den Ohren eines Developers.« Er trat an den Tisch und füllte sein Glas ein weiteres Mal. Sie wandte sich wieder der Aussicht zu.

»Du auch?«, fragte er.

»Nein, danke.«

Er trat hinter sie, strich ihr das Haar aus dem Nacken und begann ihn zu küssen.

»Nolan ...«

»Hmmmm?«

»Wir unterhalten uns doch gerade.«

»Ich würde aber lieber was anderes machen.«

»Ich meine es ernst. Das hier ist wichtig.«

Er ließ nicht von ihrem Nacken ab. Presste seinen Körper an ihren Rücken und schlang ihr einen Arm um die Taille. Krystal wandte sich so abrupt zu ihm um, dass er einen Teil seines Drinks verschüttete.

»Was ist denn los?«, fragte er.

»Ich möchte dir von meiner Käuferin erzählen. Ich dachte, das würde dich mehr interessieren.«

»Und ich dachte, wir könnten ein bisschen Spaß haben.«

Der Ausdruck seiner Augen war so eisig, dass er den Ozean unter ihnen hätte gefrieren lassen können. Hinter ihm leuchtete das Wasser des Pools. In der Ferne war nichts zu erkennen als die dunklen Umrisse der Felsen.

»Erst die Arbeit, dann das Vergnügen«, erklärte Krystal.

»Okay. Dann setzen wir uns und reden.«

Sie ließen sich auf den Liegestühlen nieder, saßen beide auf der Kante und sahen sich an. Krystal stellte ihr Glas auf den Tisch, er hingegen trank weiter.

»Gehst du davon aus, dass deine Käuferin ein Gebot abgeben wird?«, erkundigte sich Chapman.

»Das wird sie, da bin ich sicher. Wenn sie dieses Haus erst einmal gesehen hat, wird sie sich sofort verlieben. Aber ...«

»Auf das Aber habe ich gewartet. Aber sie wird mir ein niedriges Angebot machen, und du wirst versuchen, mich zur Annahme zu bewegen. Ist es das, was du sagen willst?«

Nolan trank sein Glas leer. Diesmal bot er ihr keinen Champagner mehr an, füllte einfach nur sein eigenes Glas. »Nein, so ist es nicht«, protestierte Krystal. »Sie ist bereit, den vollen Preis zu zahlen. Fünfzig Millionen.«

Er hielt sein Glas in die Luft, als wolle er wieder mit ihr anstoßen. »Großartig. Zumindest wenn sie uns das auch schriftlich gibt. Dann bin ich gern bereit, ihr Gebot zusammen mit den anderen zu berücksichtigen.«

»Genau darum geht es«, fuhr Krystal fort. »Sie wird nur den vollen Preis zahlen, wenn das Haus gar nicht erst auf den Markt kommt. Sie möchte nicht mit anderen Bietern in Konkurrenz treten.«

Nolan lachte. »Das kann ich mir vorstellen. Aber ich sage es dir gleich – das Haus kommt auf alle Fälle auf den Markt.«

Das Gespräch verlief nicht so, wie Krystal sich das vorgestellt hatte. Sie hatte erwartet, er wäre begeistert, würde sich sofort auf einen raschen Verkauf einlassen.

»Aber das ist doch ein ausgezeichnetes Gebot.«

»Es gibt noch kein Gebot, Krystal. Noch nicht. Noch nichts Schriftliches. Sie hat das Haus noch nicht einmal gesehen. Und es wird weitere Gebote geben.«

»Meine Klientin hat das Geld, und sie *wird* das Gebot schriftlich vorlegen.«

Er seufzte. »Also gut, wer ist diese Frau?«

»Sie heißt Ryoko Yamada. Ihr gehört eine japanische Technologiefirma.«

Nolans Augen verengten sich. »Wo ist denn diese Firma?«

»In Tokio.«

Er schüttelte den Kopf. »Ich mache nicht gern Geschäfte mit Leuten außerhalb der USA. Zu große Umstände. Zu viele Komplikationen.«

»Aber sie ist gerade in New York!«, rief Krystal, die langsam die Geduld verlor. »Sie macht sehr oft Geschäfte hier. Es wird keine Komplikationen geben. Was ist denn los mit dir, Nolan? Ich habe gedacht, du würdest dich freuen.«

»Hör zu, Krystal, ich verstehe, dass du aufgeregt bist. Du hast deine Sache gut gemacht. Wenn deine Klientin wirklich fünfzig

Millionen bietet, ist das ein großartiger Anfang. Mehr aber auch nicht.«

»Ist dir überhaupt klar, wie schwer sich ein Haus in dieser Preisklasse verkaufen lässt?«

»Als ich heute Abend herkam, habe ich einen deiner Kollegen angetroffen«, berichtete Nolan. »Hunter Brooks heißt der Kerl. Er hatte gerade eine private Besichtigung mit einem Klienten absolviert. Diesen Klienten habe ich wiedererkannt, aus einem Bericht in *Forbes* vor einiger Zeit. Der ist eine ganz große Nummer im Silicon Valley und hat richtig Geld. Und dieses Geld befindet sich hier, in den Vereinigten Staaten.«

Krystal spürte, wie Wut und Panik in ihr um die Oberhand rangen. Das Geld, mit dem sie so fest gerechnet hatte, schien ihr aus den Händen zu gleiten.

»Diesen Klienten hat Hunter einer Kollegin weggeschnappt«, schrie sie. »Man kann ihm nicht trauen. Er hat sich sehr unprofessionell verhalten.«

Chapman lächelte boshaft. »Du dich letzte Nacht etwa nicht? Wenn dieser Hunter jemand anderem den Klienten weggeschnappt hat, Respekt. Das ist nicht unprofessionell – Geschäft ist Geschäft, meine Liebe.«

Krystal versuchte, ihre Wut zu beherrschen. Und dann erwähnte Chapman *den* Namen.

»Von David Saint weiß ich, dass auch Andi Hart einen potenziellen Käufer an der Hand hat«, sagte er. »Ich kenne diesen Klienten sogar ziemlich gut. Er hat in Manhattan seine Büroräume im selben Block wie ich. Und auch für ihn gilt, sein Geld ist hier im Land. Deswegen – nein, es tut mir leid, aber ich werde kein Vorabgebot deiner Klientin in Japan akzeptieren.«

»Schläfst du mit ihr auch?«, erkundigte sich Krystal in ruhigem Ton. »Interessierst du dich darum so sehr für sie?«

»Wen meinst du?«

Krystal musste an den Wagen denken, der bei ihrer Ankunft in der Nähe des Hauses gestanden hatte. Dunkel und ohne besondere Karosserieform. Kein Sportwagen, kein Geländewagen. Es hätte ein alter blauer Beemer sein können.

»Sie war heute Abend hier, oder? Andi Hart. Du vögelst sie auch.«

»Was hast du da grade gesagt?«

»Ich habe recht, oder etwa nicht? Diese kleine Schlampe geht mit unserem Chef ins Bett, und jetzt auch mit dir.«

»Halt dein schmutziges Maul. Du hast ja keine Ahnung, wovon du redest.«

Plötzlich war Chapman auf ihr. Er presste sie auf den Liegestuhl, drückte ihre Arme mit den Knien nach unten. Seine Hände umfassten ihren Hals. Sein Gesicht war nur wenige Zentimeter von ihrem entfernt. Eine hässliche Maske des Hasses und der Wut. Er schrie sie an. Seine Spucke landete auf ihrem Gesicht.

»Du dreckige Hure! Wage es nicht, so von ihr zu sprechen!«

Er drückte fester zu. Krystal bekam keine Luft mehr. Sie versuchte freizukommen, konnte sich jedoch nicht bewegen. Sie verdrehte die Augen. Sah weiße Lichtblitze vor sich.

Dann ließ Chapman sie los.

Er trat von ihr weg. Hustend und mit einem Schwindelgefühl lag sie da. Sie sog die Luft ein, wie ein Verdurstender in der Wüste Wasser getrunken hätte. Ihre Kehle fühlte sich rau an. Krystal sah zu Chapman auf und erwartete nach dem plötzlichen Gewaltausbruch Schock oder Entsetzen in seinem Gesicht. Doch da war gar nichts. Seine Miene war völlig neutral. Und sein Blick leer.

»Raus hier«, sagte er.

Als sie sich nicht bewegte, packte er sie am Arm und riss sie grob auf ihre Füße. Sie stolperte in ihren Absatzstiefeln, ihre Beine konnten sie kaum tragen. Er zerrte sie mit sich wie ein Kind eine Lumpenpuppe.

»Nolan, hör auf.«

»Du wusstest, du bekommst das Geld nie, oder? Egal, wie oft du die Beine breit machst. Es war immer Andi Hart, die das Geld bekommen würde. Sie ist eine Million mehr wert als du. Du bist nichts. Gar nichts.«

Plötzlich wich die Angst in Krystal einer glühenden Wut. Krystal Taylor war nicht »gar nichts«. Sie wand sich aus seinem Griff. Bevor er sich umwenden konnte, bevor sie überhaupt wusste, was sie da tat, hatte sie die goldene Figur in der Hand. Die war schwerer, als sie aussah. Sie schlug damit auf Chapmans Schädel ein, und ein widerliches dumpfes Geräusch ertönte, als sie ihn traf.

Er gab einen Laut der Überraschung von sich. Eine schreckliche Mischung aus einem Grunzen, einem erschrockenen Luftholen und einem Aufstöhnen. Dann fiel er schwer auf die Knie. Sie schlug ein weiteres Mal zu, diesmal mit beiden Händen, mit all ihrer Kraft. Chapman fiel zu Boden. An seinem Kopf trat Blut aus, dick und dunkel auf dem hellen Beton.

Schwer atmend stand Krystal da. Sie starrte auf die Figur in ihrer Hand. Sah an deren unterem Teil, wo sie damit Chapman getroffen hatte. Auch ihr Top war voller Blut. Dann schaute sie Chapman an. Er hatte die Augen geschlossen. Bewegte sich nicht. Ob er atmete, konnte sie nicht sagen. Aber sie glaubte es nicht. Krystal sank auf einen der Liegestühle und drückte die Figur an sich. Erst setzte das Zittern ein, dann kamen ihr die Tränen, dann überfiel sie Panik.

Was hatte sie nur getan?

Jetzt würde sie ins Gefängnis kommen. Ihr Leben war vorbei. Sie würde nicht nur Micah verlieren, sie würde alles verlieren.

Nach einer Weile versiegten die Tränen, und die Panik wich einer absoluten Klarheit. Niemand wusste, dass sie hier war. Niemand würde erfahren müssen, was sie getan hatte.

Sie konnte jetzt einfach gehen. Die Champagnerflasche, die Gläser und die Skulptur mitnehmen. Alles irgendwo in den Müll werfen. Aber die Cops würden nach der Waffe suchen, oder? Wenn ihnen auffiel, dass die Figur fehlte, würden sie danach suchen, und wenn sie sie fanden, wäre sie mit Krystals Fingerabdrücken übersät. Krystal trug die Figur ins Haus und in die Toilette.

Sie hielt die Skulptur unter den Wasserhahn, bis das Wasser nicht mehr rötlich, sondern ganz klar war. Dann stellte sie das

Kunstwerk auf den Toilettendeckel und tupfte es mit Toilettenpapier trocken. Mit noch mehr Toilettenpapier wischte sie das Waschbecken aus und spülte dann alles hinunter. Als sie die Figur wieder in die Hand nehmen wollte, hielt Krystal inne, denn sie musste erneut an mögliche Fingerabdrücke denken. Aber die Cops würden davon ausgehen, dass es sich bei Chapmans Tod um einen Unfall handelte, oder? Er hatte getrunken, war am Pool ausgerutscht, hatte sich den Kopf gestoßen. Eine tragische Sache, das Ganze. Und selbst wenn sie ein Verbrechen vermuteten: Das Blut war von der Figur abgewaschen, und Krystal würde sie ganz offen sichtbar deponieren. Sie lächelte. Sie war wirklich klüger, als die meisten Leute glaubten.

Sie nahm die Figur mit ins obere Stockwerk und ging ins größte Schlafzimmer. Beide Nachttische waren leer. Nicht einmal eine Lampe stand darauf. Krystal stellte die Figur auf einen der Nachttische, rückte sie gerade, als hätte sie immer schon da gestanden. Perfekt. Dann ging sie wieder nach unten und zurück zum Pool. Chapman bewegte sich immer noch nicht. Und da war jetzt noch mehr Blut. Er war tot. Er musste einfach tot sein. Aber sie würde nicht nahe genug herangehen, um ihm den Puls zu fühlen. Sie würde ihn nicht anfassen.

Krystal trank den Rest ihres Champagners aus und stopfte die beiden leeren Gläser und die Cristal-Flasche in ihre Hermès-Handtasche. Dann verließ sie das Haus und Malibu, so schnell sie konnte.

Kapitel 44

ANDI
DANACH

Andi ging zurück zu der Picknickbank, wo sie vorher den Chili-Hotdog und die Pommes gegessen hatte. Sie schaute sich noch einmal das Video vom Poolbereich an.

Vielleicht täuschte sie sich ja, und da war gar nichts. Vielleicht hatte der Künstler, von dem die goldene Skulptur stammte, der Welt ja eine doppelte Freude machen wollen und zwei davon geschaffen. Vielleicht war das Stück, das sie im großen Schlafzimmer gesehen hatte, Teil eines Paares. Vielleicht hatten die Leute von der Spurensicherung die Figur vom Pool mitgenommen, sie überprüft und bereits festgestellt, dass es sich nicht um die Mordwaffe handelte. Genau wie bei Krystal Taylors Champagnerflasche.

Andi drehte und wendete ihr Smartphone in den Händen, überlegte, ob sie Aribo nicht einfach anrufen sollte. Ihm von der Figur erzählen. Dann konnte er entscheiden, ob er dieser Spur folgen wollte. Da fiel ihr noch jemand ein, mit dem sie sprechen konnte. Sie scrollte durch ihre Kontaktliste, bis sie Carmen Vegas Nummer fand.

Es klingelte lange. Gerade als Andi gar nicht mehr damit rechnete, Carmen zu erreichen, hörte sie ihre Stimme.

»Hallo?«

Begeistert klang die Frau nicht gerade.

»Hallo, Carmen. Hier spricht Andi Hart.«

»Weiß ich. Der Name wird mir angezeigt.«

Da war auch nichts von der Freundlichkeit, die Andi sonst von der Raumausstatterin kannte. Dann fiel ihr ein, dass sie ja auf dem

Open-House-Event ein größeres Drama verpasst hatte – die Auseinandersetzung zwischen Carmen und Melissa Brooks, die Enthüllung, dass Hunter Brooks der Vater von Carmens Sohn war, und den unrühmlichen Abgang vor allen anderen Gästen.

Das Ganze war sozusagen von der Entdeckung von Nolan Chapmans Leiche überschattet worden. Carmen war nach dieser sicher entsetzlichen Erfahrung offensichtlich immer noch angeschlagen.

»Darf ich Sie ganz kurz etwas fragen?«

»Ehrlich gesagt habe ich gerade zu tun.«

»Es dauert auch gar nicht lange, versprochen.«

Carmen seufzte. »Wenn Sie wegen der Sache anrufen, die auf dem Event passiert ist, möchte ich lieber nicht darüber sprechen. Verona und Diana haben sich auch schon bei mir gemeldet. Ich brauche einfach ein bisschen Abstand, okay?«

»Warten Sie«, unterbrach sie Andi, bevor Carmen auflegen konnte. »Ich will nicht über das sprechen, was da passiert ist. Das ist eine Sache zwischen Ihnen, Hunter und Melissa. Ich finde, das geht niemanden etwas an. Meine Frage betrifft etwas anderes.«

»Okay. Also?«

»Es geht um die Ausstattung im Haus am Malibu Beach Drive.«

»Was ist denn damit?«

»Wissen Sie noch, als wir uns neulich am Donnerstagmorgen getroffen haben? Da war ich doch im Haus, um ein Video für einen potenziellen Klienten zu machen.«

»Ich erinnere mich.«

»Da stand eine goldene Skulptur im Poolbereich, so eine Figur. Auf einem Tisch zwischen den beiden Liegestühlen.«

»Das stimmt. Die hatte ich aus einer Galerie in der Nähe geliehen. War gar nicht so einfach.«

Ein Schrank von einem Mann mit einem zerzausten Bart und einem zu engen Van-Halen-T-Shirt ließ sich mit drei Jungs zwischen sieben und zehn Jahren an Andis Picknicktisch nieder. Sie veranstalteten einen Riesenlärm. Andi wandte ihnen den Rücken zu.

»Gibt es davon zwei?«

Carmen antwortete etwas, aber gerade in diesem Augenblick fragte der Vater laut in die Runde: »Was wollt ihr haben, Jungs?« Daraufhin brüllte der Älteste: »Ich will Pommes! Ich will Pommes!« Dazu schlug er mit den Fäusten auf die hölzerne Tischplatte.

Andi machte ein missbilligendes Geräusch und starrte die Gruppe an. Sie stand auf und ging schnell an eine ruhige Stelle unter einem Baum.

»Entschuldigung, Carmen. Da war es gerade so laut. Was haben Sie gesagt?«

»Dass es nur eine Figur gibt. Warum wollen Sie das denn wissen?«

»Weil ich genauso eine während des Events im großen Schlafzimmer gesehen habe.«

»Das ist ja komisch«, meinte Carmen. »Warum sollte die jemand dorthin gebracht haben?«

Genau – warum?, überlegte Andi.

Laut sagte sie: »Ist die Figur immer noch im Haus?«

»Da muss ich auf der Inventarliste nachsehen. Manche Ladeninhaber wollten ihre Sachen zurück, sobald die Petronia Property Group wieder Zugriff auf den Tatort hatte. Sie wollten nicht, dass ihre Arbeit mit einem Haus in Zusammenhang gebracht wird, in dem ein Mord passiert ist.«

»Verständlich.«

»Geben Sie mir zwei Minuten.«

Andi hörte, wie das Telefon auf eine harte Oberfläche gelegt wurde, dann das Rascheln von Dokumenten. Schließlich kam Carmen wieder an den Apparat.

»Die Goldene Ballerina wurde der Galerie zurückgegeben«, verkündete sie.

»Die was?«

»So heißt die Skulptur. Sie stellt eine Ballerina dar. Genau genommen ist sie aus vergoldetem Aluminium, also nicht ganz aus Gold, aber immer noch relativ viel Geld wert.«

»Wirklich?« Andi versuchte, nicht zu überrascht zu klingen. Erstaunlich, dass dieses Ding eine Ballerina darstellen sollte und dass es wohl Leute gab, die viel dafür zu zahlen bereit wären. »Welche Galerie ist das denn?«

»Warum interessiert Sie das so, Andi?«

»Auf dem Makler-Event hat jemand von den Gästen die Skulptur gesehen und sich sofort in sie verliebt. Wenn sie zum Verkauf steht, könnte die betreffende Person zugreifen.«

»Oh, wow. Das sind ja großartige Neuigkeiten. Die Skulptur stammt aus der Moonflower Gallery, gleich die nächste Abfahrt vom PCH. Erwähnen Sie bitte unbedingt meinen Namen?«

»Das mache ich. Vielen Dank, Carmen.«

Andi beendete das Gespräch und ging schnell zu ihrem Auto. Die Fahrt dauerte nur wenige Minuten, aber bis sie an der Galerie angekommen war, hatte sie sich schon eingeredet, sie wäre bestimmt zu spät. Möglicherweise hatte jemand mit sehr schlechtem Geschmack die Skulptur inzwischen erworben.

Die Moonflower Gallery befand sich in einem blassrosa Haus mit roten Dachziegeln. Andi entdeckte die Goldene Ballerina sofort in einer Vitrine mitten im Raum. Sie trat so dicht an die Vitrine heran, dass ihre Nase fast das Glas berührte. Das Ding sah immer noch überhaupt nicht aus wie eine Ballerina. Sie ging einmal um die Vitrine herum. Kein Anzeichen von Blut auf der Figur. Aber das bedeutete nicht, dass es da keines gab.

Eine Schwarze Frau in einem schicken kakifarbenen Overall und einer auffälligen Halskette mit großen Steinen kam hinter der Theke hervor und stellte sich zu Andi. »Ein wunderschönes Stück, nicht wahr?«, meinte sie. »Ich kann sehen, dass Sie von seiner Schönheit geradezu erschlagen sind.«

Andi kämpfte mit der Versuchung, zu erwidern, dass möglicherweise jemand anderes wirklich damit erschlagen worden war. Aber sie sagte nichts.

»Ja, da gibt es ganz eindeutig einen ... Effekt.«

Sie tat, als sehe sie sich einige andere Kunstwerke an, bevor sie die Galerie verließ. Dann stand sie am Straßenrand und dachte nach. Der Verkehr rauschte an ihr vorbei, die Blätter der Palmen bewegten sich im Wind, und die Luft roch nach aufgeheizten Auspuffgasen und Meer. Adrenalin durchströmte Andis Adern. Sie könnte Aribo anrufen. Wenn es sich bei der Goldenen Ballerina um die Mordwaffe handelte, würde das den Durchbruch im Fall bedeuten, auf den er hoffte.

Aber Andi war hin- und hergerissen.

Auf diese Weise könnte sie vielleicht ihre eigene Unschuld beweisen und die Wolke des Verdachts vertreiben, die über ihr hing.

Aber es würde auch bedeuten, dass sie dabei half, Gerechtigkeit für den Mann zu erlangen, der ihre Mutter ermordet hatte.

Kapitel 45

ANDI
DANACH

Eine Woche später

Andi saß in Marty Steins hinterem Garten. Er hatte um das Treffen gebeten, weil er »etwas wichtiges Geschäftliches« im Zusammenhang mit der Petronia Property Group mit ihr besprechen wollte.

Er lebte in einem einfachen, aber gut erhaltenen Bungalow in einer ruhigen Straße in Woodland Hills, ganz in der Nähe des Topanga Canyon Boulevard. Ein einfaches Haus ohne irgendwelchen Schnickschnack, ein bisschen wie er selbst. Sein ergrauendes Haar war ordentlich zurückgekämmt, er trug ein dunkelblaues, makelloses Poloshirt mit beigefarbenen Bermudashorts und Turnschuhe, die einmal weiß gewesen waren. Andi musste daran denken, wie harsch ihn Krystal Taylor beurteilt hatte. Es interessierte sich eben nicht jeder für Materielles.

Die beiden saßen an einem Tisch auf einer überdachten Terrasse. Hier gab es ordentlich gepflegten Rasen, einen Weg aus Steinplatten und kleine Lichter, die im Dunkeln schön aussehen würden, aber Gott sei Dank keinen Pool. In New York war sie Pools zum Glück weitgehend entkommen, doch in L.A. hatte sie wieder damit umzugehen lernen müssen.

Stein goss zwei Gläser kalte Limonade ein und bot Andi Kekse an, die dufteten wie frisch aus dem Ofen. Neben dem Krug mit der Limonade lagen eine Ausgabe der aktuellen *Times* und ein Aktenordner ohne Etikett.

Andi probierte einen Keks. Der schmeckte lecker. »Als Sie um dieses Meeting gebeten haben, war ich davon ausgegangen, wir würden uns in Ihrem Büro treffen«, sagte sie. »Aber hier gefällt es mir.«

Grinsend deutete er auf ein Fenster. »Mein Büro ist gleich da drinnen. Besonders ordentlich ist es aber nicht, und ich dachte, hier wäre es angenehmer.«

»Sie haben kein offizielles Büro?«, fragte sie überrascht. »Aber Nolan Chapman besaß doch Büroräumlichkeiten?«

Nachdem Andi ihn an jenem Tag im Restaurant entdeckt hatte, hatte sie sich über Chapman informiert. Sein Gebäude befand sich nur wenige Blocks von dem entfernt, in dem sie damals für einen Makler gearbeitet hatte.

Stein lachte. »Ich denke, Sie können getrost sagen, dass ich meine Geschäfte ein paar Nummern kleiner betreibe als Nolan. Ich erziele üblicherweise mit meinen Hausverkäufen nur einen geringen Profit. Nolan hat dasselbe in Florida gemacht, aber sehr viel erfolgreicher als ich. Als er sich dann in New York niedergelassen hat, ging es für ihn richtig durch die Decke. Und als er vor einigen Jahren das Grundstück am Malibu Beach Drive gekauft hat, hat er sich völlig aus heiterem Himmel bei mir gemeldet. Er wollte wissen, ob ich mitmachen wolle. Ich habe zugesagt, und so kam es zur Gründung der PPG.«

»Und so sind Sie zu Geschäftspartnern geworden?«

»Als Partner war ich ihm ganz eindeutig untergeordnet. Ich habe nur eine niedrige Summe investiert, und Nolan hat mir ein Gehalt dafür bezahlt, dass ich mich als Projektmanager um das Haus am Malibu Beach Drive kümmere, während er sich in Manhattan aufhielt. Er war der Mann mit dem Geld und ich fürs Praktische zuständig.«

Er unterbrach sich und sah sie aufmerksam an. »Wissen Sie, ich freue mich, Sie endlich zu treffen, Andi. Ich habe schon so viel von Ihnen gehört.«

Sie nickte und trank ein wenig Limonade. Zum ersten Mal bemerkte sie die Bäume um sie herum, Zitronen, Orangen und andere Zitrusfrüchte. »Schmeckt gut«, sagte sie und meinte das auch so. »Und die Kekse auch.«

Stein strahlte. »Alles selbst gemacht.«

Andi fragte sich, ob es wohl eine Mrs. Stein gab. Aber sie glaubte es nicht. Er trug keinen Ehering, und als sie durch das Haus gegangen war, um den Garten zu erreichen, hatte sie nirgendwo Familienfotos gesehen. Nichts deutete darauf hin, dass Marty Stein Frau und Kinder hatte. Oder darauf, dass eine Frau in dem spärlich möblierten Haus irgendetwas arrangiert hätte.

»Sie wollten mit mir über die Petronia Property Group sprechen«, sagte sie. »Warum? Ich arbeite schon nicht mehr für Saint Realty, also werde ich keinen Käufer für das Haus am Malibu Beach Drive finden. Vorausgesetzt, das will überhaupt noch jemand kaufen. Ich verstehe nicht ganz, was das hier noch mit mir zu tun hat.«

»Ziemlich viel, Andi. Die PPG gehört jetzt Ihnen.«

Andi verschluckte sich fast an ihrer Limonade. »Was?«

Stein öffnete den Aktenordner. Darin lagen offiziell wirkende Dokumente.

»Es stimmt«, bestätigte er. »Nolan hat Ihnen die Firma vermacht, und das bedeutet, dass Sie ihn dort als Geschäftsführerin ersetzen. Es bedeutet außerdem, dass das Haus am Malibu Beach Drive jetzt Ihnen gehört. Jedenfalls wenn alle relevanten Unterlagen unterzeichnet wurden. Und die haben wir hier.« Er deutete auf die Zeitung. »Jetzt, wo die Polizei jemanden verhaftet hat, sehe ich keinen Grund, die Übergabe nicht rasch und ohne weitere Umstände durchzuführen.«

Andis Blick fiel auf die *Times*. Die Zeitung war zur Hälfte gefaltet. Die Schlagzeile lautete: *Ehefrau von Ex-NFL-Star wegen Mordes an Millionär in der Baubranche verhaftet.*

Selbst in diesem Augenblick wurde Krystal nur als Ehefrau von jemandem wahrgenommen, der berühmter war als sie.

Andi hatte ihre Theorie über die Goldene Ballerina Aribo mitgeteilt. Forensische Tests hatten ergeben, dass sich auf der Skulptur winzige Reste von Chapmans Blut und Haut befanden. Krystal Taylors Fingerabdrücke waren deutlich zu erkennen. Mehr als genug für die Cops, einen Durchsuchungsbeschluss für ihr Haus und ihr Auto zu erwirken.

Der Porsche war frisch gereinigt gewesen, und man hatte herausgefunden, dass Krystal das am Morgen nach dem Mord an Chapman veranlasst hatte – als sie angeblich zu krank gewesen war, um an dem Makler-Event teilzunehmen. Außerdem hatten die Taylors ihre Waschmaschine entsorgt, weil sie nicht richtig funktionierte, wie sie sagten. Aribo hatte den Verdacht, die Taylors wollten in Wirklichkeit vermeiden, dass irgendeine Spur von Chapmans Blut gefunden wurde, weil Krystal in der Maschine ihre Kleidung gewaschen hatte.

Trotzdem waren die Ermittler zuversichtlich, dass es ihnen gelingen würde, eine Verurteilung zu erreichen.

Andi hatte mehrere Nächte wach gelegen. Zu viele Fragen waren durch ihr Gehirn gegeistert, als dass sie hätte schlafen können. Warum hatte Krystal es getan? War Chapman gewalttätig geworden, und sie hatte sich gewehrt? Hatte Andi das Richtige getan?

Nicht einmal nach seinem Tod konnte sie Nolan Chapman entkommen. Und jetzt noch diese Enthüllung über die Petronia Property Group. Andi war ordentlich angefressen und sagte das Marty Stein auch.

»Vielleicht wollte er ja etwas wiedergutmachen«, erwiderte er. »Ich kenne natürlich nicht alle Details, aber ich weiß, es hat ihm sehr zugesetzt, dass Sie beide nicht miteinander geredet haben.«

»Vertrauen Sie mir, die Details wollen Sie nicht wissen. Oder was für ein Mensch er wirklich war, oder was er getan hat.«

»Vielleicht hat er sich ja geändert.«

»Männer wie er ändern sich nie. Was, wenn ich Nein sage? Was passiert dann? Was, wenn ich einmal nicht mehr die Geschäftsführerin dieser Firma sein will?«

»Die Petronia Property Group *ist* das Haus am Malibu Beach Drive. Weitere Objekte gibt es nicht. Wenn Sie Nein sagen, wird die Firma aufgelöst, und das Haus steht einfach nur leer. Wenn sich niemand darum kümmert, wird es irgendwann baufällig.«

Andi war schockiert. »Aber Sie sind doch einer der Direktoren. Können Sie die Firma nicht einfach übernehmen?«

»So funktioniert das nicht, Andi. Nolan hat das bei der Gründung der PPG sehr deutlich gemacht – im Falle seines Todes würden Sie die Firma übernehmen. Ich habe nicht den geringsten Anspruch darauf.«

»Und das war in Ordnung für Sie?«

Stein lächelte ein wenig schief. »Ehrlich gesagt habe ich nicht so bald mit seinem Ableben gerechnet.«

»Und Ihre eigenen Investitionen? Wie viel haben Sie denn in die Firma gesteckt?«

»Eine Viertelmillion.«

»Und welchen Gewinn hatten Sie sich davon erhofft?«

»Eine Million Dollar. Zumindest wenn das Objekt für mehr als vierzig Millionen verkauft würde. Dabei war egal, ob es sich um einen Dollar mehr oder zehn Millionen Dollar mehr handeln würde. So lautete der Deal.«

»Weitere Investoren gab es nicht?«

»Nein«, bestätigte ihr Stein. »Malibu war Nolans Herzensprojekt, er hat Jahre darauf hingearbeitet. Er hat das ganze Geld persönlich investiert. Mein Anteil hatte nur symbolischen Wert. Wie gesagt, ich wurde nur ins Boot geholt, um mich um den Alltagskram zu kümmern: mit den Vertragsarbeitern, zur Kontrolle der Bauarbeiten und so weiter. Nolan hat mir eine Möglichkeit geboten, etwas dazuzuverdienen, und dafür war ich ihm dankbar. Ich glaube nicht, dass er mein Geld gebraucht hat.«

»Wenn ich also die Übernahme der PPG ablehne, verlieren Sie Ihr investiertes Geld, und das Haus verkommt zu einer Ruine?«

»Darauf läuft es mehr oder weniger hinaus, aber im Leben gibt es Wichtigeres als Geld. Ich werde Sie nicht unter Druck setzen, Andi. Sie müssen das tun, was Sie für richtig halten.«

Aber was *war* das?

Andi schwirrte von all den neuen Informationen der Kopf.

»Sie brauchen sich nicht sofort zu entscheiden«, fuhr Stein fort. »Das hier ist nur eine informelle Unterhaltung. Sie können die Unterlagen mitnehmen und alles mit Ihrem Anwalt durchgehen.«

Andi schwieg und dachte nach. Marty Stein, mit seinem bescheidenen Zuhause und seinem bescheidenen Auto in der Einfahrt, hatte sich in bester Absicht mit Nolan Chapman eingelassen und verdiente es nicht, als Verlierer aus dieser ganzen Angelegenheit hervorzugehen.

»Welche Optionen habe ich?«, erkundigte sie sich schließlich. »Ich werde nicht selbst in dem Haus am Malibu Beach Drive wohnen, und vermieten werde ich es auch nicht. Aber ich will nicht, dass Sie Ihr Geld verlieren, und auch nicht, dass ein so schönes Haus dem Verfall überlassen wird.«

»Dann müssen Sie das tun, was Nolan vorhatte. Es verkaufen. Und wenn Sie wollen, können Sie dann die PPG auflösen. Der Auftrag für den Verkauf liegt immer noch bei Saint Realty. Daran hat sich nichts geändert.«

Allerdings hatte sich alles bei Saint Realty geändert.

Im Augenblick arbeitete nur eine einzige Maklerin für die Firma – Verona. Vor einigen Tagen hatte sich Andi mit ihr zum Lunch getroffen, und Verona hatte sie über die neuesten Entwicklungen informiert.

Hunter hatte sich eine Weile freigenommen, weil er seine Ehe retten wollte, aber Verona glaubte nicht, dass es in dieser Hinsicht viel Grund zu Optimismus gab. Er hatte ein Apartment in Beverly Hills gemietet, und sein einziger Kontakt zu seiner Frau lief über die jeweiligen Anwälte. Trotzdem hoffte Hunter auf eine Versöhnung. Andi hoffte um Melissas willen, und auch beim Gedanken an den kleinen Scout, dass sich eine Lösung finden würde.

Myles war aus dem Krankenhaus direkt in eine Entzugsklinik gegangen. An dem Abend, an dem er überfallen und ausgeraubt worden war, hatte er versucht, seine Rolex zu versetzen, um Spielschulden zu begleichen. Die Polizei ging davon aus, dass das Pfandleihgeschäft an einer Betrugsmasche beteiligt war und eine örtliche Gang informierte, wenn ein Kunde mit teuren Gegenständen auftauchte und sie beleihen wollte. Dann teilten sich die Schläger und der Besitzer des Ladens, Bobby Gee, die Beute aus dem Raub.

Zu seiner Spielsucht hatte sich Myles aber erst bekannt, als ihm sein Lebensgefährte vorgeworfen hatte, er habe sich in einem dubiosen Teil der Stadt herumgetrieben, um einen anderen Mann zu treffen. Der Lamborghini war verkauft worden, um die Schulden zu begleichen, und Myles' Vater kam für den Aufenthalt in der luxuriösen Entzugsklinik auf.

Krystal würde sich für sehr lange Zeit keinen Maklergeschäften widmen können – und damit blieb Verona übrig.

Ihr Arzt hatte erlösende Neuigkeiten für sie gehabt. Der Knoten in ihrer Brust war tatsächlich eine gutartige Zyste. Sie würde weiterhin Kontrolluntersuchungen wahrnehmen müssen, aber ihr Gesundheitszustand war insgesamt gut. Andi freute sich sehr für sie. Sie mochte sich gar nicht vorstellen, unter welchem Druck Verona gestanden hatte. Andi wollte ihre Freundschaft retten, aber das würde Zeit kosten. Sie war noch immer verletzt und auch ein wenig schockiert wegen Veronas Verhalten.

Obwohl ihr der Gedanke gefiel, Verona könnte möglicherweise einen Käufer für das Haus am Malibu Beach Drive finden, würde das auch bedeuten, dass David Saint finanziell von dem Verkauf profitierte. Andi musste an jenen Abend denken, als sie allein mit ihm im Büro gewesen war und wie er sich damals ihr gegenüber verhalten hatte. Und daran, dass er beinahe das Leben einer anderen jungen Frau zerstört hatte. In Nolan Chapmans Plan hatte er als williger Komplize agiert.

»Wenn ich die PPG übernehme und das Haus am Malibu Beach Drive auf den Markt bringe, kann ich dann dafür sorgen, dass nicht mehr Saint Realty dafür zuständig ist?«

»Selbstverständlich«, erwiderte Stein. »Die Kontrolle läge dann ganz bei Ihnen. Sie können einstellen und feuern, wen immer Sie wollen.«

Andi könnte das Objekt selbst übernehmen, und das wäre sicher ein ganz außergewöhnlicher Start für ihre eigene Maklerfirma, aber es würde Wochen dauern, bis die wirklich ihre Arbeit aufnehmen konnte, und sie wollte sich so schnell wie möglich von jeder Verbindung zu Nolan Chapman befreien.

»Und was ist mit dem Geld, das ich durch den Verkauf des Hauses verdiene?«, wollte sie wissen.

»Da gilt dasselbe. Alles bleibt Ihnen überlassen. Sie können es ausgeben, wofür Sie wollen.«

»Heißt das, ich könnte alles einem wohltätigen Zweck spenden? Zum Beispiel Opfern häuslicher Gewalt damit helfen, wenn ich das will?«

Stein nickte. Er schluckte schwer, als hätte er eine trockene Kehle. Andi fragte sich, ob er etwas über Chapmans gewalttätige Vergangenheit wusste.

»Für mich klingt das nach einem ziemlich guten Plan«, sagte er.

Andi wollte, dass Marty Stein das Geld bekam, das man ihm schuldig war, und sie wollte, dass jemand in dem Haus am Malibu Beach Drive glücklich wurde und dass aus diesem ganzen Chaos irgendetwas Gutes erwuchs.

Ich glaube, ich weiß jetzt, was ich zu tun habe, sagte sie sich.

Kapitel 46

DIE MORDNACHT

Marty Stein wischte sich den Mund mit einer Serviette ab und bat um die Rechnung. Seit Jahren besuchte er jeden Donnerstagabend dasselbe Restaurant. Man kannte ihn dort mit Namen, und man wusste, was er bestellen würde. Als Vorspeise immer die Bruschetta, dann die beste Lasagne außerhalb Italiens als Hauptgericht und ein Glas Rotwein. Immer einen Tisch für eine Person. Marty hatte sich überlegt, das sei besser als ein einsames Abendessen vor dem Fernseher.

In den vergangenen Jahren hatte er ein paar Dates gehabt, und manche der Frauen hatte er sogar mit nach Hause genommen, aber es hatte sich nie etwas Ernsthaftes ergeben. Er war einfach nicht mit dem Herzen dabei. Das Personal wusste, dass Marty einmal verheiratet gewesen war, dass es in Florida eine Ex-Frau gab, aber er hatte nie über private Details gesprochen, und sie hatten nie gefragt. Warum seine Ehe in die Brüche gegangen war, wussten sie nicht.

Bei seinem Kumpel Bill, seinem direkten Nachbarn, war es ähnlich. Mindestens einmal in der Woche trafen sie sich zum Bridge, tranken gern mal ein Bier zusammen und waren jeweils zur alljährlichen Grillparty des anderen eingeladen. Auch Bill war allein, nicht geschieden, sondern verwitwet, doch wie Marty schien er kein Bedürfnis zu verspüren, solche persönlichen Themen zu besprechen.

Marty zahlte mit Karte und fügte ein großzügiges Trinkgeld hinzu. Dann verließ er das Restaurant und stieg in seinen Wagen, um nach Hause zu fahren. Auf der Uhr am Armaturenbrett sah er, dass es noch nicht einmal einundzwanzig Uhr war.

Er wusste, dass man das Haus am Malibu Beach Drive für das morgige Open-House-Event vorbereitet hatte, und um diese Zeit wäre er innerhalb von weniger als einer halben Stunde dort. Er könnte also hinfahren und es sich ansehen. Er wusste, die Raumausstatterin hatte ihre Arbeit gut gemacht, denn er hatte nichts von Chapman gehört, der das Ganze heute Abend überprüfen wollte. Wäre da irgendetwas nicht in Ordnung gewesen, hätte sich Chapman sicher gemeldet.

Eigentlich war es sowieso egal. Walker Young würde das Haus kaufen, Andi Hart die Provision bekommen, und ansonsten gab es nichts zu sagen. Das Makler-Event war nichts weiter als Show, aber Nolan Chapman würde nicht wollen, dass all diese wichtigen Leute einen schlechten Eindruck von einem Haus bekamen, das ihm gehörte.

Marty Stein bog auf den Freeway 101 ein und fuhr auf der Las Virgenes Road südlich nach Malibu. Dabei dachte er an Andi Hart.

Marty war enttäuscht gewesen, als sie am Dienstagmorgen bei der Besichtigungstour fehlte. Er hatte sich darauf gefreut, sie endlich kennenzulernen. Stein hatte sie nur ein einziges Mal gesehen – vor zwanzig Jahren – und auch nur auf einem Foto. In den vergangenen paar Jahren, seit er wusste, dass sie in L.A. lebte, hatte er nur mit Mühe dem Drang widerstanden, im Internet nach ihr zu suchen. Ihn interessierte, zu was für einer Art Frau sie herangewachsen war, ob sie glücklich wirkte. Aber das hätte sich irgendwie nicht richtig angefühlt, als würde er sie verfolgen. Nolan Chapman hatte genau das getan; er war mit seinem Mietwagen in Laurel Canyon und auf dem Strip herumgefahren, hatte sich hinter den getönten Scheiben versteckt.

Marty fand einen Parkplatz in der Nähe eines Einkaufszentrums nicht weit vom Strand entfernt. Den Rest des Weges würde er zu Fuß zurücklegen. Das hatte er sich in den vergangenen paar Wochen von Nolan Chapman abgeschaut. Es war nur ein Spaziergang von zehn Minuten, und er musste sowieso ein wenig abnehmen. Chapman ging immer zu Fuß vom Hotel zum Haus, was etwa dreißig Minuten dauerte. Es sei eine großartige Methode, um fit zu bleiben, sagte er immer. Stein gab es nur sehr ungern zu, aber der Kerl sah gut aus. Das Leben hatte Nolan Chapman gut behandelt, zumindest was den Alterungsprozess betraf. Viel besser als Marty Stein.

Es war eine herrliche Nacht. In der Luft war immer noch ein wenig Wärme zu spüren. Marty ging zügig, und schon bald stand ihm der Schweiß auf der Stirn. Statt den Malibu Beach Drive entlangzugehen, nahm er den Zugang zum Strand und joggte die Stufen hinunter. Er zog seine Turnschuhe aus und genoss das Gefühl des kühlen Sandes zwischen den Zehen. Bei jedem Schritt spürte er seine Oberschenkelmuskeln. Das Wasser war heute Abend still, das Rauschen der Wellen beruhigend, wenn sie sanft an den Strand schlugen. Marty widerstand der Versuchung, die Jeans hochzukrempeln und mit den Füßen ins Wasser zu gehen. Vielleicht auf dem Rückweg zum Auto.

Das Panoramafenster, von dem aus man einen so herrlichen Blick auf den Ozean hatte, leuchtete gelb vor ihm auf. Chapman schien also wohl noch dort zu sein. Marty erreichte den Treppenaufgang, der vom Strand zum Poolbereich führte. Der war ebenfalls beleuchtet, aber leer, soweit Marty sehen konnte. Er stieg die Stufen hoch, setzte sich oben kurz hin, wischte sich den Sand von den Füßen und zog seine Turnschuhe wieder an. Dann stand er auf und gab den vierstelligen Code ein: 1-5-0-2. Er hatte ihn selbst programmiert. Der 15. Februar. An diesem Tag hatte er Patti Hart zum ersten Mal geküsst. Ein grünes Licht erstrahlte, und er stieß das Tor zum Poolbereich auf.

Marty sah Chapman sofort.

Er lag am Beckenrand.

Zuerst glaubte Marty, der andere sei betrunken ohnmächtig geworden. Er wusste, dass Chapman Wodka Martini schätzte, war schon dabei gewesen, als er in Hotelbars einige davon gekippt hatte. Sturzbetrunken hatte er ihn allerdings noch nie erlebt.

Im Näherkommen entdeckte Marty das Blut.

Chapman lag bewegungslos da. Sein Gesicht, normalerweise sonnengebräunt, gesund und attraktiv, hatte dieselbe graue Farbe angenommen wie der Beton, auf dem er lag. Er hatte die Augen geschlossen, den Mund leicht geöffnet. Da war wirklich sehr viel Blut. Chapman hatte eindeutig eine schwere Kopfverletzung erlitten. War er gestürzt, oder hatte ihm jemand das angetan?

Marty wusste, er sollte Chapman den Puls fühlen, einen Notruf absetzen, irgendetwas unternehmen.

Aber das tat er nicht.

Er hockte sich hin, um sich alles genau anschauen zu können. Chapman lag auf seinem Arm, die schicke Uhr an seinem Handgelenk war gerade so zu sehen. Das Zifferblatt war zerschlagen, die Zeiger würden auf ewig in derselben Position bleiben: 8:41. Marty schaute auf seine eigene Uhr. 9:25 Uhr. Also lag Chapman seit einer Dreiviertelstunde hier. Da hörte er ein Gurgeln. Dann ein leises Stöhnen. Ein Auge des Mannes öffnete sich halb.

Chapman lebte noch.

Er war übel dran, daran bestand kein Zweifel. Doch vielleicht würde er es schaffen, wenn er sofort professionelle Hilfe bekam.

Das nächste Geräusch war möglicherweise das Wort »Hilfe«.

Marty hatte nicht das geringste Bedürfnis, Nolan Chapman zu helfen. Er hatte Patti nicht helfen können, und jetzt würde er ganz bestimmt nicht dem Mann helfen, der sie umgebracht hatte.

Sein erstes zum Weiterverkaufen gedachtes Haus in Kissimmee hatte Marty Stein erworben, als er sein Geld noch als Bauarbeiter verdient hatte. Er hatte etwas gespart, sich zu einem Spottpreis eine Bruchbude gesichert und seine eigenen Fähigkeiten und Kontakte eingesetzt, um daraus etwas halbwegs Anständiges zu machen. Dann hatte er Patti Hart angeheuert, die es für ihn verkaufen sollte.

Schon von der ersten Begegnung an war er völlig von ihr verzaubert gewesen. Sie war eine schöne Frau, und er brauchte nicht lange, um auch die große Schönheit ihres Charakters schätzen zu lernen.

Was als geschäftliche Beziehung begann, wurde bald zu einer Freundschaft. Die beiden tranken zusammen Kaffee oder gingen zum Lunch, und dabei entdeckten sie, dass sie eine Menge gemeinsam hatten – zum Beispiel ihre Einsamkeit. Zwischen Marty und seiner Frau Nancy stimmte es bereits seit einer ganzen Weile nicht mehr, und damals schliefen sie schon länger als ein Jahr getrennt. Marty wusste, dass auch Patti in ihrer Ehe unglücklich war. Die blauen Flecke, die sie auf »kleine Unfälle« schob, erzählten ihre eigene Geschichte.

Dann hatte sich ihre Freundschaft eines Tages in etwas anderes verwandelt. Sie hatten in seinem Wagen gesessen, im Radio lief Otis Redding, und darauf gewartet, dass ein Gewitter vorbeizog. Da hatte sich Patti zu ihm hinübergebeugt und ihn geküsst. Am 15. Februar. Für Marty ein Gefühl, als hätte sein Leben endlich begonnen. Nur wenige Monate später war Patti tot.

Marty wollte raus aus der Ehe mit Nancy, und Patti wollte ihren Ehemann verlassen, Nolan Chapman. Irgendwann hatte sie Marty von den Auseinandersetzungen erzählt, von den Schlägen, von ihrer Angst, Chapman werde bald auch ihre Tochter schlagen. Marty wusste, dass der Mann gewaltbereit und gefährlich war und dass sich Patti und Andrea niemals sicher fühlen würden, wenn sie in Florida blieben.

Also war er nach Los Angeles gefahren und hatte eine Anzahlung auf ein Haus in Woodland Hills vorgenommen. Nancy hatte er mitgeteilt, er wolle die Scheidung. Dann war er in den Westen gezogen. Wochen hatte er damit verbracht, das Haus in Woodland Hills herzurichten. Es sollte das perfekte Heim werden.

Marty und Patti hatten vereinbart, wann sie mit Andrea zu ihm nach Los Angeles kommen sollte. Patti hatte zugegeben, dass Chapman immer misstrauischer wurde, weil er annahm, sie hätte möglicherweise eine Affäre. Marty machte sich Sorgen, er würde alles herausfinden, bevor die beiden Frauen ihn verlassen konnten.

An diesem letzten Tag wollte Patti ein paar Sachen zusammenpacken und sich von ihren Klienten verabschieden, neue Aufträge hatte sie schon nicht mehr angenommen. Dann wollte sie sich mit Andrea nach der Schule zu einem Gespräch hinsetzen. Marty hingegen wollte einfach nur, dass die beiden so schnell wie möglich in ein Flugzeug stiegen. Das Gepäck, die Klienten sollte Patti vergessen. Und das Gespräch mit Andrea konnte sie auch unterwegs führen. Das würde sich schon alles regeln, sobald Patti und Andrea in Sicherheit wären, weit weg von Florida und weit weg von Nolan Chapman.

Beim Warten am Flughafen war Marty Stein nervös gewesen. Wie würde Andrea reagieren? Sie war ihm schließlich noch nie im Leben begegnet. Wie würde sie es finden, plötzlich mit einem Wildfremden zusammenzuleben? Das wäre ein riesiger Schock und eine große Veränderung. Doch er hoffte, sie würde bald begreifen, dass er ein anständiger Mann war, der ihre Mutter anbetete.

Dass man in einem Haus leben konnte, in dem Liebe statt Angst herrschte.

Ernsthafte Sorgen hatte sich Marty gemacht, als der Flug aus Orlando eintraf und die Passagiere durch die Ankunftshalle strömten. Keine Spur von Patti und ihrer Tochter. Sein erster Gedanke war, Andrea habe sich möglicherweise geweigert, ins Flugzeug zu steigen. Vielleicht hatte sie ihre Freunde nicht zurücklassen wollen, ihre Schule, das einzige Leben, das sie kannte.

Aber Marty wusste: In diesem Fall hätte ihn Patti angerufen. Sie hätte ihn nicht einfach am Flughafen warten lassen. Sein Bauchgefühl sagte ihm, dass etwas Schlimmes passiert war. Er stand da, umringt von aufgeregten Touristen, gefühlvollen Wiedersehensszenen und müden Geschäftsleuten. Und er hatte noch nie in seinem ganzen Leben so große Angst gehabt.

Als er später von Patti Harts Tod erfuhr, hatte er gewusst, dass es kein Unfall gewesen sein konnte. Patti Hart wäre nicht an dem Tag betrunken in den Pool gefallen, an dem sie ein neues Leben auf der anderen Seite der USA hätte beginnen sollen. Nolan Chapman hatte herausgefunden, dass sie ihn verlassen wollte, und er hatte sie umgebracht.

Siebzehn Jahre lang hatten Schuldgefühle und Verzweiflung an Marty Stein genagt. Dann, vor drei Jahren, hatte ihn die Vergangenheit eingeholt. Chapman wollte, dass Marty mit ihm an einem großen Immobilienprojekt in Malibu arbeitete. Das Ganze war Marty vorgekommen wie Schicksal. Eine Gelegenheit, Chapman näherzukommen, sein Vertrauen zu gewinnen. Und vielleicht würde er ja eines Tages wie nebenbei etwas über den Tod seiner Frau preisgeben. Vielleicht nur ein winziges Detail, nach einem Wodka Martini zu viel, aber etwas, das Marty nutzen konnte, um ihn festzunageln und für das bezahlen zu lassen, was er getan hatte.

Wieder dieses Geräusch. Diesmal deutlicher.

»Hilfe.«

Marty stand auf. Dann holte er mit einem Fuß aus und trat so fest zu, wie er nur konnte. Chapman rollte über den Beckenrand und landete mit einem Klatschen im Pool. Mit dem Gesicht nach unten. Er bewegte sich nicht. Trieb nur im Wasser. Marty sah zu, bis er sicher war, dass Chapman nie wieder irgendjemandem wehtun konnte.

Er schaltete alle Lichter aus und verließ das Haus auf demselben Weg, wie er gekommen war: über das Tor zum Strand. Diesmal krempelte sich Marty tatsächlich die Hosenbeine hoch und ging mit den Füßen ins Wasser. Er wusste, die Chance auf seine eigene Beteiligung von einer Million Dollar am Verkauf des Hauses am Malibu Beach Drive ging mit Chapmans Tod gen null. Er wusste auch, dass Andi Hart nichts mit diesem kalten, schönen Haus würde zu tun haben wollen, wenn sie erst einmal herausfand, wie sich ihr Vater einen Weg zurück in ihr Leben hatte erschleichen wollen.

Aber das machte nichts.

Manche Dinge waren wichtiger als Geld.

EPILOG

Betsy Bowers schaute aus dem Fenster, während sie ihren Morgenkaffee austrank. Zehn Stockwerke unter ihr floss der Verkehr auf dem Wilshire Boulevard gleichmäßig dahin. Sie konnte sehen, dass Bauarbeiter in einigen Metern Entfernung die Straße aufbohrten, aber hören konnte sie es nicht. Die Dreifachverglasung der Panoramafenster hielt den Lärm ab.

»Sasha, sie sollen jetzt reinkommen.«

Betsy nahm ihren Platz an dem speziell angefertigten Konferenztisch aus Marmor und Bronze ein, als sich die Tür öffnete. Die fünf Makler, die sie beschäftigte, betraten den Raum, angeführt von Marcia Stringer. Betsy bedeutete allen mit einer Handbewegung, sie sollten sich setzen.

»Die meisten von euch arbeiten jetzt lange genug für mich, um zu wissen, dass ich Herausforderungen mag, stimmt's?«, begann sie.

Alle nickten gleichzeitig.

Betsy fuhr fort: »Heute Morgen habe ich eine neue Vereinbarung unterzeichnet. Wir sollen uns um ein Objekt kümmern, und das wird eine ganz schöne Herausforderung. Aber wenn irgendjemand es verkaufen kann, dann die Bowers Group.«

»Um welches Objekt geht es denn?«, fragte Marcia.

Betsy legte eine dramatische Pause ein. »Malibu Beach Drive«, sagte sie dann.

Die fünf reagierten mit verblüfftem Schweigen und geweiteten Augen auf ihre Ankündigung.

Marcia fand als Erste die Sprache wieder. »Du meinst das Mordhaus?«

»Richtig, Marcia, das Mordhaus. Aber so nennen wir es ab heute nicht mehr. Verstanden?«

Eine Maklerin hob die Hand. Sie war als Letzte ins Team gekommen, erst vor sechs Monaten.

»Ich hab's dir schon mal gesagt, Jennifer – du brauchst nicht jedes Mal die Hand zu heben, wenn du eine Frage stellen möchtest. Wir sind hier nicht in der Schule. Also, was ist?«

»Wenn der Eigentümer tot ist, wer verkauft dann das Haus?«

»Diese Information ist streng vertraulich und wird nur sehr begrenzt weitergegeben. Von euch braucht das niemand zu wissen.«

Marcia wirkte verstimmt. »Dürfen wir denn wenigstens erfahren, zu welchem Preis das Haus auf den Markt kommt?«

»Sarkasmus steht dir nicht, Marcia. Die neue Eigentümerin und ich haben das besprochen, und wir haben uns auf fünfzig Millionen Dollar geeinigt, wie vorher.«

»Hältst du das für eine gute Idee?«, fragte Jackson.

»Werden die Käufer keine Ermäßigung erwarten?«, stimmte ihm Kenny zu.

»In dem Haus ist immerhin jemand ermordet worden!«, rief Rachel.

»Danke für den Hinweis, Rachel. Wie du dich erinnern wirst, haben Marcia und ich das damals ziemlich unmittelbar mitbekommen. Wir haben die Leiche entdeckt, weißt du noch? Und wenn es mir nichts ausmacht, mich um das Objekt zu kümmern, sollte es erst recht niemandem etwas ausmachen, dort zu wohnen. Wir müssen einfach sicherstellen, dass auch das letzte bisschen Blut weg ist und dass jemand vor unserem eigenen Open-House-Event den Pool überprüft.«

»Ich weiß nicht …«, sagte Jackson.

»Was weißt du nicht, Jackson?«, fragte Betsy. »Wie man Häuser verkauft? Malibu Beach Drive ist immer noch eine ganz großartige Immobilie. An einem der besten Strände der Welt. Erstklassig ausgestattet. Porzellan, Walnuss, Marmor. Umwerfender Panoramablick. Daran hat sich nichts geändert. Ich werde dieses Haus verkaufen, und wer mir den Käufer bringt, bekommt eine Million Dollar Courtage.«

Das löste Begeisterung in der Gruppe aus. Kenny und Jackson verpassten einander High Fives. Rachel und Jennifer hatten die Lippen zu kleinen Os geformt. Selbst Marcia lächelte.

Betsy erhob sich, stützte sich mit beiden Händen auf der Marmortischplatte ab und schaute nacheinander alle Maklerinnen und Makler an. Dann sagte sie: »Los geht's! Zeigt mir, was ihr zu tun bereit seid, um eine Million Dollar zu verdienen.«

DANKSAGUNG

An allererster Stelle gilt mein Dank denjenigen, die meinen Büchern eine Chance geben und sie lesen: Dass ich meinem Traumberuf nachgehen kann, verdanke ich euch. Ich hoffe sehr, dass euch *To Die For* so viel Spaß beim Lesen macht wie mir beim Schreiben. Ich habe mich wirklich prächtig amüsiert.

Tausend Dank an meinen großartigen Agenten Phil Patterson, für alles, was du tust, und dafür, dass du immer an mich glaubst. Das übrige Team bei Marjacq ist auch super.

Meiner wundervollen Lektorin Victoria Haslam danke ich für ihre Begeisterung und ihre Unterstützung. Ich arbeite unglaublich gern mit allen bei Thomas & Mercer zusammen und weiß alles sehr zu schätzen, was das Team an harter Arbeit leistet, damit meine Bücher Leserinnen und Leser erreichen. Außerdem gilt mein Dank meinem Entwicklungslektor Ian Pindar für seine wertvollen Einsichten und sein exzellentes Feedback.

Danken möchte ich auch allen, die meine Bücher lesen und dann in Blogs und Rezensionen besprechen, sodass viele Menschen von ihnen erfahren. Danke, Sophie Goodfellow, für die großartige PR-Arbeit. Dank auch an meine Kolleginnen und Kollegen der Crime-Writing-Zunft: Unsere Freundschaft und der Spaß, den wir zusammen haben, bedeuten mir sehr viel. Besonders erwähnen möchte ich Susi Holliday und Steph Broadribb, die sich so für meine Bücher einsetzen und immer positive Kommentare haben!

To Die For ist meinem Book-Buddy Danny Stewart gewidmet – danke, dass alle Krimi-Festivals und Buch-Events mit dir solchen Spaß machen, und das schon jahrelang. Hoffentlich erleben wir noch viele weitere zusammen! Mein Dank gilt auch meinen Freunden Lorraine und Darren Reis. Noch ein Buch für die Bibliothek im Wintergarten!

Und last, but not least ein Riesendankeschön an meine Familie: Mum, Scott, Alison, Ben, Sam und Cody – ihr glaubt immer an mich, wenn mir das gerade schwerfällt. Ihr bedeutet mir alles. Und Dad, danke. Du fehlst mir so sehr, jeden Tag. Ich weiß, du wärst stolz auf mich.